MW01485748

BACKSTAGE

Planeta

Angie Ocampo

Backstage

Planeta

Obra editada en colaboración con Editorial Planeta – Colombia

© 2022, Angie Ocampo

© 2022, Editorial Planeta Colombiana S. A. – Bogotá, Colombia

Derechos reservados

© 2022, Editorial Planeta Mexicana, S.A. de C.V.
Bajo el sello editorial PLANETA M.R.
Avenida Presidente Masarik núm. 111,
Piso 2, Polanco V Sección, Miguel Hidalgo
C.P. 11560, Ciudad de México
www.planetadelibros.com.mx

© Ilustración de portada: Fernanda Maya
© Fotografía de la autora: Camilo Echeverri

Primera edición impresa en Colombia: abril de 2022
ISBN: 978-628-00-0185-2

Primera edición impresa en México: mayo de 2022
ISBN: 978-607-07-8629-7

Este libro contiene temas de adicción a las drogas y al alcohol, abuso físico y psicológico, violencia sexual, depresión y suicidio.

Si tú, o alguien que conoces, no se siente bien y necesita ayuda en relación a su salud mental, en el siguiente enlace podrás encontrar especialistas en diferentes países de América Latina que pueden ofrecerte apoyo: https://www.unicef.org/lac/Ayuda-SaludMental

Impreso en los talleres de Impresora Tauro, S.A. de C.V.
Av. Año de Juárez 343, Col. Granjas San Antonio,
Iztapalapa, C.P. 09070, Ciudad de México
Impreso y hecho en México / *Printed in Mexico*

A todos esos corazones que aun rotos siguen amando.
A las lágrimas que vimos en el espejo cuando creíamos
que ya no podíamos más.
Al amor propio que olvidamos por amar a quien tampoco lo tenía.
A esas vidas que vivimos una y otra vez en nuestros recuerdos.
A los cielos azules que se ocultaban tras nubes oscuras.
A todas las canciones que nos acompañaron en nuestro dolor.
A la paciencia que nos tuvimos en medio del desorden.
A las caídas de las que aún seguimos curándonos los raspones.

A todas las Flores Amarillas del mundo.

Y a Daniela,
por motivarme a escribir historias de guerreras como ella.

You did not break me
I'm still fighting for peace.
I've got thick skin and an elastic heart.

ELASTIC HEART
Sia

Una vez alguien me dijo que debería hacer sacrificios si deseaba triunfar y volverme la estrella que siempre quise ser, pero nunca pensé que eso significaría sacrificar mi vida entera y mi salud mental.

Tuve que ceder el control, tuve que convertirme en una muñeca a la que le dan un micrófono y la tiran ante más de cien mil personas insaciables que gritan y piden más.

Después de cinco años de llevar mi música a cada rincón del mundo, aún me da terror pararme en un escenario, aunque no lo parezca, aunque me salga natural el bailar y cantar, saludar y sonreír sin ganas.

Soy el molde de la típica estrella pop. Soy lo que la gente quiere admirar. Soy la novia de un hombre al que todos aman. Soy la diva que se viste con los tacones más altos y la ropa más ajustada. Soy la amiga cool de otras celebridades que me fastidian. Soy alguien que nunca se molesta y siempre debe estar feliz. Soy alguien que debe seguir órdenes y no opinar. Soy quien canta la letra de la canción que le ponen en frente y no la que escribió. Soy la depresión y la ansiedad que me consumen. Soy los escándalos, las fiestas, las drogas...

Soy...

Soy Chelsea Cox y esta es mi —no muy feliz— historia.

1

I tried to scream,
but my head was underwater.

EVERYTHING I WANTED
Billie Eilish

Chelsea

—Novecientos once, ¿cuál es su emergencia?

Siento los párpados pesados.

—Ella... Ella está... No responde, su pulso es bajo y hay tarros de píldoras vacíos a su alrededor.

¿Mamá? No logro reconocer con exactitud la voz.

—Entiendo, ¿puede verificarme su ubicación?

Suena como alguien hablando por el altavoz de un celular.

—5 Park Lane, Mayfair, *penthouse* tres. Por favor, envíen ayuda rápido.

¿Ayuda? No la necesito.

—Estarán ahí en menos de dos minutos.

¿Quiénes?

No puedo moverme...

—¡No puedo esperar dos minutos! ¡Es Chelsea Cox!

No soy nadie y no debería estar solo inconsciente. Siempre haciendo todo mal...

—Tranquila, ¿cuál es su nombre?

—Amanda, Amanda Cox, soy su madre.

Que no le crea.

—Amanda, su hija estará bien. La ayuda acaba de cruzar el *lobby* del hotel, van subiendo.

¡Que no necesito ayuda!

—Maldita sea, Chelsea, ¿por qué hiciste esto?

Aquí la pregunta sería... ¿por qué no hacerlo? Había tardado.

—Amanda, ¿ya están ahí?

¡No me toquen! ¡No necesito ayuda!

Espero que sea tarde.

—Sí... —dice, y un estruendo se escucha al fondo—. ¡¿Qué le hacen?! ¡No!

Siento algo frío en el pecho y después de eso...

Nada.

2

Chelsea

Los Ángeles, Estados Unidos
Un mes después...

El sonido de la cortina al correrse me despierta, y cuando decido abrir los ojos, la luz del día me ataca.

—¡Levántate! —dice y jala el edredón que cubre mi cuerpo hasta tirarlo al piso—. ¡La entrevista es en una hora, Chelsea!

Arrugo el ceño para minimizar el sufrimiento que me causan sus gritos. Intento sentarme en la cama, pero no puedo debido al mareo y las náuseas, sin duda efectos del alcohol y otras drogas de la noche pasada.

—¿Por qué no llevo ropa? —susurro cuando noto que solo llevo calzones.

—Si no lo sabes tú, en mí tampoco encontrarás respuesta. ¿Dónde estabas anoche? ¿Qué pasó con tu celular? Habíamos quedado en que siempre responderías —sigue hablando mientras la habitación continúa dando vueltas.

15

No recuerdo una mierda.

Varios golpes desesperados se oyen en la puerta. Amanda sale corriendo para abrir y deja entrar a más de diez personas.

—¡Es tarde! ¡Muy tarde! —dice Fabrik adentrándose en la habitación—. ¡Oh, mierda! —Su rostro se tiñe de terror cuando se percata de mi estado.

Sigo sintiéndome como en un carrusel que gira a toda velocidad. Quiero vomitar. Y lo hago. Sobre la alfombra cara del hotel. Frente a mi equipo de estilistas y de publicidad. Frente a la intensa mujer que tengo por madre. Todo lo que me sale en reversa del estómago es azul, azul eléctrico.

—¿Estás bien? —pregunta Fabrik—. No puede faltar. Amanda, ella no puede faltar. —Suena cada vez más desesperado.

—Estoy bien —digo. Debo esforzarme para hablar porque no siento la lengua—. Solo necesito darme una ducha.

Me levanto y camino hasta el baño. Me sostengo de los muebles para no caer. Cierro la puerta cuando estoy adentro y descanso la espalda en ella. Respiro hondo y trago duro cuando siento subir un nudo por la garganta. En cualquier momento voy a vomitar otra vez. Me llevo las manos al cabello. Está grasoso, enredado y huele a tabaco. ¿Qué mierda hice anoche?

—¡No tardes! —gritan desde afuera.

Voy directo hasta el espejo para escudriñar mi rostro, pero las lágrimas que antes no había sentido son lo primero que llama mi atención. Detallo el maquillaje corrido, las pestañas falsas que se aferran a los restos de pegamento en mis párpados. Los labios rojos, pero no gracias al labial. Los tengo lastimados, me arden y mucho. Estoy lejos de lucir bien. Ahora es cuando entiendo sus expresiones y comentarios.

Soy un desastre.

Busco dentro de los gabinetes lo que guardé la noche anterior. Tomo la bolsita, riego, trazo y aspiro. Todo en modo automático. Como si fuera parte de mi *skin care*. Vuelvo a fijarme en mi reflejo, todo luce igual que hace unos segundos, lo único que hay de más es la evidencia mi adicción. Me quito con prisa el pedazo de tela que llevo encima y entro en la ducha. Mientras cae el agua helada, siento cómo el característico sabor amargo empieza a bajarme por la garganta. Aunque sea desagradable, no dejo de ansiar el efecto que produce. Voy a sentirme bien dentro de un rato. Eso espero y eso quiero.

—¡Chelsea! —Tocan la puerta con desesperación. Doy un salto—. ¡Tarde! ¡Es tarde!

Abro la boca para beber agua y pasar el sabor amargo. Me lavo el cuerpo, el cabello y al salir me envuelvo en una toalla. Abro la puerta y me recibe el andar apresurado que llevan las personas aquí dentro. La cama está cubierta de ropa y maquillaje de la marca con la que tengo un contrato de imagen. En nada ya he dejado de sentirme tan desorientada. No debería volver a tomar alcohol jamás. Lo detesto.

—Al fin —dice Fabrik apareciendo frente a mí—. Georgia, haz un milagro con esto —agrega, y me toca el cabello—. Y esto —dice y señala mi cara.

—Sí, señor.

—Tráiganme algo de comer, por favor —pido.

Georgia me toma del brazo y me dirige hasta una silla reclinable que antes no estaba aquí. Mi rostro se convierte en su lienzo y cierro los ojos para dejarme colorear la palidez. Me jalan y secan el cabello para luego llenarme la cabeza con extensiones de pelo natural que seguramente cuestan una millonada y que voy a desechar en cuanto pueda. Alisan, rizan y, en menos de veinte minutos, y gracias al trabajo de cinco pares de manos, estoy lista. Engullo un sándwich a la velocidad de la luz. Me desnudo ante todos y me pongo la ropa con ayuda de los estilistas.

—¡Oh! ¡Un milagro! —exclama Fabrik cuando me ve.

Voy hasta el gran espejo al fondo de la *suite* para echarme un vistazo antes de salir. En mi rostro no ha quedado ni una sola señal de lo que fue la noche anterior, ni de las lágrimas que he derramado ahí dentro. Hoy debo usar un vestido blanco ajustado y sencillo, que es lo más decente que he usado este último mes. Qué conveniente, la ropa que eligen para este tipo entrevistas, en las que debo quedar bien y aumentar mi popularidad, es muy distinta a la que diseñan para mis conciertos. Aquí prima mi sonrisa amable, mientras que en el escenario deben sobresalir mis pechos. En realidad, el problema no es la ropa, es solo que me gustaría que fuera una decisión mía. No siempre me siento cómoda con ropa que a duras penas me cubre la mitad del cuerpo.

—La rinomodelación y la bichectomía son lo que se están haciendo la mayoría de las celebridades hoy en día. Un levantamiento de cejas también potenciaría tu mirada —comenta Georgia a mi lado, mientras toca mi rostro y me enseña en el espejo cómo podría verme si aceptara todas sus *sugerencias*.

—Se vería increíble —agrega Fabrik.

Me vería estirada.

—Lo pensaré —digo ofreciendo una sonrisa.

Los esquivo para salir por la puerta hacia el ascensor, pero antes tomo mi celular. Busco su nombre entre los contactos y deslizo hacia un lado para llamar. «Buzón de mensajes...», responde el contestador automático.

—Hola, Matthew... Yo... —carraspeo—. No recuerdo nada. Si algo pasó, déjame saberlo para estar un poco más tranquila. Te veo luego. Un beso.

Debe estar igual o peor que yo, aunque si está aún dormido, lo envidio. Quiero volver a mi cama, vomitar de nuevo, llorar y no hacer absolutamente nada, y, por qué no, tomarme algo que me relaje. No me gusta esta falsa energía que me da la cocaína mientras mi cuerpo grita que le dé un descanso. Nunca escucho; hay otra voz más fuerte y hambrienta que debo alimentar.

No sé qué pasó anoche, recuerdo muchas caras, pero no logro identificarlas. Solo la de Matthew. Solo él y nadie más, sigue siendo mi único *amigo* en este medio. Aunque a veces es incómodo estar todo el tiempo junto a él. Llego a odiarlo cuando consume de más o mezcla sustancias.

Al salir del ascensor, en el *lobby* me reciben una docena de guardaespaldas tan altos como jugadores de la NBA. Forman un círculo de seguridad a mi alrededor y empiezo a caminar a su ritmo hasta la salida, donde hay parqueadas tres camionetas blindadas de último modelo. Abordo la de la mitad y cuando me siento dejo salir todo el aire retenido. Me arde el cuero cabelludo y me pesan la cabeza y las innumerables capas de maquillaje.

—Buen día —saluda el conductor.

—Buen día.

Soy la única que le responde.

A un lado está Amanda, mi madre, y al otro tengo a Alicia, mi mánager, haciendo mala cara y hablando acaloradamente por teléfono con quién sabe quién.

—¿Cómo te sientes? —pregunta Amanda. No sé qué está haciendo aquí. Dijo que no volvería hasta dentro de unos días. Estaba respirando mejor sin ella cerca.

—Estoy bien. —Le sonrío.

La cocaína parece haberse llevado cualquier rastro de ebriedad, pero aún puedo escuchar cómo mi cuerpo pide ayuda de mil maneras diferentes. Estar tan sedada hace que no pueda ni reconocerme bajo mi propia piel. He olvidado un millón de cosas, entre ellas lo que se siente estar sobria y estática, porque mi mundo nunca se detiene. Pero no soy tan resistente, necesito algunas ayudas para soportarlo. Tengo una agenda planeada para los tres siguientes años y no se me permite parar.

Bajo del auto cuando me dan la señal de que hemos llegado a algún estudio de televisión en Hollywood. Me conducen hasta el set y otras personas se vuelven a ocupar de mi cara y mi cabello, pese a ya estar maquillada. El camerino se abastece de personal que nunca había visto. Mi mánager cuelga el teléfono cuando entra y se planta frente a mí. Detrás de ella logro ver a Amanda.

—Sin errores, Chelsea. Hay que volver al juego después de tu ausencia del mes pasado, y esta entrevista nos ayudará. No seas grosera. Sé linda, amable, graciosa y trata de cambiar esa cara de mal gusto que tienes —dice mientras me eleva las comisuras de la boca con los dedos—. Agradece que eres bonita. Elena te preguntará lo básico, pero acordamos que darás muchos detalles de tu relación con Matthew y sobre el nuevo álbum para desviar la atención de lo que pasó.

Asiento.

—¿Algo más? —inquiero.

—No —responde mientras escribe en su celular—. Hablaremos de anoche cuando termines. Estás rompiendo las reglas y no queremos que la disquera se dé cuenta. Querrán que vuelvas a rehabilitación y no podemos permitirnos eso.

—Entiendo —digo y me siento recta para mirarme en el espejo. Me detallo el maquillaje: sin él, todo el país podría darse cuenta de que algo anda mal y esa no es la idea.

La oigo exhalar ruidosamente.

—Linda y nada grosera, recuerda. —Me señala saliendo de la habitación.

Continúo respirando lento. Tal vez necesito un poco más de cocaína. Mis manos no dejan de temblar y no quiero que nadie afuera se percate. Las cierro en puños con fuerza. De reojo veo a Amanda llegar a mi lado.

—¿Qué haces aquí? —pregunto inclinándome hacia atrás para que la maquilladora repase el color de mis labios. El producto huele a vainilla e inmediatamente pienso en *croissants*, pero no me molestaré en pedirlos, porque sé que me los negarán y no creo que mi estómago pueda soportarlos.

—Quería cerciorarme de que estabas bien. La próxima semana…

—Estoy bien. —Le sonrío, y la maquilladora me mira mal.

—¡Entraremos al aire en dos minutos! —grita un hombre con una diadema desde el umbral de la puerta—. Señorita Cox, la acompaño —me dice y extiende su brazo.

Dejo que me guíe entre tantos que van y vienen. Las brillantes e intensas luces del set me obligan a entrecerrar los ojos. Elena ya se encuentra sentada haciendo su típica introducción, para luego empezar a hablar sobre mí. Esto será rápido. El hombre me indica que debo entrar. Me limpio las palmas sudorosas en la ropa. Lleno mis pulmones de aire y pongo mi mejor —y más falsa— sonrisa. Es la primera entrevista que daré después de haber estado en el hospital y lo que vi en redes es que mis fans están preocupadas. Espero que con esto puedan saber que estoy bien, o que al menos lo intento. Doy unos pasos con bastante cuidado para evitar tropezarme; estos tacones no fueron hechos para caminar más de diez pasos. Los asistentes en el set me reciben con aplausos y Elena se levanta para saludarme. Con suerte no estropearé algo tan simple como decir «hola», dar un abrazo o un apretón de manos.

—Qué alegría tenerte aquí, Chelsea —Elena me saluda, para luego invitarme a tomar asiento—. Ha pasado mucho tiempo desde la última vez que viniste. ¿Recuerdas? Cantaste una de tus primeras canciones.

Me siento con cuidado.

—Gracias por la invitación, Elena. Sí, ha pasado mucho tiempo desde que canté ahí… —Señalo el escenario—. Después de eso lo he hecho en cientos de lugares —finalizo con una sonrisa, y esta sí es genuina. Pensar en mis espectáculos es algo que definitivamente me alimenta el alma.

—¡Lo sé! Lo has hecho increíble. Estuviste genial en el Super Bowl, quería decírtelo hace mucho. Tu actuación estuvo de otro planeta… —El público aplaude y les sonrío aún más. Digo *gracias* con los labios—. Y… te vi en los Grammy hace dos meses con tu nueva canción. —Una gran foto mía se refleja en la pantalla detrás de nosotras; giro la cara levemente para verla. Estoy cantando sobre el escenario con los ojos cerrados. Elena señala la imagen—. Te veías hermosa y tu voz ese día me partió el corazón, fue… inspirador. Siempre es inspirador escucharte y verte cantar.

Más aplausos. Respiro hondo sin dejar de sonreír. Ese día fue un ir y venir de emociones, recordarlo me remueve algo en el interior.

Ese día, en algún momento estuve en la cima, disfruté y brillé, pero cuando volví a la soledad de mi habitación, caí en la oscuridad.

Siempre ha sido así: el silencio se apodera de mí cuando termino de agradecer y se apagan las luces del escenario.

—Has pasado por mucho, Chelsea. Te admiro y me encanta la persona que eres. Me fascinará escucharte hablar de lo que tú desees, pero primero quiero empezar con algo, quiero que nos cuentes sobre lo que has tenido que pasar para hoy estar aquí. Lo que has tenido que pasar para ser la gran Chelsea Cox.

Mierda.

Llegó la hora de mentir y de citar lo que me indicaron que dijera. Respiro hondo e intento no jugar con las manos: se notará que estoy nerviosa. Ella habla demasiado rápido e intento seguir sus palabras, pero me cuesta, me siento ida.

—Quiero que me cuentes un poco de algo que pasó hace un mes. Fuiste muy valiente al querer venir aquí a contarles a tus fans lo que sucedió. Sé que has estado grave de salud, pero me encanta que ahora estés mucho mejor… ¡Se te nota! —Sonríe y mira hacia el público—. ¿Verdad que se le nota?

Las personas vuelven a aplaudir. Gritan algunas palabras que ojalá pudiera retener, pero no puedo.

—Gracias —digo de nuevo. Ya me sabe a nada la palabra de tanto repetirla desde que llegué. El silencio vuelve—. Gracias, Elena. Gracias a todos. —Sonrío y me remuevo un poco en la silla. Respiro y respiro, que no se me olvide respirar—. Hace un mes sufrí una enorme crisis de ansiedad. El trabajo acumulado y la próxima gira han afectado un poco mi salud mental…

—Es importante cuidarla —comenta.

—Sí, pero yo lo olvidé y pensé que todo estaba bien, que solo estaba cansada.

—Es algo que hacemos todos, no te culpes. —Se inclina hacia adelante—. Y esto fue lo que te llevó a excederte un poco con sustancias.

—Sí —respondo y trago duro. No es algo nuevo, no es algo que no se haya escuchado ni visto en fotografías en revistas y portales web de chismes, pero hoy, por primera vez en toda mi vida, estoy aceptando que me excedí, y según mi equipo de publicidad, revelar esto era necesario. Solo que la condición o, mejor dicho, la orden es que esta sea la última vez que se habla de este tema—. Hubo situaciones que me llevaron a tomar las decisiones incorrectas, pero después del exceso de ese día… —me han hecho llamarlo exceso y no *sobredosis*— busqué ayuda y ahora estoy mejor, con infinitas ganas de continuar con mi música y llevarla a todos los rincones del mundo.

Es momento de que cambie el tema. Ya no quiero hablar más sobre eso. Siento el corazón latir con más fuerza.

—¡Me alegra tanto escucharte hablar así! Nos tenías bastante preocupados. Espero que ahora todo esté marchando mejor con tu salud. Cambiando de tema, ¿qué tal ha sido el apoyo de Matthew? Espero que te haya acompañado en todo esto. Me encanta la relación que tienen.

—Lo sé, ya me lo has dicho antes. —Sonrío. Me seco las manos en el vestido. Traigo a mi cabeza todo lo que tengo que decir sobre él—. Matthew tenía muchos compromisos en ese momento y, aunque él lo añoraba, no pudo estar presente, pero ahora sí lo está y vamos a trabajar juntos en la gira.

—Tener un novio que se mueve en el mismo medio musical debe ser un poco complicado, pero me alegra lo de la gira. Tengo entendido que su banda abrirá tus conciertos.

—¡Sí! Todas mis fans los aman —digo emocionada.

—No dudo que esta gira vaya a ser algo histórico —comenta—. Ahora hablemos sobre tu nuevo sencillo, aunque continuaremos nombrando a Matthew porque nos han llegado rumores de que la canción está inspirada en él.

Inspirada en él y en mí, porque yo no la escribí. Hace dos años que dejé de escribir cuando mi productor dijo que mis letras no eran nada comerciales y aburrirían a la gente.

—Sí, Matthew es una persona muy importante para mí y decidí tomar todos esos sentimientos y ponerlos en una canción con la que mis fans enamoradas puedan identificarse.

—Y nos encanta. ¡Nos encanta! —La pantalla vuelve a llenarse con una lista de canciones—. ¡Número uno en el Top Billboard durante semanas!

Más y más aplausos. Más y más sonrisas de mi parte. Respiro, que no se me olvide.

La canción es increíble, pero yo no la siento; la actúo, pero no la siento. No me pasa con las otras, pero esta en especial, que es sobre Matthew, me causa un vacío en el estómago. Son sentimientos muy bonitos para alguien que últimamente solo me ha hecho daño.

—Gracias —repito una vez más.

La entrevista continúa con más estupideces sobre el amor y mi relación con Matthew Reigen. En ningún momento dejo de sonreír y poco a poco voy sintiendo cómo los efectos de la cocaína desaparecen. Una sed mortal se me instala en la garganta y cojo el vaso de agua que tengo al frente para beber con elegancia. Mi corazón ha empezado a latir más rápido y siento cómo sube la temperatura a mi alrededor, o tal vez solo estoy sufriendo los efectos adversos de haber esnifado. Tengo calor y siento cómo la frente se me llena de gotas de sudor. Unos minutos más y todo terminará. Respondo las últimas preguntas. No acepté cantar hoy, no podría, estoy a punto de vomitar otra vez. El programa termina y gritan «¡corte!». Elena trata de felicitarme y abrazarme, pero debo correr al primer baño que encuentre.

—¡Un baño! —pido al llegar detrás del set.

—Acompáñeme, es por aquí. —Me guía una mujer que no conozco.

Unos cuantos pasos más hasta que llego a un pequeño sanitario y devuelvo el sándwich que comí hace unas horas. Ya no hay más líquido azul y me calmo cuando he terminado. Me limpio la boca con agua y, cuando salgo, encuentro a Alicia y a Amanda enfadadas.

—¿En qué estabas pensando al beber tanto? Solo Dios sabrá qué más ingeriste —comenta Amanda.

Paso por su lado, empujándolo.

—Chelsea, estás advertida. Si vuelves a cometer otra maldita falta, solo una más, tendremos que enviarte a...

—¡Basta! —Me giro para encararlas—. ¡Me tienen harta!

De la nada, mi madre estrella la palma de su mano contra mi mejilla. La piel me arde de inmediato y quedo mirando hacia el otro lado. Respiro, no puedo olvidar hacerlo. Me recompongo y al verla de nuevo siento odio del más puro. Sin pronunciar nada más, vuelvo a tomar mi camino hasta la salida de este maldito laberinto. No quiero saber nada, no quiero hablar con nadie.

Quiero... Quiero no ser.

Tomo mi celular y marco uno de los tantos números guardados. Aunque este es especial, porque lo tengo como favorito.

—¿Randall? —pregunto cuando contesta.

—Ce Hache —dice a modo de saludo. La última vez que escuché su voz fue hace dos meses, pero para mí ha pasado una eternidad.

—¿Cómo estás?

—Feliz de escucharte, princesa del pop.

—Estoy aquí. En Los Ángeles.

—Y con cada frase me haces más feliz. ¿Nos vemos?

—Sí, por supuesto —respondo sin pensar en lo que debo hacer después. No olvido que la disquera me ha puesto condiciones, pero ver a Randall es mucho más importante ahora. No hay otro lugar donde quiera estar más que con él, riéndome de sus chistes malos. Respiro hondo y de nuevo hablo—: También necesito algo…

—Para ti siempre habrá lo que quieras.

—Perfecto. Nos vemos donde ya sabes en una hora.

Cuelgo el teléfono y veo uno de mis autos estacionado afuera del enorme set. Me subo. Detrás de mí venía uno de los guardaespaldas y me da tranquilidad cuando no veo a Amanda ni a Alicia por ningún lado. Deben estar explicando lo que acaba de pasar.

—Sácame de aquí, por favor —le pido al hombre.

—Señorita Cox, tengo órdenes de...

—Te daré mil dólares —ofrezco, sin saber de dónde los sacaré. He dejado mi bolso adentro, solo tengo conmigo el celular.

El hombre me mira dudoso, le alzo una ceja y procede a asentir con la cabeza y pone el auto en marcha.

Randall es un amigo, tal vez el único, que tengo aquí en Los Ángeles y en mi vida. Nos conocemos desde la secundaria. En ese entonces vivíamos en Londres y después de clases nos escapábamos para ir al London Eye, subir a una cabina y fumar mientras admirábamos la ciudad, pero un día se mudó aquí y nuestro lugar ya no es el London Eye, sino un cerro cerca de la playa.

3

If there's no one beside you
when your soul embarks,
then I'll follow you into the dark.

Chelsea

Coordino mi respiración con el ruido que producen las olas al romperse en la arena. Estoy cerca de Santa Monica Pier, pero alejada de
la multitud de personas, que se pueden ver desde aquí, en un lugar
más elevado donde el chófer ha estacionado. Escucho música, veo a
algunos bailando, otros divirtiéndose en las atracciones, y los envidio. Ojalá pudiera descender y caminar entre ellos sin que alguien
gritara mi nombre.

—Deberíamos irnos ya, señorita Cox —me informa mientras
revisa su reloj.

—Un minuto más, por favor. Estoy esperando a alguien.

El sonido de una moto me alerta y giro para darme cuenta de
que es Randall. Me ajusto los lentes y doy un paso en su dirección
cuando se estaciona cerca. Baja sacándose el casco de la cabeza,
dejando que su despeinado cabello marrón baile con el viento. Verlo
me hace caer en la cuenta de cuánto hemos crecido. No luce como
el chico de quince años que una vez me pegó una goma de mascar

27

en el cabello, luce como el hombre al que ahora le pediría que me lo jalara.

—Hey, Ce Hache. ¡Qué gusto volver a verte!

Pero no se lo pediré, es solo mi amigo, el único, y no quiero arruinar eso. Me abraza y le respondo aún con más fuerza, pero él rompe la unión.

—Sabes que odio las demostraciones de afecto —dice riendo y arrugando la nariz. Estar aquí con él después de lo que pasó hace un mes me parece irreal. Lo extrañé demasiado y no lo supe antes.

—¿Cómo estás? —le pregunto. La brisa salada me causa escalofríos. Necesito algo para relajarme, pero no quiero mostrarme ansiosa. La cocaína ha dejado sus efectos secundarios en mi cuerpo y lo odio. Tiemblo y sudo frío, y no es por el calor de la ciudad.

—He estado bien… —No deja de mirarme fijamente—. Aunque ahora estoy genial ¿Por qué tan arreglada?

—Tuve una entrevista —respondo.

—Oh, es cierto. Elena. —Recuerda y yo asiento con la cabeza—. Te noto extraña. Tus ojos...

—Cocaína —contesto y desvío la mirada—. Estaba ebria esta mañana y tenía un compromiso importante.

—La vieja confiable.

—Sí. Fue hace algunas horas, ahora solo quiero tranquilizarme…

Lo veo sonreír y pasarse la mochila hacia el pecho. La abre para sacar una bolsa de cierre hermético con moños de marihuana en el interior. Estoy ansiando llenar de humo los pulmones. No soporto más sentirme tan despierta.

—Mierda, Randall. Pensé que lo traerías armado, no tengo tiempo —gruño, pero él se ríe.

—No te preocupes. Te armaré uno, soy un gran arquitecto. Mejor cuéntame cómo te va. ¿Cuánto tiempo estarás aquí en L.A.?

Suelto un suspiro y trato de calmar la taquicardia que me produce el bajón de la droga anterior.

—Estoy bien. Estaré hasta mañana. Debo volver a Londres a trabajar en algunas cosas.

Cosas como campañas publicitarias, fotos para el nuevo álbum, un video musical pendiente, una pasarela, tres fiestas elegantes y aburridas, un concierto de beneficencia, grabar algunas canciones más, una entrevista en la radio, una visita a mi cirujano y mucho más que ahora mismo no recuerdo. Lo bueno, o lo malo, ya ni sé, es que tengo a alguien que se encarga de refrescarme la memoria e indicarme hasta cuántas veces al día tengo permitido ir al baño.

—¿Qué harás en la noche? —pregunta mientras muele la hierba en el *grinder*.

—No lo sé, creo que tengo una cena con alguien «importante». —Alzo los dedos para hacer las comillas en el aire.

—Suena aburrido.

—Un poco —contesto y me encojo de hombros—. ¿Y tus padres? ¿Hablas con ellos aún?

Hace mala cara.

—No. Me gusta bastante el puesto de oveja negra de la familia. Me siento único, completamente diferente a ellos. Se respira tranquilidad y paz sin mis hermanos exitosos alardeando de todo y sin mis padres comparándome. —Me mira—. ¿Y tú?

—Mi padre no me habla hace más de cinco años y mi madre no deja de respirarme cerca todo el tiempo —suspiro y volteo a mirar al chófer. Está tenso, lo veo en su rostro. Ojalá supiera su nombre para pedirle que no se preocupe. Sé que teme por su trabajo, pero ahora necesito esto. Arreglaré todo después—. Es que han pasado algunas cosas estos últimos meses que… han hecho que todo esté más intenso.

—¿Qué cosas? —Ladea la cabeza. Me detalla intrigado.

No voy a contarle lo que intenté hacer; irónicamente, me mataría, y no quiero que él también esté decepcionado de mí.

—Me he pasado del límite en algunas fiestas.

No diré que en todas, pero sí, en todas.

—¿Quién a tu edad no lo ha hecho? Pero entiendo, tienes millones de ojos encima —comenta mientras se lleva el porro sin sellar a la boca. Lo envuelve y me lo ofrece—. ¿Entonces estás portándote bien? —Alza una ceja y evito mirarlo.

—¿Encendedor? —pido, y extiendo la mano en su dirección. Lo extrae del bolsillo de su pantalón y lo deja sobre mi palma, haciendo que la suya cubra la mía durante un eterno segundo. Su toque me eriza la piel del brazo, y rápidamente me llevo el cigarrillo a la boca y quemo la punta para enseguida inhalar el humo. Lo sostengo un momento y lo dejo ir—. Estoy portándome bien para ellos.

—¿Y para ti?

—No.

—Bueno saberlo… Hoy, en Beverly Hills, habrá una fiesta... —dice, y empiezo a negar con la cabeza. Hollywood también es cuna de paparazis. No quiero problemas con nadie. Quiero mantener un perfil bajo—. No, déjame terminar. Es en extremo privada; la organiza un jugador de la NBA, Travis West.

—No tengo ni la menor idea de quién es. No soy fan de los deportes…

—Mejor aún, te lo presentaré. Todo será bastante discreto, créeme. Él y sus amigos también les temen a los paparazis.

—¿Puedes conseguirme éxtasis? —pregunto sin dejar salir el humo. No sé de dónde vino esa pregunta, pero sé que es lo que quiero ahora.

—Todo lo que quieras, Ce Hache. —Sonríe—. Realmente me gustaría pasar tiempo contigo antes de que te vayas y no volvamos a vernos hasta dentro de quién sabe cuánto.

Vuelvo a inhalar y suelto el humo, no lo pienso mucho, cualquier motivo que pueda usar para desaparecer de la vista de mi madre y mi mánager es perfecto. Ya cumplí con lo importante. Me fijo en la felicidad y la súplica de sus ojos. Trato de no romper mi seriedad hasta que su sonrisa causa una mía.

—Llama a tu amigo y avísale que voy; no quiero llegar como una intrusa… —Le ofrezco el cigarrillo, pero él se niega. Abro los ojos por la sorpresa que me da que lo rechace y al mismo tiempo no dejo de sentir un poco de vergüenza. Espero que no piense que solo lo llamé por la marihuana.

—Llevo dos meses sin fumar —explica.

—¿Y eso?

Se encoge de hombros.

—Estuve pensando en quién soy sin eso.

—No te entiendo.

—Para dormir profundo, fumaba. Me despertaba y fumaba. Antes de tomar un baño también lo hacía. Cuando trabajaba, fumaba, y al terminar caía en un sueño profundo que no me dejaba hacer más. Antes de tener sexo, fumaba, y después también. Creía que todo se sentiría más intenso, pero la verdad es que es una mierda. Me retarda en todo, ellas disfrutan, pero yo no llego nunca. En cada ocasión pensaba que todo lo iba a sentir el doble y mejor, pero un día llegué a la conclusión de que si me la quitan… ¿Entonces no disfrutaría? Quiero vivir sintiendo por mí, no por algo.

Podría decirle que estoy de acuerdo con él, porque tiene toda la razón, pero en mi cabeza todo es distinto. Randall recurría a la droga para sentir más, yo lo hago para sentir menos, y no hay nada más adictivo que cualquier cosa que pueda sedarte los sentimientos. Las personas suelen buscar refugio en el sexo casual, en la comida, en las fiestas, en llenarse de amigos falsos, o tropezar con las drogas. He pasado por todo y esto es lo que más ha servido.

Vuelvo a darle una calada más profunda al porro, me lleno los pulmones con el humo y lo aguanto durante unos segundos, mientras mis ojos caen en la gran rueda y en las otras atracciones mecánicas que están construidas en el muelle. El sol se está poniendo y en un tanto más anochecerá. La vista es increíble y, al ver hacia un lado, no puedo dejar de pensar en que la compañía lo es aún más. Ojalá pudiéramos vernos más seguido. No le respondo, no debo hacerlo. Sabe lo que pienso.

Randall me mira con la dulzura que siempre me regalan sus ojos. Sus iris son una mezcla de café y verde. Se ven claros y brillantes gracias al sol. Me gustan. Me gustan muchísimo.

—Debo irme, Ce Hache —dice rompiendo el contacto visual y algo más en mi pecho. No quiero que se vaya. Tal vez sí debería ir a esa fiesta—. Te enviaré un mensaje con la dirección.

Se echa el maletín a la espalda y sube a la motocicleta. La imagen me obliga a morderme el labio inferior. Lleva una chaqueta de cuero negra que lo hace lucir como un *bad boy,* pero la verdad es que está muy lejos de serlo. Randall es un chico inteligente y amable, que ama la música *techno,* divertirse, conocer e ir detrás de sus sueños y de la felicidad. Ojalá pudiera ser como él, ojalá en algún momento de mi vida pudiera disfrutar un momento de la suya, porque a pesar de que nos conocemos desde hace años, nuestros círculos sociales están tan separados. Aunque el mío es pequeño… Bueno, la verdad es nulo. Suspiro. Me concentro de nuevo en su físico. Inclina la cabeza hacia atrás y mueve el cabello para que se despeje su rostro. Acomoda el casco sobre el regazo y lo alza, pero antes de ponérselo por completo, me regala una sonrisa y una mirada que se vuelve un guiño. Dejo de respirar. Acelera la moto y se pierde en la distancia. Vuelvo a respirar. Enciendo de nuevo el porro y le doy una última calada. Lo apago y lo arrojo a un matorral, y atesoro el encendedor de color dorado.

El sonido de llamada de mi celular me hace ir hasta el auto. Junto con fuerza los dientes cuando leo el nombre en la pantalla.

—Al fin te dignas a aparecer —contesto. Le pido un segundo más al chofer con el índice y vuelvo la vista hacia al mar.

—No te enojes, bonita. Estaba durmiendo.

Su voz suena ronca.

—¿Qué pasó anoche?

—Nos drogamos, nos emborrachamos, bailamos, tuvimos sexo… Ya sabes, lo de siempre —dice y ríe. Estoy por pedirle más detalles, pero me detengo cuando escucho una voz femenina al fondo.

—¿Con quién estás, Matthew?

Mi corazón se acelera. La hierba estaba relajándome, pero ahora me siento aún más ansiosa. Pasó todo lo contrario de lo que quería. Mi estómago se retuerce y un hormigueo pesado se apodera de mi cuerpo. No puede estar pasando esto otra vez. Había jurado que no lo volvería a hacer.

—No estoy con nadie.

—Mientes —gruño.

—¡Estás loca!

Cuelga y vuelvo a marcar su número, pero me lleva al buzón de voz.

Maldito hijo de puta.

Arrojo el teléfono en el asiento trasero y me termino el porro para luego pedirle al conductor que me lleve de regreso.

¿Con quién estará?

Me abrazo a mí misma. A principio de año vieron a Matthew besar a una modelo en una fiesta. La foto se movió a la velocidad de un relámpago por todas las redes sociales. Yo me encontraba a punto de salir al escenario cuando Alicia le soltó una maldición a su teléfono y le pregunté que si había sucedido algo. No respondió. Ese día todos a mi alrededor me miraron con lástima y me devolví al camerino en busca de mi celular. Tenía que descubrirlo, tenía que enterarme. Vi la foto. Me caí un segundo, me levanté al siguiente, me sequé las lágrimas y salí a cantar. Dolió. Duele y siempre va a doler. Porque, aunque algunos días quiera liberarme de él, no puedo. No puedo verme con nadie más. No creo que exista alguien que pueda quererme siendo así, un desastre. Detesto que me guste, detesto que a veces sea bueno, no me permite odiarlo; aunque quiera, el odio que siento se desvanece como agua entre las manos.

Un aviso de un mensaje interrumpe mis pensamientos.

HAYLEY

Avísame cuando regreses a Londres.
Tengo que contarte un par de cosas.

> Deja de ignorarme, maldita.

Y, en efecto, la ignoro. Apago la pantalla y cuando estoy a punto de guardarlo, llega otro mensaje.

RANDALL
> ¡Hey, CH! Aquí está la dirección:
> 607 N. Hillcrest, Beverly Hills. Nos vemos.

Le respondo con un «OK» y vuelvo a oscurecer la pantalla.

—¿Podríamos ir a una tienda de ropa? La primera que encuentres —le pido al conductor.

—Su madre me ha llamado más de cincuenta veces. Voy a perder mi empleo —dice preocupado.

—No lo harás, la culpa siempre es mía —afirmo tratando de sonreír con dulzura—. Por favor. Mi conductor en Londres tiene su empleo hace más de tres años y le he pedido cosas peores. Solo quiero quitarme este vestido, me está picando como un millón de hormigas. Por favor, por favor.

El hombre me analiza por unos segundos a través del retrovisor mientras nos detenemos en un semáforo rojo.

—A tres calles hay una pequeña tienda —dice.

—Perfecto.

—Pero es de segundo uso.

—No importa, solo quiero sacarme este vestido.

Tomo una gorra de atrás del asiento. Me la pongo, ocultando el cabello, y me ajusto los lentes. Estacionamos frente a la tienda y bajo, tratando de no llamar la atención. Para mi suerte, está vacía. Me tomo mi tiempo hasta que encuentro unos jeans, una chaqueta de cuero falso, una camiseta negra y entro al vestidor para cambiarme. Si antes no estaba muy segura de ir a la fiesta, ahora sí lo estoy por completo. No quiero pensar en Matthew. No quiero pensar en mi madre ni en mi padre, que no me habla hace mucho tiempo por culpa de la prensa. Siempre empeoran todo. Si me tropiezo saliendo de una discoteca, ellos dicen que estaba extremadamente drogada y alcoholizada… Puede que lo haya estado, pero no tendrían por qué hacer ese tipo de mierdas. No respetan mi privacidad, no respetan mi espacio personal, no respetan nada y estoy harta. Ojalá nadie me reconozca aquí, no podría soportarlo.

Cuando estoy lista, me miro los pies. No me iré en estos tacones asesinos. Salgo y camino descalza por todo el lugar. Sé que tengo la mirada de la cajera encima, pero la ignoro. Al fondo, en un estante, veo unas botas planas de color negro, que espero sean de mi talla. Llego hasta ellas, las tomo y reviso la suela. Sí lo son. La vida me sonríe.

—Una Chelsea normal, común y corriente. —Le sonrío sin ganas a mi reflejo. Estoy muy delgada. La ropa me queda un poco holgada, pero para mí es mejor así. No quiero nada ajustado, no quiero que vuelvan a tomarme una foto del cuerpo que terminará siendo tema de críticas durante meses. Las redes sociales son un nido de personas horribles, por eso intento evitarlas. Suficiente tengo con el odio que presencio a diario a mi alrededor.

—¿Cuánto es por todo? —pregunto a la cajera, pero recuerdo que no traje nada de dinero. ¿En qué mierda estaba pensando? Esto es efecto de no salir a la calle sola. Vivo rodeada de personas que hacen todo por mí. ¿Acaso esto es una película en la que todo está convenientemente organizado? No lo creo.

—¿No piensas llevarte ese vestido?

Señala la prenda que está colgada en el vestidor.

—No me gusta.

—O estás ciega, o tienes pésimo gusto. —Me mira de arriba abajo—. Apuesto por lo segundo.

Sale del mostrador para llegar hasta el vestido y fijarse en la etiqueta. Cuando lee el nombre sus ojos se abren de manera abrupta. Su cara ahora mismo podría ser un gran meme de conmoción.

—Dolce & Gabanna. ¿Es real? —pregunta anonadada.

—Sí. Me lo regaló un hombre con el que salgo —miento—. Por eso lo detesto.

Me acomodo los lentes negros sobre la nariz. No me ha reconocido y creo que voy bien. Espero que me haga el cambio y acepte el vestido como pago.

—¿Cuánto te debo?

—Déjame el vestido y cuenta saldada.

—Trato. —Le levanto los pulgares, le sonrío y salgo apurada de la tienda.

Vuelvo al auto y le indico la dirección al conductor.

—Su madre llamó de nuevo. Tiene nuestra ubicación.

Mierda. Olvidé que cada persona de mi equipo de seguridad puede ser rastreada.

—¿Cómo te llamas? —pregunto.

—Gilbert Neans —responde.

—Mucho gusto, Gilbert.

Me adelanto hasta dejar la cabeza en medio de las dos sillas. Veo al hombre por unos segundos. No aparenta más de cuarenta años, pero tampoco luce de mi edad.

—¿Tiene hijas?

Estamos cerca del lugar y muy lejos del centro de la ciudad; se demorarán en llegar hasta este lado. Gilbert tarda algunos segundos en contestar.

—Sí. Una.

Sigue mirando al frente. Esta parte de la ciudad está un poco vacía, son los suburbios.

—¿Cuántos años tiene?

—Pronto cumplirá trece.

Pensé que respondería que sería menor, es un padre muy joven.

—Oh, *wow*. Debe ser hermosa. ¿Va a la secundaria pública o...?

—Pública.

—¿Tiene muchos amigos?, ¿es popular? —pregunto sin pensar.

Estoy tratando de distraerme, saber un poco de la normalidad.

—Eh... creo que sí. Muchas de sus amigas van los sábados a casa a pasar la noche y todo se descontrola un poco —dice riendo.

—Qué divertido. Yo nunca fui a una piyamada.

—¿No la dejaban? —pregunta echándome un vistazo por el retrovisor.

—No me invitaban.

Me echo hacia atrás en el asiento. Tal vez no debí llevar la conversación por este camino. Siempre estoy pensando en lo que me hizo falta y envidiándolo, echándole más leña a mi sufrimiento. Necesito algo para calmarme. La marihuana se está yendo.

Mi adolescencia se puede resumir en: mucho trabajo y ser engreída, temida y antipática. Se me han contagiado algunos malos modales de personas con las que trabajo, pero eso no me define. Aunque realmente no sé qué es lo que me define. Con unos soy seca, pero con otros pocos puedo ser amable. Creo que respondo según quien me hable, aunque jamás podría faltarle el respeto a nadie. Las discusiones me generan muchísima ansiedad.

Gilbert no responde más, supongo que mi vida le apena tanto que ha decidido no comentar nada al respecto para no hacerme sentir peor.

—Dame tu teléfono. —Estiro la mano hacia él.

—¿Perdón?

—Lo necesito para que me envíes el número de tu cuenta de banco. Te prometí algo y voy a cumplir.

—La verdad es que… No puedo. Es mi trabajo y…

—No importa. Tengo tu nombre, te los haré llegar pronto. Llegamos —digo al ver el GPS en la pantalla del auto—. Dile a mi madre que escapé. Que me buscaste por toda la ciudad y no aparecí. Aléjate mucho de aquí, por favor.

—Entiendo. —Asiente con la cabeza.

—¿Señorita Cox?

—¿Sí?

—Cuídese.

Le sonrío mientras bajo del auto.

—Lo haré —digo y cierro.

La camioneta arranca y mis ojos caen sobre la casa frente a mí. No se escucha ningún ruido, el interior está en tinieblas, no hay autos estacionados afuera y ni una sola alma vaga por ahí. Tomo el celular y le envío un mensaje a Randall. Responde enseguida y me pide que espere donde estoy. Miro a ambos lados de la calle, estoy rodeada de ostentosas mansiones que cuestan billones de dólares, casas que no me sorprenden, pues podría comprar la que quisiera.

Recibo un toque en el hombro y me giro para encontrarme con la cara sonriente de Randall.

—Hubiera apostado a que no vendrías.

Sus brazos rodean mis hombros y me veo apresada contra su pecho. Se siente bien.

—Pensé que odiabas las muestras de afecto —comento muy confundida y lo abrazo.

—Te quiero más de lo que las odio. —Se separa, me toma la mano y me guía hasta el interior del lugar. Siento una calidez especial en todo el cuerpo al entrelazar mis dedos con los suyos—. Además, quién sabe cuándo te vuelva a ver.

—Es cierto. El próximo año empezaré mi nueva gira y...

—Shhh... —exclama y pone su dedo índice en mis labios—. No hablemos de trabajo. Hoy olvidemos que eres la famosísima Chelsea Cox e imaginemos que eres la Ce Hache que vomitó todo el pastel que se comió en mi última fiesta de cumpleaños.

—Me parece genial —digo volviendo a andar junto a él.

Al entrar, nadie nos recibe, solo hay oscuridad, exceptuando la escalera de caracol iluminada por un tragaluz en el techo, que también revela una pared llena de plantas a la izquierda. El resto del salón está hecho sombras, pero distingo algunos muebles de diseñador. Es una decoración parecida a la de mi casa en la playa, pero aquí las paredes están llenas de trofeos y camisetas de jugadores de baloncesto retirados. Le doy una mirada de confusión a Randall.

—Paciencia, aún no llegamos —avisa.

Entramos a una cocina enorme y elegante. Randall me lleva hasta una puerta doble de color blanco que parece un almacén de comida, pero cuando la abre quedo anonadada. Hay unas escaleras iluminadas con una luz roja.

—¿Vamos al cuarto rojo? —bromeo.

—Ya quisieras, primor.

Descendemos y enseguida el ritmo del *techno* llena mis oídos y los bajos se apoderan de mis latidos. Me entusiasma que la fiesta sea con este tipo de música, pues me encanta bailarla y perderme entre *beats*. Cuando hemos llegado, veo cómo la oscuridad desaparece aleatoriamente por las luces de colores de los reflectores en el escenario del *DJ*. Todos bailan perdidos en su propio mundo. Huele a sudor, a marihuana y a otro olor que no logro identificar.

—¿Es ella? —Escucho que alguien le pregunta a Randall a través de la música.

—Sí. —Me pega más a él—. Ce Hache, él es Travis West.

Extiendo la mano y le doy un suave apretón a la suya. Es un moreno alto, joven y atractivo, con una sonrisa enorme y dientes muy blancos. Lleva unos lentes oscuros, como los míos. Ojalá pudiera ver sus ojos.

—Mucho gusto, Chelsea. Jamás pensé conocerte en mi propia casa —me dice al oído.

—Los milagros existen —respondo.

—Eso es cierto. Espero que la pasen bien. No dudes en buscarme si necesitas algo, lo que sea. —Vuelve a sonreír, y esta vez lo capto de diferente manera.

Se despide de Randall y se pierde entre la multitud para saludar a más personas.

—Es un gran amigo —agrega Randall.

—Tienen el mismo gusto musical —contesto y empiezo a moverme al ritmo de la música. Es hora de no pensar.

—¿Quieres un dulce? —susurra en mi oído.

—¡Por favor!

Cuando Randall me sonríe, me pierdo en el gesto. De su bolsillo saca una pequeña bolsa hermética que contiene dos diminutas píldoras. Éxtasis. Empieza a mover su cuerpo al ritmo del mío, toma una pastilla, se la pone en la boca y luego yo tomo la mía. Rápidamente toma una botella de agua de una mesa que está repleta de ellas.

—¡Salud! —dice al beber y luego me la ofrece.

—¡Salud! —respondo y paso la pastilla con el agua.

El bajo de la música se mezcla con el latir de mi corazón. Randall y yo nos miramos fijamente mientras bailamos, varias personas le tocan el brazo a modo de saludo. Llevar lentes y el cabello escondido dentro de la gorra hace que pase desapercibida; la oscuridad y la multitud también colaboran.

Podría bailar durante horas. Las drogas ayudan a eso, a sentir más, a ver mejor los colores, a liberar tus movimientos y no pensar en lo que dirán. Porque aquí nadie te mira, aquí nadie juzga. Cuando el éxtasis comienza a hacer efecto, cada folículo de mi piel se eriza y los colores de las luces se ven lentos y más brillantes. Siento falsa felicidad, siento bienestar, como si todo fuera perfecto y nada pudiese salir mal, pero sé que cuando la noche termine todo volverá a ser horrible. Tengo la boca seca y mi corazón va más rápido que de costumbre. Las horas pasan, los ritmos varían y aprovecho para disfrutarlos todos.

—Me cansé —susurro cerca del oído de Randall.

—Tengo la solución.

Saca otra bolsa pequeña y me la enseña. Dentro de ella hay otra pastilla más.

—Abre —ordena y abro la boca.

Siento a Randall pararse detrás de mí. Doy un paso hacia atrás y me detengo cuando siento su pecho contra mi espalda y su pelvis contra mis nalgas. Se siente tan bien... Doy media vuelta y pongo las manos en su pecho. Está perdido en el ritmo, tiene los ojos cerrados y la respiración lenta. El cabello le cae en la frente y sus labios están entreabiertos.

—Deja de acosarme —dice.

—Te ves bien.

—Lo sé. —Abre los ojos—. Quítate eso, a nadie aquí le importa quién eres.

Sigo su instrucción y dejo caer los accesorios al piso.

—Mejor. —Sonríe también—. Eres de otro planeta, Ce Hache.

Me río del ridículo cumplido. Me toma del brazo y me pega a él. El movimiento me sorprende.

—No estoy mintiendo —dice serio.

—Lo sé. —Acerco mi rostro al suyo.

—Ce Hache… —susurra contra mi boca, y su pulgar acaricia mis labios—, ¿podré besarte algún día?

Me pierdo en los movimientos de sus labios. Todavía es muy larga la distancia que nos separa, pero la química es tanta que desde lejos ya sé a qué saben.

—¿Y si ese día fuera hoy?

Me responde con un beso. Sus labios están suaves y helados; sabe a menta. Siento cosquillas donde me toca. El mundo ha desaparecido y me sostengo de este beso como si fuera lo único que existiese ahora. Nuestros cuerpos siguen moviéndose leve y automáticamente al ritmo de la música. Ya no siento el piso y mi corazón ya no late con los *beats* del *techno*, sino que lo hace al ritmo del mejor beso que alguien me haya dado jamás, o al menos en este sí encuentro un amor que no me daña.

—Mejor de lo que imaginé —dice y se separa un poco.

—No he terminado.

Vuelvo a unir nuestros labios. Esta vez soy yo la que ejerce el control sobre él, esta vez soy yo quien se pega aún más. Llevo las manos hasta su cabello y lo enredo en mis dedos. Hemos subido la intensidad del beso en un acuerdo mutuo sin palabras. Queremos más.

De la nada todo se rompe. Parpadeo varias veces para ver porqué Randall me ha dejado vacía.

Travis está hablándole cerca del oído. Se ve bastante preocupado y mi amigo, al que estaba besando con ganas hace unos segundos, también. Randall asiente con la cabeza, se despide de él con un golpe de puño y vuelve a mirarme.

—Tenemos que irnos —ordena.

Miro a mi alrededor, la gente ha empezado a despedirse y a marcharse. Tomo de la mano a Randall y juntos caminamos hacia la salida.

—¿Viniste en motocicleta o auto?

—El Porsche está en el garaje —responde—. Toma, conduce tú. No me siento bien —dice mientras se lleva la mano a la cabeza.

Hasta el momento no he tenido malestares de ningún tipo y se me ocurre que tal vez las pastillas no eran muy fuertes. Tomo las llaves que me ofrece y me subo al puesto del conductor. Randall se sienta a mi lado. Presiona algunas opciones en el GPS, que muestra de inmediato el camino que tengo que seguir.

—¿Estás bien para conducir? Si no puedes...

—Estoy bien.

Se acomoda en su silla mientras yo pongo en marcha el auto, doy reversa y giro para acelerar hacia adelante por toda la calle. No hay ningún auto ni persona a la vista. Al parecer llovió bastante fuerte porque por donde paso se levanta el agua. Miro el cielo, está a punto de amanecer.

—Ce Hache —me llama.

Giro para verlo, tiene los ojos cerrados. Está pálido.

—Dime, Erre.

—Cuando lleguemos a mi casa... ¿Me dejarás hacerte el amor?

—Estás drogado —me burlo.

—Y caliente.

—Lo pensaré.

Me detengo en el primer semáforo en rojo. Siento la taquicardia hacer estragos en mi corazón. Echo un vistazo al GPS. Dice que llegaremos en menos de seis minutos.

Puedo hacerlo.

Tres minutos.

Solo un poco más y llegaremos. Las calles están vacías y no es imposible. Mi visión no está al cien, ni siquiera a un cincuenta por ciento. Lucho con mi mente y mi cuerpo para mantenerme lúcida.

Dos minutos.

Náuseas. Mi cabeza se tambalea de un lado a otro, me tiemblan las manos y siento un cosquilleo en los pies. Me cuesta respirar y detengo el auto. Inhalo por la boca porque siento que me arden las fosas nasales.

Tengo que seguir, ya casi llego.

Un minuto.

Acelero y veo una luz a mi izquierda. El sonido fuerte de una bocina me alerta y trato de detenerme, pero es demasiado tarde. Un camión enorme nos choca y el auto da vueltas. Recibo golpes de todos lados, vidrios rotos me rajan la piel. Mi corazón amenaza con explotar, vomito los pocos alimentos que he ingerido. Todo duele, todo arde, todo me asusta, todo me marea, todo me aterra y luego...

Oscuridad.

4

You're gone and
I gotta stay high all the time.

HABITS
Tove Lo

Chelsea

Intento abrir los ojos, pero no puedo. Tengo miedo. Estoy temblando. Es lo único que puedo sentir. El mundo se ha detenido, pero mi mente sigue dando vueltas.

¿Qué estaba haciendo? ¿Por qué no puedo moverme? Un intento más y… nada. Un momento, algo me duele. Mis piernas, son mis piernas. ¿Qué pasó? Intento traer alguna imagen a mi cabeza, pero lo único que consigo es que me duela aún más. Sí, duele y demasiado. Tengo miedo.

Necesito abrir los ojos. Vamos, Chelsea. Abre los ojos. Gasto toda la energía que no sé si tengo hasta que lo consigo: al fin, los abro. Parpadeo un par de veces y logro enfocar la vista y darme cuenta de lo que está pasando. Estoy colgando y lo único que sostiene mi cuerpo es el cinturón de seguridad. No. No. El visor está roto y estoy colgando. El auto se ha volcado. Toso e inmediatamente siento el sabor de la sangre en la boca. Me siguen doliendo las piernas, la cara me arde y los brazos me pesan tanto que no puedo moverlos. ¿Qué pasó? Todo estaba bien, yo no aceleré antes de que pasara a verde.

45

Estaba en verde, puedo jurarlo. Me cuesta respirar. Quiero vomitar. Siento que me falta algo… Alguien…

Randall.

Giro para buscarlo y no lo encuentro, su puerta está abierta. Sin pensar y usando la poca fuerza que tengo, zafo el cinturón de seguridad y caigo. Trato de abrir la puerta, pero no cede. Está atorada. Mi celular. Necesito mi celular. Tengo que llamar a… Lo encuentro entre vidrios, intento marcar el número de emergencias con las manos temblorosas, pero me detengo cuando escucho la puerta abrirse.

Piernas largas y zapatos negros son lo primero que veo. Quien sea que esté afuera me ofrece una mano.

—Señorita Cox, déjeme ayudarla. ¿Puede salir? ¿Se encuentra bien?

No puedo hablar. Quiero responder, quiero preguntarle por Randall, pero no logro pronunciar nada. Alzo el cuello con cuidado y tomo su mano. Hacerlo me cuesta mucho, pero lo logro. Al salir me encuentro con un hombre vestido de traje. Creo que lo he visto antes, no lo sé, no puedo conectar mucho en mi cabeza ahora. Sin preguntarme, mete las manos bajo mis axilas y me eleva hacia su cuerpo, echándome al hombro como peso muerto. Esto no está bien, no debería tratarme así, puedo estar herida. Algo está mal. ¿Dónde está Randall? Me fijo en el auto y en el enorme camión que se ha estrellado contra una tienda. No veo más heridos, no veo al otro conductor. Randall. ¿Dónde está Randall?

—¡No! —logro decir cuando veo que nos alejamos del auto.

Le ordeno a mi cuerpo moverse para resistir, pero fallo. No sé si es la droga, o si estoy en un trance. Quiero moverme, quiero correr y gritar. ¡Randall!

Un golpe seco llama mi atención y giro la cabeza para ver cómo alguien mueve a Randall al auto volcado.

—No… —susurro. No logro decir más, no puedo y lo necesito. La impotencia me llena de ira. ¿Qué están haciendo?

Intento una vez más y ahora mi cuerpo sí logra acatar las órdenes, y caigo al asfalto, liberándome de los brazos del hombre. Me echo a correr como puedo, sin entender qué estoy haciendo. Tropiezo dos veces, pero no me detengo. Llego hasta el auto volcado y me meto entre los otros dos escoltas que manipulan sin cuidado a Randall.

—¡No lo toquen! ¡Llamen una ambulancia! ¡Déjenlo! —grito alterada. Ha vuelto mi voz.

Me empujan. Alguien me toma de la cintura, pero me esfuerzo por zafarme. Llego hasta Randall y lo sacudo del brazo. Abre los ojos, Randall. Ábrelos.

—¡Despierta, Erre! —sigo gritando—. ¡Despierta!

No me rindo, vuelvo a moverlo. Los hombres se apartan después de escuchar un chasquido de dedos, al cual no le presto atención.

—Despierta. Soy Ce Hache, tenemos que ir a casa... —Las lágrimas corren por mi rostro—. Despierta, por favor. Por favor, por favor, por favor, por favor...

—¡Chelsea, suéltalo! ¡Está muerto! —grita *esa* voz. La palabra final me derrumba.

—Erre, por favor. No me dejes, no tengo a nadie. Quédate conmigo. Prometo visitarte más seguido y no irme por tanto tiempo... Despierta, por favor... No le des la razón a ella. ¡Despierta!

—Tenemos que irnos, Chelsea. Es por tu bien. No tardarán en llegar la prensa y la policía —dice y busca mi hombro, pero le manoteo.

—¡Despierta! —grito y sigo sacudiéndolo. Esto tiene que ser un mal sueño, tengo que seguir dormida, esto no puede estar pasando. No. No. Randall no. Cualquiera menos Randall.

—Lo mataste, Chelsea. Apártate y déjame arreglar este desastre antes de que pase algo peor.

¿Que pase algo peor? ¿Qué puede ser peor que perder a mi único amigo?

Vuelve a chasquear los dedos y las manos de los dos guardaespaldas se apoderan nuevamente de mis brazos. Los esquivo y lo único que se me ocurre es presionar el pecho de Randall. Tiene que despertar. Tiene que volver. Acerco mi cara a su nariz. No respira. Presiono aún más fuerte su pecho y no me detengo en ningún momento. Su cabello está lleno de sangre, sus labios están violetas, tiene los ojos cerrados y la ropa hecha trizas. Tienes que vivir, Randall, aún te falta mucho... Aún nos falta mucho. No puedes irte, al menos no sin mí.

—¿Qué parte no entiendes de que ya no hay nada que hacer? ¡Tenemos que irnos! —Amanda me empuja y caigo de espaldas—. Llévensela. Métanlo al auto. Tiene que parecer que iba solo —le susurra a uno de los hombres, pero alcanzo a escuchar.

—¡No! ¡No puedes hacer eso! ¡Tenemos que ayudarlo! —le grito mientras los tres hombres toman mis extremidades y me cargan—. ¡Suéltenme! —Intento liberarme al tiempo que la veo pedirles a los hombres que sigan con lo suyo—. ¡Te odio! ¡Ojalá te mueras!

No dejo de sacudirme, ni de llorar, ni de odiar, ni de temblar. No proceso lo que está pasando como debería, siento que debo hacer más. Necesito hacer algo más. No puedo permitir esto, no puedo permitir que me alejen de él. Lloro con fuerza mientras veo cómo lo mueven sin cuidado. Desde lejos veo cómo cierran la puerta del auto y se alejan del lugar. No comprendo las palabras, pero sé que alguien me habla. Uno de los guardaespaldas se queda al lado del auto volcado y saca algo del bolsillo para arrojarlo al charco de gasolina que rodea toda la escena. Sale corriendo mucho antes de que el *algo* caiga al piso, y justo en ese momento puedo distinguir al fin lo que es. Un encendedor.

—¡No, no, no, no! —grito e intento escapar. Volteo a ver a Amanda, que se encuentra indiferente, mirando el reloj en su muñeca. Escaneo la calle. Han empezado a llegar personas al lugar. Las sirenas también se acercan. Me empujan con fuerza a la parte trasera del auto, pateo el pecho de alguien y manoteo la cara de otro. Al fondo escucho las sirenas, tal vez no sea tarde, solo tengo que salir, correr hacia él y sacarlo antes de que el fuego lo toque. Ojalá no lo haya hecho ya. Tengo que moverme más rápido. Lanzo una patada más, pero me detengo, y también se detiene mi corazón, cuando escucho una explosión—. Randall...

Me muevo para mirar por la ventana trasera. El fuego se ha apoderado del vehículo y de Randall...

Randall…

Esto tiene que ser una pesadilla, tiene que serlo, y si no lo es...
No quiero despertar.

Abro los ojos y enseguida me arrepiento de haberlo hecho. La luz
blanca hace que me duela la cabeza y la garganta me arde al intentar
tragar. Los recuerdos que me llegan de repente hacen que me siente
abruptamente. Estoy sobre una camilla. A mi lado derecho me
encuentro con aparatos médicos que emiten un *beep* constante,
infernal. Todo es blanco. Estoy en una habitación de algún hospital.
Amanda está sentada frente a mí con su traje caro e impecable. Sus
ojos castaños no reflejan ninguna emoción. He perdido a alguien y
ella sigue ahí como si nada, mirándome como si me hubiera pasado
del límite en una noche de fiesta más. Randall no está y a ella no le
importa. Quiero desaparecer. La vida me está doliendo demasiado.

—Al fin —dice y se pone de pie—. Levántate, debemos irnos.

Toma un pequeño maletín y lo arroja a mis pies.

—Lo mataste —susurro.

—¡No me faltes al respeto, Chelsea Dorothea!

—¡No me llames así!

Capto algo en su rostro. Odio, o tal vez rencor. Amanda jamás
va a perdonarme que mi padre la haya dejado por mis excesos.
Somos peste para él, sobre todo yo, que soy el claro ejemplo de todo
lo que no debería hacerse en la adolescencia y la juventud.

—¡Eres tan desagradecida! Estoy arriesgando mucho por ti y no
valoras nada, nunca lo haces…

—Lárgate.

—No. Vas a escuchar. Nada pasó. Estabas en otra más de tus fiestas al otro lado de la ciudad, por si alguien llega a preguntarte, ¿lo
entiendes?

—No voy a mentir —digo. Intento bajarme de la camilla, pero apenas pongo los pies sobre el piso sé que no voy a resistir estar de pie ni mucho menos caminar. Estoy jodida. No la quiero cerca, solo quiero irme de aquí. Tengo que pedirle ayuda a alguien. Me arriesgo a apoyarme sobre las piernas y caigo al piso.

—Estás anestesiada, Chelsea. Vuelve a la cama —indica

Va hasta la puerta para llamar a la enfermera, pero cuando la abre veo a mi hermano mayor parado al otro lado.

—Edward... —susurro.

Los ojos me arden y se llenan de lágrimas. Necesito que me alce, que me ayude. Le hago señas con las manos.

—Chels... —dice, y viene hasta mí para levantarme, y dejarme de nuevo en la camilla—. Déjanos solos, mamá.

Me quejo del dolor. No debí pararme. Me hago un ovillo sobre la cama. Sí quiero que se vaya, quiero hablar libremente con él. Necesito contarle todo. Él podría hacer algo.

—Mamá —habla Edward a modo de advertencia cuando no la ve moverse.

Cierro los ojos. La escucho tomar su bolso. El ruido de sus tacones se pierde poco a poco. El sonido de la puerta cerrada me hace volver a abrirlos. Respiro de nuevo, no lo hago bien y tampoco es que tenga muchas ganas de hacerlo, aunque debo, por el momento.

—Sé lo que pasó y lo siento. —Se sienta sobre la camilla.

Un sollozo se me escapa. No me había dado cuenta de que empecé a llorar. Intento quitarme las lágrimas de la cara, pero es imposible porque no paran de salir. Estoy hundiéndome más y tengo miedo de no salir a flote de aquí.

—Ella… —intento pronunciar.

—Lo sé. No hay que repetirlo —dice.

—No… Hay que hacer algo. Hay que…

—Shhh. Lo importante es que tú estés bien.

Acaricia mi cabello, y aunque eso no me consuela, tampoco quiero que se detenga.

—No, no. Randall… ¿Recuerdas a Randall? —La voz se me corta—. Él…

—Lo siento tanto.

—No puedo, Edward... No la quiero cerca. —Oculto la cara contra la almohada y dejo que el dolor se apodere de mí—. No sé qué hacer…

—Yo tampoco, pero buscaré alguna manera de alejarte de ella, Chels.

Sube a la camilla y me rodea con los brazos. Él no lo sabe, piensa que ella es una persona insensible y ya, pero no. A mi madre nunca le ha importado pasar sobre cualquier persona para que mi nombre, no, el mío no, el nombre de Chelsea Cox como marca registrada brille siempre, aunque tenga que sacrificar mi felicidad, mis deseos… la vida de los pocos que quieren a su hija, su propia hija. Me alejó de mi padre y ahora me quitó a Randall…

—Es mi culpa… Yo no debí… —susurro, pero Edward no me deja continuar hablando.

La voz me sale rota. Las lágrimas, el llanto, el dolor, me impiden seguir respirando bien. Los daños se multiplicaron; ya no hay nada entero dentro de mí.

5

All I wanted was to break your walls.
All you ever did was wreck me.

WRECKING BALL
Miley Cyrus

Chelsea

Tres días después...
Londres, Inglaterra

Los guardaespaldas me dejan en mi casa en Kensington. La propiedad es una de mis favoritas. Me gusta lo antiguo, lo barroco. Casi luce como un pequeño castillo, uno muy blanco y renovado. El interior es igual. Respiro hondo cuando estoy dentro. El olor a madera vieja y limpiapisos de lavanda me hace sentir de nuevo en casa. Inhalo y exhalo. Una lágrima me cae por la mejilla y la quito de inmediato. No saludo a nadie, es tarde y no avisé que iba a llegar aquí, fue de último momento. Alicia quería que me hospedara en un hotel, tal vez para mantenerse al tanto de mis movimientos, pero no quise, quería algo más mío. Subo corriendo hasta el segundo piso. Abro la puerta de mi habitación y vuelvo a encerrarme.

Necesito calmarme. En el hospital casi no me dan el alta. Amanda tuvo que recurrir a sus gritos y exigencias para que me dejaran salir. Creo que tengo un evento pendiente pronto y no puedo faltar. Llevo tres días sufriendo una crisis de ansiedad. Lloro durante horas y el pecho me arde como si estuviera quemándome por dentro.

Voy hasta el gran armario en donde reposan cientos de prendas de diseñador que no elegí y busco entre los cajones el pequeño cofre que me sacará de apuros. Lo abro y tomo uno de los porros de marihuana y un encendedor. Me lo llevo hasta los labios y le pongo fuego a la punta. Doy una calada tan profunda que me obliga a cerrar los ojos y aguantar la respiración. Al cabo de segundos expulso todo y repito. Me siento en el diván de terciopelo frente al espejo y detallo mi reflejo.

Rubia, pequeña, ojos cafés claros, demasiado delgada, ojerosa, miles de imperfecciones en la piel, despeinada, mal vestida. Y mala persona.

Doy otra calada más, dejo el porro en el piso y empiezo a quitarme todo lo que tengo encima. Mi piel llena de heridas y moretones, con bronceado artificial, queda al descubierto. Las costillas salidas y los senos pequeñísimos son lo primero que juzgo.

«Deberías operarte, estás tan plana... ¿Sabes cuánto disfrutaría si lo haces?», dijo una vez Mathew, y desde ese momento empecé a detestar ser tan delgada.

Me llevo una mano a la cara para quitarme otra lágrima más.

«Tu nariz es demasiado grande para tu rostro y deberías perfilarte también las mejillas; te verías mejor en las portadas y no habría que pagar tanto por Photoshop», me ha dicho varias veces Alicia. «O te alisas el cabello todos los días o te sometes a la maldita queratina. No vas a salir así, pareces un asqueroso león», dijo Amanda, la mujer que me trajo a este mundo que me ha hecho odiar, para luego agregar: «Tienes que subir más fotos provocativas. Eso enciende las redes y queremos que el mundo siempre esté hablando de Chelsea Cox».

Aborrezco la manera en la que pronuncian mi nombre como si no estuvieran hablando de mí. Es como si tuviera que ser alguien diferente a lo que soy realmente. Mi trabajo es actuar y seguir al pie de la palabra el guion que han creado. Me obligan a enseñarle al mundo que soy perfecta y por eso, cuando cometo un error, todos se indignan.

Quito otra lágrima más. Ya ha sido suficiente. La marihuana ha empezado a funcionar y tengo aún más frío. Camino hasta la tina y abro el grifo del agua tibia, introduzco un pie y luego el otro. Me siento y abrazo mis piernas contra el pecho, mientras el agua va ascendiendo. Miro alrededor, detesto el baño, que es enorme y en exceso lujoso. Los metros cuadrados de mi casa muy bien podrían ser proporcionales a mi soledad. Llevo la vista hasta el tocador donde he guardado las pastillas.

—Tú no funcionas... —susurro.

Tal vez debería comprar algo más fuerte. O hacerme daño otra vez.

No. No. No.

No sé de dónde vienen esos pensamientos, pero los tengo y desde hace mucho. La terapeuta me diagnosticó depresión. Hablamos, pero no le conté todo lo relacionado con ese día. No confiaba en ella, y Amanda había dicho que cuanto menos hablara más rápido podría volver a mi vida. No me gusta mi vida, pero tengo que vivirla aunque no quiera. Hay muchas chicas que me ven como si fuera una superheroína, como su inspiración, pero sé que si descubrieran la persona que verdaderamente soy, sentirían asco, como ya sucede con algunos que sin conocerme sospechan que soy un desastre.

Sigo mirando el tocador. Respiro hondo. No pienso y me pongo de pie. La piel se me eriza por el cambio de temperatura. Camino hasta el cajón, dejando un río de humedad por donde paso, y tomo el pequeño tarro naranja. Riego sobre mi mano cinco pastillas. Me las meto en la boca y llevo los labios hasta el grifo del lavamanos. Esto me ayudará a dejar de pensar y sentir al menos por una noche.

Tomo una toalla y me seco con descuido el cuerpo. Me dirijo hasta la cama y me lanzo en ella cayendo boca abajo. He empezado a sentir el cuerpo aún más pesado, los movimientos lentos y la visión un tanto borrosa. Pienso en poner, tal vez, un poco de música, pero para eso tendría que levantarme y pasar frente al espejo que quiero evitar. Me volteo para fijarme en el techo de color blanco y las paredes de la habitación. Nunca he personalizado nada, ni siquiera este lugar que es donde paso la mayoría de mi tiempo, casi nulo, de descanso. Aquí, entre estas cuatro paredes, solo hago una cosa: destruirme.

Si hay algo peor que las críticas que los demás me hacen, son las que yo misma me susurro. Siempre termino creyendo que debo ser alguien más para agradar y que ser yo misma no es suficiente.

La vibración de mi celular hace que entre en modo alerta y, después de un brinco torpe, busco el aparato en la habitación. Lo veo en el piso. Debió caerse cuando me quité la ropa.

MATTHEW 🖤
¿Ya estás aquí en Londres?
Yo recién llego. Quiero verte.
Te extraño.

Lo ignoro. Ahora no quiero saber nada de él, y entre tanta mierda que tengo adentro, se siente bien no quererlo cerca. Tiro el celular sobre la cama y vuelvo a lo que estaba: a llorar hasta secarme o hasta que la droga me duerma, lo que pase primero. Realmente quisiera tener a alguien que me extrañe y se preocupe de verdad, no a ese idiota que solo lo hace cuando le conviene. Qué bonito debe ser que te quieran bien.

Me pesan los ojos y no puedo evitar recordar lo que viví…

Randall…

El celular vuelve a vibrar y esta vez lo ignoro. Busco con ansias hundirme en un sueño profundo, pero es tan difícil… Aunque se me cierran los ojos, mi cabeza no se detiene. Tal vez debería tomar más pastillas. Me incorporo y camino torpemente hasta el tocador. Riego otras cinco… mejor diez pastillas… no, quince. No quiero dormir, quiero algo más profundo. Sí, eso estaría bien.

Alzo la mano y abro la boca, pero cuando estoy por lanzarlas oigo que el celular vuelve sonar. Dejo las pastillas en la superficie y voy hasta la cama de nuevo. Voy a apagarlo. Sé que es él y no quiero escucharlo.

Gateo sobre el colchón hasta tomarlo y revisar la pantalla. El mensaje en vista previa me deja sin aire. Es un correo de la madre de Randall invitando a personas cercanas a la sepultura de su cuerpo. Siento rabia. Él odiaba los cementerios. No debería estar ahí, debería estar aquí conmigo, o yo allá con él.

Desbloqueo el celular y voy directo a mi galería de fotos. Voy hasta agosto del año pasado y busco algunas que me tomé con Randall en la playa. Fue nuestro último verano juntos después de casi dos años sin vernos. Estoy admirando su sonrisa cuando una llamada entra.

Matthew.

—¿Qué quieres? —contesto tajante.

—Verte.

—Yo no.

Después de esa maldita fiesta, de la que no recuerdo nada, y de la llamada en la que me dijo que estaba loca, no me buscó más. Lo detesto.

—Chelsea… mi amor. Estoy afuera, déjame entrar. Amanda me ha contado que tuviste un accidente en Los Ángeles.

Maldita sea. Amanda siempre va de bocona a contarle todo lo que hago a Matthew. La relación que tienen me da vergüenza y náuseas. Dice que lo quiere como a un hijo y ama la pareja que ambos hacemos. Siempre lo defiende, cuando discutimos intercede y termina convenciéndome de alguna manera para que lo perdone.

Respiro hondo.

—Ya anuncio que te dejen subir —digo sin ganas. Es una batalla perdida. Cuelgo y busco el número de Daniel, mi guardaespaldas—. Hola, Matthew está afuera, ¿puedes dejarlo entrar? —Envío la nota de voz a su WhatsApp.

Se pone en línea de inmediato y me responde con un «OK». Necesito vestirme y echarme agua en la cara, no quiero que haga más preguntas de las que debería, pero las hará porque me conoce bien. Minutos después, ya estoy lista. Me siento adormecida, pero el agua me ha ayudado a espabilar un poco. Ya debería estar dormida; las pastillas solo me han sedado. Al menos ya no siento tanto dolor. Dos toques se escuchan en la puerta y voy hasta ella. Su boca llega muy rápido a la mía, me obligo a cerrar los ojos cuando me toca las mejillas. Debería separarme, debería empujarlo, debería hacer tantas cosas, pero no logro ninguna. Envuelvo los brazos en su cuello y me dejo consolar por su beso. Es tranquilo, es suave, como lo que necesito ahora.

¿Qué estoy haciendo? Debo decirle que se marche.

—¿Por qué estás llorando? —Se separa un poco. No me he dado cuenta de en qué momento empecé a hacerlo. Mierda, no será fácil detenerme—. Ven aquí, bonita.

Sus brazos me rodean la cintura y me levantan unos centímetros del suelo. Y aquí, entre ellos, con él, ya no me siento tan sola. Sé que no está bien.

—Amanda me dijo que Randall tuvo un accidente de auto. ¿Tú estás bien? —Mueve las manos por mi cuerpo.

Asiento. Definitivamente no voy a contarle lo que pasó, porque sé que mi madre ya le dio su versión y no va a creerme. Me da un beso en la frente y me guía hasta la cama. De entrada, sé que ignorará el haberme llamado loca y haber estado con alguien más, y yo no quiero volver ahí, ahora que está aquí, y no quiero que se marche.

—¿Recuerdas la última fiesta de Año Nuevo? —pregunta—. Me gustaría repetirla.

Me ha acomodado en su regazo y ahora acaricia mi cabello con cuidado. Está enredado y un poco húmedo aún. Respiro hondo para inundar mis pulmones con su olor. Siempre ha usado esa loción y, para mí, no hay una mejor. Solo faltan dos semanas para Navidad y ya quiero que acabe. Siempre espero mucho de las personas que me rodean en las festividades. Me da envidia de quienes lo pasan en familia. Y no soporto ver cómo mis redes se llenan de fotos de mis *amigas* con los regalos de sus parejas. No creo que una relación pueda ser tan perfecta como algunos aparentan.

—No puedo, tengo un evento —digo recordando lo mucho que Alicia me ha hablado de este día.

—¿En Año Nuevo? —Me mira extrañado.

—Sí, un concierto para celebrar el Año Nuevo.

—¿En qué ciudad?

—Nueva York.

Se queda pensativo durante algunos segundos.

—No podré ir.

Con esfuerzo levanto los ojos para estudiar su expresión. Su espalda está sobre las almohadas del cabezal de mi cama. Su brazo izquierdo reposa detrás de su cabeza, dejándome ver algunos de los tatuajes en sus bíceps. Me mira. Nuestros ojos conectan y ansío besarlo. Me gusta tanto. Su cabello negro cae desordenado sobre su frente. Tiene la piel muy blanca y eso lo hace ver siempre ojeroso, pero a quién le importa eso, cuando tiene los ojos lindos. Son muy, muy, muy azules. Me gusta el azul.

—¿Tu padre? —Me obligo a hablarle. Él asiente con la cabeza y vuelve la vista al frente.

Recuerdo que el hombre se pone bastante intenso en estas fechas especiales. El año pasado tuvimos que lidiar con él. Después de que su esposa lo dejó, hace ya un tiempo, se entregó al alcohol. Estábamos en los Alpes suizos y el hombre decidió beber de más e insultarme frente al resto de la familia de Matthew, todo porque hacía poco había salido mostrando un poco de piel en una revista. Le gritó a Matthew frente a todos que tenía una novia «zorra como su madre» y que esperaría paciente el día en que él pudiera gritarle un «te lo dije». Su esposa lo dejó por agresor y yo espero tener fuerzas algún día para hacer lo mismo con su hijo. Ambos están jodidos y por eso los dejó; porque sí, también cortó contacto con Matthew.

A pesar de todo, detesto cómo ese señor trata a su hijo. La manzana podrida es él. A veces siento que, inconscientemente, uso eso como excusa para bajar la guardia ante Matthew. No debería, lo sé. Está preocupado por su imagen, los escándalos sobre las fotos lo dejaron por el piso, y apenas ahora es que ha vuelto a recuperarse un poco la reputación de la banda.

—Vuelvo al día siguiente. Iré a verte.

—Gracias —susurra contra mi frente y luego siento sus cálidos labios sobre ella.

Me pego más a él. Su mano ha empezado una danza de arriba abajo contra mi espalda. Toda la piel se me eriza con su toque. Levanto el rostro para mirarlo. Tengo que dejarlo ir pronto, me hace tanto daño… Me clavo en sus labios sin pensarlo un segundo más. Me muevo rápidamente y quedo a horcajadas. Sentirlo tan cerca vuelve a hacer latir mi corazón. Sus manos no se quedan quietas en ningún momento. Lo siento hambriento, necesitado y vacío como siempre. Esto me va a doler en la mañana, porque mientras yo le entrego todo lo que tengo, él me paga con algunas sobras, pero en este momento lo que tengo me basta.

El difícil dejar ir la esperanza que tengo de que algún día cambie. Por mí.

6

Chelsea

Cuando despierto, él no está y no me sorprendo. Lo pensé antes de quedarme dormida entre sus brazos hace algunas horas después de tener sexo. No me equivoqué. Caí en la cuenta muy tarde de lo que había hecho. Matthew había venido buscando consuelo y yo se lo di, anhelando lo mismo también.

Me subo los pantalones de yoga con dificultad. Sigo mareada y un nudo en el estómago me hace ir aún más lento. He recurrido a más cocaína para estabilizarme y permanecer despierta. No me molesto en maquillarme ni peinarme, pues hoy solo tengo ensayos y espero que no haya ninguna cámara cerca. Falta una semana para el concierto de Año Nuevo. Será un evento masivo. Demasiados bailarines y yo en medio. Amo mi trabajo.

—Señorita Cox, el desayuno está listo —anuncia Lucy.

—En seguida bajo. Gracias.

Tomo el bolso con mis cosas, salgo, bajo las escaleras y entro en la cocina. Escucho a Lucy hablarle al comunicador.

—¿Quién es? —pregunto cuando veo el auto de una persona en la pantalla.

—Hayley.

Exhalo sonoramente.

—Déjala entrar.

Lucy da la orden mientras me siento frente a mi desayuno. Extrañamente tengo mucha hambre y voy a aprovechar para comer antes de que mi estómago vuelva a cerrarse. Las imágenes del accidente no dejan de reproducirse en mi cabeza. La duda de por qué tuvimos que ser nosotros a esa hora, en ese lugar y de esa manera. No debió pasar. No y no. Fue mi culpa.

—¿Por qué la cara larga? —Hayley entra sonriendo exageradamente.

—No dormí bien anoche.

—¿Llegaste tarde?

—No, vino Matthew a verme y… ya sabes.

—Oh, me imagino —contesta desviando la mirada hacia la ventana, como si le molestara el tema—. Ayer audicioné para una campaña de Gucci. Espero quedar.

—Quedarás. Ya verás —digo tras meterme una fresa en la boca.

Hayley es increíblemente hermosa y su carrera se ha disparado este último año. Se porta bien ante la prensa, no se droga y hace muchas obras caridad, o al menos eso aparenta en sus redes. La verdad es que no hace nada, todo lo hace su publicista en su nombre, como la mía, como las de todos.

—Lo sé. Soy increíble.

A veces envidio su autoestima, pero recuerdo que es falsa. Es horrible que hasta ella misma se engañe y se manipule, pero no, no la juzgo, yo hago lo mismo.

—Solo quería pasar a decirte que también fui invitada al concierto de Año Nuevo y me encantaría que fuéramos juntas. Además, Alicia le comentó a mi mánager, y ella a mí, que eso sería genial para las redes de ambas.

Asiento sin dejar de comer. Ahora he pasado a los huevos y estoy disfrutándolos. No quiero que nada me perturbe ahora, me siento levemente estable y voy a aprovecharlo mientras dure.

—¿Mathew irá?

—No.

—Oh, ¿y eso?

—Tiene asuntos que atender aquí.

—Ya veo.

Juega con los dedos sobre el mesón de la isla de la cocina. Hasta ahora me fijo en que lleva un traje de seda negra muy elegante.

—¿Por qué estás vestida así?

Mira hacia abajo.

—Ah. Tuve una reunión muy temprano y ahora he quedado libre. ¿Tú a dónde vas?

—A ensayar.

—¿Para Año Nuevo?

—Sí.

—Sí, claro.

Tengo serios problemas para decir no, eso es más que claro. Termino de desayunar y salgo en compañía de Hayley y el personal de seguridad. Está a mi lado chateando en su celular y caigo en la cuenta de que ha dejado su auto en mi casa, eso significa que voy a tener que soportarla hasta el regreso. No es que me caiga mal, pero no me ayuda en estos momentos. Temo que diga algo que me hiera, como casi siempre lo hace.

Me pongo los lentes negros sobre la nariz y me acurruco cerca de la ventana del asiento trasero. Me quedo en blanco durante todo el viaje. Con todas mis fuerzas evito pensar en todo lo que ha pasado en los últimos días. Estoy en un bucle de mala suerte que no termina. Si algo más pasara, no me sorprendería; las malas decisiones que tomo hacen que el universo se encargue de devolverme todo el mal que cometo contra mí misma y los demás.

—Señorita Cox.

Uno de los guardaespaldas abre la puerta.

—Hemos llegado.

Bajo del auto. Camino hasta detrás del escenario acompañada de Hayley y de Daniel.

Daniel es uno de los pocos miembros de mi equipo de seguridad que reconozco con nombre propio. El equipo cambia todo el tiempo y a veces no soy capaz de establecer una conversación más allá de dar órdenes y pedir cosas. No quiero conocerlos a fondo, tal vez sentirlos cerca, porque sé que mañana no estarán. Con Daniel no puede ser de otra forma: es mi sombra, sabe todo lo que hago, sabe todo de mí, no puedo ignorarlo y pretender que no está ahí. Además, hace su trabajo bien.

—Tarde como siempre. —Alicia aparece.

—Micrófono, por favor —le hablo a alguien que tiene unos auriculares enormes sobre la cabeza.

Voy a tratar de ignorar todo lo que me hace daño, lo que me rompe, aunque sea solo por hoy. Voy a enfocarme en lo que me tiene aquí. Para mí, la música es el oasis al que siempre acudo cuando el desierto de miseria en el que vivo me abruma.

—¡A sus posiciones! —grita el coreógrafo.

Me ubico detrás de los bailarines. La canción empieza a sonar y entro caminando al ritmo del bajo en medio de todos. Se van abriendo y camino como me enseñaron hace años. No soy modelo de profesión, pero tuve que aprender de pasarela. Llego al final del escenario y dan inicio a la coreografía, muevo la cintura de lado a lado al ritmo de la música y llevo el micrófono a mis labios. Canto las estrofas sin emoción. Estas no son mis canciones. Lo único que me hace sentir viva es el poder de mi voz, que puedo dominarlo todo con solo abrir la boca. Los bailarines me rodean, me alzan y se integran a mi cuerpo. Danzamos en sincronía y, cuando la canción termina, cierro la escena con una pose triunfal.

Mi pecho sube y baja, el sudor me corre por la piel y el mareo sigue sin irse. Me duele la cabeza y espero salir pronto de aquí e irme a… No sé, ya lo pensaré, pero quiero irme.

Amanda me mira desde abajo del escenario con los brazos cruzados. Unos lentes negros le cubren el rostro. Niega con la cabeza y se los retira.

Se va hacia un lado del escenario. Para ella nunca será suficiente nada de lo que hago.

Termino la serie de pasos agotada. Estiro antes de irme y cuando llego a la parte trasera del escenario me topo con Louis, quien se ocupará durante toda la gira de que nada me haga falta, como lo ha venido haciendo hace años.

—¿Estás bien? —pregunta, y sonrío de inmediato. Tomo un abrigo del exhibidor de ropa y me lo pongo sobre los hombros.

—Sí, ya sabes, mucho trabajo.

Señalo mi cuerpo bañado en sudor. Debo asustar sin una gota de maquillaje.

—Esta gira promete mucho y por eso cuesta tanto. —Sonríe también. Un hoyuelo se le dibuja en la mejilla. Nunca le he preguntado su edad, pero debe rondar los treinta años.

—¡Chelsea! ¡Hay que celebrar! El *show* estará genial. Ya llamé a…

—No quiero salir hoy, Hayley.

La corto de inmediato. Después de lo de Randall, no soporto la idea de celebrar. Que él ya no esté en el mundo me ha dejado pendiendo de un hilo. Espero que donde esté no me odie. Arruiné todos los planes que tenía de buscar su felicidad. Solo quiero encerrarme y pagar con lágrimas el daño que hice.

Pone los ojos en blanco y puedo sentir que no me soporta mientras me toma del brazo para obligarme a ir hacia la salida. Veo a Louis agarrar mi bolso y caminar detrás de nosotras.

—Estarás ocupada el fin de año, el momento de celebrar es ahora. Será algo tranquilo.

Hayley es de esas personas que convencen a cualquiera son su sonrisa y el batir de sus pestañas oscurísimas. Es ilegal decirle no. Es quien organiza las mejores fiestas y es reconocida por eso. Cuando dice que hará algo tranquilo, jamás lo será.

No hablé durante todo el camino y, cuando llegamos a mi casa, quise echarla sin sonar grosera, pero fracasé.

—Ven. Arreglémonos juntas, como en los viejos tiempos.

Entramos en mi habitación. Ella va directo hacia mi clóset a escarbar entre cientos de prendas de diseñador mientras yo me quedo poniéndole atención a la conversación de Matthew. No me ha escrito en todo el día y dudo sobre si hacerlo yo.

—¿A quién llamaste? —le pregunto a Hayley. Sale sonriendo.

—¿Entonces si vas?

—¿Tengo opción?

—Ninguna.

Aplaude y vuelve adentro.

—¿Quiénes van? —pregunto de nuevo.

—Oh, no los conoces, pero… —Busca algo en su celular y gira la pantalla para enseñarme la foto de un hombre, uno muy atractivo—. Él irá y me ha dicho que se muere por conocerte.

—¿Quién es?

Alza las cejas.

—Solo me causa curiosidad. Jamás lo he visto —aclaro de inmediato.

—Y él solo quiere conocerte, nada más.

La acuso con la mirada.

—Te conozco.

—Hablar con personas nuevas no es un delito. La pasaremos bien.

Del clóset termina sacando dos vestidos de fiesta cortísimos y brillantes, uno negro para mí y uno azul eléctrico para ella. Entro en modo automático. No debería ir, quiero guardarle luto a mi amigo, pero me asusta tanto quedarme sola, y llamar a Matthew no es una opción.

7

Chelsea

Venir a esta «pequeña reunión» fue un error, como lo temí. No me siento bien, estoy muy sobria y Hayley me ha dicho que aquí no tiene nada. Me di una hora para irme. La mayoría de quienes están aquí son amigas modelos de Hayley. Estuve escuchando y tratando de participar hace unos minutos en una de sus conversaciones, pero nunca encuentro qué opinar. Todo siempre es igual: gente ruidosa, mucho licor, música, pero, nadie baila sino hasta el final de la noche cuando no se pueden mantener en pie. Hay días en que lo encuentro divertido, hoy no lo es.

Le envío un mensaje a Daniel para que me espere fuera. Doy una vuelta por todo el *penthouse* buscando a Hayley. Le avisaré al menos que me voy. No quiero que luego me llene el celular de llamadas.

Camino rápido por el pasillo que me lleva hasta una gran terraza, pero cuando estoy por cruzar la puerta, choco con un cuerpo que sin duda venía caminando con mucha determinación.

—Lo siento. Lo siento —pronuncia sosteniéndome de los brazos para evitar que caiga hacia atrás.

Me incorporo y retrocedo un poco. Sus brazos me liberan y detallo su rostro. Es el hombre de la foto que me enseñó Hayley.

—¿Estás bien? De verdad, lo siento, no estaba mirando al frente y…

—¡Ya se conocieron! —La voz de Hayley lo interrumpe.

Ella llega tras de mí y me pasa un brazo por los hombros. Me he quedado sin palabras. Se ve mejor que en las fotos.

—No sé quién es —aclaro de inmediato.

—Soy Derek Fox.

Extiende la mano hacia mí y, después de buscar en mi memoria dónde lo vi antes, recuerdo que es un actor. Tomo su mano y la estrecho suavemente.

—Un gran fan tuyo —agrega.

—¡Y actor! —Hayley dice emocionada.

Está ebria, como quisiera estarlo yo. No soporto esta situación tan vergonzosa.

—Los dejo para que se conozcan.

—Hayley me contó esta tarde que estaban en un ensayo —habla. Quiere sacar tema de conversación y yo quiero idear un plan para huir. Daniel debe estar esperándome.

Me fijo en sus pecas. La poca luz de la azotea a la que hemos salido le ilumina cálidamente el rostro. Tiemblo un poco cuando la brisa helada me toca. Sus ojos cafés me miran con curiosidad. Es alto y debo alzar un poco el mentón para verlo.

—Sí. Tengo un concierto en dos semanas.

—El de Año Nuevo, ¿verdad?

—Sí.

—Todos hablan de él. Invitaron a personas de todo tipo, incluyéndome.

—¿Vas?

—Sí.

Se cruza de brazos y eleva la vista al frente. También paso a mirar la ciudad. Hoy no está nevando y el frío es insoportable.

—Debo irme —digo—. Fue un placer conocerte…

Mierda, olvidé su nombre.

—Derek.

—Sí. —Sonrío. Debo fingir demencia y distraerlo.

Derek también sonríe de vuelta. Vaya, funcionó.

—No quiero parecer un atrevido, pero me gustaría preguntarte si…

—Tengo novio —aclaro de inmediato.

Él sonríe aún más. Siento que está divirtiéndose con la cara de espanto que acabo de poner. El celular vibra en mis manos. Es Daniel.

—Debo irme —repito.

—Cuídate, entonces. Espero volver a verte un día.

—Pues yo espero que no —dice Matthew desde la puerta.

¿Cuándo llegó?

—Hola —lo saludo.

Respiro hondo cuando veo la ira en los ojos del que todos llaman mi novio, pero que se porta como un desconocido hasta que le conviene. ¿De dónde salió? Es como si oliera a kilómetros cuando alguien es amable conmigo. Espero que no haga una escena de celos. No necesito esa mierda ahora.

—Nos vamos.

Me toma de la mano y me arrastra con él. Giro para ver a Derek, que está por decir algo, pero niego con la cabeza. No quiero que empeore las cosas. Detrás de él veo a Hayley beber de una botella de vodka.

Ella ha hecho esto. Ella lo llamó.

—Ya me estaba yendo.

Me suelto de su agarre, pero él vuelve a tomarme con fuerza. Mi corazón se detiene cuando voltea. Ya nos hemos alejado de las personas y estamos en medio del vacío recibidor.

—¿Por qué te dijo que quería volver a verte? ¿Acaso tú también quieres volver a verlo? Voy a hundir a ese hijo de puta. Sabe que eres mi novia. Lo sabe.

Baja la mirada hasta el celular y me lo arrebata.

—Matthew, pásamelo —digo muy seria.

Vuelve a caminar y a jalarme con más fuerza, esta vez no logro zafarme. Bajamos hasta la recepción del edificio. Trato de caminar lo más normal posible y de ocultar la manera tan salvaje en la que me tiene agarrada. Sus escoltas le abren la puerta trasera de la camioneta cuando salimos, casi me tira adentro y se sube a mi lado. Para este momento he empezado a asustarme. No quiero hablarle y tampoco me resisto a su violencia, no quiero que se enoje más. Lo quiero a metros, pero Daniel no aparece por ningún lado y no tengo mi celular. Me hago un ovillo en la parte trasera del auto.

Sé lo que va a pasar.

Estoy jodida.

8

Isaac

Al sol no parece importarle que sea diciembre para incendiar el campo. Odio Miami, el calor es bestial. El olor de la grama recién cortada me asquea. Estoy en la punta del diamante. Tengo el bate en las manos y los ojos en la pelota. El cácher está a la espera de mi fallo y el pícher se alista para lanzar.

La cabeza me sigue doliendo a pesar de haberme tomado diez botellas de agua y tres pastillas para los síntomas de la resaca. El alcohol es el que disuelve mis problemas en las noches, que es cuando más me pesa el pasado.

El silbato suena y lanzan la bola. Mi cerebro envía tarde la orden y hago un pésimo *swing* en vano. El cácher atrapa la bola.

—¡*Strike* uno! —anuncia.

Maldigo y evito mirar al entrenador. Últimamente lo tengo encima y al resto del equipo también. Soy un hombre de veinticinco años que sabe cuidarse y no necesito de su lástima.

Vuelvo a mi posición, todo se repite y…

—¡*Strike* dos!

Carl se pone frente a mí. Tiene casi mi altura, me tapa el sol cuando quedamos cara a cara. Su expresión solo significa una cosa: estoy en problemas. Y la mía traduce un: «me importa una mierda».

—¡A los vestidores! —grita con tanta fuerza que debo cerrar los ojos para que su asquerosa saliva no entre en ellos.

Tiro el bate a un lado. Oculto y reprimo mis ganas de azotarle la cabeza. En el camino hasta el túnel me deshago del casco y lo lanzo a un lado. Llevo las manos a los botones del uniforme y también lo mando a volar. Vendrá a pedirme respuestas que ni yo tengo ahora mismo. No estoy jugando bien y se nota. Estoy hundiéndome. Sé nadar, solo necesito un poco más de tiempo para olvidar algunas cosas y continuar.

—He sido paciente contigo, Statham, pero tengo un límite —carraspea cuando nos encontramos junto a mi casillero—. Todos tenemos un límite. El equipo se ha esforzado para llegar a donde está. ¡Firmaste un contrato y estar aquí ebrio es un insulto para el equipo! No me importa que seas el bateador estrella y el beisbolista mejor pago. Para mí solo eres un alcohólico que, si no cambia, habrá llevado su carrera a la mierda. Tienes todo nuestro apoyo, pero no por uno pagará el resto. —Me empuja. Mi espalda impacta el metal—. Llamaré a tu agente y le contaré mis inquietudes. Las Estrellas Rojas ganarán esta temporada con o sin ti, Statham. La decisión de fracasar es solo tuya.

Se va sin darme la oportunidad de responder, pero es mejor, porque no tengo palabras. Me dejo caer sobre la banca. Me fijo en los premios de la vitrina y detallo algunas fotos del pasado en las que estoy alzándolos. Debo salir de acá. Llevo meses con tanto alcohol en las venas que ya no sé lo que es estar sobrio. He aprendido a sobrevivir intoxicado. No tengo rumbo desde que Leane y mi madre murieron. Llevo un año ahogándome por la partida de esta última.

Voy directo al estacionamiento y entro al auto. Acelero hasta toparme con un par de personas de la prensa, pero la seguridad del lugar los aparta para que pueda seguir. Minutos después llego al *penthouse*. Solo hay dos días a la semana en los que no bebo: cuando ella está aquí.

Dejo mi maleta sobre el enorme sofá en ele y voy hasta la ducha. Al salir, enciendo el aire acondicionado y me fijo en el reloj de la pared: las tres de la tarde en punto. Recuerdo que debo revisar si Xilia dejó todo listo para la llegada de Chloe. Muero por verla. Abro el refrigerador de dos puertas y encuentro todo listo, organizado y empacado. Aprovecho para tomar algunas cosas para prepararme un batido de proteína.

«Este año, Chelsea Cox protagonizará la Chelsea's New Year's Eve Party…» escucho a lo lejos la voz de la reportera cuando enciendo el televisor y veo que en la pantalla aparecen imágenes de la cantante rubia que tanto idolatra Chloe. El teléfono suena y apago todo para contestar. Es mi abogado.

—Hey. —Me llevo el celular a la oreja.

—Isaac… —carraspea.

—¿Qué? —pregunto y bebo directo del vaso de la licuadora.

—Hoy no podrás ver a Chloe.

—¿Por qué?

—Francia ha abierto un proceso para quedarse con la custodia total de la niña. Ha llevado pruebas a los tribunales de familia en las que consta que consumes alcohol en exceso y que representas un peligro para ella.

Tomo las llaves de mi auto y bajo hasta el sótano dos. Me subo y acelero. El rumbo ahora es la casa de los padres de Leane. No pueden estar haciéndome esto. No ahora. Hace días decidí buscar ayuda. Las vacaciones y el estar tan solo no me sirvieron de mucho. No he estado bebiendo tanto como hace unos meses. No había necesidad de llevar el problema a otro nivel. No soy un alcohólico. Conduzco a toda velocidad hasta llegar al barrio donde vivíamos antes los tres. No me preocupo por estacionar ni cerrar la puerta del auto cuando bajo. Casi corro hasta la puerta de entrada y toco el timbre.

Ya perdí a mi esposa, no perderé a mi hija.

William abre la puerta y lo empujo hacia un lado para ingresar.

—No deberías estar aquí. Tu abogado debió darte la notificación y mientras el proceso se lleve a cabo no podrás verla —habla al tiempo que me persigue.

Ignoro todo lo que sale de su boca y busco a mi hija.

—¡Chloe!

No pueden quitármela. No pueden estar haciendo esto.

—¡Isaac, lárgate o llamaré a la policía! —William sigue detrás.

—¡Solo les pedí que la cuidaran durante la temporada! —Abro la puerta de la primera habitación—. ¡Chloe! —sigo llamándola.

—¡Eres un alcohólico! ¡Xilia nos lo contó todo!

Xilia, hija de puta.

—No soy un alcohólico.

—¡Papá! —Chloe viene corriendo hacia mí y me agacho para recibirla en brazos. La cargo y respiro su olor a frutas—. La abuela me había dicho que estabas enfermo y no podía ir a quedarme contigo hoy.

Francia sale con cara de terror de la habitación.

—Tu abuela entendió mal, pequeña —respondo, y miro con resentimiento a la anciana—. Pero ya estoy aquí, vámonos.

Leane me mataría si pierdo la custodia de nuestra hija y mi madre ni hablar. No voy a decepcionar a ninguna, menos a la más importante de todas: Chloe.

—¡Mi ropa! Iré por mi maleta —dice.

—Te compraré cosas nuevas.

—¡No te la puedes llevar, Isaac! —Francia grita detrás de mí.

—Papá no está enfermo, abuela. Vendré mañana. —Le sonríe Chloe en medio de su inocencia.

—Haré la llamada —anuncia la mujer y se pierde en la cocina.

Estar dentro de esta casa no ayuda. Salgo y pongo a Chloe en la silla para infantes en la parte trasera del auto.

—Espérame aquí, pequeña —digo mientras le beso la frente y regreso para enfrentarme a William.

—Leane estaría tan decepcionada de ti. Has estado bebiendo todos los días desde hace meses —bufa—. No eres el padre que Chloe merece. Estará mejor con nosotros.

—¿Quién lo dice? Deshagan el proceso. Voy a gastar todo mi dinero si es necesario para conservar su custodia. Nadie va a quitarme a Chloe —amenazo con rudeza.

Hablo muy en serio y él lo sabe. No temo hacer cualquier cosa por ella. El viejo niega.

—Ni siquiera tienes tiempo para hacerlo. Sabemos que ya no rindes en tus entrenamientos. ¿Qué esperas de la vida? ¿Cuándo vas a superar su muerte? ¡Busca ayuda! Tu madre también estaría decepcionada, y agradece que Chloe aún no entiende nada, porque, si lo hiciera, también lo estaría.

Las palabras me abren el hueco en el pecho que he intentado llenar con licor todo este tiempo, pero jamás es suficiente. Nadie debería decirles nada a ellos, yo puedo manejar mis problemas, es mi vida, es mi hija, es mi duelo.

—Déjame estar con ella estos últimos dos días —digo más tranquilo.

Respiro hondo. Tengo que calmar la ira. Chloe está mirándome muy atenta. Detesto bajar la cabeza y tener que interceder, pero esto es por ella.

—Tengo el fin de año agendado y no puedo faltar, y luego de eso buscaré ayuda.

Las arrugas del hombre se marcan más cuando cierra los ojos con fuerza y vuelve a negar con la cabeza. Puedo ver que está triste, que se preocupa.

—Necesitas hacerlo. Que no sean solo palabras, Isaac. Ella no merece esto. Ya perdió mucho y tú eres lo que le queda.

Francia sale de la casa.

—Ya los llamé. Ya vienen por él —anuncia.

William se queda mirándome a los ojos, busca algo ahí, pero yo no puedo sostenerle la mirada y volteo a ver a Chloe, quien está jugando con las muñecas que suelo dejar en el auto para que se entretenga en el tráfico.

—Llama de nuevo y diles que fue un error —se dirige a su esposa.

—¿Qué? ¿Vas a dejar que se la lleve? ¡No!

—Francia, es su hija. Hay que pensar en lo mejor para Chloe. Solo será un día y luego ella volverá. ¿Cierto, Statham?

—La traeré mañana —aseguro.

Solo quiero pasar un día más con ella. Quiero escucharla reír y cantar.

—Si algo le pasa, quedará en tu consciencia —advierte Francia.

—Eso lo tengo más que claro.

Subo al auto sin despedirme de ellos, pero le doy unos segundos a Chloe para que lo haga. Conduzco con cuidado hasta llegar a casa. La cargo en brazos hasta el interior y la dejo en medio del salón.

—¿Y ahora qué? —Le sonrío.

—¿Helado? —pregunta juntando sus pequeñas manos. Parpadea repetidas veces y caigo ante los encantos de una niña de cinco años. Le sirvo el helado en su vaso de Hello Kitty, pero antes le digo que debe comerse pronto toda la cena; ella acepta. La subo a una de las sillas de la cocina y desde el otro extremo la veo comerse su helado de fresa.

Es tan pequeña… Su cabello es como el de Leane. Ondulado y café claro. Sus ojos son como los míos, pero en ella el verde brilla más. Ella es perfección y merece lo mejor.

Esa noche vemos juntos dos películas sobre animales. Cenamos algo de lo que nos dejó la soplona de Xilia. Le preparo un baño de burbujas en la tina y nos vamos a la cama para leer algo antes de dormir.

—¿Extrañas a mamá? —le pregunto.

—¿A la tuya o a la mía? —Sonríe. Ella ha estado llevándolo bien. El psicólogo infantil dice que era muy pequeña cuando todo sucedió y por eso no tiene muchos recuerdos a los cuales aferrarse. Yo sí tengo un millón.

—Extraño que me cantaba —responde.

La abrazo.

—Lo siento, mi talento es lanzar y batear pelotas.

—Y muy, muy, muy lejos. El padre de Jimmy ha dicho que eres el mejor del mundo.

—Tal vez esté exagerando un poco.

—¿Qué es *exagerando*? —pregunta curiosa.

—Mmm… cuando dices que algo es genial, pero no lo es tanto.

—Pero sí eres genial, papi.

—Pero no más genial que tú.

Después de leerle casi todo el libro y responder casi cien de sus peculiares preguntas, Chloe se queda dormida. Me levanto con cuidado de la cama para no despertarla. Dejo encendida la lámpara que le traje hace un par de años de Londres. Es una pequeña mariposa amarilla.

Voy hasta la sala y abro mi *laptop*. Llamo a mi abogado por video.

—Siento la hora —me disculpo cuando contesta.

Tiene la cabeza recostada sobre la mano. Está preocupado.

—¿Qué hiciste?

—Está aquí conmigo.

—Durante el proceso no deberías…

—Hablé con William. Se lo pedí.

Sigue negando.

—¿Cómo sabes que no va a joderte?

—Porque si lo hace, también jodería a Chloe, y ellos solo quieren lo mejor para ella.

Ahora que me escucho hablar en voz alta, me siento como un completo imbécil.

—El mismo cuento de siempre —suspira—. No te confíes de eso. Es mejor hacer las cosas de manera correcta. Debes llevarla ya mismo.

Respiro hondo y dirijo la mirada hasta la puerta del cuarto. Ahí está ella, a unos simples pasos, y me siento completo por un momento.

—Isaac… —me advierte.

—Tendré que pasar Navidad lejos de ella y Año Nuevo también. Solo quiero un día. Vamos a estar bien.

—Tu agente me llamó —agrega, sabe que ya es asunto perdido el que la entregue.

—Lo sé.

—Quiere que lleguemos a un acuerdo con tu técnico. Necesitamos programar una reunión.

Asiento con la cabeza mientras ansío estar tomando un vaso de whisky. Estoy tan enfermo.

—Tengo compromisos en las próximas dos semanas.

—Haz lo que tengas que hacer y luego toma un avión a Washington tan pronto como puedas. Llama mañana temprano a tu agente y haz que se encargue de todo. No te metas en más problemas, Statham. Cuídate y cuídala.

—Lo haré, no es necesario que lo digas. Agradezco todo. Nos vemos pronto.

Cierro la pantalla y expulso todo el aire. La cabeza me duele cada vez más y no puedo relajar la tensión que tengo entre los dientes.

La solución es clara, pero el camino estará difícil. Debo hacerlo por Chloe, por Chloe todo. Tengo que repetírmelo siempre.

Me levanto de la silla y apago las luces. Voy hasta su habitación. Observo lo pequeña que se ve en contraste con la cama. Está abrazando una almohada mucho más grande que ella. La imagen me roba una sonrisa. No puedo fallarle más. Soy lo único que tiene y ella es lo único que tengo. No me importa el resto, ni su familia, ni la mía, solo ella y yo.

9

Isaac

Haber pasado un día entero con Chloe, después de un mes sin verla por los entrenamientos, me ayudó a enfocarme. Las noches son el momento más difícil, pero he desechado hasta la última botella de alcohol que tenía. Cuando estoy en un hotel, pido que solo dejen agua en la nevera.

No estoy durmiendo bien, pero la disciplina me hace levantarme cada mañana muy temprano, sin importar cuánto dormí la noche anterior. No estoy perdiendo tiempo, estoy usando cada minuto como impulso para vivir el siguiente.

Después del día con Chloe, he viajado por todo el país. Unos meses después de que Leane falleció, decidí hacer labor social en nombre de ella. La fundación lleva un poco más de cinco años en pie, casi los mismos de su partida, y esta vez decidimos ayudar a algunos orfanatos. Vamos a recorrer un par de aquí al dos de enero.

Cerraremos el año en Nueva York. Por alguna razón soy el presentador del evento de Nochevieja en Times Square, un concierto *épico*, como dijo Peter. Mi agente quiere que vaya, sonría mucho, me divierta con los muchachos y, si es posible, que invite a una chica. Parece que mi soltería no le conviene mucho a mi imagen, según mi publicista.

A mí no me incomoda. Así estoy bien, no necesito agregarle más complicaciones a mi vida. Le aclaro esto a cualquiera que esté a punto de pasar por mi cama; no quiero malentendidos con nadie por eso mismo, por la prensa. Me han visto hablar con mujeres en público y los titulares al siguiente día me obligan a huir. No quiero que Chloe los vea. Quiero darme el tiempo de conocer a alguien y, cuando esté seguro, haré que se conozcan, si ambas quieren o si la relación merece la pena. Otro factor son los abuelos de Chloe: si están levantando un proceso en mi contra, lo menos conveniente es que me vean con alguien de la mano.

—¿Listo? —Daisuke entra acomodando su cabello. El gorro de Navidad le queda un poco grande.

—Sí. Dame un segundo.

Respondo un mensaje de Peter. Debo ir pronto a probarme el traje de esta noche. Desde ya, sospecho que llegaré tarde.

La miro y la invito a salir de la oficina del director del orfanato. Gritos de felicidad se escuchan desde este piso, cuando entramos al auditorio podemos sentir la emoción de los niños gracias al espectáculo de marionetas a gran escala. No pudimos llegar a tiempo para Navidad, pero ellos lo entendieron y se acoplaron a vivir el día.

Veo a Daisuke hablar con el director. Ha hecho bien su trabajo estos últimos años. Siempre que le agradezco dice que lo hace por su mejor amiga.

—Es bonita. Deberías invitarla a la fiesta. —Carl se planta a mi lado.

Lo miro de pies a cabeza y vuelvo a Daisuke. Estoy de acuerdo con él. Es bonita, pero es una gran amiga, la mejor amiga de Leane, y quiero mantenerlo así. No respondo; sabe que no me gusta que se metan en mi inexistente vida amorosa.

—¿Por qué no estás listo? —pregunta.

—Hubo algunos retrasos.

—¿Ella?

Levanta la barbilla en dirección a Daisuke. Niego de inmediato. No le puedo decir que esta mañana sufrí una crisis de abstinencia. Me quedé bajo la ducha casi una hora hasta que logré moverme al fin y venir aquí. Había pensado en responder preguntas lanzando una sonrisa y diciendo que tuve una mañana un poco movida.

—¿Sigues limpio?

—Sí.

—No tienes que mentirme, Statham, lo único que quiero es lo mejor para ti y lo sabes... Soy el único que te dirá la verdad en la cara y huyes como un cobarde porque sabes muy bien lo que diré.

Respiro hondo. Estoy tratando de llenar el vacío en mi pecho. No puedo decirle que soy un imbécil que no cumple las promesas que se hace a sí mismo. No puedo decirle que gracias al pequeño *shot* que probé después del ataque de ansiedad le he fallado por completo a mi hija. No puedo decirle nada y no hace falta, porque él ya lo sabe. Carl me conoce desde que tengo quince años y es la persona que más he visto en mi vida. Es quien hizo al gran beisbolista que soy.

—No será por siempre. Voy a arreglarlo.

—Desde este momento dejaré de ser tu amigo y solo seré tu entrenador. Una falta más y vas fuera. No me importa quién seas, Statham.

Dicho esto, desaparece. Si antes dudaba de ser un imbécil, ahora estoy completamente seguro.

—Hey, ¿todo bien? —Siento la mano de Daisuke sobre mi brazo.

—Sí. —Miro el reloj en mi muñeca—. Creo que es hora de irme.

—Oh. Claro… —dice aburrida, pero luego abre los ojos y chasquea los dedos—. ¡Cierto! Serás el presentador de ese evento.

—Sí. Debo ir a medirme el traje. Tal vez tengan que ajustarlo y no hay mucho tiempo.

—Sí. Sí. Ve. —Sacude la mano en mi dirección—. Ve, yo me encargo del resto y te tengo al tanto. Recuerda que si te liberas temprano, te estaremos esperando para celebrar.

—Gracias, Daisuke.

Le sonrío y la veo rodearme la cintura con sus delgados brazos. Me toma desprevenido, pero respondo rápido el abrazo. El celular me vibra en el bolsillo. Me separo lentamente para contestar, mientras me despido de ella con la mano.

—Voy hacia allá —le digo a Peter.

—Muévete. Presentarás a Chelsea Cox.

Faltan dos horas para el Año Nuevo. Tengo el micrófono en la mano y me siento un poco nervioso. Es la primera vez que hablaré frente a tantas personas. En la cancha he jugado ante más, pero esto es diferente, no es mi área.

Estoy trabajando en ser una leyenda.

—Me piden que esperes un poco más.

Un hombre con una diadema en la cabeza aparece.

—¿Por qué? —Arrugo el gesto. Quiero irme a mi cama pronto. No he dormido nada en días.

—La estrella pidió unos minutos.

Resoplo y me dejo caer sobre un sillón. Estoy tan exhausto. Me paso las manos por la cara y me pongo de pie. Voy a aprovechar el tiempo yendo al baño. Necesito echarme un poco de agua en la cara. En el momento en que menos debería dormir, mis parpados deciden no responder como las otras noches de insomnio.

Empujo la puerta. Escucho un sollozo y me detengo. Mis ojos recorren todo el lugar hasta llegar al último lavabo, donde una chica de cabello rubio y un traje corto rojo se limpia la nariz. Acaba de aspirar algo del tocador. El estómago se me revuelve.

—Eres horrible —le susurra al espejo.

Me acerco lentamente para fijarme en su rostro. No es horrible, exagera, es la mujer más bonita que he visto, o tal vez quien ahora exagera soy yo.

—Qué lástima.

Ella levanta la cabeza y gira para mirar en mi dirección. No se detiene mucho en mí porque pasa a observar rápidamente su entorno. Ha caído en la cuenta del lugar en el que está. Entró al baño equivocado.

—No necesito la lástima de nadie —responde mirándome a través del espejo. Tiene un acento británico bastante marcado que me resulta encantador. Mantengo mi distancia, no quiero asustarla. Solo tengo curiosidad. La conozco… No, la verdad es que no. Solo sé su nombre. No creo que haya un ser humano en la Tierra que no sepa quién es Chelsea Cox, pero lo que acabo de ver me tiene consternado.

—No me refería a eso. —Señalo el tocador con sobras de polvo blanco.

Tal vez pensó que la estaba juzgando, pero ella no sabe que soy el menos correcto para hacerlo. Tomo el riesgo de acercarme un poco más hasta quedar a un paso de su espalda. A través del espejo se ve la diferencia de nuestras alturas. Tengo que bajar la mirada para verla.

—Qué lástima que no seas consciente de lo hermosa que eres.

Parpadea un par de veces después de escuchar mis palabras y entreabre los labios, intenta decir algo, pero niega y se gira.

—¿Quién eres? —pregunta entornando los ojos. El maquillaje oscuro no me deja apreciar bien el color de sus ojos, pero podría apostar que son de color miel. Tal vez no; la luz del baño también es dorada. Me encojo de hombros.

—No sé… ¿Quién eres tú? ¿Quiénes somos todos realmente? —bromeo.

—Tú sabes quién soy. No seas tonto.

Upa. Está enojada. Tal vez debería irme…

—Dicen que eres Chelsea Cox.

—Pues desgraciadamente tienen razón. —Aparta la mirada durante unos segundos, pero ya vi la tristeza en sus ojos—. ¿Y tú quién eres?

—Me llamo… Jack… son.

—¿Jack… son?

—Sí, Jackson.

—Mmm, ¿y qué haces aquí, Jackson?

—Venía a orinar.

—No me refería a eso —dice mientras hace una mueca de fastidio que me resulta tierna—. Espero que lo que hayas visto aquí se quede aquí, Jack... son.

El sonido de las pisadas de sus tacones desaparece en el pasillo. Respiro hondo y boto el aire por la boca. Me fijo en mi reflejo. No me veo tan mal como me siento. O tal vez eso quiero creer, así como la chica bonita que estaba aquí diciéndose que era horrible.

Falso, falso. Detrás de la necesidad de esa línea blanca debe de haber alguien.

Unos minutos más y me iré a casa. Mañana debo visitar uno de los orfanatos, y luego me regreso. Quiero descansar, quiero mi cama, quiero ver a Chloe, así eso signifique ver las caras de William y Francia, quiero empezar el año bien y prepararme para la temporada.

Finalmente me llaman y dan luz verde al *show*. Las personas estallan en gritos cuando la música inicia y más luces se activan. Tres segundos más y tendré que salir sonriendo. Espero no cagarla, aquí la idea es *no* sacarla del estadio.

Saludo con emoción. Suelto algunas frases graciosas que tuve que aprenderme y agradecimientos a patrocinadores y a las personas que se encuentran listas para celebrar el Año Nuevo. Por último, menciono el nombre de la gran estrella y dejo que el público estalle en gritos para irme caminando hacia un lado del escenario.

Ella pasa por mi lado con más de diez personas a su alrededor que le dan instrucciones o le acomodan algo sobre el cuerpo. Se ve diferente. Ahora su mirada somete e intimida, cuando hace minutos no podía sostenerla.

Me quedo inmóvil mirándola. Me estremezco cuando pone sus ojos en mí y me hace un guiño, para luego sonreír y hacer su entrada triunfal. El público estalla en gritos. El gesto me inmoviliza por completo. No me muevo durante los 127 minutos que dura el concierto. Veo a Chelsea Cox ser Chelsea Cox. Su voz me mantiene con la piel caliente en todo momento. Sus movimientos y expresiones me tienen anclado. No puedo irme sin decirle algo. Fui un patán en el baño. No la conozco, no tenía por qué juzgarla de ese modo.

En la tarima parece la máxima expresión de felicidad, pero solo ahí arriba; abajo, en el baño, en sus ojos, había algo diferente. En algún momento, la fama crea una deuda que solo se puede pagar sacrificando cosas de nuestra vida. Quedan vacíos que llenamos con sustancias adictivas. Si Chelsea tiene este problema, no será ni la primera ni la única. Será una estadística más, pero la prensa se la comerá viva por ser ella. En este negocio no se nos permite ser erráticos. Somos la cara de patrocinadores que llenan nuestros bolsillos a cambio de que le agrademos a la gente, y a cuanta más gente, mejor. A los fans les gusta la perfección, lo moral y lo correcto.

Y sospecho que Chelsea no es nada de eso.

10

Chelsea

La multitud no deja de gritar a todo pulmón el conteo regresivo. Hayley está a mi lado saltando mientras grita el número nueve. Luego sigue el ocho y llevo la mirada hasta el hombre alto que solo sonríe y revisa su celular cada minuto. Quiere irse, me lo ha dicho antes en el baño.

Su mirada cae en la mía, y a pesar de que siento como si me hubiera sorprendido haciendo algo malo, no la aparto.

—¡Feliz Año Nuevo! —gritan todos a nuestro alrededor.

Hayley intenta abrazarme, pero cuando nota que no respondo, me suelta. Ahora mismo solo puedo hacer una cosa y es ganar la guerra de miradas que he iniciado con el de traje negro, al parecer muy caro, y cabello muy bien peinado. Demasiado atractivo para mi cordura.

Tengo que saber quién es. Lo dejo ganar la guerra por esta vez y busco a Hayley entre la gente. Aún no le perdono lo que hizo. Gracias a eso quedé con un hematoma en el brazo, patrocinado por Matthew. Me estrujó y me zarandeó muy fuerte esa noche. Agradezco que no estuviera tomado; hubiese sido mucho peor.

—¿Quién es él? —pregunto, pero antes de señalar me cercioro de que no esté mirando hacia aquí. Estoy arriesgándome a que ella me delate de nuevo.

—¿El chico alto?

—Sí.

—Creo que es un deportista de algo… Hey, tú. —Hayley toma del brazo a uno de los coordinadores del evento y señala al hombre—. ¿Quién es él?

—Isaac Statham —responde el hombre y sonríe—. Es un beisbolista que…

El hombre recibe una llamada y se marcha.

—Ahí lo tienes. ¿Para qué lo querías? —pregunta.

No le diré nada. Ni debí preguntarle nada. Ella se lo dirá a Matthew.

—Me preguntó por ti —miento.

Abre los ojos y sonríe pícara. Un hueco se me forma en el estómago. Espero que esto no me cause ningún problema.

—¿Qué te dijo?

—Nada… Solo se presentó, preguntó por tu nombre y me deseó suerte en el *show*.

Me encojo de hombros. Es la peor mentira que he dicho, pero Hayley parece creerla.

—Tal vez lo siga en Instagram.

Miro hacia otro lado. Las personas siguen abrazándose y deseándose lo mejor para este nuevo año. Levanto el rostro al cielo cuando siento una gota sobre el hombro. Un par más caen en mis mejillas. Están heladas y cierro los ojos para abrazarme y desearme a mí misma un feliz cumpleaños. No quiero estar más aquí. Miles de personas me rodean y ni así dejo de sentirme completamente sola. Nadie recuerda que es mi cumpleaños, ni siquiera Hayley. Me encantaría estar con Randall, abrazarlo y sentir su calor, el amor que siempre sintió por mí. Tal vez lo haga ahora en mis sueños. Me aparto de la multitud, pero antes de desaparecer le doy un último vistazo al cielo lleno de fuegos artificiales.

Pide un deseo.

Me aparto por completo de todos y busco un lugar privado, pero no tengo suerte.

—Señorita Cox. —Daniel aparece a mi lado.

—Daniel —digo sonriendo—. Necesito un lugar tranquilo para… —Inhalo duro—. Por favor.

La ansiedad está matándome; esto me calmará hasta llegar al hotel. Él pregunta algo por el comunicador y me pide que espere algunos segundos hasta que le responden. Agradece y asiente.

—Sígame por aquí.

Las extensiones de cabello me pican, pero no puedo quitármelas yo sola. El enterizo rojo de lentejuelas que traigo puesto también me incomoda. Quiero darme una ducha. Todo me pesa, hasta el maquillaje. Daniel me guía hasta un pequeño edificio. Son unas oficinas. Todo está completamente vacío. Saludamos a un guarda de seguridad e ingresamos al ascensor.

—Desde la azotea de aquí se ve la tarima. Dos agentes estaban vigilándola desde ahí.

—Gracias.

—Es nuestro trabajo.

Salimos de nuevo al aire libre. Inhalo hondo, aquí se respira mejor. Abajo las personas siguen festejando. Desde aquí veo muy bien el escenario. Los bailarines se mueven sobre él. La fiesta apenas inicia junto con el año. Mi llegada al piso veintiuno también.

—¿Tienes mi celular? —le pregunto a Daniel. Asiente, lo busca dentro de su saco y me lo entrega.

Aspiro hondo nuevamente. Desbloqueo el aparato para nada: ni un solo mensaje o llamada de Matthew. Paso a ver sus estados. Está con la banda. Mesas llenas de alcohol y él haciendo muecas extrañas. Apago la pantalla y bajo la mirada a la calle. Circulan algunos autos, o eso intentan. Es un desastre la salida, hay mucha gente llegando y otra más yéndose.

Entre tantas personas, lo reconozco. No es difícil hacerlo. Su altura destacaría en cualquier lugar. Las chicas le gritan palabras coquetas e intentan cruzarse en su camino. Una pesadilla para su gente de seguridad, que debe esquivarlas mientras llega el auto.

El hombre a su lado alza un radio para hablar a través de él. Se parece al que tiene Daniel.

Abro Instagram y voy a directo a buscar su nombre. Entro a su perfil verificado. No tiene muchas fotos, todas son de sus partidos, fiestas de gala, premiaciones, nada personal. Esperaba que tuviera al menos una foto de su perro o de una novia. Quería saber algo de él y no encontré nada, y no puedo preguntarle a nadie sobre él. Podría ser peligroso, no quiero más escándalos ni que Matthew... Ya corrí un riesgo preguntándole su nombre a Hayley. Ojalá olvide que le dije que él preguntó por ella. Ojalá nunca se conozcan.

Ojalá yo sí pudiera hacerlo.

Exhalo. Matthew me ha obligado a alejarme de mis amigos. Por eso hacía mucho que no veía a Randall. No me deja salir con nadie si no está Hayley, que me vigila como una puta lechuza todo el tiempo. ¿Por qué no lo vi antes? El celular me incomoda en la mano. No tengo a quién llamar a desearle un feliz Año Nuevo, pero lo peor es que esté en silencio, que nadie me llame a felicitarme por cumplir años. No importa. Sé que mañana despertaré con mensajes llenos de amor de mis fans. Ellas me reconfortan en la mayoría de estos momentos. Algunas me aman sin siquiera conocerme y es imposible que eso no me alegre, pero luego recuerdo que tal vez solo aman lo que ven y que, tal vez, si me conocieran, no lo harían.

Respiro hondo. Me siento más tranquila, pero sigo helada. Debí sacar mi abrigo.

—Pediré que le traigan un abrigo —dice Daniel a mis espaldas. Ha visto que me he cruzado de brazos para calentarme más.

Asiento y vuelvo la vista a la calle. Él sigue ahí, pero de la nada empieza a moverse y una idea cruza mi cabeza.

—Daniel. —Lo miro. Estoy sonriéndole. Él alza las cejas esperando a que le pida algo que sabe que podría costarle el empleo, como siempre sucede cuando le pongo esta cara—. Esos radios que usan… O sea, ¿podrías llamar desde ahí a alguien de otro equipo de seguridad?

—Eh, sí, pero le tengo algo más fácil.

—¿Qué?

Levanta su celular y me enseña la pantalla.

—Tenemos un grupo en WhatsApp.

Abro los ojos.

¿Para qué mierda son los radios entonces? Seguro buscan verse más profesionales y por eso cobran tanto. Te dicen que cualquiera puede hackear un celular, ¿no? Y aparecen con un radio diciéndote que tienen su propia red privada de comunicación. Qué estafa, pero bueno, hoy me conviene.

—¿Puedes comunicarte con el de Isaac Statham? —susurro el nombre.

—Sí.

Desliza el dedo un par de veces sobre la pantalla y se lleva el aparato hasta el oído. Me giro para ver a Isaac caminar. Supongo que han decidido acortar el tiempo y moverse hasta el auto.

Toda mi atención está entre Daniel e Isaac, de quien no despego la mirada ni un segundo. El hombre detrás de Isaac —*Isaac*, me gusta su nombre— tiene el celular en la oreja.

—Ellos preguntan que en qué le pueden servir.

—Diles que quiero hablar con él. Que le digan que yo lo estoy llamando —respondo sin mirarlo.

¿Qué estoy haciendo? ¿Será la abstinencia? ¿Acaso estoy delirando? No creo, tal vez estoy atreviéndome a cambiar. Quiero conocer el mundo de alguien más, quiero ver uno que no esté tan dañado como el mío. Él parece tenerlo.

Daniel le repite todo al hombre, quien le toca el hombro a Isaac y le dice al oído que «Chelsea Cox lo está llamando». Mi guardaespaldas me ofrece su celular y mi corazón empieza un concierto a doscientos *beats* por minuto. Ya no me puedo echar para atrás; quedaré como una estúpida si cuelgo.

—¿Hola? —Su voz me congela.

Valor, Chelsea. Asúmelo con valor.

—Isaac Statham —pronuncio con diversión.

—Veo que alguien estuvo investigando… y rápido.

—¿Sabes? Si hay algo que detesto en este mundo, eso son los mentirosos.

—¿Y entonces por qué estás llamándome?

Buena pregunta. ¿Por qué mierda estoy llamando a alguien que me vio en un baño aspirar cocaína? El autosabotaje existe y yo soy profesional en ello.

—Pensé que te ibas a ir después de presentarme, pero te quedaste, ¿por qué?

Lo escucho reírse y, gracias a la gran ubicación que tengo, lo veo también. Sonrío sin querer.

—Es algo atrevida su pregunta, señorita Cox.

—Es cierto, no tienes que responderla. Mejor dime… ¿Por qué te vas?

Gira en su lugar, como si estuviera buscando a alguien. Mierda. Sabe que lo estoy viendo.

—¿Ahora me acosas?

—Tú lo hiciste en el baño.

—¿Dónde estás? —pregunta mirando hacia arriba. Doy un paso hacia atrás. Mi corazón está divirtiéndose, nada lo había puesto a latir tan rápido como este juego, ni siquiera los químicos.

—En una fiesta de cumpleaños.

—¿Y está divertida?

Vuelvo a sonreír.

—¿Por qué? ¿Quieres venir?

Es muy fácil hablar con él y es un simple desconocido. ¿Será un síntoma de lo que aspiré?

—Si eso significa verte, sí.

Doy otro paso hacia atrás. ¿En qué me estoy metiendo? Eso fue directo, eso no es algo que diría un amigo, eso es… ¿coqueteo? Dios, nunca he hecho esto. Si le respondo igual, podría estar siendo infiel, muy infiel.

—¿Sabes qué? Pensándolo bien, no creo que puedas entrar.

92

—¿Por qué?

—No le agradas a la cumpleañera.

—¿Y quién es la cumpleañera?

—Alguien.

—Ya veo… ¿Sabes qué pienso?

—¿Qué?

—Que tal vez le gusto en secreto a la cumpleañera y estás celosa.

—¿Celosa? ¿Celosa de qué?

—De que vaya a ponerle atención a ella y no a ti.

—No creo que te quede más atención para dar.

—¿Por qué?

—Porque durante el concierto me la diste toda a mí.

Lo vi todo el tiempo al lado del escenario. Por alguna extraña razón, hoy me sentí aún más desinhibida. Tal vez me esforcé más porque quería impresionarlo, y aunque se sintió bien, no puedo dejar de pensar en que no debería. Cada pregunta que me hago puedo responderla rápidamente con un *no* y la decepción me abruma porque lo que realmente quiero es darme un *sí*, al menos solo por esta noche.

—¿Dónde estás?

Su voz me trae de vuelta a la Tierra. Miro a Daniel.

—Daniel te explica. —Le paso el celular.

Doy un paso hacia adelante para verlo caminar entre las personas en mi dirección. En un minuto estará aquí. ¿Qué voy a decirle? No hay ninguna maldita fiesta. Espero que no se lo haya creído; si lo hizo, quedaré como una idiota.

—Está aquí —dice Daniel.

—Bajaré.

No quiero correr el riesgo de que algún fotógrafo esté apuntando su cámara en esta dirección. Entro al ascensor y marco el primer piso. Daniel sigue a mi lado. Espero que ninguno aquí le diga nada a nadie. Firmaron algo, pero eso no significa que no pueda romperse, por algo hacen contratos sobre eso.

Las puertas se abren.

Él está ahí. De pie, con las manos dentro de los bolsillos de su gabán negro. Una gruesa bufanda le cubre el cuello. La punta de la nariz y las mejillas se ven un poco coloradas por el frío tremendo que está haciendo afuera. Si no fuera porque en el baño pude apreciar el color de sus ojos, ahora, por la poca luz que hay, diría que son negros, pero son verdes, muy verdes.

Doy un par de pasos al frente hasta que alguien aparece a un lado con un abrigo largo y lo acepto con todo el gusto. Ya no tengo la piel al aire y me siento más confiada.

—Hola —lo saludo.

Tengo vergüenza, no debí buscarlo después de lo que vio, pero lo que me desencaja es una enorme duda: ¿qué hace aquí después de haberme visto haciendo eso?

—Hola.

Sus hombres se han quedado afuera, así que miro a Daniel para que entienda que quiero lo mismo. Él eleva las cejas y con eso capto que igual estará cerca.

—Estuviste increíble allá. —Señala afuera.

—Gracias.

—Quiero disculparme por lo del baño, no debí molestarte.

—No hay problema.

—No, en serio. Debes estar aburrida de que se metan en tu vida.

—En serio. —Le sonrío—. No hay problema. Es más, te sorprenderías si te digo que hoy fuiste la única persona que quiso entablar una conversación casual conmigo o, bueno, no sé lo que fue, pero claramente no fue de trabajo.

He bajado la guardia. No estoy siendo antipática, no estoy dando órdenes, no estoy llorando, no estoy respirando lento. Estoy bien, hablando como alguien normal, como si fuera solo Chels, a pesar de tener intoxicada hasta el alma.

—Así es un poco la fama, ¿eh?

—Sí, así es. —Respiro hondo antes de hablar—. Yo también quiero disculparme por lo que viste allá.

Ladea la cabeza y sonríe.

—No conozco la historia completa, entonces no opinaré. No te preocupes.

¿Quién es él? ¿Y por qué luce tan bien? ¿Tan irreal? ¿Estaré alucinando? Que recuerde no he consumido nada psicodélico hoy.

—Entonces… ¿Lista para la fiesta?

—Oye… Eso fue una estupidez, yo no…

—Lo que yo entendí fue que sería una fiesta de dos. Mi auto está afuera y un pastel de cumpleaños nos está esperando.

—¿Un pastel de cumpleaños a esta hora? —me burlo.

—En algún lugar del mundo es una hora aceptable para comer pastel, no te preocupes.

No te preocupes. Es la segunda o tercera vez que me lo dice. No le hago caso, me preocupo, pero me da un aire de seguridad oírlo.

Me acerco a él y le quito la bufanda. Estoy siendo demasiado atrevida, tengo que parar, pero me siento muy despierta. Algo dentro de mí no quiere ir a encerrarse entre cuatro paredes en un lujoso hotel; esa parte está pensando que veintiún años de vida ya fueron suficientes y no la quiero escuchar.

Me cubro el cabello con la tela. Su olor me recuerda todo lo que me gusta de un hombre. Nunca he salido con ningún deportista, pero si todos huelen así, desde ya me declaro fanática.

Isaac se adelanta para abrirme la puerta del auto. Le pido a Daniel que sigan la camioneta, pero que no venga conmigo. Él ha salido en algunas de mis fotos y no quiero que lo relacionen con nada por si alguna cámara nos capta. Subo al asiento trasero y enseguida lo hace Isaac.

—¿Qué pasa? —Me mira curioso.

Acabo de caer en la cuenta de que suspiré ruidosamente. Estoy tratando de ahuyentar muchas nubes cargadas de autodestrucción en mi cabeza.

—Hace poco perdí a alguien —se me ocurre confesar. Aunque no importa lo que le diga. Es solo un desconocido que tal vez nunca vuelva a ver.

—Lo lamento mucho… ¿Cómo te has sentido?

—Mal.

Hablar sobre la muerte siempre le incomoda a cualquier persona, pero la verdad es que la mayoría no necesitamos palabras, solo unos oídos dispuestos a escuchar todo el dolor que hay dentro. No lo había hecho con nadie, ni siquiera con Edward. Suspiro.

—Iba a decirte que si llegas a necesitar algo, me llames, pero no tienes mi número, y si lo tuvieras, tampoco llamarías, así que necesito el tuyo para llamarte yo.

Me río. Es increíble que crea que seré tan fácil. Pero él es así, increíble.

—Yo te llamé y no necesité tu número. Ingéniatelas.

La expresión en su rostro me aplasta. Es demasiado alto y se ve demasiado bien con ese abrigo y con el cabello castaño peinado hacia atrás.

—Es justo. —Sonríe—. Lo haré.

Las mejillas me duelen de tanto sonreír.

—¿A dónde vamos?

—No iremos a mi habitación de hotel —dice y se sonroja un poco.

Alzo las cejas.

—¿Por qué lo dices como si hubiera que aclarármelo?

—No sé, solo lo digo.

—Estoy muy decepcionada.

—Lo sé. No quiero que te hagas ideas erróneas conmigo por correr tan rápido a tu invitación.

—Comprendo.

Estoy tratando de no reírme a carcajadas. Su expresión es ridícula.

—Iremos a una fiesta, pero no entraremos a la fiesta. Mejor explicado: vamos a observar una fiesta.

—¿Y eso qué tiene de divertido?

—Nada, pero me adapto a lo que no puedes hacer.

Tiene razón. No puedo. Me encantaría alguna vez divertirme

sin importar lo que digan, pero hoy no es el día. Isaac me mira y se pone serio. No debí poner una buena cara.

—Me gusta mirar —agrego de inmediato. No quiero que sienta lástima.

—A mí también y por eso me quedé.

Me agrada.

—¿Puedo preguntarte cosas? —le digo.

Me mira curioso por un momento.

—Responderé las que yo quiera.

—Está bien.

—¿Cuántos años tienes?

—Veintiséis, ¿y tú?

—Solo pregunto yo.

—No. Yo también.

Resoplo.

—Tengo veinte… No, perdón. Veintiuno.

—Ya podrás cantar en Las Vegas.

—Solo si vas a verme.

Alto. Eso fue un coqueteo. Para, Chelsea.

—Vaya. Eso fue un cambio rápido de opinión.

—Lo siento, es que… —Me siento recta en el asiento y lo miro—. Tengo novio.

—Eso es información importante.

—Sí.

—Puedo llevarte a tu hotel. No quiero que tengas problemas…

—No.

—¿No?

No quiero ir al hotel, cualquier cosa menos esa habitación vacía con tina.

—¿Por qué no es posible que una mujer tenga un amigo hombre sin otras intenciones?

Me siento tan diferente hablando de este modo… ¿Y si esta sí soy yo? Llevo mucho tiempo desconociéndome.

—¿Quieres que seamos amigos? —pregunta alzando una ceja.

—Sí. ¿Tú no?

—Sí, solo que voy a tener presente que tienes novio.

—No más coqueteos —advierto.

—No te he coqueteado.

—Oh, sí que lo hiciste.

—No. Tú lo hiciste. «Solo si vas a verme» —imita mi voz, pero le sale horrible.

Estoy ofendida.

—Fue tu culpa. —Le clavo el dedo índice en el hombro y luego me cruzo de brazos.

—¿Por qué? —Ladea la cabeza.

Desde que lo vi en el baño no ha dejado de mirarme de esa manera. Es como si hubiera descubierto algo en mi rostro que yo no veo en el espejo.

—Por mirarme así.

—Chelsea… —susurra—. Estás coqueteándome.

—Mierda.

Al parecer los químicos dañaron mi filtro. Echo la cabeza hacia atrás, cierro los ojos y siento cómo me sube el color por toda la cara. Me quiero morir de la vergüenza mientras él se ríe de mí.

—Te propongo esto. —Voltea el cuerpo en mi dirección—. Si me coqueteas, lo ignoro, y si yo te coqueteo, me ignoras y me recuerdas que tienes novio.

Levanta la ceja. Sigue mirándome así… y ahora sonriendo es peor. Me río de él y de la ridícula idea.

—Ya veo que voy a tener que decir muchas veces que tengo novio.

—No te preocupes. Usaré un chaleco antibalas.

Continuamos en silencio el resto del viaje. De vez en cuando nos miramos y dejamos escapar algunas sonrisas. Se siente peligroso, pero este tipo de peligro me hace bien. Sé que esto no es una cita, pero ya tengo ganas de tener una de verdad, al menos una vez, o tal vez dos o tres, hasta encontrar a alguien con quien sienta verdadera química, y luego ansiar besarlo por primera vez y después besarlo tanto que solo nos separe el aire que debamos tomar para respirar.

Estoy fantaseando, al menos eso no es delito. La imaginación no tiene ninguna ley y cualquier cosa dentro de ella es posible. Puedo imaginar mil veces que encuentro un nuevo romance que me arranca el corazón y jamás me lo devuelve.

Tal vez sí podría hacerlo. El primer paso sería dejar a Matthew, y podría hacerlo tan pronto como llegue a Londres, pero no creo que el valor me alcance, lo he gastado todo subiéndome a este auto.

Desbloqueo el celular y entro a la conversación con él. Está en línea. ¿Debería decirle algo? No, mejor no.

Después de una hora nos detenemos frente a una casa de ladrillos barnizados. Luce como una escuela. Veo luces a mi derecha. Son Daniel y el resto. Isaac se adelanta y me extiende la mano. La miro durante unos segundos. Niego y meto las manos a los bolsillos del abrigo para pasar por su lado. Siento una rara electricidad en el aire, pero por mucho que quiera tomar su mano, ahora no puedo hacerlo. Es un desconocido. Aunque podría googlearlo a fondo... No. No quiero conocer a ninguna persona más de esa manera y espero que él tampoco. Me da miedo lo que pueda encontrar en las redes sobre mí. La prensa ha destruido muchas veces mi imagen y yo jamás he podido, ni podré, defenderme.

Escucho a lo lejos el jazz que suena dentro del lugar. Uno de sus hombres abre una puerta e ingresamos a oscuras. Solo hay dos enormes escaleras en lo que parece el recibidor de una institución, y tengo razón, pues, cuando leo el nombre detrás de un mostrador, me doy cuenta de que estamos en un orfanato. Hace unos meses, para Navidad, estuve también en algunos en los alrededores de Londres. Supongo que él también tiene interés en ayudar a los que no tienen tantos privilegios como nosotros, y eso hace que me agrade más.

—Ven, veremos la fiesta desde la oficina.

Me invita con su mano a que lo siga, pero esta vez no la extiende. Vamos avanzando. Subo las escaleras detrás de él. No dejo de sentirme como si lo conociera hace mucho y me extraña que no he escuchado a mi cordura pedirme que nos marchemos. Está cómoda aquí y yo también.

Una hora y me voy. No me quedaré más.

—Pasa. —Abre la puerta para mí.

La oficina es pequeña, pero tiene un gran ventanal que da hacia el primer piso, que es donde está el teatro. Hay un grupo grande de personas que bailan, de todas las edades, aunque los más pequeños ya están pidiendo que los lleven a sus camas. Unas mujeres de unos treinta años se ocupan de ellos; el resto sigue vigilando a los adolescentes. Creo que dentro de poco van a terminar la celebración. Miro la pantalla de mi celular: son más de las dos.

—Me impresionas.

—Es lo único que puedo ofrecerte.

—¿Y la champaña? Allá abajo tienen y aquí hace falta.

—No, no hace falta —dice.

Ha tragado duro, y al parecer fue un trago muy amargo, porque su expresión cambia radicalmente durante unos segundos. Busco en sus ojos como si pudiera descubrir la razón de su inesperado cambio de humor.

—Es cierto. No hace falta —agrego sonriendo.

No voy a insistir. Soy buena leyendo a las personas, sé cuando algo les incomoda, e Isaac está incómodo. Ha enderezado hasta la espalda. Tengo un arranque de hacerle muchísimas preguntas.

—¿Fue algún familiar?

—¿Qué? —le pregunto porque no sé muy bien de qué habla.

—La persona que perdiste… ¿Fue algún familiar?

—Oh, no. Fue un gran amigo. Él estaba… —El dolor toma el control de nuevo—. Yo… no puedo hablar de esto.

Tal vez no sea buena idea hablar y menos sobre Randall, debería callarme. Sí, me callaré. No quiero sufrir otra crisis de ansiedad como ayer, anteayer y… No quiero.

—Soy bueno escuchando.

—O eres chismoso.

—Un poco de ambos.

Le sonrío. Y es una sonrisa verdadera, pero no completa. Esta es de las que suele callar las preguntas incómodas, y solo quien ve más allá sabrá que mi gesto oculta cómo se cristalizan mis ojos. Es como la escena de un arcoíris: la curva es bellísima, pero la lluvia seguirá siendo algo que relacionemos con la tristeza.

Trato de ignorar algunos recuerdos y me enfoco en escuchar a Isaac hablar sobre la historia de este lugar. Sobre el pasado de algunos niños y qué quiere hacer para ayudarlos en el presente. Por primera vez en mucho tiempo quiero saber más de alguien, preguntar más sobre lo que me cuenta mientras escucho con atención. ¿Puede alguien tan bueno a primera vista ser real?

Una llamada nos interrumpe. Es mi celular.

—Lo siento. Tengo que irme.

Aparto la mirada y me giro hacia la salida.

—Lamento que te aburrieras, pero es lo que mejor podía hacer a esta hora —dice.

Me detengo al detectar un poco de decepción en su voz. Se está disculpando por dar lo mejor. La gente a mi alrededor no suele lamentarse ni por lo peor. No quiero que sienta que hizo algo mal.

—No, no me aburrí es solo que… Tengo que irme —hablo dulce.

—Dame otra oportunidad.

—¿Otra oportunidad? —Me giro.

—Para vernos de nuevo.

Lo pienso por unos segundos. Encuentro cientos de contras y una guerra se inicia en mi cabeza. ¿Qué hago?

—¿Como amigos? —Me muerdo la lengua justo después de hablar. No debí haber dicho eso.

—Como amigos —responde.

Está sonriendo, otra vez, por decimoquinta vez en la noche, y no es que las haya contado, no, solo tengo buena memoria.

—Me encantaría… pero no puedo. —Me giro de nuevo para irme, pero antes de cruzar la puerta le digo—: Fue un placer coincidir, Isaac.

Y me voy.

Huyo de lo que podría hacerme salir de mi mundo, porque él luce así, como una salida, y yo no quiero salir de mi sitio, simplemente quiero ser feliz en él.

11

*'Til the love
runs out.*

LOVE RUNS OUT
One Republic

Chelsea

El amor se está cansando de que no lo sienta ni siquiera por mí, pero es que ahora no lo necesito. Lo que necesito es una mierda química que me relaje. Llevo más de un día en limpio. El efecto se ha ido, todo vuelve a doler y a sentirse mal, oscuro. He llegado al punto en que ya no disfruto nada sin estar drogada.

Esto me hace pensar en Randall y en lo que dijo. La necesidad. Ya no puedo salir al público sin drogarme. Las notas de mi voz salen desdibujadas entre línea y línea de cocaína. Una antes del *show* y otra después del *show*.

Suspiro y arqueo aún más la espalda. El yoga es una mierda y más cuando debo estar sonriéndoles a todas las asistentes. No estoy en un buen día y la abstinencia me pone muy ansiosa. Además, tengo problemas para conseguir droga. Amanda no me deja ningún segundo en paz.

De cualquier manera, tener a mi lado a Michelle Obama, en la misma situación, me da energía de algún modo. Si ella y su familia dirigieron una nación y está aquí sonriendo como si nada, yo puedo dirigir mi vida.

Estoy pensando muchas estupideces últimamente. Tal vez el calor, y que no me han traído el agua que pedí hace un rato, me está haciendo delirar.

Sigue sonriendo, Chels, que nadie se dé cuenta de que estás por mandarlos a todos a la mierda porque eres una drogadicta atravesando una crisis de abstinencia. Vamos, Chels, tú puedes, Chels. Soy patética.

Argh. No me soporto.

Detesto el verano.

Detesto el yoga.

Detesto el ejercicio.

Detesto este pantalón.

Detesto las redes sociales.

Detesto que ya estén criticando mi bajo peso.

Detesto que crean que tienen derecho a decir cómo deben ser las vidas de otros. Yo tampoco quisiera que fuese así, pero es lo que hay.

Al menos ha empezado a nublarse el día. Tengo esperanza de que llueva, aunque nunca sucede en agosto, pero bueno, me gusta creer en la pequeña probabilidad.

Soy 99 % ansiedad por drogas, 0,9 % Chelsea Cox marca registrada y 0,1 % Chels, como llamo a la persona que fui antes de aspirar mi primera línea. Una línea que dividió mi vida en varias partes, y entre tanto dolor, algunas partes se perdieron. Sigo aquí, pero no realmente.

No, al menos, como quisiera.

Cambio de posición. Un *split* me sale a la perfección. La mujer a mi lado se pone de pie y sonríe. Toma eso, exprimera dama. No soy la esposa del expresidente, pero hago *splits*. Supongo que ya puedo ser el orgullo de esta nación. Aunque me obligarán a hablar con acento neutro y no puedo, el británico está en mis venas.

La sesión al fin termina. No quería venir. No debería estar viendo personas en este estado. Todos están muy pendientes de lo que hago, digo, miro… Tengo ansiedad, es mejor que me vaya ya.

Me despido con la paciencia que me resta. Soy una porquería de persona. Esto es una campaña de beneficencia para las mujeres afectadas por el cáncer de seno y yo solo estoy pensando en llegar al hotel para drogarme.

Algo vibra y busco el celular en el bolso.

Número privado.

No debería…

Contesto.

—¿Hola?

—Hola.

No reconozco la voz, aunque siento que ya la he escuchado.

—¿Quién es?

—Soy el chico del Año Nuevo. Isaac.

No respiro. Pensé que jamás llamaría. Es el beisbolista. *Meses más tarde.* ¿Qué se cree?

—Bonito sobrenombre, Chico del Año Nuevo.

—¿Entonces sí me recuerdas?

—No —digo.

—No quisiera tener tu memoria, Cox.

—Yo tampoco, pero es lo que hay.

—¿Y qué más hay?

—¿Ahora mismo? Nada más —respondo.

—¿Y antes sí hubo?

Excelente duda. Estoy concentrada en no pisar las grietas del asfalto. Daniel se ha unido a mis pasos hacia el estacionamiento privado. Volteo a verlo durante un segundo y cuando entiende lo que le pido sin hablar, me regala distancia. Quiero privacidad. La última vez filtraron una foto de Isaac y mía, solo que nunca se supo que la mujer saliendo del edificio con él era yo. La prensa le cayó a él y lo sé porque Hayley fue quien me mostró la noticia.

—Sí, alguna vez hubo —digo.

—¿Y por qué ya no?

Respiro hondo.

—Perdí algunas cosas.

—¿Y si te ayudo a buscarlas?

Hay un silencio. Un largo e inmenso silencio. Hasta por teléfono tiene el talento para hacerme hablar de más. Tengo que callarme.

—¿Para qué me llamas? Creo que te dije que no…

—Sé lo que me dijiste. Yo sí tengo buena memoria.

—¿Entonces para qué me llamas?

—Acabo de verte hacer yoga con Michelle Obama.

—¿Y…?

—Nada. La verdad es que… Nada. Solo te vi y levanté el teléfono, y ahora que lo digo en voz alta suena… Lo siento, no debí llamar.

—Puedo jurar que antes también me has visto y no llamaste. ¿Por qué ahora sí?

Oh, no. Eso sonó como un reclamo que no debí hacer, pero no quiero que cuelgue.

—La verdad es que siempre te he visto, Chelsea.

Oh, no.

—¿Estás bien? —le pregunto cambiando el tema. Estoy luchando fuerte con las sensaciones que me han producido sus palabras. No debería estar hablando con él, pero no quiero colgar.

—En lo que cabe… Sí. Digo, no. La verdad es que no. Para qué te miento, igual no importa.

—Qué rudo.

—No, solo digo la verdad. Somos dos desconocidos con algunos problemas.

—¿Por qué asumes que también tengo problemas?

—Dime quién no los tiene.

—Ahora que lo pienso, sí. Tengo un problema enorme.

—¿Cuál? —pregunta.

—Tú.

—¿Y cómo lo vamos a solucionar?

—Tengo que colgarte.

—¿Por qué? Somos amigos.

—La cosa es que… Creo que tal vez no estoy muy interesada en ser tu amiga.

Su respiración se escucha como si alguien le hubiera dado una mala noticia, pero la verdad es que es todo lo contrario, aunque no puedo aclararlo. No puedo ser solo su amiga si desde que lo conocí he pensado en cómo sería besarlo.

—No puedo hacer nada ante eso. Siento haberte molestado —dice.

—¿Dónde estás?

—¿Qué?

—Que dónde estás.

—¿Por qué me preguntas eso? Pensé que…

—Solo quiero saber y…

—¿Y…? —pregunta de la misma manera en la que yo lo hice hace rato.

—Solo responde.

—Estamos en la misma ciudad. Hoy todo el mundo hablaba de tus *splits* al lado de Michelle Obama y, bueno, te vi.

—Qué noticia tan importante.

El pecho se me infla. Está aquí también. Quiero verlo.

—¿Qué saldrá mañana? Tal vez… Chelsea Cox cenando con Isaac Statham en la noche.

¿Está invitándome a cenar? Acepto. Mierda, no puedo, tengo que volar en unas horas.

—¿Por qué tardaste en llamar? —Cambio abruptamente el tema. He entrado en la camioneta hace unos segundos y no dejo de contar los semáforos que faltan para llegar al hotel. Suelo distraerme con eso para no pensar de más.

No estoy pensando, eso debe ser, porque me arrepiento de haberle preguntado eso.

Han pasado más de cinco segundos y él sigue sin responder. Está dudando o tal vez busca inventar una excusa inverosímil. Debería colgar. Sí, eso haré.

—Voy a colgar —digo.

¿Para qué le aviso? ¿Acaso tan urgida estoy de que me responda que tengo que presionarlo así? Doy pena.

—Me pediste que no lo hiciera.

Tiene razón, pero aun así no dejo de sentirme decepcionada.

—Entiendo.

—¿Qué dices de la cena?

No puedo, pero en lugar de eso digo:

—¿Qué cocinarás?

—¿Cocinar? ¿Quieres que cocine? —Lo escucho reír y mi estómago se revuelve.

—Sí.

—¿En mi casa o la tuya?

—La tuya, pero no pienses mal. Es solo que no puedo exponerme en público. Sé que entiendes.

Espero no estar equivocándome con él. Espero que no sea uno de los tantos hombres que solo quiere tomarme de la mano cuando hay cámaras a nuestro alrededor.

No seas así, Statham. Me agradas.

—Entonces, el plan sería… una cena, en mi casa, yo cocino, ¿correcto?

—Sí.

—¿A qué hora?

—Ya.

—Eso sería… ¿Ya?

—Debo tomar un vuelo. Solo tengo libres las próximas dos horas y son para eso, para almorzar.

—Diles que te traigan al Luxury y que te anuncien como…

—Dorothea Vivaldi.

Uso mi segundo nombre y mi otro apellido. Claro que él no lo sabe. Ojalá no busque mi nombre en Google. Sería toda una vergüenza.

—Me gusta —responde—. Nos vemos, Chelsea. Debo ir al supermercado.

Cuelga dejándome con un par de palabras en la boca. El auto se detiene. Alguien abre mi puerta y casi me lanzo hacia el hotel para esquivar tantas fotos como me sea posible. Vengo de hacer ejercicio, no luzco nada bien y a eso le sumo que la abstinencia también se me graba en el rostro. Sigo sudando y no es por el movimiento.

Me detengo frente a la puerta de mi habitación con la mente en blanco y el corazón a mil. Detrás me espera demasiada soledad y ahora mismo no es que me sienta preparada para soportarla. Haré esto rápido. Respiro hondo, cierro los ojos, abro, entro y cierro. Dejo las manos apoyadas contra la puerta.

Exhalo.

Me muevo buscando el polvo blanco. Solo un poco. No quiero estar irritable frente a él. Apago cualquier voz de la razón en mi cabeza y solo dejo encendida la de la necesidad. Ignoro lo que estoy haciendo; estoy en modo automático, mientras recuerdo la primera vez que salí con alguien que no fuera Matthew.

Era la semana de la moda en Milán. Nos vistió el mismo diseñador y llegamos juntos a varios eventos. Todo era publicidad, promoción, *marketing*. Era cantante también. Su voz me encantaba y sus besos… eran algo inexplicable. Matthew había roto conmigo, pero sabía que volvería pronto.

Pero no, no volvió pronto.

Alicia estaba como una demente y daba vueltas por todo el lugar. Él no estaba contestando sus llamadas, y mientras la veía, luchaba por suprimir la sonrisa. Estaba feliz de que estuviera lejos, sin buscarme, sin saber nada de él. Estaba tranquila y fue en entonces que conocí al cantante. Nada duró. Fueron solo unos cuantos besos, y Matthew volvió jurándome amarme para siempre y yo acepté.

Estaba tan feliz con el poco amor que me daba. Ahora sé que ese poco no es nada. Absolutamente nada, pero yo no era nadie y él para mí lo era todo. Lo es todo. Porque no tengo más. Ni siquiera a mí misma. Él es quien me tiene a mí. Cuando quiere y porque sí.

La puerta. Están tocando la puerta. Inhalo profundo dos líneas y guardo todo. Las manos me tiemblan y los golpes me alteran más.

—¡Un segundo! —grito mientras voy hacia el espejo para echarme agua en la cara.

No creo que alcance a ducharme si quiero verlo. Me seco el rostro y decido no aplicarme nada. Me peino con una coleta alta y respiro hondo cuando termino. ¿Debería echarme un poco de perfume?

Más golpes.

—Maldita sea —susurro.

Respiro profundo, tomo mis cosas y salgo sin más.

—¿Qué pa…?

—¿Qué estabas haciendo?

Enfoco el rostro enojado de Matthew.

No, hoy no. No ahora, por favor.

—¿Qué haces aquí? —pregunto sin dejarlo entrar a la habitación.

—¿Por qué no abrías?

—Estaba en el baño —digo la verdad… a medias.

—¿A dónde vas? —Mira el bolso que cuelga de mi hombro.

—A almorzar —pronuncio otra verdad… a medias también.

Sus ojos recorren todo mi cuerpo. Está buscando pistas del crimen que cree que cometí.

—¿Qué inhalaste? —Da un paso hacia adelante.

—Debo irme —digo e intento cerrar la puerta detrás de mí, pero no me da espacio.

—No. Vengo para que hablemos, amor. —El tono de su voz cambia de repente.

—¿Amor?

Me cruzo de brazos. Son pocas las veces… Bueno, son inexistentes las veces en que Matthew me ha llamado así.

—Sí, eso eres tú para mí, Chelsea.

El azul claro de sus ojos no ayuda a dejarme pensar bien. Su cara muestra una tristeza fuera de lo común, pero mi fe en él es devastadora. Siempre termino creyéndole todo.

—¿Dónde estabas? —le pregunto.

—No preguntes, las respuestas no te gustarán.

Mi estómago se comprime. No es que no me vayan a gustar, es que ya las conozco. Él ladea la cabeza y mira al piso, para luego volver a mis ojos. Detesto esa mirada. La detesto. Va a voltear todo, va a culparme, va a hacerme pensar que soy una loca y que lo que él hace es porque así debe ser. Soy yo la equivocada en todo siempre.

—Debo irme —repito, más para mí que para él.

—Almorzaremos juntos —dice e intenta tomar mi mano, pero la aparto—. ¿Quieres que ellos hablen?

Respiro hondo y no, no quiero que nadie hable. Termino cediendo a que me tome como suya y me mueva a su antojo a través del pasillo, en el ascensor y por todo el *lobby* hasta la salida del hotel. Los paparazis que antes me fotografiaron lo hacen también ahora. Casi puedo sentir a Matthew tensarse para posar. Le encanta esto.

Una vez dentro de la camioneta, me permito respirar, pero no del todo, porque no sé qué haré con Isaac. ¿Debería dejar a Matthew y correr a él? Sería todo un espectáculo que saliera de nuevo y pidiera otro auto. Sería un escándalo si me fuera del restaurante sin siquiera entrar. Una delicia para los paparazis.

Voy a enviarle un mensaje.

—¿Con quién hablas? —pregunta Matthew a mi lado y me congelo. Está inclinado mirando la pantalla de mi celular. Estoy en las llamadas recientes, estaba a punto de agregar el número del que me llamó Isaac.

—Solo revisaba algo —respondo y vuelvo a guardarlo.

—¿Todo bien? —Me toma de la mano y me besa los nudillos. Se siente bien, sus caricias se sienten muy bien.

Asiento mientras le sonrío. Me jala hacia él y termino abrazándolo. Huele a lo de siempre, a recuerdos, a los únicos que guardo, los buenos.

—Mi papá se embriagó anoche y se accidentó. ¿Podrías acompañarme al hospital después?

Maldita sea.

—Tengo un vuelo. Lamento mucho lo que pasó, espero que esté bien, pero debo…

Irme, tengo que irme. Tal vez podría bajarme aquí, tomar un taxi, llamar a Daniel y correr como loca, pero no. Soy Chelsea Cox y ella no debe hacer ese tipo de cosas.

—Por favor, no me dejes solo en esto. No tengo a nadie más que a ti.

Vuelvo a mirar los ojos de Matthew. Están cristalizados, casi rotos, al igual que la expresión de su rostro. Lo abrazo más y decido dejar de pensar.

12

Isaac

Ha pasado más de una hora y no tengo noticias de ella. ¿Debería volver a llamarla? No. No quiero parecer desesperado, aunque ¿lo estoy?

¿Se habrá arrepentido? Espero que no. Me decepcionaría que no me avisara.

¿Y si algo le pasó? La llamaré. Detrás de esos ojos de miel vi pasar cientos de historias más amargas que la hiel; tal vez ahora esté viviendo una, tal vez no fue momento de insistirle tanto para vernos, tal vez debí esperar, tal vez yo…

Tomo el teléfono, busco su número y marco. Se acaban todos los tonos y entro al buzón.

¿Dónde estás, Chelsea Cox?

Y justo en el momento en el que pronuncio su nombre me siento el hombre más imbécil sobre la Tierra. Un iluso por creer que vendría. Respiro hondo y me dejo caer sobre el sofá. Todavía huele a lasaña. Tuve que llamar a Ivan para que me explicara la receta. Él sacó todo el talento culinario que a mí me faltó, pero no tiene el deportivo y yo sí, y con eso me conformo.

Debería enfocarme en mis asuntos y apagar la curiosidad que tengo por los de ella.

El timbre suena y me levanto de golpe. Me lleno de nervios como un adolescente de dieciséis a punto de tener su primera cita. Con la mano me repaso el cabello hacia atrás y abro.

—Hola —dice ella, pero no es la *ella* que esperaba.

—Hola, Miranda.

13

Thought I knew my limit , yeah
I thought that I could quit it , yeah
I thought that I could walk away easily
But here I am, falling down on my knees.

DANCING WITH THE DEVIL
Demi Lovato

Chelsea

Nunca fui más feliz que ahora mismo. Nunca me había sentido tan arriba, pero hoy decidí ir más allá.

¿Por qué?

No sé, pero lo necesitaba. Algo dentro de mí necesitaba apagar esa voz que susurra en mi cabeza. Siempre está repitiéndome que no puedo, que me merezco la miseria en la que despierto cada día, el palacio que por dentro es calabozo. Pero ahora no. Ahora no me siento así. Me siento libre y capaz de hacer lo que quiera. Me siento más yo.

Me encanta esta manera de huir de la vida sin llegar a morir por completo. Si así es el infierno, ya no le temo a morir.

Bailo. Bailo. Bailo.

Mi corazón late y late. El bajo del estéreo lo controla, al igual que el resto de mis movimientos. Cada célula se mueve al ritmo de la música *techno*.

No puedo estar sin la música, por ella no me he ido, porque en el verdadero infierno ella no existe.

Tal vez debería consumir más. Detesto cuando el efecto se va. La idea se siente como una promesa y me decido por la seguridad que me ofrece.

Un poco más…

Otra más.

Miro a través de la ventana.

¿A qué hora apareció eso ahí?

¿Soy yo? Sí, soy yo. Podría reconocer la miseria a kilómetros.

No me siento bien. Las luces se están yendo… Solo queda una y…

Caigo.

14

It wasn't my intention,
I'm sorry to myself.

SOBER
Demi Lovato

Chelsea

Ni siquiera las voces a mi alrededor me distraen. Estoy tan abstraída en la mía que no escucho nada del exterior. Intento enfocarme en mi respiración y contar cuántas veces inflo mis pulmones.

Uno.

Dos.

Tres.

Cuatro…

—¿Chelsea? —dicen, y levanto la cabeza. Vuelvo al mundo en el que no quiero estar—. ¿Qué piensas del lugar?

—¿Cuál lugar? —pregunto mientras cruzo las piernas sobre la silla.

Todos me miran. Se ven preocupados, pero sé que no es por mí, bueno, al menos no realmente.

—Ese lugar. —Uno de mis asistentes señala el enorme televisor en la sala.

—Creemos pertinente que te tomes un par de meses para ir a rehabilitación antes de la gira del próximo año. Hemos escogido un lugar en Los Ángeles que... —Dejo de escuchar la voz de Alicia y me fijo en los videos e imágenes alegres que se presentan ante mí.

—No me gusta —digo.

No quiero ser grosera, pero no puedo dejar que me lleven allá. No van a curarme el dolor. Puedo ser feliz, para eso es el éxtasis, me mantiene, no necesito ir a ningún lado. Tengo trabajo, canciones que hacer y que cantar. Ellos lo saben, esto es un negocio, un *show*, y el *show* debe continuar.

—Es el mejor centro de rehabilitación. Allí van todos los artistas como tú a curar sus adicciones y a mejorar su salud mental —dice ella.

Alicia siempre es gentil conmigo frente al resto de personas y lo detesto, la prefiero del otro modo.

—No me gusta —repito.

Ha vuelto la presión en el pecho. Tengo que volver a contar para calmarme.

Uno.

Dos.

Tres...

—Chelsea, necesitas ayuda. Esto no es un examen de selección múltiple: solo hay una respuesta. Los medios se han enterado de todo.

Jim, mi productor, cambia las imágenes del centro por un video con las noticias de farándula. A veces me cae bien. Me ha enseñado tanto, pero también me ha exigido muchísimo. Tal vez él sí esté un poco preocupado por mí, no por Chelsea Cox Compañía, sino por mí, la chica que canta bien, como a veces suele decirme. Algunas imágenes mías se ven en la pantalla mientras una periodista habla desde el exterior del hospital en donde estuve recluida hace unas semanas, otra vez, sí. No me he portado bien últimamente. Perdí un poco el control... Bueno, muchísimo. El enorme título en el inferior de la pantalla lo resume todo:

CHELSEA COX
Y SU VISITA AL INFIERNO

Bastante creativo, voy a robármelo.

—¿Qué pasará con la grabación del nuevo álbum?, ¿con los ensayos de la gira? Los cientos de espectáculos que tengo pendientes y los estudios fotográficos con las marcas. No puedo tomarme un mes, ni dos, ni tres, ni ninguno. —Les recuerdo a todos.

No quiero irme, la abstinencia es una pesadilla. Miro el reloj. Apenas es 3 de septiembre.

—Todos hablan de tu adicción y las personas repudian a los adictos porque son inestables. Chelsea, siento hablarte así, pero si no mejoras tu vida, muchos de los contratos que tienes no se renovarán o, peor aún, no llegará ninguno nuevo, en especial el que tienes con nosotros, en el que firmaste y prometiste siempre dar una imagen impecable de la compañía y eso… —señala la pantalla— no lo es.

Tener tantos ojos encima recriminándome cada decisión, cada acción, me genera más ansiedad. Me sudan las manos y el cuerpo. Tal vez sea la abstinencia en la que me han tenido estos últimos días. Se deshicieron de todo lo que guardaba en mi casa, me tienen vigilada todo el tiempo y no puedo ir a ningún lugar sola, ni siquiera al baño.

—No quiero volver a Los Ángeles.

Al menos no todavía. Pronto se cumplirá un año de su partida y no puedo ir al lugar donde lo perdí, porque sé que iré directo al cruce donde todo pasó.

—Es el mejor lugar y todos afuera lo saben. Nadie pondrá en duda tu recuperación cuando salgas —replica una mujer. No sé su nombre, pero sí el cargo. Creo que es mi publicista.

—Si voy a pagarlo yo, quiero tener la opción de elegir.

Se miran entre todos y Jim suelta un largo suspiro. Alicia no ha vuelto a abrir la boca. Está cansada de mí, pero me soporta porque tiene pendientes conmigo. La entiendo, yo también estoy cansada de mí misma y tampoco he sido capaz de alejarme, aunque no tenga ningún pendiente que de verdad me importe.

Jim golpea la mesa justo después de suspirar pesadamente. Su asistente cambia las imágenes del televisor. La pantalla muestra la lista de los mejores centros de rehabilitación privados que existen.

—Escoge.

Me pongo de pie con cuidado y me acerco a la pantalla. Me siento muy lenta y pesada. No he comido bien en semanas. Me cruzo de brazos frente a las imágenes. La mayoría son lugares coloridos, con clima cálido y en el continente americano, pero solo hay uno diferente que me llama la atención. Luce como un castillo. Es en Suecia, en la ciudad de… Kalmar. Un lago congelado lo rodea. Están entrando al invierno. Imaginarme en un invierno en Suecia me dispara mil ideas. ¿Dijeron tres meses? Tal vez pueda entrar algo de droga. No. Me revisarán por completo. Así funcionan esos lugares.

—Ese —señalo.

—Está muy lejos. —Amanda vuelve a entrar en la conversación.

—Si voy a sufrir, prefiero que sea en un lago congelado y no en una maldita playa —explico. Sé que no tiene sentido, pero si voy a irme, lo haré lejos.

Pero ¿sí quiero irme? Hace un rato creía que no… O tal vez tengo miedo. Pensar en Randall y la rapidez con la que se acerca esa fecha me da miedo. Mucho miedo. Va a doler tanto…

Alicia niega con la cabeza.

—Llama y haz una reservación —le dice a su asistente.

Ella le obedece mientras Alicia no me pierde ni un segundo de vista. Sé que está odiándome, pero no me sorprende. Cuento los días que faltan para que se termine su contrato conmigo. Son demasiados, pero cada día que pasa celebro que sea uno menos. Ojalá pueda llegar a vivir ese día.

—Ahora mismo están con ocupación completa, pero en tres días podrán recibirte.

—Es el colmo, ¿acaso no saben quién es? Pásame el teléfono.

—En tres días estará bien —le digo, y mi mánager me mira.

—¿Podrás ser normal durante tres días? —pregunta.

—Aprovecharemos ese tiempo para dejar algunas fotos listas. Tus redes sociales deben mantenerse activas y por el momento nadie debe saber dónde te encuentras —agrega la publicista.

Me levanto de la silla y me estiro.

—Tienes pendiente una campaña de fotos para una marca de ropa interior. Llamaron a preguntar por ti, les dijimos que estabas bien y que lo harías. Habrá más fotos después de eso, más la grabación de la nueva canción que ahora todos quieren. —Odio cada palabra que sale de la boca de Alicia—. Señores, fue un placer llegar a un acuerdo con ustedes. Chelsea Cox volverá en unos meses para continuar con todos sus proyectos. Trabajemos en los arreglos de los actuales.

—Esperamos que todo mejore, Chelsea. —Jim se levanta y estrecha mi mano, para luego salir de la sala de juntas.

El resto de las personas se despiden de mí hasta que nos encontramos solo Alicia y yo en la habitación.

—Solo tienes que hacer las cosas bien durante tres días. —Se pone de pie—. No arruines más tu carrera. Andando, tenemos fotos que hacer.

Dos segundos le toma retirarse. Miro la pared del fondo de la enorme sala. Son decenas de revistas en las que he sido protagonista en la portada. Me acerco y detallo las sonrisas, los atuendos, mi cabello, mi piel, el maquillaje... Todo es tan perfecto. Luzco como si ese día nada hubiese estado mal, como si mi día hubiese sido el más genial, pero esta es la verdad:

El día de la portada de *Vogue*, después de terminar las fotos, me drogué tanto que me caí mientras caminaba hasta el auto. La prensa me destrozó y llegué a casa a drogarme más.

Cosmopolitan, esta fue una semana antes de la de *Vogue*. Me enviaron fotos de Matthew follándose a una modelo. Sé que fue ella quien me las envió desde un número desconocido.

Elle, consumí por primera vez cocaína después de tener un ataque de pánico.

Vanity Fair, el día de mi cumpleaños número dieciocho, mi padre nunca me llamó y lloré toda la noche mientras le daba fin a una botella de vodka.

No hay ninguna en la que la felicidad que reflejo sea real.

Camino hacia la salida del edificio y más de cuatro guardaespaldas me ayudan a irme del lugar infestado de fotógrafos. Preguntas que no entiendo llegan a mis oídos e ignoro cualquier tipo de comentario. Entro al auto y me hago al lado de la ventana cuando cierran la puerta. Agradezco que Alicia se haya ido en otro. El conductor intenta salir del mar de personas y acelera cuando finalmente se lo permiten. Dejo caer la vista sobre los edificios y las calles mojadas por la lluvia.

Me metí en esto como cualquier otra chica a la que le gusta cantar y quiere probar suerte: cantando a todo pulmón en la privacidad de mi cuarto. Tenía una guitarra que me había regalado mi padre en Navidad. Todavía la tengo. Hasta ahora es el regalo más especial que alguien me ha hecho. Es lo único que me recuerda que mi padre alguna vez me amó. Desde entonces no me gusta recibir regalos; muchos no vienen del corazón de quien los da y por eso los odio. No hay peor regalo que el que se da esperando algo a cambio. Siempre esperan algo de mí y, cuando no lo reciben, soy la peor persona.

Por ejemplo, Amanda. Cuando me metió en clases de canto pensé que era un regalo, pero ahora veo que era por interés propio y que solo me dejaba usar mi talento cuando a ella se le daba la gana. Soy un poco más libre ahora, aunque no del todo. Amanda siempre estará detrás sacándome en cara que todo lo que soy es gracias a ella.

Y en cierta medida es verdad. Soy todo gracias a Amanda.

El auto se detiene y desciendo hacia el interior de otro edificio. Camino detrás de Daniel, mientras otro guardaespaldas me pisa los talones. Meto las manos dentro del abrigo. Minutos después llegamos a un enorme piso. Las personas adentro se mueven de un lado a otro. Al fondo hay una escenografía color rosa y una modelo en ropa interior posa sensualmente frente al fotógrafo.

—Chelsea Cox —saluda un hombre con lentes e intenta abrazarme, pero doy un paso hacia atrás.

—A Chelsea no le gustan las muestras de afecto, no te lo tomes personal. —Amanda sonríe y lo abraza—. ¿Cómo estás, Giovanni?

—¡Fantástico! —le responde con entusiasmo. Está tratando de ignorar la vergüenza que acaba de pasar mientras aplaude—. Empecemos con ella.

Dos mujeres con un enterizo lila vienen a mí y me invitan a pasar a la sala de tocadores para maquillarme. Me quedo inmóvil mientras ellas me usan como lienzo. Me gusta el maquillaje, me levanta un poco la autoestima. La piel de mi cara no es perfecta y hay temporadas en las que el acné me invade, como ahora, pero las maquilladoras y los editores son capaces de hacerme perfecta. Ojalá pudieran hacer algo con lo que tengo adentro.

—Listo. Puedes pasar a vestirte.

Camino hasta uno de los camerinos y me pruebo la primera prenda que programaron. Me pongo una bata y salgo con cuidado hacia el set, pero, antes de llegar, una voz dice mi nombre y se ríe.

—Está demasiado delgada. La noticia debe ser real. No me sorprendería, siempre ha sido una maldita loca —dice una de las modelos. No sé su nombre, pero sí la he visto. Me oculto detrás de unas cortinas.

—Matthew merece una mujer más bonita —comenta otra. He dejado de mirarlas, ahora solo me enfoco en los movimientos de mis dedos.

—¿Como quién?

—Me ha escrito hace unos días.

—¿Qué? —le preguntan varias.

—Sí. Tal vez hasta vayamos a cenar. ¡Juren que no se lo dirán a Chelsea!

—¿Qué haces ahí parada? —me pregunta alguien. Es un hombre con una barba espesa y audífonos *bluetooth* en las orejas—. Andando. Vamos a empezar —dice con alegría y pone la mano en mi espalda para hacerme visible para las mujeres que mal hablaban de mí.

—¡Chelsea! —me saluda una de ellas y se lanza a abrazarme—. Tiempo sin verte, ¿cómo estás?

—Bien —digo.

—¡Estás hermosa! —exclama la chica que antes contaba cómo mi novio le escribió.

—Chelsea, ven por aquí. —Una mujer me tiende la mano y la tomo rápido. Lo que sea por alejarme de ellas.

—¿Cómo debo posar? —pregunto.

—Fresca, natural, muchas sonrisas. Es una campaña alegre y navideña —comenta, y dos mujeres llegan a ponerme un gorro rojo que hace juego con mi lencería.

Asiento, obediente. La mujer se lleva mi bata y quedo expuesta. Empiezo a posar como me lo pidieron. A pesar de ser cantante tuve que aprender a caminar, a posar y a sonreír de la mejor manera. Muevo las ondas de mi cabello. Sonrío de extremo a extremo como si hoy fuera el mejor día de mi vida, aunque sé que al llegar la noche tendré una nueva historia oscura para contar sobre lo ocurrido después de estas fotos.

El día pasa lento hasta la agonía y cuando al fin hemos terminado, me pongo de nuevo la bata y voy hasta los ventanales por los que se puede ver el London Eye, los edificios grises y la lluvia que cae.

«*Chelsea*». Su voz viene a mi cabeza y la espanto.

Debe odiarme. Isaac Statham debe odiarme tanto. Después de ese día no volví a llamarlo nunca, ni él lo hizo. Últimamente no hago esfuerzo por hablar con ningún hombre, así ni siquiera me atraiga. La vez que Hayley me presentó a ese actor y Matthew me sacó de la fiesta, resulté con un par de hematomas con la forma de sus dedos alrededor de mis brazos. Terminé drogada como la mierda y dormí dieciocho horas para luego sufrir de insomnio treinta y cuatro más.

—¿Podemos ir a la casa de Matthew? —le pregunto al conductor cuando subo al auto—. Tengo que hablar de algo importante con él antes de irme.

—Claro que sí —responde y acelera.

Al parecer, Matthew está en la lista de personas que puedo visitar. Amaría que alguien me lo prohibiera. Bajo del auto junto con Daniel y voy a la entrada, donde alguien de seguridad nos detiene.

—No pueden pasar.

—¿Por qué? —pregunto—. Soy su novia, permiso.

—Él joven Reigen dijo que no...

—A un lado —le dice el enorme hombre detrás de mí.

—No puedo dejarlos pasar.

—¡A un lado! —le grito histérica. Daniel lo toma del cuello y lo tira a un lado. Lo miro—. Gracias —digo y abro la puerta para entrar e ir directo a su cuarto.

Extraños sonidos que no quiero tomarme el trabajo de reconocer hacen eco en toda la casa. Son gemidos. De inmediato siento náuseas. Estoy temblando y temo lo que voy a encontrar detrás de esta puerta blanca.

Llevo la mano hasta la perilla y la giro. Empujo y la escena que me recibe me deja en estado de *shock*. Los cuerpos desnudos se mueven al mismo ritmo y los gemidos de cada uno son tan fuertes que quiero gritar para hacerlos callar, pero nada sale de mi boca, ni siquiera puedo moverme.

—¿Chelsea? —grita Hayley y se separa de Matthew para cubrirse con las sábanas blancas.

—Chels, no es lo que crees. —Matthew toma una almohada para taparse.

—¡No me digas Chels, hijo de puta! —grito con fuerza.

Sigo sin procesar lo que están viendo mis ojos. No encuentro la manera correcta de reaccionar. No sé si quedarme, irme, hacerles daño físico a ambos o al menos a uno. No razono.

—Bonita, esto es un error… Estaba drogado y ella llegó y no sé qué paso después...

—¿Qué mierda, Matthew? —Hayley revira, ofendida.

Doy un paso hacia atrás cuando Matthew intenta tocarme.

—No —digo.

—Chels... Chelsea, tienes que creerme. Esto no es, no es... ¡Mierda!

—Solo venía a decirte que iba a largarme por un tiempo y que al regresar no me buscaras jamás —pronuncio las palabras al fin—. Vete a la mierda, Matthew, y tú también. —Señalo a mi *amiga*.

Me giro para salir del lugar. Llego hasta el salón y lo primero que veo es un pequeño tarro de pastillas blancas. Lo tomo y lo escondo en los bolsillos.

—¿A dónde irás? —Matthew aparece de nuevo y camina hacia mí.

Mi guardaespaldas lo empuja a un lado.

—No se le acerque.

—No te importa —respondo—. Solo necesito que hagas lo que te dije. No me busques y quédate con Hayley y con las otras. Me cansé de toda esta mierda contigo.

Expulso algunas de las cosas que hace tiempo quería decirle, pero tenía miedo porque siempre, al final, terminaba buscándolo para aceptar el poco amor que me ofrecía a través del sexo.

—Chelsea, ven, hablemos. Por favor, déjame explicarte todo.

Decido ignorar sus palabras. Sus ojos están fuera de sí y su manera de hablar es arrastrada; está tan drogado que no pudo ni vestirse para bajar hasta aquí. Salgo en compañía de Daniel. Al llegar a mi casa voy hasta el cuarto y trato de deshacerme de la niñera que me han puesto para que no haga nada *malo*.

—Acabo de romper con mi novio —sollozo para agregar más drama al asunto—. Quiero estar un maldito minuto sola para llorar, ¿acaso eso también van a arruinarlo? ¿Alguna vez le rompieron el corazón? —Me acerco a ella. Sigue sin hablar—. Seguro lloraste tranquila en tu cuarto, ¿por qué yo no puedo hacerlo, ah?

—Es que tengo órdenes de no dejarla sola.

—Dame cinco minutos y entra. Solo cinco, por favor. —Sigo derramando lágrimas.

Ella piensa durante un momento mientras yo intento verme aún más destrozada.

—Solo cinco. Volveré a entrar pronto —dice.

Asiento con la cabeza y cuando escucho la puerta abrirse y cerrarse, saco las pastillas de mis bolsillos y voy hasta el baño. Las dejo sobre el tocador y me agacho para buscar detrás del lavabo una cajita. Mi corazón se detiene. No está. Me pongo de pie y arrojo todos los cajones al suelo. Estoy perdiendo tiempo, pronto entrará ella y... Mierda. Puedo jurar con mi vida que dejé esa maldita caja llena de cocaína. Lo peor de todo es que no tengo más, es lo único que logro llevar conmigo sin tener que depender de alguien para que me la consiga. Muchas veces me han delatado y he decidido no confiar en nadie nunca más.

Los cinco minutos van a terminarse y me rindo. Escondo las pastillas en otro lugar y vuelvo al lavabo para mojarme la cara con agua fría. Lo hago repetidas veces hasta que escucho los pasos de mi *hermosa* niñera.

—Gracias —digo con seriedad y me arrojo a la cama. Enciendo mi celular para tratar de distraerme. No dejo de mover el pie en ningún momento. Ella tiene sus ojos en mí. Se ve amistosa. Luce como alguien que no merece este trabajo.

—¿Quieres que cocinemos algo para cenar? —pregunta.

—No.

—¿Una película?

—¿A qué hora se termina tu turno?

—Cuando quieras irte a dormir.

—Pues entonces ya. Adiós. —Le señalo la puerta. Estoy siendo tan perra, pero estoy asquerosamente irritada y sé por qué. Estoy bloqueando un colapso inminente. Estoy temblando, pero finjo que no. Estoy repitiéndome que esto es culpa de lo que acabo de ver y no de lo que no he podido meterme.

No soy capaz de creerme mis mentiras. Está muy claro. Lo necesito.

—Debo revisar toda tu habitación de nuevo...

—Hazlo rápido —digo y me hago un ovillo sobre mi cama. Apago el celular y cierro los ojos esperando escuchar sus pasos hacia la puerta. Minutos después, cuando oigo el clic me levanto de un brinco a seguir buscando. Tampoco tengo píldoras. Tal vez… Tal vez en el cuarto que a veces usa Amanda.

Me escabullo en silencio por el pasillo. Voy hasta su baño y remuevo todo lo que encuentro, pero sigo sin hallar lo que necesito. Toda la noche me la paso entre las tinieblas inspeccionando cada rincón de la casa. El sol vuelve a salir y subo para intentar dormir, pero no puedo. Van a darse cuenta, voy a actuar como una demente. Me veré como la adicta que llevo fingiendo todo este tiempo no ser. Estoy jodida.

Rendida, voy hasta las pastillas que al parecer escondí bien. Deben ser opioides, es lo que Matthew consume. Deslizo mi espalda en la pared hasta que me siento en el piso. Destapo el tarrito y dejo sobre mi mano una pastilla. Tal vez sean mejores dos. Las arrojo dentro de mi boca y trago. Voy de nuevo hasta la cama, pero antes enciendo las lámparas de colores. Todo se pinta de rosa. Ya no luce tan aterradora la soledad. La he teñido.

¿Qué me hará esto? A Matthew lo pone violento. Ojalá me pusiera violenta a mí también. Ojalá pudiera ir corriendo a darle un puñetazo en la nariz. Se lo merece… Pero no puedo, yo no soy como él. Jamás sería capaz de golpear a alguien, y mucho menos si se trata de la persona a la que supuestamente amo.

Cuánto duelen los corazones rotos, ni siquiera los opioides son capaces de quitarme el dolor. Ya no estoy tan triste, pero mi corazón ha decidido no participar de la *fiesta*. Él sí llora por lo que acabo de hacer… *me*.

15

Isaac

Debí hacer esto en primavera. Me gusta el frío, pero este es extremo. Odio perderme otra Navidad con Chloe, pero me repito que esto será rápido, que no es grave, y de aquí en adelante sí podremos tener el resto de Navidades juntos.

Bajo del *jet*. El aeropuerto de Kalmar me recibe en soledad. No hay muchos aviones en el lugar. No es un lugar turístico, pero esperaba encontrar algo de movimiento. Una camioneta negra es puesta a mi disposición para transportarme hasta el castillo. Estoy por abrir una de las puertas traseras cuando el celular vibra en el bolsillo.

Es Daisuke. Me lo llevo a la oreja.

—Hola —contesto.

—Hola, maldito ingrato. Cómo es que sales del país y no me lo cuentas.

—¿Y quién te lo contó? —pregunto e ingreso al auto.

—Dylan es una persona horrible para guardar secretos.

No me sorprende en absoluto.

—Espero que tú sí seas buena para hacerlo.

—Lo soy, Máquina, lo soy. —Su distintiva risa llena la línea.

—¿Cómo estás? —hablo cuando se queda en silencio.

La muerte de Leane no solo afectó a mi familia. Leane era esa luz que pocas veces se aparece en la vida y reía con quien estuviese a su alrededor, y Daisuke era su alma gemela. Siempre estaban juntas y alegraban cualquier situación, pero han pasado más de cinco años y todo ha cambiado un poco, toda ella ha cambiado un poco.

—He estado mejor… Ayer fui a ver a Chloe. Está creciendo muy rápido. Se parece tanto a…

—Lo sé.

—Está muy triste. Dice que la dejaste, que no quiere estar más con sus abuelos. —Suelta una pequeña risa—. Me pidió en secreto que la llevara conmigo y que nos fuéramos al rancho de su tío Ivan.

—Dile que pronto volveré y yo mismo la llevaré.

—Ella entenderá. Cálmate y enfócate en mejorar. Le recordaré que eres el mejor papá del mundo y que todo esto es por ella. No te preocupes.

—Gracias, Dai. No sé cómo pagarte esto.

—Contándome por qué llegaste hasta allá.

—Estaba bebiendo un poco de más —digo y miro a través de la ventana. Las montañas nevadas de Kalmar me reciben junto con un enorme lago congelado—. Y eso afectó mi rendimiento. No quiero joder nada. El proceso de custodia sigue en pie y, debido a la temporada, no pude hacerlo a inicio de año. No puedo perderme los partidos; estas vacaciones eran el único espacio. Haré lo que me pidan si eso significa jugar y estar con Chloe.

—Haces que suene fácil. Tengo entendido que ir a rehabilitación es…

—Estaré bien —la corto.

—Eso lo sé. Eres la persona más fuerte que conozco.

—Gracias, Daisuke.

—Mejor, cuéntame: ¿quién es la chica misteriosa con la que sales?

—Pensé que ya lo sabías.

—No te molestes con Dylan —ríe.

—No es nada serio —aclaro.

La verdad es que no es nada. Solo salí tres veces con una chica, pero le encanta la atención y ahora eso es lo que menos quiero.

Desciendo del auto cuando se detiene y el primero en recibirme es un hombre de cabello blanco corto y atuendo completamente negro.

—No haré más preguntas. —Vuelve a reír—. Disfruta tus vacaciones, Statham.

—Eso intentaré.

—¡Un abrazo y felices fiestas!

Termino la llamada y observo el enorme castillo que se alza frente a mí. No es un lugar colorido, no es bonito, pero es jodidamente increíble.

—Bienvenido, señor Statham. Soy Adolf Olsson. Seré su guía en este lugar y quien atienda cualquier duda o solicitud que tenga. —Extiende su mano y la estrecho—. Desde este momento, como bien leyó en el contrato que firmó, tendrá que hacerme entrega de cualquier dispositivo de comunicación o con acceso a internet que traiga, pues tenemos una regla estricta respecto a ellos.

Acepto sin dudarlo. Sé que después podré comunicarme con quien quiera, pero la idea es que no tenga acceso inmediato a las redes sociales y demás cosas que puedan joder el proceso. Aunque realmente, para mí, no hay nada que me joda afuera. Miro por última vez el celular. No dejo de sentirme como si estuviera a punto de pagar una condena en una cárcel. Lo irónico es que aquí vengo a librarme de algo que me esclaviza.

—Sígame por aquí, señor. —Me indica que pase y camino hacia la enorme entrada del castillo—. No sé si ya leyó la historia del castillo en el documento de presentación que le entregamos.

—No tuve tiempo —respondo.

—¿Quiere que se la cuente mientras llegamos a su habitación?

—Sí, ¿por qué no? —Me encojo de hombros.

—¿Quiere la historia aburrida o la interesante?

—¿Alguna vez alguien ha elegido la aburrida? —digo, curioso, mientras caminamos por los pasillos adornados con cuadros antiguos y con una infinita alfombra roja que cubre todo el piso.

—En este mundo siempre habrá un porcentaje pequeño de personas que se decidan por esa opción que creemos imposible. —Ríe nasalmente.

—Es una buena frase para definir a las personas que siempre toman una mala decisión.

—Lo bueno y lo malo es subjetivo, pero lo único de lo que estoy seguro es que las decisiones son las que nos mueven la vida. Eso es vivir: decidir. Y este lugar está lleno de personas que creen que tomaron una mala decisión y todo es su culpa. Aquí somos especialistas en eliminar la culpa. ¿Se culpa usted de lo que pasó?

Me encojo de hombros.

—Estoy aquí para que no pase.

—Bien, dicen que un hombre precavido vale por dos.

O tal vez sea alguien que no le gusta salirse de control y que tiene a gente trabajando para que ello no pase. Tal vez, inconscientemente, confío en que alguien de mi nómina me dirá cuál es la decisión correcta que debo tomar. Espero que esta lo sea.

—El castillo fue construido tras la unión de algunos países hace bastantes años. Esa es la historia aburrida. —Adolf me saca de mis pensamientos—. Pero la interesante es la que no se relata en los libros y solo se cuenta de persona a persona. Hoy yo se la cuento a usted y espero que pronto se la cuente a alguien más, porque cada vez que se cuenta es diferente, pues se relata desde la perspectiva de lo que entendió quien la oyó y de lo que quiere transmitirle a la siguiente.

—Entiendo. —Escucho atento. El castillo es enorme y sé que nos llevará un par de minutos llegar hasta mi lugar. Mi agente lo escogió porque es uno de los mejores centros, y de los más discretos, que hay.

—Por aquí. —Gira a la derecha y lo imito—. Aquí vivía una reina que perdió a toda su familia tras un ataque enemigo al castillo. Usaron un fuerte veneno que se llevó la vida de todos, menos la de ella. Era muy pequeña cuando esto sucedió y tuvo que ejercer su cargo de reina con tan solo trece años. —Me señala un enorme cuadro cuando entramos a un salón—. Era ella. —Se detiene y la admira—. No era una mujer hermosa, pero era poderosa, y eso fue suficiente para atraer a cualquier cazafortunas o a los nobles interesados en ampliar y engrandecer su reino.

Detallo la imagen de la mujer. Tiene cabello negro y rasgos que puedo catalogar como *no comerciales*, pero fea no es.

—Vivía con miedo, debido a lo que sucedió. No salía de su villa privada, que hemos convertido en un pequeño museo en el ala este. Manejaba el reino por medio de cartas. Cosechaba sus propios alimentos y cocinaba su propia comida. Rara vez dejaba a alguien entrar en su espacio y siempre permanecía vigilante hasta que el extraño se marchara.

—Una vida bastante solitaria —comento, y continuamos el camino.

—Para ella era suficiente. Amaba tanto la vida que no quería equivocarse y confiar en alguien que pudiese acabar con ella. Por aquí… —Señala otro pasillo más. El lugar es más grande de lo que se veía desde afuera—. Hasta que un día...

—Nada nunca sale como uno quiere —agrego.

—Jamás, o puede salir peor... o mejor. Esta no es una historia triste, déjeme terminar.

—Claro, lo siento. —Alzo las manos frente al pecho a modo de disculpa.

—La reina le pidió ayuda a un jardinero para acabar con una plaga de gusanos que había invadido sus árboles de manzanas, que eran el cultivo más grande que tenía. El trabajo iba a tomar días enteros y decidió requisar al hombre a la entrada y hacer que se despojara de todas sus cosas para sentirse segura con su presencia por tanto tiempo.

—Y se enamoró.

—Déjeme terminar, por favor. —Se detiene un segundo y retoma su caminata.

Me callo.

—Él se enamoró de ella, pero ella no de él. Los cinco días pasaron...

—¿Se enamoró en solo cinco días?

—Señor Statham —me advierte.

—Lo siento. Termine.

—El amor y el olvido no son buenos amigos del tiempo, solo ellos pueden decidir en qué momento suceden. Recuérdelo muy bien —recalca—. Continúo. El hombre se enamoró y antes de partir le confesó todos sus sentimientos a la reina, después de dejarle su jardín en perfectas condiciones. La reina creía que tenía en sus manos la oportunidad de que alguien le fuera fiel a pesar de que no lo quería; lo admiraba por lo que había hecho, y la admiración, como puede ser hermosa, también puede ser tóxica. —Giramos una vez más hasta que llegamos a mi habitación—. Aquí es. Si quiere puedo seguir contándole mañana. Es tarde y debe estar cansado...

—No, siga.

Él abre la puerta con una tarjeta que me entrega después. Enseguida llegan un par de hombres con mi equipaje.

—No hay señal de televisión. El teléfono solo sirve para llamar a recepción y a otras habitaciones. —Adolf me enseña el lugar.

La habitación es amplia y tiene un balcón que me da una magnífica vista al lago. La decoración es jodidamente lujosa, pero no deja de verse muy antigua. Me lanzo sobre la cama y Adolf va hacia el balcón. La historia me tiene cautivado y, aunque presiento que la reina va a terminar traicionada, quiero escuchar más.

—Continúo, como pidió —habla desde ahí, mientras admira el lago que supongo que ya conoce de memoria—. La reina decidió creer en el amor que el hombre le tenía. No lo correspondía, pero le creía y era feliz con eso. El hombre pensó lo contrario, que ella también estaba enamorada de él y que tendría una mejor vida al lado de ella gracias a ese amor —suspira—. A veces los malentendidos de comunicación son el detonador de muchos problemas. La reina jamás le dijo al jardinero que no lo quería, solo aceptó su amor y el jardinero entendió que se le correspondía. Ella no lo aclaró y él no escuchó el resto. Él partió ese día y la reina prometió llamarlo en

134

unas semanas, cosa que no hizo, porque ella recibió noticias de que una de las aldeas de su reino había sido atacada, y como su ejército era pequeño, tuvo que contraer matrimonio con un rey que le ofrecía seguridad a su pueblo. El invierno llegó y ella sabía que su cultivo se haría trizas y que tendría que empezar desde cero como cada año. La mujer y su rey no tenían relación, él visitaba el castillo, pero ella no dejaba que él ingresara a su villa. La reina pidió que se llamase al jardinero nuevamente y este llegó rápido. La reina esperaba que él la adulara como siempre lo hacía, pero lo que recibió fue lo contrario. El jardinero no le habló en los días que pasó ahí. Ella no le dio importancia y solo pensó en la manera en que el hombre arreglaba el jardín tan rápido. Hizo en una semana lo que a ella le costaba un mes. El último día, el jardinero le informó que un pájaro defecó las semillas de una planta muy venenosa que crecía en un rincón de la huerta y que él la había erradicado tan pronto como la vio. Esa misma tarde, el jardinero le ofreció una enorme ensalada con lo que había salvado de lo que se llevó el invierno. Dentro del plato estaba una planta venenosa que ella identificaba muy bien, pues no era que un pájaro hubiese defecado en su jardín, era una planta que solo crecía en invierno y que ella plantaba cada noviembre sin falta.

—¿El hombre quiso asesinarla porque sentía celos? —pregunto.

—Claro. El jardinero supo que se casó con otro y no con él, así que, en medio de su amor enfermo, decidió acabar con la vida de la mujer.

—Pero la reina no se comió la ensalada, ¿correcto?

—Déjeme terminar. Sí se la comió. Cuando fue a dejar su plato a la cocina, tomó un cuchillo que ocultó detrás de su espalda y le dio un abrazo de agradecimiento al hombre, para luego apuñalarlo en la nuca y correr al baño a vomitar.

—Me dijo que era una historia con final feliz —reclamo.

—Lo es. Déjeme terminar, por favor.

Me siento sobre la cama. Ya no me gustó la maldita historia. No es algo que le contaría a Chloe y realmente quería hacerlo.

—Continúe.

—Gracias. La mujer enterró el cuerpo del hombre en su jardín y cultivó sobré él más de la planta venenosa. Nadie en el reino preguntó por él, y la reina siguió cuidando su jardín en soledad.

—¿Y el final feliz?

—Que no haya sido un final feliz para el jardinero no quiere decir que no lo fuera para la reina —dice.

—¿Y cuál fue el final feliz de la reina?

—La reina aprendió a cultivar su jardín más rápido. Se deshizo de quien iba a hacerle daño y solo se quedó con lo que le convenía. Su vida siguió tranquila y feliz porque, aunque le gustaba la admiración, no amaba al jardinero. No digo que la enseñanza de esta historia sea matar a las personas, no, eso está muy mal, pero sí podemos alejarnos de ellas. Y no solo de las personas, también podemos alejarnos de todo lo que nos hace mal o significa una amenaza para nuestra vida y quedarnos únicamente con lo bueno que eso pudo ofrecernos.

Tal vez sí se la cuente a Chloe, en algunos años, claro está.

—Dijo que la reina cultivaba una planta venenosa...

—Sí, la misma planta que mató a toda su familia.

—¿Ella lo hizo?

—Sí.

—¿Y por qué? —pregunto confundido.

—No sé. La persona que le contó la historia a la persona que me la contó a mí olvidó esa parte, o tal vez no preguntó.

—Pero si ella era la asesina, ¿de qué se escondía?

—No sé. —Camina hasta la puerta—. Eso es lo malo de las historias de este tipo. Hay partes que faltan, pero tal vez usted pueda completarla. Espero que disfrute su estancia y que su tratamiento sea la solución que busca. Descanse, señor Statham.

16

Chelsea

Hay ciertas situaciones similares que todos compartimos en la vida. En este instante pienso en esas que nos duelen, a unos más que a otros, pero duelen, al fin y al cabo. El dolor no será ni pequeño, ni grande, solo será dolor y cada uno verá cómo llevarlo. Yo lo estoy haciendo muy mal.

Llevo más de dos meses en este lugar y aún siento como si hubiera llegado ayer. Estoy escuchando música en el salón que tiene el estéreo. La verdad es que siempre ruego para que me permitan estar aquí después de cada sesión de terapia a la que asisto.

I walk the line
Yeah, I play with fire...
I don't wanna push you way too much
I don't wanna lean out way too far
I don't wanna ever learn the hard way

Las palabras me hacen pensar en *él.* En Isaac. En lo bonito que fue sin haber sido, y en lo genial que la pasé por corto tiempo. Fueron más los momentos que imaginé que los que realmente tuvimos. Solo nos vimos una vez y siento como si en otra vida lo hubiera conocido. Es extraño, o tal vez es que ya no creo mucho en los hombres buenos. Algunas personas me dicen que no existen, pero a Isaac voy a darle el beneficio de la duda. Aunque yo no soy buena.

But if you're looking for stable
That'll never be me
If you're looking for faithful
That'll never be me
If you're looking for someone to be all that you need
That'll never be me
That'll never be me

No soy buena para él y no merezco el beneficio de la duda, suelo arruinar las cosas bonitas que me suceden. Es seguro que no sé querer. Además, alguna vez leí que cuando no sabes lo que quieres es porque falta amor en otro lugar, un lugar que solo se descubre cuando te paras frente a un espejo. Será que eso significa que… ¿No me quiero?

No. Yo amo mi voz, amo la música, amo escribir, amor reírme, amo muchas cosas.

Y una vez amé a Matthew.

Era feliz al inicio, estaba enamorada de él, pero ahora trato de hacerme creer que no era feliz, a pesar de que en mis recuerdos sonreía y soñaba por su amor. Ahora solo recuerdo mientras vivo su violencia.

Nunca ha dejado de parecerme increíble el amor y no me refiero solamente al romántico. Mis conocidos aman a sus padres, a sus hermanos… Los abrazan, los besan, celebran fechas especiales juntos, mientras que yo nunca me he sentido cómoda abrazando a mi madre. La quiero, de eso no hay duda, pero soy pésima demostrándolo. Aunque tampoco es que se lo merezca.

Quiero creer que nunca amé a Matthew, pero, a pesar de todo, sí lo hice. Le di toda la atención a su dolor e ignoré el mío. Tal vez él se acostumbró a esto y decidió dejar de amarme hace mucho y olvidó decírmelo, tal vez solo le gusta que lo amen y no amar. No sé si es triste o valiente seguir aferrada. Realmente envidio a quienes se aman mutuamente, pero admiro a los que aman sin esperar a ser correspondidos. Creí tener con Matthew lo que muchos aparentan. Amor bueno, del sano y verdadero. ¡Por favor! En una vida tan caótica y toxica como la mía no puede haber algo sano de ningún modo. Llevo tanto tiempo en la oscuridad que ya no diferencio los días.

Algo que repetía mi antiguo psicólogo era que la depresión es un fantasma que llega con sigilo y muchas veces no nos damos cuenta de que llegó hasta que la simple acción de respirar nos cuesta, nos ahorca, nos deja sin aire, nos aplasta y no lo sentimos. Nos quita todo y nos hace creer que no nos va a devolver nada.

Respiro hondo y suelto todo el aire.

Los días corren sin diferencia desde que estoy aquí. Nada ha cambiado, pero sí empeorado. Mis exámenes de sangre revelaron que estaba consumiendo oxicodona. Volví a mentir y todos están decepcionados. Yo ya no tengo uñas gracias a la culpa que cargo.

Trato de pensar en algo más, pero vuelvo a lo mismo. Esta vez al día que llegué aquí. Un hombre con acento extraño me recibió.

—Bienvenida, señorita Cox. Soy Adolf Olsson. Seré su guía en este lugar y quien atienda cualquier duda o solicitud que tenga. —Hizo una pequeña reverencia que también me resultó muy extraña—. Desde este momento, como bien leyó en el contrato que firmó, tendrá que hacerme entrega de cualquier dispositivo de comunicación o con acceso a internet que traiga, pues tenemos una regla estricta respecto a ellos.

—Hola, Adolf. Claro. —Le entregué el celular y él lo guardó en una extraña caja.

Hacía demasiado frío.

—Sígame por aquí, señorita —me invitó a entrar y caminar hacia el viejo castillo—. No sé si ya leyó la historia del castillo en el documento de presentación que le entregamos.

—No me entregaron nada.

—Seguro se les olvidó. ¿Quiere que se la cuente mientras llegamos a su habitación?

—¿Habitación? Me dijeron que me darían una ubicación especial por ser... por... —No quería sonar como una estúpida, así que dije—: Por lo que se pagó.

—Discúlpeme un segundo —se excusó y habló por un pequeño radio.

Saqué un chicle del bolsillo, le quité el envoltorio y me lo llevé a la boca. Paseé la vista por toda la enorme estancia. Las paredes estaban adornadas de cuadros con gente vestida de manera muy antigua. Una alfombra roja cubría todo el piso del lugar y me recordó a muchos de los eventos a los que he asistido. Aunque parecía que esa se la comían las polillas.

—Señorita Cox, sí, lo siento. No me lo habían informado. La villa del castillo será suya por lo que dure su estancia. Antes era un museo, pero lo han cambiado para su visita. Sígame, por favor. —Señaló el pasillo a la derecha y caminamos a través de él—. Entonces, ¿quiere que le cuente la historia del castillo?

—Sí.

—¿La aburrida o la interesante? —preguntó.

—¿Cómo?, ¿hay dos historias?

—Para un hecho siempre habrá miles de historias cuando hay múltiples testigos que lo presencian y deciden contarlo. Muchas perspectivas.

—¿Cuál era el testigo más creíble sobre la historia de este lugar?

—El de la historia aburrida, claro está.

—Cuénteme esa, por favor.

—El castillo de Kalmar es considerado uno de los más antiguos de Escandinavia, y su particular posición, frontera del antiguo reino de Dinamarca con el de Suecia, a un paso de la isla de Öland y, precisamente por esta, resguardada de los tratos más abruptos del mar Báltico, permitió que hubiera un puerto próspero y que el lugar fuera estratégico para todo tipo de incursiones bélicas, tanto terrestres como marítimas...

Escuché mientras detallaba todo a mi paso. El castillo está lleno de pequeños letreros para ubicarse. Es más grande por dentro de lo que se veía desde afuera. Hay cuadros por doquier. Adornos antiguos de algún material dorado y plateado. Los muebles son iguales. Hay muchísimas salas de estar y bastantes bibliotecas. Cruzamos un pasillo lleno de ventanas que tienen como vista los jardines del lugar, mientras que al otro lado se divisaba el lago congelado con el poco sol que caía sobre él.

—Hoy el castillo se presenta con estilo renacentista, reformado y restaurado en el siglo XIX, y en la actualidad es el mejor centro de rehabilitación de toda Europa y ha sido adecuado para tal función. El lugar sigue contando con un foso, un puente y un segundo puente levadizo, que impresiona muchos a los visitantes. Estamos dentro de uno de los castillos mejor conservados del norte de Europa. El resto de la ciudad también hace parte de un gran esfuerzo de conservación —terminó de hablar y giró la cabeza para mirarme—. ¿Realmente me escuchó?

Estallé la bomba de chicle que había hecho y asentí con la cabeza.

—¿Algún día podré ver el foso? ¿O hacen algún tipo de recorrido?

—Claro que sí. Solo basta con apuntarse en la recepción y un guía le da dará un *tour*, la ciudad está incluida. Confiamos en que visitar la ciudad ayude un poco al proceso de rehabilitación —informó—. Por aquí. Ya casi llegamos.

Salimos a un jardín cubierto de espesa nieve blanca. Atravesamos el sendero. Algo como una pequeña casa apareció al frente. Las luces estaban encendidas y una mujer esperaba afuera.

—Hasta aquí la acompaño. Fue un placer conocerla, señorita Cox. —Se giró para irse, pero luego se detuvo—. Gracias por escoger la historia aburrida, casi nunca la eligen y es la que más me gusta.

—No fue nada —dije.

Caminé hasta la entrada de la villa. A mi izquierda había varios árboles iguales sin hojas. Me gustó este paisaje sombrío.

—Señorita Cox, mi nombre es…

—Dime Chelsea, por favor.

—Sí, Chelsea —dijo la joven. Lucía como de mi edad—. Mi nombre es Christina y estaré a su servicio. Bienvenida.

Mi intento de suicidio está en el anexo de documentos y saben que soy un paciente de alto riesgo que necesita *muchísima* vigilancia. Suspiro. No volvería a intentarlo, pero... no sé. No quiero pensar sobre eso ahora.

Arrojé la maleta al piso y di un pequeño *tour* por el lugar. No había tina, espejos, ni puerta en la ducha. No había nada de cristal. Ningún adorno, ni nada que se considerara cortopunzante.

—Debe entregarme sus zapatos —Christina dijo detrás de mí—. Ya sabe que los cordones no...

—Sí, claro.

Me senté y se los entregué.

—En el armario habrá más calzado de su talla que puede usar.

—Gracias. —Me quedé mirando mis medias con aguacates, pero luego alcé la cabeza—. ¿Vas a quedarte siempre?

—Sí... un poco, los primeros días, algunas horas al día.

—No voy a matarme.

Las palabras no le hicieron ni cosquillas.

—Yo sé que no, pero son las reglas del lugar, que, definitivamente, son para su bienestar —explicó. Estaba vestida con ropa de invierno muy oscura. Le daba un toque gótico y si sumaba su cabello negro, más aún. Le lucía vivir aquí en el castillo.

—Entiendo —dije—. ¿Y ahora qué se hace?

—Su terapia es individual. En una hora debe ir con el psicólogo y el doctor, y luego...

—Espera. —Me puse de pie—. ¿Hay terapias grupales?

—Sí, si el cliente las prefiere, puede participar. Pero su solicitud informa que ha elegido la individual. Además, por quien es usted, es lo mejor para su tranquilidad.

—¿Y si quiero cambiarla después?

—Es mejor que hable con el psicólogo y el doctor primero para que la evalúen. Ellos podrán responderle sus dudas y recomendarle algunas cosas.

—Vamos, entonces.

—Debemos esperar. Ahora mismo se encuentran en una evaluación con alguien más.

Busqué unos zapatos en el armario. Saqué unas botas acolchadas y metí los pies.

—Esperaré afuera o alrededor mientras conozco el castillo, ¿o no es posible?

—Claro que sí. No está en una cárcel, puede moverse libremente hasta el toque de queda.

—¿Y a qué hora inicia? —pregunté. Fui hasta el espejo y revisé mi apariencia. Me quité la gorra que llevaba, pero me dejé los lentes oscuros tipo aviador.

—A las nueve de la noche —respondió.

—¿Y termina?

—A las cinco de la mañana.

El día estuvo lleno de indicaciones. Christina me habló sobre algunas reglas, nada exagerado, todo muy justificado.

Y entonces llegó el día…

El día en el que decidí salir de mi gran habitación y darle un recorrido al lugar.

El día en que la conocí.

—Eres tú… —dijo sin creérselo.

—Sí. —Me encogí de hombros. Ya sabía lo que seguía.

—¡Eres Chelsea Cox! —gritó como suelen hacerlo las personas que me reconocen. La verdad no esperaba que alguien me saltara encima así, tan feliz, en este lugar que no es muy *feliz*.

—Azul, no puedes hacer eso. El espacio personal es sagrado —Christina la regañó.

—Sí, es cierto. Lo siento. —Se limpió las manos en la ropa y me extendió una—. Me llamo Azul, como el color.

Estreché su mano con un poco de nerviosismo. Ella se veía muy feliz. Su cabello afro le rozaba los hombros y su sonrisa era gigante. Me daba miedo la desbordante alegría que transmitía.

—Me llamo Chelsea, como el equipo de fútbol —me presenté así.

—Lo sé —rio—. Lo sé. Qué graciosa.

—Señorita Cox —el médico me llamó. Estaba por entrar a otra sesión.

—Fue un gusto conocerte, Azul —dije con una sonrisa y empecé a caminar hacia la oficina.

—El gusto es mucho más mío. Frencie no va a creerme. —La vi de reojo tomar a Christina por los hombros—. ¡Nadie va a creerlo!

—No puedes decírselo a nadie. Está prohibido y, si lo haces, podría traerte problemas…

—¿Como la cárcel? —preguntó con preocupación, y me reí internamente. Era divertida, o eso parecía.

—Como la cárcel. Así que guarda silencio.

Fue lo último que escuché que Christina le dijo, porque el doctor cerró la puerta.

Ese día, en esa habitación, decidí abrirme. Contar todo lo que jamás le había contado a nadie, llorar como nunca lo había hecho. Me desahogué, pero el peso seguía ahí, ahora más, pues sabía lo que realmente me dolía.

17

The people are talking, people are talking
But not you.

A WORLD ALONE
Lorde

Chelsea

Sigo medicada. Se suponía que las drogas que me recetaron me ayu-
darían a sobrellevar la abstinencia. Por las palabras del doctor,
entendí que igual sufriría, porque el coctel de químicos que le di a
mi cuerpo fue demasiado fuerte. Los días siguen pasando y en ninguno he dejado de sentir dolor. Y aun pasando por todo esto, mi
cuerpo y la parte podrida de mi mente no dejan de susurrarme que
no lo voy a lograr.

—Hola.

Salto de sorpresa. Estaba tan sumida en mis pensamientos que
no la escuché acercarse. Azul tiene una sonrisa de oreja a oreja.

—Hola —saludo. No quiero ser antipática, ella parece ser una
buena persona.

—¿Puedo sentarme? —pregunta, y me muevo hacia un lado para
hacerle espacio—. Christina me está mirando mal. Me explicó que
tienes terapia individual, pero quería venir a invitarte a una reunión
grupal. Habrá un pequeño *buffet* cuando termine.

145

—¿Quién eres? —inquiero extrañada. Pensé que mi privacidad era eso, solo mía.

—Azul, ya te lo dije —sonríe.

—No. No me refiero a eso, ¿quién eres y por qué Christina te explica cosas mías?

—Tengo algunos privilegios —dice.

—Eso no responde mi pregunta. —Vuelvo la vista al lago y me echo hacia atrás contra el espaldar del banco. No me molesta que lo sepa, sé que nada puede salir de este lugar, pero me da curiosidad por qué lo sabe.

—Soy la hija del dueño de este lugar. No del dueño del centro, no, del dueño de castillo. Él se lo alquila a otras personas, a las que nos ayudan.

—Mmm. —Asiento otra vez. Eso no explica nada, pero no quiero preguntarle más.

—El día antes de que me internaran estuve en un concierto tuyo. Ese día cantaste una canción con Matthew Reigen y todo mundo enloqueció.

—Sí. Lo recuerdo —digo.

—Esa noche también sostuve la mano de alguien que amaba.

La miro. El tono de su voz se ha calmado. Suena aún más dulce cuando le baja el volumen a su voz.

—¿Ya no lo haces?

—Sí, siempre lo haré. Es lo que me tiene aquí.

Un extraño silencio se asienta en medio de nosotras y por primera vez en el día no me siento tan sola. Me aislé mucho desde que llegué. Sé que el resto de las personas comparten actividades, pero yo no, no puedo aún.

—Aún no me siento lista para la reunión —le revelo.

—Entiendo. La verdad... es que lo sabía. Pero quería acercarme a ofrecerte mi compañía cuando no quieras hacer algo sola. No tenemos que hablar, me gusta hacerlo, pero también amo el silencio.

—Gracias —digo a medio sonreír.

No sabía que era algo que tal vez necesitaba hasta que lo dijo, y ahora me siento un poco mejor. Está por levantarse, pero decido preguntarle:

—Entonces… ¿Llevas un año aquí?

—Algo así —responde, volviéndose a sentar—. ¿Sigues con Matthew?

—No.

—Jum.

—¿Jum qué?

—Lo veía venir.

—¿Por qué?

Me mira como si estuviera tratando de averiguar algo, y luego se gira hacia el lago. Está empezando a nevar y un par de copos se adhieren a su cabello.

—Es un imbécil —comenta con asco después de algunos segundos.

La miro y reprimo una sonrisa.

—Imbécil es una caricia comparada con la definición que se merece.

—Para que lo sepas, muchas de tus fans lo odian. Es todo lo que está mal, Chelsea.

Vuelvo a sonreír.

—El mundo lo sabe, pero al parecer a alguien se le olvidó contarme —río.

—¿Entonces todo es verdad? —Abre los completamente.

—No sé que sea *verdad*. Solo diré que es todo lo que está mal, Azul.

—Hijo de puta.

—Puto de mierda —agrego.

—Idiota, estúpido, canalla, lerdo, mamerto, imbécil, pendejo, tonto, cabezota, zángano, sinvergüenza, maltratador, degenerado, bribón, sanguijuela, chupamedias, cobarde, cabrón, gilipollas, cornudo, cara de culo… —Volteo a mirarla—. ¿Qué? Se lo merece. No

147

podemos golpearlo, pero sí insultarlo. Aunque merezca que le quebremos el cráneo.

Una carcajada escala por mi garganta, y, aunque intento retenerla, sale libre y sin preguntar. La gracia que me causan los insultos estúpidos de Azul es enorme, y más aún su cara de seriedad al decir algo que no soy capaz de imaginar que haga.

—No pareces ser violenta —hablo y me pongo de pie.

—La verdad es que tú sí, entonces ese trabajo te lo dejo a ti. Solo seré la de las ideas.

—Lo pensaré.

—Entonces… Nos vemos luego, no quiero perderme las donas después de la reunión.

—¿Dura mucho? —pregunto antes de que se vaya.

—¿La reunión? —cuestiona y asiento—. No. Una hora. Hablas solo si quieres. Yo voy porque la mayoría de las veces es bueno escuchar a otras personas hablar sobre sus cosas. Algunas historias me conmueven, otras me horrorizan, pero de todo aprendo algo.

—Sonríe.

¿De dónde saca tanta motivación para hacerlo?

—¿Por qué sonríes tanto? —suelto sin pensar.

Volví a perder en algún lado todos mis filtros.

—¿Por qué no hacerlo? —Su rostro se tiñe de confusión—. Es más, ¿por qué tú no sonríes?

—Sí lo hago.

—¿Cuándo? —pregunta y alza las cejas.

—A veces. —Me encojo de hombros.

Caminamos hasta tomar el sendero. Christina se queda dos pasos detrás de nosotras.

—Te diré algo, Chelsea Cox: sonreír no debe ser el resultado de algo, debe ser el comienzo de todo. Me gusta sonreír y no voy a esperar a que me pase algo bueno para hacerlo, no le quiero prestar atención a las desgracias. A veces me canso de esperar que lleguen cosas buenas.

—¿Has tenido alguna vez? —pregunto.

—Sí, pero, así como llegan, también pueden irse —ríe—. Es difícil hacer que algo bueno dure, pero algún día lo haré.

—Cuéntame cuando pase.

—Nos vemos luego por ahí.

Vuelvo a respirar hondo y exhalar pausado. Tal vez debería solo escuchar. Hace rato no me entero de lo que hace el resto del mundo, tal vez debería solo escuchar a unos cuantos con historias con algo en común a la mía: la adicción.

—Espera —levanto la voz—. Yo creo que iré.

Azul sonríe y me estira su mano. Camino hasta ella y la tomo con cuidado. Nos adentramos en el castillo. Nos cruzamos con un par de personas que Christina y Azul saludan con ánimo. Todos se quedan mirándome, tal vez porque saben quién soy o simplemente porque llevo la cara llena del acné que me ha dejado la medicación.

—Necesito verme en un espejo —me quejo.

—¿Para qué? Luces bien —dice Azul.

La miro incrédula.

—Nadie puede juzgarte aquí, nadie puede juzgar a nadie aquí. Es la regla de reglas. —Señala una esquina—. Por aquí.

Giramos y veo al fondo un letrero que tiene impresa la palabra *Baños*.

—Entra sin mí, tengo que hacer una parada técnica —le digo y camino hasta el fondo.

Christina me sigue. Me lleno de paciencia, ella solo está haciendo su trabajo y es culpa mía que deba tener a alguien que me cuide siempre. No me acostumbro.

Aquí sí hay espejos. Es lo primero que detallo cuando entro. Me miro el rostro y de inmediato deseo no haberlo hecho. Estoy demasiado pálida debido a todo, al frío, a la malnutrición, a mi estado anímico y a un montón de cosas más que reveló el doctor en mis exámenes. No estoy bien de ninguna manera.

—Quiero entrar, pero no soy capaz de hacerlo así —hablo bajo.

—Aquí nadie juzga, Chelsea.

—Yo sí me juzgo y eso es peor que si alguien más lo hace.

—Deja de hacerlo. Aceptar que estás mal es empezar bien —dice,
y la miro a través del espejo—. Si no te sientes cómoda, puedes intentarlo otro día.

Respiro hondo. No puedo ser tan débil. Randall estaría burlándose de mí por ser siempre tan cobarde. Exhalo.

—Estaré bien. —Abro el grifo y me echo agua en la cara. Tomo
una toalla de papel y me seco con cuidado—. Estaré bien.

Quiero escuchar a más personas. Quiero que mi mente esté tranquila y asegurarme de que esto que me sucede es normal, que le
puede suceder a cualquiera por distintos motivos. Tomo aire. Miro
a Christina y ella me sonríe. Aunque no me acostumbre a tenerla
detrás todo el tiempo, no puedo negar que me gusta que me cuide.
Me tiende la mano y juntas vamos directo al salón. Me suelta y entro
sin mirar a nadie.

—Lo siento. Siento la tardanza —interrumpo y me acomodo en
la primera silla desocupada que veo del círculo.

—Tranquila, señorita Cox —responde la que supongo es la
terapeuta.

—No te preocupes, aquí algunos hasta toleramos los desplantes.

Se me detiene el corazón cuando mis ojos van hasta la voz que
acaba de soltarme el comentario sarcástico. Me topo con esos ojos
verdes. Debe estar odiándome. Yo lo haría. ¿Qué hace él aquí? Lo
sabía, sabía que tenía muchos problemas. El mundo casi podría ser
un enorme Central Park en un domingo. En cada espacio puedes
cruzarte con una celebridad, y aquí al destino, al parecer, se le dio la
gana de juntar a dos.

—Toma asiento, Chelsea —me pide con amabilidad la psicóloga.
En la tarjeta de su camisa puedo leer que se llama Hillary.

Asiento con cara de arrepentimiento. Todos están mirándome
y aunque esté acostumbrada a tener atención, no me siento bien.
Aquí todo se siente aún más íntimo. No vienen a verme cantar, solo

a oírme hablar de mis desgracias. O no, más bien vienen a hablar de las suyas. Hay solo siete personas en la habitación y siento que tengo más ojos encima que cuando estoy en un concierto. Aquí solo soy un problema más que solucionar. Y me gusta.

Isaac se pone de pie, me mira, alza una ceja y llena sus pulmones de aire para luego pasar a mirar al resto de los asistentes. Se ve nervioso. Ha ocultado las manos dentro de los bolsillos, pero desde aquí podría jurar que le están sudando.

—Mi nombre es Isaac Statham. Tengo veintiséis años y soy deportista.

—Hola, Isaac —dicen todos al unísono, menos yo.

Carraspeo y enderezo la espalda.

—Hola, Isaac —hablo marcando mi acento.

—Hola, Chelsea —responde él y se sienta.

No se ve muy bien. Al menos no como lo recordaba. Está pálido, barbado, y aunque me guste más así, no deja de verse como si estuviera derrotado.

Hillary me mira y me indica que es mi turno de presentarme. Me siento nerviosa, pero el documento de confidencialidad que sé que todos firmamos al entrar a este centro me calma. Lo que se dice en terapia, se queda en terapia.

—Mi nombre es Chelsea. Tengo veintiún años, soy cantante, músico, compositora…

—Hola, Chelsea —vuelven a saludar todos.

Siento su mirada encima y me pesa. Me han empezado a temblar las manos y noto una molestia en el estómago. Dije que no iba a ocultar nada aquí, pero creo que a él no debo decirle nada. Menos si está odiándome por no aparecer ese día…

—Sigamos con las presentaciones. —Hillary señala a Azul.

—Hola, mi nombre es Azulquía Meigners, pero prefiero que me digan Azul. Tengo veintiún años y soy… soy… soy Azul. —Una sonrisa nerviosa se le escapa.

—Bienvenida nuevamente, Azul.

El resto se presenta y dejo de escuchar para enfocarme en los latidos de mi corazón. Algo extraño está sucediéndome y no sé cómo enfrentarlo. De la nada me siento cada vez peor. Me cuesta respirar.

—Me encantaría que compartieran lo más importante que aprendieron o vieron esta semana. Sin presiones, solo quien quiera.

Me fijo en mis manos sudorosas. Hoy no quiero hablar, no soy tan valiente como creía.

—Yo. —Azul se levanta.

—Será un placer escucharte, Azul —dice Hillary.

—Esta semana… Esta semana dejé de culparme por haber vuelto a recaer. Entendí que ninguna recuperación es perfecta y que está bien… —Su voz se quiebra—. También me di cuenta de lo curiosa que es la vida, a veces algo se nos presenta y nos hace regresar por un momento al pasado, a repetir una escena, esas palabras, ese aroma, ese pensamiento, esa creencia… y *wow*. Suelo desconocerme y creo que eso está bien, porque quiere decir que mejoré… Y eso me motiva. Creo que estoy despertando.

—Gracias, Azul… ¿A alguien más le gustaría compartir algo? —Hillary sigue hablando con su tono alegre.

¿Recaeré en algún momento? ¿Pasó por este infierno dos veces? No. Me niego. Me siento peor. Me quiero ir ya, pero no encuentro el modo de escapar. Mi respiración se acelera y no quiero sufrir un ataque de pánico aquí. Cuento lentamente del diez hacia atrás.

—Yo… —Me pongo de pie sin saber muy bien qué estoy haciendo.

—Adelante, Chelsea. —Hillary intenta motivarme después de unos largos segundos de silencio.

—¿Tiene que ser algo que aprendí? ¿Podría ser algo que aún no? —pregunto. He juntado las manos detrás de la espalda. Juego con los dedos para calmarme.

—Sí, puedes contarnos lo que quieras.

—No he podido aprender a olvidar —hablo mientras miro mis zapatos—. No puedo olvidar cómo se siente… Es como si fuera la única oportunidad que tengo de vivir el momento más feliz de mi vida…

A veces me pregunto… —Alzo la mirada hacia la lámpara en el techo. Los latidos de mi corazón me han tapado los oídos—. Además de mi cuerpo… ¿en qué momento se me desintoxica el cerebro? ¿Podré olvidar el sentimiento? Espero aprender.

—Tarda más —dice Isaac. Llevo los ojos hasta él—. Los sentimientos no son fáciles de disolver.

Me dejo caer sobre la silla cuando siento que mis piernas ya no van a responder. No puedo respirar.

—Chelsea, ¿te sientes bien?

—No, lo siento. —Digo entre suspiros y salgo caminando con torpeza del lugar.

Christina viene detrás de mí, mientras habla por algo que parece un celular.

—¡Chelsea! —Escucho la voz de un hombre gritar y, cuando pienso un poco más, me doy cuenta de que es Isaac—. ¡Chelsea!

Sin saber por qué, me echo a correr por los pasillos. No sé a dónde estoy yendo, no conozco el camino de regreso a mi cuarto. Me siento en un peligro que no puedo reconocer. Un enemigo me persigue y quiere acabar conmigo.

—¡Chelsea!

Es Isaac otra vez. Está más cerca. ¿Cómo llegó tan rápido? Es deportista, me respondo con inmediatez en medio de mi delirio.

Sus brazos me apresan y me elevan.

—Cálmate —dice cuando no dejo de forcejear.

Las lágrimas me recorren el rostro y el pecho. Mi cuerpo está sufriendo por el esfuerzo. Siento que me voy a morir en cualquier momento. Vivir, para mí, es eso que transcurre entre ataques de pánico. Aunque se han tardado más esta vez en volver.

—Suéltame —sollozo con fuerza—. ¡Suéltame!

—Vas a hacerte daño. Está nevando y no es seguro correr sobre estas piedras —dice, y me doy cuenta de que estamos en el exterior. No sé en qué momento llegué hasta aquí.

—¡Suéltame!

No quiero que lo haga.

Me giro y lo empujo con fuerza. Caigo hacia atrás y sigo llorando. Ahora más porque me ha dolido la caída. Está nevando. Mis pulmones han decidido no recibir más aire. Empiezo a hiperventilar. Tiemblo e incrusto los dedos en mis rodillas para obligarme a parar todo.

—Para, para, para… —susurro. Me mezo de lado a lado. Guardo la cabeza entre el pecho y las piernas—. Para, para, por favor…

—Chels…

Siento su toque y me alejo.

—No te acerques —hablo sin mirar—. No me hagas más daño. —Tiemblo.

—¿De qué hablas, Chelsea?

Fue él. Él te destrozó.

Mi mente invoca el rostro de Matthew y me hace añicos la estabilidad, me nubla la realidad y me devuelve a ese momento.

—Te odio tanto… —gruño sin que mis lágrimas cesen. La rabia se apodera de cualquier sentimiento de paz que buscaba.

—Está sufriendo un ataque de pánico. Nosotros nos haremos cargo, señor Statham. —Escucho voces al fondo.

—No… Chelsea, soy Isaac. —Siento sus manos en mis brazos.

—Señor Statham, no puede…

—¡Cállese! —grita, y me sobresalto—. Déjame llevarte adentro.

—Vete —digo y vuelvo a estar un poco presente en esta realidad, aunque otra parte de mi cabeza aún se encuentre sufriendo sobre el piso.

Un fuerte dolor me obliga a voltearme y a expulsar todo lo que no tenía en el estómago. Vomito sobre la nieve blanca. Soy un desastre. Uno enorme. Me detesto…

Sus manos echan hacia atrás mi cabello y, cuando he terminado, me ofrece un pañuelo. Lo tomo y me limpio la boca con las manos temblorosas.

—Voy a cargarte —dice.

Asiento con la cabeza y vuelvo a dejar fluir el llanto, el dolor, la vergüenza…

Sus brazos me rodean y me brindan el calor que mi sistema necesita y que yo no pedía. Lloro sin contenerme contra su pecho. Lloro como si nadie me viera, aunque tenga esos ojos verdes encima. Lloro como si a través de las lágrimas pudiera deshacerme de todo lo que me inunda. Lloro contra su pecho por todo lo que jamás lloré en su debido momento y por lo que tal vez tendría que haber llorado el doble.

18

Chelsea

Hoy me levanté y me di cuenta de que nunca me despedí de Randall, al menos no como se debía. Christina me trajo aquí y ahora no sé si sea valiente para entrar. Isaac está sentado en las bancas del frente mirando hacia el altar lleno de velitas.

¿Y si vuelvo otro día?

—¿Sucede algo? —pregunta Christina.

—No.

Sacudo la cabeza y me armo de valentía para entrar. El piso de madera cruje bajo mis zapatillas. Maldita. Sea. Mi plan era llegar dramáticamente a su lado, pero ahora él me mira fijamente. Respiro hondo. Es solo una mirada. Es solo una sonrisa y es solo un saludo con la mano. Algo de amigos. De solo amigos.

Respondo con la misma expresión y camino lentamente hacia el frente. Olvidé caminar, no, no. Vamos, uno adelante, otro más. Reviso el piso para no tropezarme y me siento lejos, muy lejos.

En el extremo. Dios, él no debería estar aquí. ¿Qué hace aquí en primer lugar? ¿Es adicto? ¿De tantos lugares por qué este? Necesito respuestas.

—Hola.

Otra palmada mental en la frente. Mi voz sonó como cualquier cosa, menos como quería que sonara.

—Hola —responde—. ¿Cómo estás?

—Bien.

La mayoría de las velas están derretidas y a punto de apagarse, pero también hay unas recién encendidas. También hay flores. Me gustan las flores. No he visto muchas por el invierno, pero ahora tengo motivos para seguir viniendo a la capilla, además del silencio. Me gusta pensar y aquí puedo escucharme bien.

—¿Tú cómo estás? —le pregunto.

Suspira y exhala. La última vez que lo vi fue hace una semana, cuando *enloquecí* en la terapia grupal. Después de eso atravesé lo peor. Sufrí ataques de ansiedad. Estuve caminando por las paredes, arañando el piso y calmando el monstruo de mi cabeza. También tuve fiebre, vómitos, náuseas, temblores, taquicardia y un sinfín de efectos que acompañan el proceso de dejar de depender de algo tan complejo como la droga. No veo la hora de acabar con este infierno. Cuando pienso que estoy avanzando, caigo por las escaleras.

—He estado mejor.

Preguntas, Chelsea. Hazle preguntas.

—¿Cuándo?

—¿Qué? —Deja de mirar las velas para fijarse en mí.

—¿Cuándo estuviste mejor?

—Es un decir…

—Lo sé, pero dime.

—¿Por qué tanta curiosidad? —Se gira un poco. Lleva un gorro negro que no me deja apreciar nada del castaño de su cabello. No dejo de imaginar lo bien que se vería si no lo usara.

—Trato de conversar.

Ladea su cabeza. Está intentando no sonreír o burlarse de mí, pero no lo logra. Las pequeñas líneas alrededor de sus ojos lo delatan.

—Entiendo… Mm… —Eleva la mirada como si estuviera buscando entre sus recuerdos. El resplandor dorado que dan las velas hace ver su rostro aún más cálido de lo que ya es. Una sonrisa mueve sus labios y dejo de respirar cuando vuelve a mirarme—. Estuve mejor cuando te vi cantar en Año Nuevo.

Necesito aire. Vine a algo importante. No a conversar, no a aceptar cumplidos, si es que pueden llamarse así, de alguien que, de verdad, no conozco. Aunque podría conocerlo. No sé cuántos minutos pasan, pero son muchos, porque la vela que estaba como nueva cuando llegué ahora va por la mitad. No voy a despedirme frente a él de Randall.

—¿Y cómo va… tu… proceso de…? No sabía que también…

Basta de intentos. Creo que perdí la habilidad de hablar con otro ser humano que no sea de mi equipo. Ahora solo sé hablar de música, de trabajo.

—No, yo soy… era, no sé, alcohólico.

—Oh, ¿y cómo va la sobriedad? —digo, tratando de aligerar el ambiente.

—Tomándola con moderación —intenta bromear y no me río.

—No es gracioso.

—Sí lo es.

—No lo es. —Muevo la cabeza de lado a lado.

—¿Sabes qué sí lo es?

—¿Qué?

—La casualidad. Eso sí es gracioso.

Agradezco que lo mencione, así puedo hacerle preguntas.

—¿Por qué elegiste este lugar?

—Lo eligieron por mí, ¿y tú?

—Yo lo elegí.

—Otra muestra más de que tienes pésimo gusto —dice por última vez mientras camina hacia el frente y se arrodilla ante el crucifijo rodeado de velas.

159

—¿Cuáles son las otras? —Arrugo el ceño.

—No me prestes atención.

—¿Eres devoto? —susurro.

Ahora soy yo quien se levanta y se queda detrás de él. Sigue siendo alto aun de rodillas. Maldito sea mi metro y medio de altura. Me gustaría ser más alta para él. Me vería mejor a su lado... Un minuto. ¿Qué sigo pensando? Venía a algo importante, pero viendo que Isaac no planea irse pronto, pues qué más da.

—No, pero conocía a alguien que sí, y ya no está, así que ahora, aunque parezca estúpido, le hablo de esta manera.

—No es estúpido.

No es el mejor momento para que vuelvan las náuseas. Decido sentarme, manteniendo distancia entre ambos. La calidez del lugar me reconforta e intento calmar todo con la respiración.

—¿Esa es la razón de...? —carraspeo.

—¿De mi alcoholismo? No. Eso fue hace mucho, pero desde entonces han pasado otras cosas.

Mis manos han empezado a sudar. Los medicamentos me ayudan un poco con los efectos colaterales de la limpieza de mi organismo, pero no los eliminan todos. Debería irme ya; no quiero empezar a temblar frente a él o decir otra tontería.

—Entiendo.

—Yo no lo hacía, pero creo que ahora sí. —Gira la cabeza y me mira.

No entiendo a qué se refiere y mucho menos ahora con sus ojos encima de mí. Detengo mi respiración. No puede mirarme así, debería prohibírselo porque mi corazón no aguantará otro colapso. Isaac es de esos hombres que con facilidad roban miradas y rompen corazones. El mío está hecho trizas, no necesita más daño.

—Ven y reza conmigo. —Extiende su mano.

—Yo no... —Señalo el crucifijo.

—No tienes que ser creyente para venir aquí, cerrar los ojos y pensar en algo que desees o anheles.

—¿Qué diferencia hay?

—Un deseo es una fantasía, algo que quieres lograr sin hacer nada. Un anhelo es una realidad, algo en lo que trabajas con todas tus energías y que pronto lograrás.

—Si lo voy a lograr, no veo por qué pedir o rezar por ello.

—A veces, cuando la fuerza nos falta, porque sí, puede faltarnos, la fe nos complementa —explica.

Me arrodillo a su lado.

—Nietzsche decía que «el hombre que necesita creer en algo superior a su conocimiento es un ser débil que no es capaz de vivir su propia vida y tomar las riendas de esta» —cuento.

—¿Lees a Nietzsche? —Me mira extrañado.

—No, pero un amigo mío sí lo hacía y retuve algunas cosas.

—A veces las personas creyentes son las más fuertes. El mundo puede caerles encima y ellos seguirán confiando en que todo pasa por algo y en que va a mejorar pronto. —Su voz me transmite una extraña tranquilidad.

—Suena como a un positivismo absurdo. —Arrugo la nariz.

—Cállate y simplemente pide algo bueno para tu vida, Chels.

Siento que se me para el corazón cuando escucho mi nombre abreviado salir de su boca. No me molesta en absoluto y eso me da curiosidad. ¿Qué me pasa con él y por qué no estoy apartándolo como al resto de las personas que quieren acercarse y saber un poco más de mí?

—¿Qué vas a pedir tú? —susurro.

—Nunca me ha gustado pedir por mí. Pediré por alguien que necesita más ayuda que yo. Es más sincero hacerlo de ese modo —responde.

—Entiendo.

Vuelvo a cerrar los ojos y me concentro. No conozco a nadie a mi alrededor por quien quiera pedir algo bueno. Soy tan horrible que lo único que me llega a la cabeza es que la vida haga un ajuste de cuentas con quienes me han hecho daño… Y hasta yo misma entro en ese paquete.

Abro un ojo y espío a Isaac. Está concentrado orando. Tiene ojeras y, ahora que lo detallo mejor, luce cansado y un poco pálido. A veces soy tan egoísta que me sumerjo en mi dolor y se me olvida que otras personas también sufren. Vuelvo a concentrarme y le hablo a no sé quién. Pido por Azul y por Isaac. Quiero que sus vidas mejoren y que su adicción se marche sin dejar rastro… Y me despido de Randall o, más que despedirme, le pido perdón, tengo que pedírselo, se lo debo, le debo todo.

—¿Por qué nunca llegaste? —pregunta después de algunos minutos de silencio. Me toma completamente desprevenida. Merece una respuesta, la merece, pero no soy capaz dársela—. Lo siento. No debí preguntar. Son tus asuntos.

Yo quería ir. Yo quería llamarlo… No pude porque soy una maldita cobarde.

Se levanta y lo sigo. Me mira fijamente, y si antes me sentía pequeña, ahora me siento del tamaño de un insecto. Quisiera saber qué piensa, saber más sobre él, hacerle más preguntas. Quisiera… Desvío la mirada a sus labios y vuelvo a subir a sus iris de color verde.

—Señor Statham. —Un hombre aparece bajo el umbral de la entrada—. Aceptaron su llamada.

—En un segundo voy —responde él sin dejar de mirarme.

Di algo. Di algo. Di algo.

—¡Chelsea!

La voz de Azul me hace girar. Me he sobresaltado, estaba tan concentrada en él…

—¿Quieres unirte a mi clase de yoga? Sé que la tuya es dentro de una hora, pero podríamos tomarla juntas. Claro, si tú quieres y Christina lo aprueba. —Se fija en Isaac y luego en mí y de inmediato arquea las cejas—. Por cierto, ¿dónde está Christina?

—Aquí estoy. —Christina entra también a la capilla—. Puedes unirte solo si lo deseas, nadie te presiona para decir que sí.

Ambas mujeres se hacen frente a mí. Isaac camina en silencio hasta la salida. *Di algo.* Me meto entre las dos y doy unos cuantos pasos.

162

—Statham —digo y me detengo.

¿Qué mierda estoy haciendo?

—Cox. —Se gira y me mira. Sé que está esperando una respuesta.

—Gracias… Por no haberte ido.

Recuerdo cómo se sintieron sus brazos alrededor de mi cuerpo y me estremezco. Entrelazo las manos dentro del bolsillo de la sudadera y las aprieto. *Por favor, que entienda a que me refiero.*

—Volvería a hacerlo un millón de veces más.

Mis ojos caen en su espalda mientras desaparece.

—Entonces… ¿Iremos a la clase o lo seguimos para que puedas continuar mirándole las nalgas?

—Yo no… Yo no le estaba mirando nada a nadie —hablo rápido.

—Sí, claro —Azul se ríe—. Tengo apenas veintiún años y actúo como si tuviera quince todavía, pero sé distinguir cuándo a una persona otra le parece… agradable. —Alza las cejas repetidas veces.

—Azul… —advierte Christina.

—No me incomoda nada de lo que dice Azul —interrumpo a Christina.

No quiero que alejen a la única persona con la que puedo tener una conversación decente, dentro de lo que cabe.

—Tal vez deban estar unos días solas. Ambas han pasado por cosas que…

—A veces es bueno estar sola —la corta Azul—, pero es bueno solo cuando estás en paz contigo misma, porque de lo contrario es un infierno.

—Azul…

—Es la verdad, Christina. Yo vivo rodeada de personas basura y creía que estar sola era lo mejor, pero no, en mi cabeza solo repetía lo que ellos me decían y más me destruía. —Sus manos se posan sobre mis hombros—. Sé que te pasa igual. Llevas aislada toda una semana y a veces hablar de los problemas o la felicidad de alguien más suele ayudar para entender que no estás sola. No lo estás.

—Azul, la instructora te debe estar esperando…

—No soy una psiquiatra, pero puedo ser una amiga y a veces eso también ayuda, porque, aunque suene estúpido, las amigas escuchan con el corazón. —Se encoge de hombros y me suelta—. Adiós, me voy a alinear mis chacras y a estirar los músculos.

Sale de la capilla y vuelvo mi atención hacia Christina.

—¿Todo está bien con Isaac? —pregunta—. Escuché por error algo y luego me fui, no quería interrumpir la conversación.

—Todo está bien. Solo hablamos de Dios.

—¿Ya se conocían?

—Algo así. —Miro hacia abajo y algo viene a mi cabeza—. ¿Hace cuánto llegó?

—No puedo decírtelo.

—Lo siento. No volveré a preguntar. —Me doy la vuelta para salir del lugar y Christina me acompaña—. Le cuentas cosas mías a Azul, pero no me respondes a mí nada sobre Isaac. Entonces al menos cuéntame algo que no sepa de Azul.

Sonríe y niega con la cabeza.

Pienso en Azul. Hay algo en ella que me incomoda, pero también tiene algo que me hace sentir bien a su lado, a pesar de solo haberla visto unas tres veces desde que llegué. Así es la vida, conoces durante años a personas que crees que te agradan, hasta que llega alguien y, en unos días, te das cuenta de lo que significa tener química, de lo que significa encontrar una amiga.

—Solo me cercioro de que Isaac no sea una piedra en tu camino a la rehabilitación —dice.

—No lo es… Oye, pensándolo bien, sí quiero unirme a la clase de Azul —comento.

Quiero saber más de ella. Quiero saber de quién era la mano que sostenía en mi concierto. Giro en dirección al salón de yoga y me despido con la mano de Christina. Aunque no del todo, pues sé que seguirá por ahí, muy, muy cerca. Cada día puedo pasar algunos minutos completamente sola, sin supervisión, y son un respiro. Llego al salón. Veo a Azul concentrada en su respiración y en los movimientos. Me deshago de mis varias capas de prendas que previenen que me congele. Quedo en pantalones de yoga y un top. La calefacción se siente bien y me permite respirar mejor sin tanta ropa encima. Doy unos pasos hasta unirme en silencio a la clase. Azul abre un ojo y me mira.

—Siento decirte que mi oferta de amistad caducó —susurra.

Tomo la posición del guerrero. Estiro los brazos hacia arriba y doblo una rodilla frente a mí. Lleno mis pulmones con aire, arqueo la espalda y enseguida exhalo. Me gusta el yoga, hace que me traqueen los huesos.

—No te preocupes. Soy una persona horrible y de pocas amigas.

—Cada vez que hablas, algo dentro de mí muere. —Se yergue recta y se cruza de brazos. La profesora nos mira con mala cara, pero sigue en su práctica—. Tu aura es muy… gris. Demasiado gris, ni siquiera blanca o negra… o al menos plateada; gris, del tono más aburrido y feo.

Cierro los ojos y me enfoco en estirar mi cuerpo. Bufo.

—¿Mi aura? —pregunto incrédula.

—Sí, el aura es la energía que transmites al mundo, y tú me aburres. Es más, dime de qué signo zodiacal eres.

—Creo que soy capricornio —respondo sin mirarla. Giro el pecho hacia un lado y extiendo los brazos.

—Con razón. El pesimismo y la melancolía suelen ser características de los capricornianos —me informa.

—No me digas que eres la chica horóscopo. —Niego levemente con la cabeza.

—Creo en muchísimas cosas, Chelsea —dice, y se sienta sobre sus rodillas. Yo hago lo mismo—. Creo en que somos más que carne y hueso. Creo en la vida después de la muerte, en la reencarnación. Creo que somos capaces de lograr cualquier cosa que nos propongamos… Creo que podemos conquistar el mundo si trabajamos duro por ello. —Siento su mirada en mí—. ¿Te crees capaz de conquistar el mundo, Chelsea?, ¿tu mundo?

—Tal vez, aunque mis ganas de conquistar el mundo llegarán cuando el mundo logre conquistarme a mí.

—Más negativismo —susurra y ríe suave—. El mundo no tiene que hacer nada por ti. El mundo siempre intentará sabotearte.

Me río también.

—¿Entonces para qué querría conquistar algo tan horrible?

—Yo veo la vida como una relación tóxica y abusiva. Te da mil golpes, pero luego te ofrece algo lindo y hace que te aferres a eso. Y *eso* te da las ganas que necesitas para conquistar cualquier cosa. —Clava el dedo índice en mi hombro—. Pronto va a llegarte ese *algo lindo*, aguanta un poco más.

—¿Cómo es que hablas de esa manera? —inquiero—. Tenemos la misma edad y lo único que sale de mi boca son estupideces.

—Y canciones. —Sonríe—. Leí muchísimos libros de superación personal y, ya te lo dije, soy buena amiga y consejera. Te pude haber leído el tarot, la mano, hecho tu carta astral, pero lástima, ya la oferta que te hice caducó. —Se encoge de hombros.

Azul me transmite inocencia y paz, y lo poco que hemos hablado siempre termina conmoviéndome. Ella sí que cree en miles de cosas. Repito en mi cabeza la analogía que usó sobre la vida y las relaciones tóxicas.

—¿Cuál es el *algo lindo* a lo que te aferras? —pregunto.

—¿Tú no escuchas o es que sufres de la memoria? —Abre los ojos un montón y agrega—: ¿Fumas marihuana? Dicen que el cannabis suele afectar la memoria, tal vez por eso...

—Azul...

—Lo siento. —Se muerde el labio—. Suelo hablar muchísimo. —Ladea una sonrisa—. Te había contado hace unos días que aún la vida no ha querido darme una razón para estar aquí, pero, cuando lo haga, me daré por bien servida. Habré conquistado el mundo al fin.

Una parte de mí la envidia, me hace querer tener su optimismo, pero por más que intente creer que las cosas van a mejorar al salir de aquí, sé que no es así. Solo pensar en que volveré a ver a Amanda, a Alicia y el resto de lo que implica ser Chelsea Cox me obliga a estrellarme con la realidad. A mi regreso tendré más trabajo que nunca. Iniciaré la gira, y con ello vienen miles de cargas que debo soportar y no sé qué tan fuerte sea para siquiera sostenerme en pie o no correr a buscar algo que… Basta.

Una hora más de posiciones, respiraciones y estiramientos, y la clase termina.

—Mira, rubia. No quiero problemas con Christina, pero debo ir a la reunión a contar cómo la cocaína me arruinó la nariz y cómo…

—¿Cocaína?, ¿tú? Pensé que solo… —La miro extrañada.

—Una cosa lleva a la otra… Ya sabes cómo es. —Sacude la mano para restarle importancia—. Lo que quiero decir es que si quieres venir conmigo… No tienes que hablar si no estás lista. Te apresuraste la otra vez, chica acelerada.

—Yo… —Pienso durante algunos segundos en lo que sería ver a más personas. No estoy lista—. Creo que pasaré esta vez.

—Te entiendo. Déjame acompañarte al despacho de Christina y luego me iré.

Nos acercamos hasta los casilleros, sacamos nuestra ropa de invierno y nos vestimos.

—Pensaba que la oferta había caducado —agrego.

Iniciamos el camino a través de los fríos pasillos del castillo.

—No te ilusiones… —dice, seria.

—Gracias —pronuncio.

Se queda estática. Me analiza de pies a cabeza, pero luego se concentra en mi rostro. No luzco tan mal como hace unos días, pero definitivamente aún no me veo bien.

—¿Qué? —pregunto cuando su mirada me incomoda.

—Realmente estás destruida, rubia.

—¿Gracias…? —Frunzo el ceño.

—¿Has visto que cuando un edificio se cae, por la razón que sea, siempre quitan lo que quedó para construir algo mejor encima? —pregunta.

—Ehh… Sí, creo que sí.

—Bueno, Chelsea. Es momento de que destruyas lo último que hay en pie, recojas toda la mierda que quedó y la tires a la basura. Empieza a construir algo mejor y olvídate de los escombros. —Dicho esto, se gira y me deja sola en el pasillo.

¿Quién es esa chica?

¿Y… cómo voy a lograr destruirme más? Y si lo hago… ¿con qué fuerzas podría levantar algo mejor?

19

Isaac

—¡Hola, papi!

—Hola, Chloe. ¿Cómo estás?

Trato de sonar normal, pero estoy tan nervioso. No quiero que descubra el lugar al que tuve que venir y mucho menos la razón, pero ella es tan curiosa a veces. «Es una niña de cinco años», me recuerdo.

—Feliz, pero triste —dice ella.

—¿Y cómo es eso posible? —pregunto.

—Me has enviado una casa *girigante* de muñecas, pero no estás aquí para armarla. Solo tengo cinco años y no sé ni montar bici porque siempre estás ocupado. Entonces, ¿cómo piensas que voy a armar una casa *girigante*?

—Es gigante, Chloe —río.

—Gi... gante —pronuncia lento.

—Mejor.

—Papá... Te fuiste de vacaciones sin mí. Los abuelos me dijeron que estás en un castillo y hay un lago *girigante* congelado.

Evito reírme mientras se me parte el corazón.

—No estoy de vacaciones, amor. Es por trabajo.

—Entonces quiero trabajar, porque también quiero ir a un castillo.

—Te llevaré a uno el próximo año. Lo prometo.

—Siempre dices eso...

—¿Qué cosa?

—Lo prometo. Lo prometo. Lo prometo. —Intenta imitar mi voz—. Prometiste que estarías siempre conmigo. Prometiste estar aquí para Navidad. Las mentiras son muy malas, papi.

Se me empañan los ojos y respiro profundo. Debo sentarme para soportar el dolor que me produce su dulce y rota voz.

—Chloe, escúchame...

—¡No! Solo mientes y mientes. Eres un mentiroso *girigante* y ¡te odio!

El golpe de la palabra me perfora el pecho.

—Chloe, no digas eso, por favor. Esto es por...

—Creo que no deberían hablar más. —William ha tomado el teléfono.

—¿Qué le dijiste? —pregunto, y una lágrima corre por mi mejilla. La quito rápido. La ira hace que los dientes me castañeen.

—La verdad. Que su padre no es apto para cuidarla porque tiene cosas más importantes que hacer.

—¿Estás consciente del daño que le harán esas palabras? ¡Déjala fuera de todo esto! ¡Ella es lo más importante para mí! —Golpeo la mesa que tengo en frente con fuerza.

—Debiste pensarlo antes. Aquí el único que le hace daño eres tú.

Estoy por mandarlo a la mierda cuando cuelga. Aprieto el teléfono en la mano mientras dejo que la sangre fluya caliente por mis venas.

—¡Hijo de puta! —Azoto con furia el celular contra el suelo. Ahora mismo me vale una mierda que no sea mío, lo repondré después.

«¡Te odio!». La voz de mi pequeña hija se repite en mi cabeza y las lágrimas que he acumulado por años empiezan a cubrir toda mi cara. Mi pequeña bebé no me odia. Ella no me puede odiar...

Levanto la mesa que tengo en frente con ambas manos y todo lo que había encima cae en el suelo con un enorme estruendo. No puedo controlar la maldita ira que ahora mismo siento. Llevaba años sin perder el control.

—Isaac... ¿estás bien?

Chels.

Me quedo inmóvil y trato de contenerme. No puedo verla porque estoy dándole la espalda a la entrada y no planeo voltearme. No quiero que me vea así.

—Ahora no, Chelsea —digo y aprieto los dientes y los puños.

—Oh... yo... Sí, lo siento. —Escucho sus pasos alejarse.

Respiro hondo y trato de volver a mis cabales. Me seco las lágrimas y salgo de la habitación. Voy hasta la recepción de nuevo.

—Necesito otro teléfono —pido con urgencia.

—¿Qué pasó con el otro? Debe regresarlo —dice la mujer detrás del mostrador.

—Lo dañé. Añádanlo a mi cuenta de cobro, dos si quiere, pero necesito ya mismo otro teléfono.

—Eso sería hacer otra llamada y solo se le aceptó una, y ya no puedo...

—Es urgente —digo—. Le pagaré todo lo que quiera, pero deme otro maldito teléfono.

—No se ve muy bien, señor. Yo creo que no es buena idea que...

—Es urgente. —Trato de contener la desesperación.

Ella mira dudosa. Mi aspecto debe darle lástima si está considerando mi pedido.

—Solo un minuto y debe hablar aquí mismo —dice, y me entrega otro celular.

Lo tomo y marco el número de mi abogado.

—Pide que envíen a una trabajadora social y le pregunten a Chloe lo que William y Francia Hills le han dicho sobre mí.

—Tenía entendido que hablaríamos hasta dentro de dos semanas —dice.

—Hazlo, por favor. Están mandando todo a la mierda...

Más de lo que yo ya lo hice.

—Tranquilízate, Statham. Lo haré, ya mismo me comunico.

—Gracias.

Cuelgo y clavo la mirada en la ventana. La abstinencia está haciendo estragos con mi cabeza. Veo el lago congelado y la vista blanca me produce un poco de calma. Cierro los ojos y vuelvo a respirar hondo como me lo ha indicado el psiquiatra. Ya he roto suficientes cosas, ya he tenido más de tres *strikes* y sigo sin entender qué pasa. Espero no estar perdiendo el tiempo aquí, mientras allá los abuelos de mi hija me eliminan de su vida.

Me doy media vuelta y le entrego el celular a la mujer sin decir ninguna palabra más. Decido caminar para calmarme e ir a ver al psiquiatra. Necesito algo fuerte para el dolor de cabeza que tengo por culpa de las llamadas. Tengo fe en que todo se va a arreglar pronto, pero no puedo dejar que Chloe sufra los efectos colaterales de algo que los adultos no somos capaces de manejar como la gente madura que predicamos ser. Soy el más estúpido entre todos, esta situación es mi maldita culpa.

A medida que avanzo por el pasillos, capto una melodía que reconozco. Es alguna de Beethoven, pero no sé su nombre. Quien la toca lo hace como un pianista profesional, de los que iba a escuchar con Leane en nuestras primeras citas. Ella era amante de la música clásica y algo de ese amor aún resuena en mí. Sigo la tonada. Cada vez se va haciendo más fuerte y, desde donde estoy, puedo sentir el dolor y la pasión en los dedos del pianista. Llego al fin al lugar de donde proviene el concierto y me quedo a un paso de la entrada. Ella se ve tan concentrada que no quiero interrumpirla. Tiene los ojos cerrados y se mueve con elegancia por las teclas del viejo piano que ocupa el centro del salón. Me acerco un poco más y alcanzo a ver que sus mejillas están húmedas. Está llorando. Le tiembla el labio inferior, pero sus manos no. Es una escena triste, pero no dejo de pensar en lo hermosa que se ve y en la inmensidad de su talento. Esta debería ser la persona por la que la gente paga por ver. Alguien que puede extraer el arte de su corazón y convertirlo en notas musicales que remueven hasta las más hondas fibras de un alma inexistente.

La canción termina y me oculto para no interrumpirla, pues el llanto que corría lento por sus mejillas ahora es más fuerte. No debí venir a este lugar, está lleno de personas rotas y no puedo concentrarme en mi mejoría; ahora mismo me está empezando a importar el bienestar de alguien más y no entiendo la razón, pero me pesa.

Y aunque debí haberme marchado, entro en completo silencio y me siento a su lado en el banco frente al piano. No se ha dado cuenta de que estoy aquí. Sigue llorando como si nadie la viera.

—¡Mierda! —Levanta la mirada y se toca el pecho. Se seca las lágrimas con rapidez e intenta pararse—. Me asusté. Lo siento, qué vergüenza. Ya me iba. —Sus lágrimas no se detienen y su respiración se escucha agitada.

La tomo del brazo suavemente y la regreso a su lugar. Está temblando e intentando respirar por la boca.

—Respira hondo y exhala lento —le digo—. No te muevas, será peor.

Al fin me mira. Sus ojos son del marrón claro más tranquilo y dulce que jamás haya visto, pero el llanto los ha convertido en el centro de una tormenta.

—¿Cómo...? —intenta hablar. Su pecho sigue exaltado—. ¿Cómo sabes que será peor...?

—Mi hermana sufre de lo mismo. Respira, Chels. Todo va a estar bien —cito las palabras que usábamos con Inanna, la menor de mi familia.

Empiezo a respirar hondo y a indicarle que me imite. Acaricio con suavidad su espalda. Me arden las yemas de los dedos. No quiero asustarla más. Sigue mis instrucciones y, con esfuerzo, marca un ritmo pausado en su respiración. Sus ojos no se despegan de los míos, y aunque tal vez deba dejarla enfrentar sus problemas sola, la miro fijo, tratando de transmitirle la paz que necesita. Mi mano viaja hasta su mejilla para quitar una última lágrima. Me reprendo internamente. Quizá debería llamar a Christina.

—¿Mejor? —pregunto al cabo de unos minutos.

Se voltea hacia el piano. Cierra la tapa y se seca la cara con las mangas de la sudadera. Sorbe la nariz y carraspea.

—Gracias —susurra.

—Un millón de veces más, ¿recuerdas? Desde aquí empezaré a restar.

—Voy... Esto... —Carraspea nuevamente y mira hacia el techo—. Voy a estar bien. —Se gira y me sonríe, pero es el retrato de la tristeza.

Ver sonreír a alguien en medio del llanto es como presenciar el inicio de un arcoíris mientras la tormenta continúa. Eso es su sonrisa. Un enorme arcoíris.

—Estoy seguro de que sí. —Intento devolverle la sonrisa—. Quería disculparme por lo de hace unos minutos. Yo no debí...

Niega rápidamente con la cabeza.

—Llegué en un mal momento. Te entiendo, no debí interrumpirte.

—No, no. Yo no debí hablarte de esa manera. Realmente lo siento —digo.

—Mira dónde estamos —susurra—. Lo que nos trajo aquí habla por nosotros.

—Sí, pero…

Vuelve a negar.

—¿Qué tocabas? —pregunto.

—Beethoven. *Sonata número 14, Claro de Luna* —explica.

Su acento inglés me gusta mucho. Podría sentarme a escucharla hablar todo un día sobre la música, así no entendiera nada de lo que dice. Aunque tal vez le haría muchas preguntas.

—Vaya, mi favorita…

—Tú preguntaste. —dice, y blanquea los ojos.

—Es cierto. —Miro el viejo pentagrama sobre el piano—. ¿Sabes alguna otra? —Ríe nasalmente y la miro extrañado—. ¿Dije algo gracioso?

—Soy músico, Isaac, sé cientos de canciones.

—Bueno, dame un concierto. —Levanto la tapa del piano y la invito a tocar.

Ella vuelve a reír y me pongo como meta hacerla reír más.

—Soy una maldita estrella del pop. ¿Sabes cuánto cobro por un *show* privado...? —Abre los ojos abruptamente—. Mierda, eso sonó mal.

—Yo lo oí muy bien, ¿cuánto? ¿Aceptas criptomonedas?

Con su pequeña mano me golpea el hombro y no me muevo ni un centímetro.

—Idiota. —Trata de detener su risa y mira el piano—. ¿Qué canción te gusta?

—¿Clásica? —pregunto.

—La que sea. —Se encoge de hombros—. Me sé bastantes.

—*Für Elise* —respondo.

Me mira extrañada.

—¿Por qué la conoces?

—Mi... —Me callo de repente. No quiero hablarle de Chloe. No aún, no estoy listo para enfrentar la vergüenza de ser un mal padre, aunque tal vez ya lo sepa—. Mi hermana siempre la pedía antes de dormir, por eso lo sé.

—Entiendo —dice.

Acomoda los dedos sobre teclas y endereza la espalda. Respira profundamente y cierra los ojos. Cuando suena la melodía, me transporto al antiguo cuarto de Chloe. La canción la ayudaba a dormir después de todo lo que había pasado. De la larga lista de reproducción que tenía en casa, esa era la que más le gustaba y la arrullaba.

Vuelvo al ahora y me pierdo en los movimientos de sus dedos. Está entregada a la melodía. Presenciar su pasión por la música me hace sentir mejor después de la llamada.

Siete minutos después, la canción termina y ella abre los ojos.

—Es terapia, ¿no?

—La mejor. —Me mira y luego se fija en la torre del reloj—. Debo irme. Christina debe estar esperándome. Tengo una clase de yo no sé qué.

Se pone de pie rápido y camina hacia la salida. La imito y la tomo del brazo.

—Espera —digo sin saber muy bien qué estoy haciendo.

Mira mi mano con extrañeza y la quito de inmediato.

—¿Qué? —Inclina la cabeza hacia atrás para mirarme desde su metro sesenta... por mucho.

—Tú... —No logro hablar. Debo dejarla ir—. Tienes bastante talento.

Su expresión se llena de confusión. Ella tampoco esperaba que le dijera eso. Ya lo sabe.

—Gracias —dice y sigue su camino hasta la salida.

Me maldigo cuando se aleja. Doy la espalda y me fijo en el cuadro de una señora con un enorme vestido. Soy un idiota.

—Oye. —Escucho nuevamente su voz y me giro de inmediato.

—¿Sí?

—¿Quisieras... quisieras desayunar conmigo mañana? Azul dice que hay un *buffet* en el jardín frente al lago. Se sirve a las ocho, después de que limpian la nieve, pero si no quieres ir, entenderé. Aunque te aconsejo no perderte la llegada de los patos silvestres porque...

—Iré —respondo.

Me convenció su acento. Quiero escucharla hablar de lo que sea, así los patos me den pánico.

—Oh... Gracias... Digo, genial. —Sonríe—. Te veo ahí a las ocho.

—Alza el pulgar y se va despavorida.

Miro nuevamente el piano y sonrío sin saber por qué.

Chelsea se expresa a través de la música. Solo no entiendo por qué lo que he escuchado antes no me transmite ni una gota de lo que acabo de escuchar aquí.

Tiene secretos y me muero por descubrirlos.

20

Chelsea

Debí alistar mi propio equipaje. No encuentro algo que me haga sentir bien. Toda la ropa que traje es deportiva o me queda holgada. Cuánto daría por pesar un par de kilos más. Menos mal no tengo un espejo aquí. Siento la piel de la cara llena de acné. Soy un asco. Mi cabello debe parecer un gallinero. No voy a salir a ningún lado. Le diré a Christina que le diga a Isaac que me enfermé, que me morí o alguna otra excusa. Me tiro sobre la cama. Muy pronto serán las ocho. Respiro hondo y dejo escapar un suspiro. Tal vez si no fuera una adicta o no hubiese dejado de comer, o si hiciera más ejercicio, luciría como las chicas que suelen gustarle a la mayoría de los hombres, pero no soy capaz ni de gustarme a mí misma.

La voz de Azul llega a mi cabeza y con ella me reclamo por mi negatividad. Siempre estoy saboteándome; debería pensar diferente.

Tres toques simples en la puerta me obligan a sentarme, pero luego se vuelven salvajes y acudo rápido. Abro y la cara sonriente de Azul entra a la habitación.

—¿Qué tal, rubia? ¿Vamos a desayunar? —pregunta entusiasmada, y se arroja en la cama.

Cierro la puerta y reposo mi espalda en ella.

—No puedo. —Junto los labios en una línea.

Se levanta y me mira extrañada.

—¿Tienes algo más interesante que hacer en este castillo de cientos de años donde recluyen a gente loca?

—No estamos locos, no es un psiquiátrico —digo y me dirijo de nuevo a mi armario.

—Pero casi lo es. —Me sigue—. Nuestra locura yace en lo que consumimos... Hablando de consumo... ¿Cómo va la desintoxicación?

—Como la mierda. Siempre estoy temblando y sin medicación no puedo dormir. —Le enseño mi mano temblorosa—. El vómito ha disminuido, pero en ocasiones vuelve. Y fiebre, siempre tengo fiebre.

Busco la sudadera menos horrorosa. Me quito la de antes y me pongo la nueva.

—¿Qué tal? —le pregunto.

—¿Estás aceptando ir a desayunar conmigo?

—¿Recuerdas al hombre de ojos verdes, altísimo? —Levanto la mano por encima de mí. Soy una enana a su lado; eso también me intimida.

—Tan bien como sé que tú lo recuerdas, no, pero sí lo recuerdo... ¿Por qué? —Alza las cejas.

—Quedamos en desayunar hoy.

Evito contarle que fui yo quien lo invitó. Abre la boca por completo.

—¿Qué? ¿Tienes una cita en este castillo de cientos de años donde recluyen a gente loca? —pregunta incrédula.

—No estamos locos —le repito—. Y no, no es una cita, es solo... una citación que se hicieron dos personas para ir a alimentarse juntos. —Paso por su lado. Tomo un gorro del perchero y abro la puerta—. ¿Almorzamos?

—Citación, cita, citación, cita, citación, cita... ¿No se te hacen parecidas?

—No. —La invito a salir y me pongo el gorro.

Estoy muy nerviosa. No puedo ir. No puedo ir. No así.

—¿A qué hora te verás con él? —Pasa por mi lado y juntas

emprendemos el camino hacia las áreas comunes.

—A las ocho.

—¡Ya casi es hora! —exclama mirando el reloj en su mano.

—No iré.

—¿Por qué no irás?

—Por esto. —Me señalo la cara y sigo caminando.

—¿A dónde vas? —pregunta detrás de mí.

—A que me vea el médico. Necesito un dermatólogo o algo.

—Yo sé que es horrible tener acné, pero no por eso deberías cancelar tus planes. Digo, es solo acné.

—No es solo acné... —Se me empañan los ojos—. No me siento bien así. —Vuelvo a señalar todo mi cuerpo.

—¿Qué? Pero ¿qué mierda dices? Eres hermosa... ¡Eres Chelsea Cox! —Me señala con ambas manos.

—No, Azul. Aquí no soy Chelsea Cox, soy las ruinas de ella... La mujer perfecta que ves en fotos y conciertos no es más que un trabajo en equipo de decenas de personas; la que estás viendo ahora no es trabajo de nadie, es lo que hay detrás. Soy el desorden, la basura, lo que nadie quiere ver... —La voz se me quiebra y me trago el resto de las palabras.

No tarda en echar su brazo sobre mis hombros.

—Eso sería el *backstage*.

—Un *backstage* muy sucio —agrego.

—Puedes arreglarlo y ponerlo bonito —dice sonriendo y da dos pequeños saltos a mi lado—. Me encanta ese símil.

—¿Mi *backstage*? —Me detengo y la miro.

—Tu *backstage* —confirma—. Eres hermosa. El acné tiene remedio. Y tal vez lleve poco tiempo conociéndote, pero sé que la energía no miente y hay cosas luminosas dentro de ti. Eres increíble, pero primero tienes que creerlo tú. Si Isaac quiere conocerte, no le importará lo que haya en ese desordenado y sucio *backstage*. Estás en un proceso de recuperación interna, todos los estamos, y si no lo entiende, es un idiota que no merece tu tiempo.

Suelto un largo suspiro. Azul sigue sonriendo. Parece una pequeña máquina de consejos y frases para hacerte sentir mejor, y me gusta, realmente lo logra.

—Conocer a alguien es como visitar un mundo nuevo. Si sientes curiosidad por él, ve; si no, déjalo plantado y sigue llorando en una esquina. O también puedes venir conmigo y atracar la biblioteca. Tú decides. Quedas informada de dónde estaré. —Me palmea el hombro—. Suerte, Sol.

Se marcha por el pasillo de la izquierda. Me quedo inmóvil decidiendo qué hacer. Es la primera vez que me siento tan nerviosa por ir a ver a alguien, esto nunca pasó antes.

—A la mierda —susurro y camino rápido al jardín.

Salgo al enorme balcón con piso de madera en medio de árboles sin hojas. Hace frío. Como remedio para esto me abrazo. Camino en medio de las mesas de hierro. Han quitado casi toda la nieve, pero todavía hay un poco sobre las macetas, que supongo que antes tendrían algunas plantas. Me gustaría ver este lugar en primavera, debe ser hermoso. Veo a Isaac en la parte baja. Está mirando el lago; los patos ya han llegado y se están bañando en el agua helada. Al parecer no todo el lago está congelado.

Me aproximo hasta él y me hago a su lado.

—Sabía que no serías puntual, pero al menos esta vez sí llegaste —dice sin mirarme.

Inclino la cabeza hacia atrás para detallarlo.

—Lo siento. Tuve un inconveniente con... —«mi autoestima», pienso—, con algo.

—Tranquila. Entonces... —Me mira y sonríe. ¿No está enojado?—. ¿Desayunamos?

Asiento. Me invita a caminar adelante y voy hasta una mesa libre. Agradezco haberme puesto un gorro para no llamar tanto la atención. Tal vez un pato de esos hubiera confundido mi cabello con un nido.

—¿Qué quieres que te traiga? —pregunta.

—Solo fruta, por favor. —Le medio sonrío.

Se va y aprovecho para secarme las manos. Estoy sudando frente a un maldito lago congelado. Olvidé tomar el medicamento, mierda.

—Toma. Un buen festín al estilo americano para la chica inglesa. —Llega y pone frente a mí una bandeja llena de comida. Lo miro y pone otra en su lugar. Se sienta y me mira divertido—. ¿Qué?

—¿Vas a comerte todo esto? —pregunto sorprendida.

—Lo de esta bandeja sí.

—¿Y esto? —Señalo los huevos, el tocino, las porciones de frutos secos, de aguacate y de avena que hay de más en la mía.

—Es para ti.

—Solo pedí fruta. Es demasiada comida para mí.

—Es un desayuno completo. Necesitas energía para reponer la que te roba la rehabilitación. Es justo cuando más debes nutrir tu cuerpo.

—No suelo comer tanto... —Lo detallo a él y luego mi comida.

—Intenta lo que más puedas. Pica de todo un poco —dice y me guiña un ojo para enseguida enfocarse en su desayuno.

Su acción me desencaja, y si antes no tenía mucha hambre, ahora menos. Es un gesto normal, ¿por qué me afecta tanto? Quiero vomitar. No me siento bien, debí tomarme las pastillas. Mierda, voy a morir.

—¿Estás bien? Te pusiste pálida —habla.

—Sí, sí, estoy bien. —Sonrío y trato de comer. Tal vez es la fatiga que me tiene de este modo. Trataré de comer. No quiero parecer más maleducada, suficiente con llegar tarde.

—Si eso cambia, avísame. —Me mira, serio, y asiento. Unos minutos pasan cuando vuelve a hablar—: Y dígame, Chelsea Cox, ¿qué hace en la vida aparte de cantar y ser la rubia bonita que todos admiran?

Me dijo bonita. Me voy a morir. Ahora sí. Adiós, mundo cruel.

—Solo eso —respondo después de masticar—. ¿Y tú?

—Batear pelotas.

—Interesante, pero ya lo sabía.

—Deberías ir a verme alguna vez.

—Jamás he ido a un partido, pero lo haré.

—A veces son un poco aburridores, pero puedo compensarte con *hot dogs*.

—Me gustan los *hot dogs*… Pero ¿qué más te gusta hacer? Sonríe.

—Si te digo… ¿prometes no burlarte? —pregunta.

—No. Me gusta reír y voy a aprovechar. No se sonríe mucho por estas tierras.

—¿No? Tal vez deba montar algún evento de comedia el fin de semana.

—Estaría bien. Azul y yo iríamos, pero nada de humor negro. Si algo no le gusta a Azul, podría subirse al escenario y hacerte algo muy feo con el micrófono, y tal vez yo la ayudaría.

—Nada de humor negro. Anotado —ríe y ríe, y es gracias a mí. Sí.

—Ahora sí, dime.

—Me gusta atrapar peces.

—¿Pescar? ¿Por qué me iba a burlar?

—No, pescar no, es atrapar, con las manos. Verás, donde nací hay un río pequeño que llena un estanque cristalino, y ahí, en ese lugar, en algunas temporadas hay peces enormes, y a mi padre le encantaba buscar el más grande para atraparlo y luego cenarlo.

—Suena bastante salvaje. —No puedo evitar reírme.

—Dijiste que no te reirías. —Me recuerda.

—No. Jamás lo dije —me burlo.

—¿Tienes hermanos? —pregunta, cambiando de tema.

—Solo uno. Edward, es abogado. ¿Y tú?

La conversación está fluyendo y me siento bien, ya no me quiero morir, bueno, solo un poco todavía.

—Somos tres en casa. Inanna creo que tiene tu edad, es la menor, e Ivan es el mayor, me lleva como siete años.

—¿Qué tenían tus padres con la letra I? —pregunto. Y, sin pensarlo, me he terminado los huevos. Estoy sorprendida. Paso a la avena.

—No tengo ni la menor idea. —Se encoge de hombros—. ¿Cómo empezaste a cantar?

—Lo hago desde muy chica. Mi madre me ayudó a grabar un par de demos y los enviamos a varias disqueras. Participé en concursos, subí cosas a YouTube…

—Es genial que tu familia te haya apoyado —dice con alegría.

—Sí, supergenial —digo y sonrío sin ganas—. Agradezco mucho su ayuda. —Y realmente lo hago, sin ese impulso y motivación no sería la cantante exitosa que siempre quise ser, pero todo ha cambiado.

—¿Y qué planeas hacer al salir de aquí? Supongo que no estás aquí por una decisión totalmente propia.

—Es propia —miento—. Debo... Digo, quiero estar bien para mi gira, que empieza a mitad de enero. Estoy aprovechando las festividades para descansar y recuperarme. —El nudo se instala en mi garganta y cuando termino la avena, empiezo a temblar nuevamente y quiero devolver todo. No fue buena idea comer tanto.

—¿Y cómo fue que elegiste este lugar? —pregunta.

—Me siento como en una sesión de terapia. —Medio sonrío. No quiero parecer grosera, pero ya no quiero contestar nada más.

—Dejaré de hacerte preguntas. Lo siento —dice y se limpia las comisuras de la boca con una servilleta. Ha terminado más de la mitad de su comida, mientras que a mí me queda un largo camino para acabar.

—Tranquilo. Es solo que... No sabes cuántas veces tengo que responder las mismas preguntas, y cuando conozco a alguien, esa persona ya sabe más de mí que yo misma. Eso es lo que implica ser una figura pública. Supongo que ya sabes cómo es. —Estiro la mano para alcanzar la botella de agua. La destapo y doy un sorbo—. Escogí este lugar porque, entre todas las opciones, este parecía el menos feliz de todos… ¿Sabes? La nieve, lo gris… —Me fijo en sus ojos. Son demasiado verdes para ser reales—. ¿Y tú por qué lo elegiste?

—Recuerda que yo no lo elegí, lo eligieron para mí, por su excelente reputación rehabilitando alcohólicos. Además, también me gustan los lugares, como los llamaste tú, *menos felices.* —Estira la mano sobre la mesa y señala mis fresas—. ¿Vas a comerte eso?

Niego y él se lleva una a la boca. Me pierdo en la manera en que sus labios rodean la fruta roja. Algunas noches atrás soñé que nos besábamos. Fue el mejor sueño de mi maldita vida.

—¿Puedo hacerte una última pregunta? —dice mientras mastica.

—Claro, pero no significa que vaya a contestarla.

—Me parece bien. —Asiente—. Aquí va. —Se inclina hacia delante sobre la mesa. Está diez centímetros más cerca que antes. Su olor masculino invade todos mis sentidos—. ¿Escribes tus propias canciones?

Ladeo la cabeza. El sol ha empezado a salir a mis espaldas y varios rayos apuntan hacia nosotros, haciendo que los ojos de Isaac se vean aún más brillantes a pesar de estar rodeados de profundas ojeras. Pensé que preguntaría alguna estupidez, pero esto es peor.

—No… No por completo… O sea, escribo algunas cosas, pero canto las que… No son tan malas, algunas tienen buen ritmo.

—Pero ¿te gustan a ti? —indaga.

—Sí —respondo y le sostengo la mirada.

—¿Sabes? Tengo un talento innato para detectar mentiras, pero esta vez voy a dejarlo pasar.

—No estoy mintiendo. Yo...

—¡Chelsea! —La voz de Christina me hace girar la cabeza de inmediato. Se acerca a la mesa—. Buenos días —saluda a Isaac y luego me mira—. Tienes una llamada. Te esperan.

—¿Es alguien aprobado? —pregunto, esperando que no sea ni mi mamá, ni mucho menos Alicia.

—Es Edward Cox.

Me levanto de inmediato, pero antes miro a Isaac.

—Yo tengo que... Lo siento, gracias por venir.

—No hay problema. Todo lo contrario, gracias a ti por tu tiempo.

—¿Te comiste todo eso? —Christina señala mis platos.

—Sí. Al parecer, hoy se levantó con bastante apetito —responde Isaac por mí.

—Un poco. —Meto las manos dentro de los bolsillos de mi sudadera—. ¿Vamos? —Miro a Christina. Ella no deja de intercambiar miradas con Isaac.

—Sí. —Me invita a caminar.

—Nos vemos luego —le digo a Isaac.

—Eso espero. —Sonríe y se levanta para recoger los platos.

Me marcho. Tengo demasiada vergüenza. Lo invité, llegué tarde y lo dejé tirado.

—El que estés comiendo un poco más es una muy buena noticia, Chelsea. —Christina sonríe.

—Él me sirvió todo eso y no quise ser maleducada y rechazarlo.

—De cualquier manera, verás que pronto te empezarás a sentir mejor. El médico se alegrará de...

—Solo fue un desayuno, Christina.

—Un desayuno que no habías comido hacía nueve días. Es una buena noticia.

Decido no responderle más hasta llegar a la recepción. Me entregan el teléfono e inmediatamente me lo llevo a la oreja.

—¿Ed?

—Chelsea, ¿cómo estás? ¿Te están tratando bien?

¿Estoy bien?

—Sí, estoy bien —respondo y camino hasta el enorme ventanal con vistas al lago. Abajo, veo que Isaac organiza las bandejas.

—Me alegra escuchar eso. Te oyes bien. ¿Qué tal el lugar?

—Viejo y frío, pero hermoso.

Isaac baja de la terraza y se para nuevamente donde lo encontré.

—Creo que dijeron que te propusieron quedarte en Los Ángeles.

—¿Cómo sabías que estaba aquí?

—No lo sabía.

—¿Entonces?

—Llamé hace unas horas a tu celular y está fuera de servicio. Llamé a Amanda y obviamente no me quiso decir dónde estabas, así que llamé a tu productor y él me entregó todos los datos. Eso sí, tuve que contestar un montón de preguntas para poder hablar contigo y al parecer a ti también te hicieron varias sobre mí.

—Sí... ¿Pasó algo?

—Quiero empezar por decirte que él está bien, ha salido de peligro y...

—Edward, ¿qué mierda pasó? —pregunto con nerviosismo. El corazón se me ha acelerado y sé que debo calmarme para no colapsar.

—Reitero, ya está bien y fuera de peligro alguno...

—¡Edward! Habla de una maldita vez. —Me sobresalto.

—Papá sufrió un infarto. Fue luego de una llamada de Amanda. Él no me quiso contar de qué hablaron para que llegara a ese extremo, pero está bien y eso es lo importante.

—Amanda ha tomado por *hobby* arruinar vidas —susurro.

—No va a lograr nada. Papá quiere ponerle una orden de restricción y yo voy a ayudarlo con ello.

—¿Puedes ayudarme a mí? —bromeo... o eso quiero que parezca.

—Me encantaría hacerlo, pero tienes tu propia firma de abogados y si yo inicio algún proceso contigo, te verás afectada y me veré afectado.

—Lo sé… Al menos vuelve a revisar todos mis contratos. Debe haber algo que me libre de ella, o al menos de Alicia, por favor. Solo necesito algo para poder...

—¿Poder qué?

—Nada. Tonterías mías. —Vuelvo a mirar a Isaac. Sigue en el mismo lugar—. ¿Ha preguntado por mí?

—Sé que Amanda le contó todo lo que ocurrió y tengo la teoría de que quiso culparlo.

—Pero ¿ha preguntado por mí?

Silencio.

—Chelsea...

Se me hace un nudo en la garganta.

—Si llega a hacerlo, dile que estoy bien. Que mi proceso va muy bien. Llevo dos meses sobria y hoy desayuné muy bien.

—Chelsea.

—Díselo. Por favor.

—Lo haré. Me alegra escuchar lo de los dos meses.

—No ha sido nada fácil. Es una mierda. Mi mente solo quiere que le meta químicos a mi cuerpo para sentirme bien, y mi cuerpo se comporta como si quisiera matarme.

—Lo lograrás. Confío y creo en ti.

—Gracias, Ed.

—Te llamaré pronto. Te quiero.

—Te quiero más.

La línea reproduce un largo pitido. Me acerco al mostrador y le entrego el aparato a la mujer. Camino sin rumbo hasta llegar al jardín trasero. El lugar está completamente solo y lo veo como una oportunidad para soltar todo lo que se acumuló durante la llamada. Me dejo caer sobre las rodillas y dejo escapar el dolor a través de las lágrimas. Nada nunca va a mejorar; todo va a seguir igual o peor. Vicent nunca va a llamarme y Amanda nunca va a dejarme en paz.

¿Cómo escapo de ella y hago que el otro me quiera?

Unos delgados brazos me rodean y me apoyan contra su pecho. Su cabello rizado cubre mi rostro. No habla y yo tampoco me esfuerzo por hacerlo. Me dejo ir y vuelvo a llorar como lo he hecho en tantas noches de soledad, solo que ahora ya no me siento tan perdida. Alguien me ha encontrado y a través de su abrazo me transmite un: «Aquí estoy y todo va a estar bien».

Gracias, Azul.

21

Chelsea

Tres meses. Hoy completo tres meses desde que llegué a Kalmar. Tengo los niveles de ansiedad por las nubes y aún no logro dormir sin medicación. Lo único que me saca de mi propia cabeza son todas las «charlas motivacionales» que me da Azul por cada queja que suelto, y, claro está, la terapia. Estoy tratando de aplicar lo que me aconsejan.

—¿Cómo vas con todo? —pregunta.

Estoy sentada en el piso con las piernas cruzadas. Azul, desde la cama, me trenza el cabello. No soporto más mis rizos descontrolados.

—Trato de pensar en cosas buenas. —Tuerzo la boca, aunque ella no me vea.

—Te ayudaré. A veces somos tan ciegos y estúpidos que no vemos lo bueno por estar enfocados en lo malo, pero alguien de afuera sí logra captarlo. —Termina mi peinado y se sienta frente a mí—. A ver... Tu voz. Tu voz es una de las mejores malditas cosas de este mundo, y no solo para ti, sino para todos los que te escuchamos.

—Gracias. —Sonrío.

Mi voz me gusta muchísimo y me doy cuenta de que no he cantado desde que llegué aquí. Es más, no recuerdo la última vez que canté por gusto y no porque alguien me pagara para hacerlo.

—De nada. Sigamos. —Se tantea la barbilla con el índice—. Tienes dinero. Muchísimo dinero, y no podemos negar que eso es algo bueno. Puedes comprar lo que quieras, cuando quieras y viajar mucho.

—No es tan así. Mi madre me controla el dinero y no tengo mucho tiempo para viajar. Y si quiero salir a hacer algo... Pues me cae medio mundo encima por ser una figura pública —comento.

Blanquea los ojos y exhala exasperada.

—Eres tan... gris. Sabes, detrás del gris he logrado ver una chispa amarilla, pero no cualquier amarillo... Dorado. Puedo jurar que tu verdadera aura es dorada.

—¿Y tu aura de qué color se supone que es?

Yo no logro ver una mierda alrededor de ella. No creo mucho en el zodiaco y ese tipo de cosas supersticiosas, pero no voy a decírselo. Me gusta que me hable de ello, me gusta que me hable de lo que sea.

—Azul, obviamente.

—Debí adivinarlo —río.

—Déjame leerte la mano —dice y toma la derecha sin esperar mi respuesta—. Aunque no lo creas, esto tiene un nombre y me hace sonar superprofesional.

—¿Cuál es?

—Quiromancia —responde sin dejar de mirar mi palma.

—Interesante.

—Sí, y la persona que la practica se llama palmista.

—¿Y qué ves? ¿Voy a ganarme la lotería? —bromeo.

—Aunque no lo creas, Chelsea, ya te la ganaste. —Levanta la mirada—. Te ganaste mi amistad y eso es muy importante.

—Pensé que la oferta había expirado —comento otra vez.

Ella vuelve a concentrarse en mi palma.

—Pues te di más plazo. Otra cosa buena en la que pensar cuando estés decaída.

La miro. Tenemos casi la misma edad, pero ella se ve menos golpeada por el mundo. Yo crecí a una extrema velocidad. Aunque caras sonrientes vemos, corazones rotos no sabemos. ¿Cuál será su historia? Muero de curiosidad, pero esperaré a que me la quiera contar.

—Gracias —susurro.

—¿De qué?

—Por soportar mi aura gris.

—Te soportaría hasta una de color negro, pero necesito que hagas algo por mí. —Me mira.

—¿Qué?

—Quiero que cantes mi canción favorita. Esa canción y en tu voz... —Hace un puchero—. Por favor, di que sí.

Sonrío.

—Léame primero la mano, *señora palmista*.

—Un don por otro don, acepto. —Se concentra más. Pasa a mi mano izquierda y luego me mira con seriedad. Tengo las dos palmas hacia arriba—. Tu mano derecha revela el ochenta por ciento y la izquierda el otro veinte —explica—. En la primera veo una línea de la vida muy curva y corta, pero eso no significa la duración de tu vida, como todo el mundo piensa, no; aquí puedo ver lo inestable que eres, propensa a enfermedades físicas o mentales, pero en la izquierda puedo ver un carácter que nunca te he visto: el seductor. Espero jamás verlo, no quiero que Chelsea Cox me seduzca porque temblaría mi heterosexualidad —bromea—. Tu línea del corazón es muy larga en ambas manos: eres muy intensa al momento de dejar fluir tus sentimientos... Espera, esta nunca se la había visto a nadie... —Me mira directo a los ojos con sorpresa—. Tienes la maldita línea del Sol.

—¿Qué significa? —Trato de ver las líneas en mis manos.

—Esta línea —dice y la señala con el índice— solo la tienen las personas que fueron destinadas a la fama, a brillar y a ser admiradas. Tendrás mucho éxito, pero tendrás que trabajar mucho por ello. —Mira ambas manos—. La vida te dará una prueba, y espero que la superes porque se ve difícil.

—Tal vez sea esta —comento y cruzo los brazos cuando ella me libera. Hoy amaneció más frío que de costumbre.

—No creo, pero a veces me equivoco. No soy tan buena como lo era mamá. —Pega las rodillas al pecho.

—No me has hablado sobre ella —digo con cuidado de no hacerla sentir incómoda.

—No hay mucho qué decir. Odio mi memoria y cada día que pasa lo hago más. Cuando trato de aferrarme a un recuerdo feliz que tengo con ella, mi mente decide volverlo borroso y archivarlo. Me pasa con todos los recuerdos. —Suspira—. No quiero olvidarla.

—¿Y si los escribes? Escribir es como inmortalizar un momento de tu vida o un pensamiento, ya sea real o imaginario. Escribir un recuerdo es un seguro para no olvidarlos.

Sus expresivos ojos me miran con curiosidad. Las pestañas que los rodean me dan envidia. Las mías son rubias y parece que no tuviera.

—Es una buena idea. Nunca lo había pensado. —Me golpea la cabeza—. Al fin estás pensando más lindo, Chelsea. Muy bien.

—Tonta. —La empujo.

—Hoy voy a pedir una libreta. Gracias por la idea. —Sonríe y me abraza de manera fugaz—. ¿Y tú qué escribes o cómo lo haces? Digo, eres compositora.

—Yo... —Suspiro—. Sí escribo, pero nada de lo que hayas escuchado salir de mi boca es de mi autoría.

—¡¿Qué?! ¿Me estás diciendo que la famosísima Chelsea Cox no escribe sus canciones? —Se alarma.

—No —confieso y me siento bien al hacerlo—. Son horribles —río.

—Me siento estafada. Yo las amo.

—He escrito algunas, pero nunca han visto la luz del sol, mejor dicho, nunca las ha escuchado nadie.

—¿Por qué? —pregunta.

—No son tan buenas, y no creo que le interesen a la disquera —explico—. Prefiero guardarlas para mí, porque no soportaría que alguien atacara mi trabajo. Con las canciones actuales me dan igual las críticas; al fin y al cabo, esa basura no es mía y así vivo en paz.

—Yo solo pido que cantes mi canción favorita.

—Hicimos un trato. ¿Cuál es?

—*As The World Caves In,* de Matt Maltese —dice con entusiasmo—. Dime que te la sabes.

—Tengo buenas noticias para ti. —Me pongo de pie y le tiendo la mano—. Vamos, te daré un concierto privado.

—Hoy es mi maldito día de suerte. —Se levanta dando brincos.

Salimos de la villa corriendo hasta la sala en la que encontré el viejo piano. Donde hace una semana estaba tocando *Für Elise* para Isaac.

Isaac.

Llevo una semana sin verlo. Según me dijo Christina, está pasando por un momento delicado. Solo dijo eso y no quiso darme más detalles. Le pregunté a Azul y supo decirme que la abstinencia ha afectado bastante su comportamiento. Ha sido un tanto violento con el personal del lugar y es mejor no acercarse. Azul suele enterarse de muchas cosas, sí. Entiendo por lo que está pasando Isaac. Yo también quise mandarlos a todos a la mierda en el momento en que pedí droga para meterme en un ataque de pánico y nadie quiso dármela, y tampoco me dejaron ir, porque sí, quise irme. Aún quiero mandarlos a todos a la mierda, menos a Azul, ella me agrada.

—Siempre quise aprender a tocar el piano. —Da pequeños aplausos de alegría. Prepara el instrumento y abre las enormes cortinas del lugar.

—Puedo enseñarte si quieres.

—¡Sí!

—Empezaremos mañana.

Me siento sobre el banco y acaricio las teclas. Hace años no canto una canción que no sea de mi autoría, mucho menos para una sola persona y sin cobrar un centavo. Hoy puedo equivocarme y nadie me juzgará. Azul jamás lo haría.

—Aquí vamos, ¿lista? —le pregunto.

Ella apoya los codos sobre el piano y reposa la cabeza entre las manos. Asiente. Una estúpida sonrisa se dibuja en su rostro y me siento nerviosa. Espero no decepcionarla, no he calentado, hace semanas no canto y las notas altas de esta canción son un reto para cualquiera.

—Lista. Dale con todo, rubia. —Me guiña un ojo.

Sonrío y bajo la mirada a mis dedos. Traigo a la memoria las notas y letras de la canción. Lleno mis pulmones de aire e inicio la tonada junto con mi voz. Esta canción me la aprendí justo cuando salió.

My feet are aching
And your back is pretty tired.

Me dejo llevar por la melodía. Cierro los ojos y me esfuerzo por darle el mejor espectáculo a Azul. Ella cree en mí y su seguridad alimenta la mía. El coro se acerca y dejo que mi voz haga el trabajo.

Oh, it's you I watch TV with
As the world, as the world caves in.

La canción me remueve todo. Es increíble cómo la música puede hacerte sonreír y llorar de un segundo a otro. Mi corazón empieza a latir al ritmo de cada tecla que presiono. Cantando el coro me encuentro deseando, inconscientemente, a alguien con quien enfrentar el mundo cuando todo estalle. No quiero estar más sola, pero tampoco quiero una compañía que me haga sentir lo que realmente es no tener a nadie.

Termino la canción y, cuando abro los ojos, Azul me mira con lágrimas en los suyos. Algo al fondo del lugar llama mi atención, pero me enfoco en la morena.

—Tu voz... —Se seca las mejillas—. Discúlpame, esta canción es muy importante para mí. Tengo que irme. —Se gira para caminar a la salida. Trato de levantarme, pero de la nada para y me mira—. Nos vemos más tarde, hay cosas que... tengo que sentir sola. Gracias por la canción... —Solloza—. Eres increíble —dice y luego sale corriendo del salón.

194

La dejo ir porque tiene razón. Hay demasiadas cosas que es mejor sentir en soledad.

—Colarse en conciertos privados es algo ilegal, señor Statham —pronuncio cerrando la tapa del piano.

—No me colé. Ya estaba aquí antes de que llegaran. —Se pone de pie y sale de entre las sombras.

No notamos su presencia cuando entramos. Azul solo abrió una de las ventanas y el resto del salón quedó en penumbras.

—Solo por eso serás perdonado —digo a modo de broma. Una pésima broma porque mi sentido del humor es como mis enormes pechos: inexistentes. Está vestido completamente de negro, y lo único que le da un poco de color a su atuendo es su gorro azul rey.

—Eso —señala el piano— fue lo segundo más increíble que he presenciado en todo el año.

—Qué triste tuvo que estar tu año. Fue solo una canción. —Me encojo de hombros.

Niega con la cabeza.

—No hablo de la canción, hablo de tu voz. Tu voz en vivo es...

—¿Qué fue lo primero? —lo corto.

—El concierto de Año Nuevo.

Me transporto a ese día. Yo tampoco lo dejo en el olvido. Cuando mi cabeza se despeja de pensamientos destructivos, pienso en él y en cómo me miraba ese día mientras bailaba y cantaba. No se lo he dicho, pero ha sido mi mejor espectador.

—¿Chels? —Llama mi atención.

—¿Ah?

Mierda. Me quede en un limbo pensando en cosas que no debería pensar.

—¿En qué pensabas?

—En... Azul.

—Ahora que lo dices... ¿Qué le pasó?, ¿está bien?

—Creo que sí. Supongo que tiene cosas que superar como tú, como yo, como todos aquí. —Me pongo de pie y aliso mi abrigo.

—Entiendo.

—Sí. —Le sonrío, y sin saber qué más hacer, empiezo a caminar hacia la salida.

—Oye —me llama.

Me giro.

—¿Quieres caminar? —pregunto primero, aunque tal vez él iba a decirme otra cosa. Nunca lo sabré.

—Seguro.

Meto las manos en los bolsillos y retomo el camino. Isaac se sitúa a mi lado y juntos caminamos por los extensos pasillos hasta salir a otro pequeño espacio cerca al lago. Desde aquí se puede ver la colina poblada. Hay nieve sobre todos los techos de las casas, pero las calles están despejadas. Iniciamos una pequeña caminata cerca de la orilla del lago. Hay trozos de hielo sucio y algunas ramas. Me fijo en no pisarlas.

—¿Cómo se llamaba esa canción? —pregunta.

—*Mientras el mundo se derrumba.*

—La letra es bastante conmovedora —comenta—. ¿Cuándo me tocarás una tuya?

—Esa canción es arte supremo. Cantarla con el piano de fondo... —Cierro los ojos al recordar las notas y me erizo—. Es algo de otro planeta.

—Tu talento sí es de otro planeta.

—Solo es...

—Basta. —Me empuja suavemente con el costado de su alto cuerpo—. Debes aprender a aceptar un cumplido. Es más, voy a hacerte tantos que te acostumbrarás y al final vas a responder: «sí, lo sé». O al menos un «gracias».

—Gracias. —Inclino la cabeza para mirarlo—. Pero no es necesario que lo hagas.

—No es necesario, pero a veces es bueno escuchar un cumplido y más si no somos capaces de darnos cuenta de lo bien que hacemos algo.

—Soy consciente de que canto bien, pero también sé que me falta mucho más por aprender —digo.

—Está bien ser tu crítico más duro, pero tampoco olvides que también debes ser tu mayor fan.

—¿Tú eres tu mayor fan? —le pregunto.

—No.

—¿Entonces por qué predicas lo que no aplicas?

Ríe.

—Ese puesto ya lo tiene alguien y no se lo puedo quitar.

—¿Y quién...? —No alcanzo a terminar la oración porque tropiezo con un pedazo de hielo y caigo de rodillas—. ¡Mierda!

Isaac me ayuda a levantarme, pero cuando bajo la vista, veo una línea roja que sale de un agujero que se me ha hecho en los pantalones de yoga. Un trozo congelado me ha cortado y arde como la mierda, pero no más que mis mejillas por la vergüenza.

—¿Estás bien? —pregunta.

Me sostengo de él para no volver a caer.

—Sí. Gracias. —Me pongo de pie con su ayuda y cuando intento caminar nuevamente, me tambaleo, pero no caigo. Me duele demasiado.

—Ven —dice y, sin preguntar, me alza entre sus brazos.

—Oye, oye, oye —chillo cuando me eleva sin un ápice de delicadeza.

—Caminando así no vas a llegar nunca a la enfermería. De este modo será más rápido —asegura.

Puedo oler su colonia. Soy aún más pequeña entre sus brazos y debo echar los míos alrededor de su cuello para estabilizarme.

—Cambiando el tema, mientras llegamos a la otra ala, te pregunto: ¿ya aprobaron tu salida al pueblo? —habla al tiempo que regresamos al interior del castillo. Arruiné todo, como siempre. Quiero que me trague la tierra.

—¿Qué? —Lo miro impactada—. Entonces, ¿sí podemos salir al pueblo?

197

—Solo si tu médico lo aprueba.

—¿A ti ya te aprobaron?

—No —responde—, pero espero que lo hagan pronto.

—¿Y qué plan hay allá afuera?

—En la información del lugar estaba todo, ¿acaso no la leíste?

Niego levemente con la cabeza gacha.

—Y dices que fue decisión propia venir aquí... —comenta.

—Lo fue, solo que... estaba muy ocupada como para sentarme a leer los detalles. —No es la verdad completa, pero es la verdad—. Apúrate, siento que se me congela la sangre.

No me gusta volver a tocar el tema de cómo fue que terminé aquí.

—¿En algún momento dejas de ser una diva?

—Yo nací diva y no hay nada que hacer al respecto, y menos estando en un castillo —bromeo—. Vamos, súbdito, llévame a mis aposentos.

—Vuelve a decirme así y voy a arrojarte sobre la nieve.

—No hables, súbdito. No te he dado permiso —digo tratando de reprimir mi risa.

—¿Está usted retándome?

—Apúrese.

Me río, y enseguida siento el vacío en mi estómago cuando vuelo por los aires. Mi trasero y espalda impactan una montaña de nieve. Lo miro boquiabierta. Él ríe a carcajadas. Hago una bola enorme de nieve y se la lanzo a la cara. Haber entrenado baloncesto en mi infancia me sirve de algo hoy. Se limpia la nieve y me mira furioso. Brotan lágrimas de mis ojos, pero esta vez son de risa. Ignoro el dolor en la pierna. No siento dolor en este momento, ninguno. Disfruto reírme y no voy a reprimir nada.

—No le veo gracia —dice.

—Yo soy la que tiene la espalda y el trasero mojados —trato de hablar entre risas—. No seas amargado.

—Vamos a ver si dices lo mismo cuando te sepulte bajo la nieve.

—Se inclina para tirarme otra bola más grande a la cabeza.

—¡No! —grito y río—. ¡Me estoy desangrando! ¡No es justo! —Tomo más nieve y la lanzo sin apuntar muy bien.

—Hierba mala nunca muere. —Esta vez sí ríe y me gusta.

Lanzo una última bola de nieve directo a su cara, así que no puede ver dónde pisa y tropieza con la raíz de un árbol, que lo hace caer encima de mí. Es enorme y todo su cuerpo me aplasta, pero sigo riéndome como una foca estúpida, al igual que él. Escucho a alguien toser y nos quedamos petrificados. Muevo un poco la cabeza para ver de quién se trata.

Ahora sí me congelé, como si hubiera visto un fantasma. No esperaba ver a nadie de mi mundo aquí y mucho menos al gran neurocirujano Vicent Cox, mi padre.

—Hola, Chelsea.

22

Chelsea

Cuando tenía ocho años mis padres discutieron y, no recuerdo por qué, llegaron a agredirse. Siempre voy a tener en mi cabeza la forma en la que mi padre ahorcaba a mi madre y cómo ella gritaba para que la ayudáramos. Edward también era un niño y ninguno de los dos sabíamos qué hacer. Abrazados y acurrucados en una esquina, pedíamos ayuda para que todo parara. Sucedió varias veces más y siempre yo terminaba con un ataque de pánico que solo mi hermano mayor sabía calmar. Cuando no estaba él, Amanda creía que quitarme la ropa y meterme a la ducha bajo un chorro de agua fría sería suficiente para arreglarme. No creo que hubiese sabido siquiera lo que era un ataque de pánico; yo tampoco lo sabía hasta hace unos años que fui al psicólogo.

Ambos tenían problemas para controlar la violencia, y aunque parecíamos la familia perfecta, no lo éramos. Amanda y Vicent Cox nos impartieron constantes castigos físicos, sobre todo a Edward, pues cada vez que alguno de ellos se venía contra mí, él se metía y recibía la peor parte de todo.

Crecí en un ambiente familiar en el que la violencia era normal y yo misma llegué a usarla en distintas ocasiones para defenderme en la secundaria. Sin embargo, desde que fui a terapia hace unos años, no soporto que la gente levante la voz o discuta a mi alrededor, y mucho menos que se vayan a los golpes. Presenciar una escena de ese tipo eleva mi ansiedad al límite. Al menos eso lo enmendé un poco.

Ahora, viendo a mi padre aquí, cada recuerdo horroroso pasa por mi mente, pero también hay recuerdos buenos. ¿Ha venido a verme?

—Hola, papá —digo, mientras Isaac me ayuda a poner en pie. Mi rodilla sigue sangrando y duele.

—¿Y él es...? —Vicent lo mira de manera despectiva.

—Isaac —él responde por mí y se presenta de inmediato. Vicent no va a estrecharle la mano.

—Es un amigo. —Tomo la mano de Isaac y la entrelazo con la mía. Vicent fija sus ojos azules en la unión.

—¿Y Matthew? Afuera están vendiendo una revista que dice que posiblemente te vas a casar con él y ahora te veo aquí... No entiendo nada.

Tengo que hacer que se vaya. No quiero que Vicent manche lo agradable que Isaac ha sido conmigo. Suficiente tengo con Alicia y con Amanda. Además... ¿Casarme? La gente está loca.

—¿Qué estás haciendo aquí? —interrumpo.

—Vine a visitarte —dice con las manos dentro de los bolsillos de su gabán.

—Vamos adentro entonces. —Señalo el castillo. Miro a Isaac y suelto mi mano para intentar caminar sola, pero el dolor en la rodilla me lo impide—. Mierda.

—¿Qué te pasó? —pregunta Vicent.

—Me caí.

—Vamos, te llevo adentro. —Isaac vuelve a alzarme y empieza a caminar conmigo a cuestas hasta el interior. Veo a Vicent venir un par de pasos atrás haciendo mala cara.

—Gracias —le susurro—. Y... lo siento, él es... difícil.

—No te preocupes —dice y me sonríe—. Dejaremos nuestra caminata para después, para cuando ya puedas caminar, claro está. No olvides preguntar por tu salida.

—Creo que no tengo muchas ganas de salir sola por ahí.

—No irías sola, irías conmigo. —Sonríe y me eclipsa.

—Oh... pero... ¿Y si me reconocen?

—No lo harán. La ropa de invierno nos ayudará con eso. Además, esto es un pueblo costero e industrial, no es muy turístico y no hay muchos jóvenes aquí, no te reconocerán jamás.

—Suena bien, entonces.

Entramos en la enfermería.

—Mándame a llamar si necesitas algo —dice Isaac. Me deja sentada sobre la camilla y se despide con la mano, pero no sin antes susurrar un «suerte».

—¿Trabaja aquí o es un adicto más? —pregunta mi padre entrando a la habitación.

—Es un adicto más, pero no tan grave como tu hija —respondo.

—Hola, Chelsea. —Aparece la enfermera—. ¿Qué te pasó? —Se acerca para examinarme.

—Me caí en el jardín y me corté con el hielo.

—Oh... Eso se ve profundo. Iré por el kit de sutura y un poco de anestesia.

Quedamos nuevamente solos. Vicent no deja de mirar mi herida y cuando la mujer regresa, él le quita los implementos.

—Lo haré yo.

La mujer no dice nada. Eleva las manos en son de paz y se marcha. Mi padre acomoda una silla frente a mí, atrae una mesa metálica y pone la caja roja sobre ella. Va hacia el baño. Lo escucho abrir el grifo; está lavándose las manos. Regresa y toma un par de guantes de látex para ponérselos y sentarse frente a mí.

—Soy alérgica al látex. —Le recuerdo.

—Es cierto —dice mirándome y se los quita. Se pone de pie, se lava otra vez.

Al regresar, pone mi pie en una de sus rodillas. Toma la inyección con anestesia y con cuidado la aplica cerca de la herida. Enseguida empieza a limpiar con algún desinfectante la sangre seca y congelada que tenía alrededor. Lava muy bien la zona y procede a coser.

—Recuerdo cuando te abriste la barbilla... Dos veces. —Me mira y luego vuelve a concentrarse en la abertura de color rojo. Me giro hacia otro lado para no marearme.

—La torpeza me acompaña desde siempre.

La aguja entra en mi piel. No siento dolor, pero definitivamente siento algo.

—Siempre has sido bastante inquieta —afirma—. Nunca lo vi mal, sabía que cuanto más corrieras y te movieras, más posibilidades había de que tropezaras o te golpearas, pero también sabía que ibas a tener más oportunidades de aprender de esas caídas.

—¿Qué voy a aprender de haberme caído en un jardín helado o al saltar unos bancos a mis cinco años?

—No volviste a saltar en esos bancos y sé que no vas a volver a caminar por ese jardín, no sin antes fijarte muy bien por dónde pisas —dice—. Te has movido mucho toda tu vida. Has vivido cosas que ni yo ni tu madre vivimos a tu edad. Tienes una ventaja. Hasta para cometer errores las personas son impuntuales y por eso vemos gente con más de medio siglo de edad aún tratando de enmendar algo que hicieron y que ya, por su edad, no tiene solución. Estás a tiempo para corregir muchas cosas, es más, lo tienes de sobra, pero intenta no desperdiciarlo, Chelsea.

—Tiendo a sabotearme muchísimo, es difícil corregir todo a la vez. —Llevo la vista hacia la ventana—. Cuánto envidio a la gente que sabe tomar buenas decisiones.

—No podemos ponernos a pensar en otros cuando hablamos de nosotros. La empatía no debe usarse para tratar de minimizar tus problemas; se usa para entender los problemas de otros, pero también para entender los de nosotros mismos. Un error lo comete cualquiera y castigarse severamente por ello no va a arreglar nada. —Termina de suturar y me mira—. Si no, mírame a mí, un viejo que se equivocó toda su vida y se castigó de la peor manera, tanto que terminé castigando a las personas a mi alrededor.

—¿Equivocarte en qué? Si tú todo lo haces perfecto.

Casi se me nota el sarcasmo. Casi.

—Aunque no lo creas... No, no todo lo hago bien. He cometido miles de errores y, por desgracia, ya es muy tarde para arreglarlos.

Sus palabras me recuerdan las cosas que hablábamos hace años. Vicent es un hombre muy inteligente y siempre lo he admirado. Ha hecho descubrimientos en la medicina, ha operado los cerebros de miles de personas en el mundo y ha salvado muchas vidas. Pero no deja de ser quien es en mis recuerdos, y ya no habrá nada que pueda hacer para que cambie, por más que yo lo quiera.

—Aún no entiendo muy bien qué haces aquí... —digo y bajo el pie de su rodilla. Mis pantalones de yoga han quedado destrozados. Detallo la delgada línea de suturas que dejó.

—Vine a visitarte, ya te lo dije. —Se pone de pie y señala mi pierna—. Si lo hubiera hecho esa simple enfermera, la sutura habría quedado desastrosa, al igual que la cicatriz. Por suerte y gracias a mí, no te quedará casi nada.

—Llevo pidiéndote que nos veamos casi cuatro años... ¿Y hoy te dio por ceder al fin? —Niego con la cabeza—. Ya no tengo ocho años, papá. Sé descifrar cuando una persona miente.

Suspira pesadamente. Vuelve a sentarse en la silla y sus ojos caen en mí. No logro traducir lo que me transmite su mirada, pero si pudiera adivinar, tal vez apostaría a que es preocupación.

—Sé que Edward te contó lo del infarto —empieza a hablar y asiento con la cabeza.

—Me alegra que estés mejor.

—No estoy mejor, Chelsea —dice.

—¿Qué? —pregunto, confundida.

—El infarto fue solo la punta del iceberg. Ese mismo día me hicieron un análisis exhaustivo y encontraron un par de cosas que... Bueno, no son cosas muy alentadoras. —Saca un pañuelo de su bolsillo y se seca el sudor de la frente. Raro, porque está haciendo muchísimo frío.

Ahora que lo noto, luce más delgado que la última vez que lo vi hace años. La piel de su rostro refleja más años de los que realmente tiene; antes lucía como alguien muy joven para su edad. Su cabello rubio tiene aún más canas, no son tan notorias, pero yo sí lo conozco bastante.

—¿Qué tienes? —hablo sin dejar de detallarlo.

—No voy a entrar en términos técnicos, no quiero confundirte y tu psiquiatra me ha pedido explicarte esto de la mejor manera, no como el neurocirujano que soy, sino como tu padre... Solo que...

—No sabes ni siquiera cómo ser un padre —completo.

Abre la boca y vuelve a cerrarla.

—Tranquilo. —Alzo la mano—. Cuéntame como mejor te salga. Trataré de entenderte.

Está nervioso y sé que es grave porque jamás había visto a Vicent Cox nervioso.

—Lo sé, siempre fuiste muy inteligente. —Vuelve a suspirar—. Lo que tengo es tan común... Las arterias que transportan la sangre y el oxígeno a mi corazón están hinchadas y taponadas con algo que se llama placa, que está hecha mayormente de colesterol. Los exámenes han encontrado problemas en varias arterias y deben hacerme una cirugía que viene acompañada de muchos riesgos...

—Te puedes morir —agrego sin pensar.

—Sí, Chelsea, puedo morir. —Toma aire para seguir hablando—. No vine aquí para empeorar tu proceso. Edward habló conmigo y luego con tu psiquiatra. Él sugirió que era mejor contártelo ahora, para que si algo llegase a suceder no te tomara de sorpresa, aunque tal vez mi muerte no vaya a...

—No hables más, por favor —le pido.

Puede morir.

Mi corazón ha empezado a latir más rápido, pero tengo la sensación de que todo se hta detenido y no logro sentir nada. Tengo náuseas. No sé qué decirle. No sé ni siquiera qué decirme a mí misma.

Tranquila, el padre que nunca te habla va a morir. ¿No es nada? ¿Todo estará bien?

—Supe lo que pasó en el hotel... Vi tu historial médico... —Se pone de pie—. Y antes de irme quiero pedirte algo.

Lo miro, esperando. Él alisa su gabán y vuelve a secarse la frente.

—Quisiste detener tu corazón a tus veintiún años… —Sus ojos se cristalizan—. Y espero, con toda mi alma, que no vuelvas a quererlo, porque estarías llevándote dos corazones contigo, Chelsea. Tal vez fui lo peor, pero quiero que algún día puedas perdonarme…

Camina hacia la salida y por inercia me pongo de pie.

—Espera —digo y me arrepiento de haberme movido. El efecto de la anestesia está pasando y ha vuelto el dolor—. Espera —repito. Mi padre se detiene y voltea a mirarme—. ¿Cuándo te enteraste de mi...? ¿De lo que pasó?

—Fue temprano, el mismo día que el mío se detuvo, un segundo antes. —Trata de sonreír—. No pierdas más el tiempo, hay mejores maneras de vivir la vida. Búscalas. Corrige estos errores y comete algunos nuevos, pero no tan... invasivos y peligrosos.

Los ojos se me llenan de lágrimas.

—Lo siento, no sé dar… consejos.

—¿Volverás a visitarme? —pregunto sin esperanza.

—Volveré después de la cirugía, si aún...

—Te veré pronto entonces, todo saldrá bien —digo de inmediato. No quiero pensar en la parte oscura.

—Todo saldrá bien —susurra y sonríe—. Por cierto, te traje algo. Lo dejaron en tu habitación —dice, y esta vez sí sale por la puerta.

—¡Enfermera! —grito para que me escuche la mujer. Aparece un minuto después.

—¿Podría darme unas muletas o algo para sostenerme, por favor? Debo ir a mi habitación.

—Temo decirle que, justo hoy, se han llevado las muletas viejas para cambiarlas por unas nuevas. —Se encoge de hombros.

—Mmm... —dudo—. ¿Podría llamar a Isaac, por favor? —pido avergonzada—. El camino de aquí a mi villa es demasiado largo y él parece ser lo bastante fuerte como para llevarme hasta allá.

Me obligo a callar.

—Enviaré a alguien a llamarlo —dice y se va.

Camino hasta el baño con cuidado. Busco el interruptor de la luz por toda la pared hasta encontrarlo. Me planto frente al pequeño espejo.

—¿Te ayudo en algo más, Chelsea? —La enfermera vuelve a aparecer.

Niego con la cabeza mientras me miro la cara en el espejo. Ya no hay rastro de la mancha violeta que antes tenía alrededor del ojo. Luzco mejor, a pesar de estar pálida como la nieve, a pesar de las cejas poco pobladas y los labios resecos por la temperatura. Mis pecas han saltado a la vista y, aunque el acné siga ahí, me siento mejor.

—¿Chels? —La voz de Isaac me obliga a girar la cabeza. La mujer desaparece.

Me gusta que me diga así. *Chels.*

—Hola.

—¿Estás bien?, ¿lloraste?, ¿pasó algo? —pregunta preocupado.

—Al fin vino, al fin quiso verme —confieso. Se me queda mirando como si me hubiera salido una segunda nariz—. Es solo que no lo veía hacía más de cuatro años y aunque tuvieron que pasar cosas de vida y muerte para que viniera... No me importa. Él vino.

Y no me odia. Mi terapeuta parece tener razón en muchas cosas y yo voy aprendiendo a soltar algunas culpas. Tengo que hablarle pronto de esto, tengo que preguntarle si estará bien que lo siga viendo.

—Me alegra mucho escuchar eso. —Sonríe. Tiene las manos dentro de los bolsillos—. ¿Necesitas que te lleve a tu habitación?

Asiento con la cabeza. Me doy un último vistazo en el espejo. Enseguida extiendo mis brazos para apoyarme en los suyos y salir del baño.

—¿Hasta dónde iremos? —pregunta.

—Hasta los árboles de manzanas —digo.

—¿A la villa?

—Sí.

—Diva. —Tose y me toma de la cintura para sentarme de nuevo en la camilla.

—No elegí serlo, así me hizo la vida.

—Ajá… —dice—. Súbete a mi espalda. —Se voltea y se agacha.

Me inclino hacia adelante para poner los brazos sobre sus hombros. Él se levanta y ubica las manos detrás de mis rodillas para sostenerme.

—¿Te pusieron puntos? —pregunta mientras salimos de la enfermería.

—Sí, la herida estaba profunda —respondo.

La cercanía que tenemos no me incomoda, todo lo contrario, su aroma me hace sentir en un lugar seguro y lo disfruto.

—Tiene excelente pulso esa mujer —comenta.

—No fue ella, la suturó mi padre.

—¿Cirujano?

—Neurocirujano —me jacto.

—El talento viene de familia.

—Un poco, sí. Es muy bueno.

—Tu hermano es abogado, ¿correcto? —curiosea.

—Uno muy bueno. —Muevo la cabeza hacia un lado para ver su rostro—. ¿A qué se dedican los tuyos?

—Inanna es profesora de preescolar e Ivan es ganadero —responde.

—¿Ganadero? ¿Como los que tienen un rancho y eso?

—Sí. Es un rancho familiar que está en Texas. Ivan lo administra.

—¿Texas? —Abro los ojos completamente—. Siempre he querido ir a Texas y montar a caballo, usar botas, camisas, sombreros y contemplar el cielo estrellado de noche.

—¿Sí? —Ladea la cabeza para mirarme—. No me imagino a una diva como tú en un rancho como el nuestro.

—Si Hannah Montana pudo, yo también.

—¿Hannah Montana? —repite.

Dios, soy una niña.

—Es un personaje de... una serie muy seria y adulta en Disney. De una cantante bastante diva y madura que viaja a un pueblo y así —cuento para no parecer una adolescente.

—Tendré que buscarla.

—¡No! Es muy mala, no pierdas tu tiempo.

—Entiendo —se ríe—. Cuando salgamos de aquí te haré llegar una invitación formal para que nos visites.

Suspiro. Aunque me agrade la idea, no podría hacerlo.

—Me encantaría, pero no puedo. —Cruzamos el último pasillo que nos lleva hasta los jardines cerca de la villa.

—¿Por qué?

—Tengo una larga gira al salir de aquí. Todo el año estaré viajando de ciudad en ciudad.

—Te mantendré la invitación hasta que puedas ir —dice.

—Gracias... ¿Estarías tú allá o....?

—Mi trabajo tampoco me deja mucho tiempo libre, pero serás bienvenida. A Inanna le encanta mostrar todo el rancho. Tiene un *tour* en el que recorres todo el terreno en siete días.

—¿Siete días para recorrer un rancho? —pregunto confundida.

—Es un rancho grande.

—¿Grande como...? —indago.

—¿Conoces Manhattan, Nueva York? —Gira la cabeza nuevamente para mirarme.

—¿Es del tamaño de Manhattan? Oh, Dios mío.

—No, no lo es.

—¿Entonces?, ¿la mitad? —intento adivinar.

—Es el doble.

Mi boca se abre y forma una pequeña o.

—Definitivamente la diva aquí no soy yo, eres tú, vaquero.

Su cuerpo vibra bajo el mío debido a la risa que sale de su boca.

Llegamos al fin a la villa. Isaac me deja en la entrada y abro con la tarjeta. Cuando entro, lo primero que veo en la cama es algo que no esperaba: mi vieja guitarra. Doy varios saltos en un solo pie y me lanzo sobre la cama para tomarla. Ha dejado de importarme lo ridícula que me vea o actúe frente a Isaac. Pongo el instrumento en mi regazo y acaricio las cuerdas. La piel se me eriza y cierro los ojos automáticamente. Hace mucho no tenía un buen día. A pesar de la noticia de mi padre, y confiando en que todo lo de su cirugía salga bien, hoy puedo decir que estoy feliz.

Miro a Isaac. Me observa con algo que interpreto como ternura.

—¿Podrías hacerme un favor enorme? —le pregunto.

—Claro, dime.

—¿Podrías conseguirme algo para escribir?

—¿Tendremos nuevas canciones de Chelsea Cox? —inquiere divertido.

—Las tendremos.

23

So will you be my life support?

LIFE SUPPORT
Sam Smith

Isaac

Pensar en ella se ha convertido en mi pasatiempo favorito. Su existencia me ayuda a no pensar en lo irritado que estoy y en todos los problemas que me esperan al salir de aquí. Deseo ver a Chloe con todas las fuerzas que tengo, pero también quiero que este mes no se termine tan pronto. Solo me queda una semana de estadía y soy consciente de que después de salir no podré acercarme a ella.

Para mí, Chelsea es como esa tormenta que puede causar miles de desastres, pero para quien sufre de una sequía es un milagro. Verla sonreír es entender que después de todo hay una solución, hay una oportunidad. No conozco bien su historia, me encantaría saberla, pero a primera vista parece que está hecha ruinas, luchando para mantenerse en pie, y, a pesar de todo, siempre que nos encontramos me regala una sonrisa.

Después de que le conseguí un cuaderno y crayones, porque no tenía permitido tener nada puntiagudo cerca, no la he vuelto a ver. Siempre está con Christina, pues solo puede tener cerca la guitarra cuando ella se la trae. Parece que pasa todo el día en el jardín bajo los manzanos vacíos, cantando, escribiendo y tocando algo que espero escuchar antes de irme, y eso me hace feliz. Por otra parte, sé que si está bajo supervisión todo el tiempo es porque alguna vez tomó *esa* decisión. Quisiera alguna vez hablar con ella de eso.

Por el momento yo… he estado clavado en el piso de mi habitación, preguntándome repetidas veces y convenciéndome al fin de que sí era un adicto. Aunque solo creyera que tomara poco u ocasionalmente. Era un, mal llamado, *alcohólico funcional*.

—¿Cómo te encuentras hoy, Isaac? —pregunta el psicólogo.

La misma pregunta de siempre. Admiro la paciencia de este hombre. Me ha visto gritar y llorar en esta misma habitación, y nunca me miró de otra forma que no fuera como lo hace ahora, con compasión.

—Estoy bien.

—¿Solo bien? —El hombre alza las cejas.

—He estado pensando en alguien.

No evito mirar la tormenta de nieve que se desata afuera.

—¿En quién?

No sé si revelarle el nombre, tal vez ella sea una de sus pacientes.

—Una chica.

—¿De qué manera has pensado en ella? —pregunta.

Lleno mis pulmones de aire y vuelvo a la tormenta.

—Definitivamente no como una amiga.

—¿Es la primera vez que lo haces desde que Leane falleció?

—Sexualmente no, pero puedo decir que ella me gusta un poco más que eso —explico.

—Siento que tienes un problema con esta situación, ¿cuál es?

—Tengo bastantes —digo pasándome las manos por los muslos repetidamente—. Toda ella es un problema.

Suelto todo el aire.

—¿Ella?

—Ahora está bastante ocupada en sí misma y no creo que tenga tiempo para fijarse en mí, agregarle a su vida otro problema más...

—Todos estamos hechos de problemas y si nos ponemos en la tarea de buscar a alguien que no los tenga, jamás lo encontraremos.

Lo único que se puede hacer es buscar la manera, entre los dos, de que los problemas de uno no afecten al otro, porque, de ser así, no sería una relación sana y podrían resultar más afectados —explica—. Cuando dices que ella está bastante ocupada trabajando en ella misma, ¿es porque está en terapia también?

—Sí.

—Eso es bueno, mejora un poco la situación si su relación llegase a avanzar —detalla y toma algunos apuntes en su cuaderno—. Estás a una semana de marcharte y seguir el proceso en casa, ¿te sientes listo?

—Ya no camino por las paredes buscando alcohol, así que creo que sí.

—Vas a tener supervisión constante y exámenes de sangre regulares; así lo pidió tu entrenador —dice. Lee algo más en su cuaderno—. Por otro lado, no has tomado la salida. ¿Ya conoces Kalmar?

—No, pero pronto lo haré. No quería salir hasta sentirme mejor —hablo y me pongo de pie.

—Solo es que vayas a recepción y te asignarán un guía.

—Lo haré pronto. —Me despido con la mano y salgo de la oficina.

Voy de regreso a mi habitación. La tormenta se pone peor y los pasillos no tienen mucha calefacción. La ventisca produce sonidos en los ductos, que, junto con el empapelado tétrico y la alfombra roja, me hacen sentirme en alguna novela sobre el siglo dieciséis. Hace un frío de la mierda. Giro a la izquierda en una de las esquinas, pero me detengo cuando un pequeño y delgado cuerpo impacta conmigo.

Chelsea cae sobre su trasero y suelta un quejido.

—¡Tengo que dejar de ser tan torpe, Dios! —grita mirando hacia arriba.

Me río internamente y la ayudo a ponerse de pie.

—O dejar de correr por los pasillos —agrego.

—Venía a buscarte... Christina me dijo que estarías aquí, pero que ya pronto terminaría tu sesión y que no te gusta que te molesten en tu habitación, entonces yo...

—Tú puedes molestarme cuando quieras —suelto sin pensar.

Se queda en silencio unos segundos y me mira sorprendida. Sus mejillas se ponen aún más coloradas.

—Yo... Sí, gracias. Lo tendré en cuenta.

Me gusta mucho cuando se pone nerviosa.

—¿Para qué me buscabas?

—¿Qué? —Junta las cejas y luego cae en la cuenta—. Oh, sí, cierto. Venía a... —Tantea sus bolsillos traseros y busca algo en ellos. Sonríe cuando lo encuentra—. Terminé mi canción. —Me entrega el papel arrugado—. Perdón si no se entiende, mi letra es horrible.

—No es lo mismo leerla que escucharla.

—Es cierto. Vamos. —Me quita la hoja. Me toma de la mano y me jala para que camine junto a ella. En un momento intenta deshacer la unión de nuestras manos, pero yo la refuerzo.

—¿Cómo has estado? —le pregunto.

—Bastante ocupada. —Levanta el papel.

—Eso veo.

—¿Y tú?

—He estado bastante... pensativo.

—¿Y eso? —Me mira con curiosidad.

—Solo me queda una semana aquí y en ocho días tendré que regresar a la normalidad... Sin una gota de alcohol.

—¿Tienes miedo?

—¿De recaer? Sí. Ha sido poco el tiempo que he tenido para «curarme», pero tendré a alguien que me vigilará muy de cerca. Además, me harán exámenes de sangre cada tanto y eso de algún modo ayudará a impedir que me tome siquiera un trago.

—Supongo que harán lo mismo conmigo.

—¿Te sentirías bien con eso?

—Tal vez sí. Al menos tendré a alguien pendiente de mí.

—Yo podría estar pendiente de ti. Digo, podríamos enviarnos mensajes y estar en contacto. —Cierro la boca.

Si Dylan me viera, estaría burlándose y revolcándose en el piso por lo ridículo que me veo tratando de pedirle el número a una chica. Estoy oxidado hasta la mierda.

—Anótame tu número y lo haré apenas regrese. Te daría el mío, pero lo cambio todo el tiempo y nunca me lo aprendo. —Se encoge de hombros.

Llegamos a su habitación dentro del castillo. Debido a la tormenta, la han ubicado aquí adentro. El hecho de tenerla más cerca no me desagrada en absoluto.

—¿Te contaron la historia sobre la villa? —pregunto mientras ella abre la puerta.

—Sobre la villa no, sobre el castillo sí. Me dijeron que fue creado en...

—No me jodas. —Me carcajeo.

—¿Qué te causa tanta gracia? —Me mira extrañada. Se dirige a su mesa de noche y toma el teléfono inalámbrico.

—Escogiste la historia aburrida.

—Escogí la historia real —se defiende. Marca un número y se lleva el aparato a la oreja—. ¿Hola, Christina? Sí... Bien... ¿Podrías traerme mi guitarra, por favor? No estaré sola, voy a mostrarle mi nueva canción a Isaac... Okay, perfecto. Gracias —se despide y cuelga—. Ya viene.

—Entonces... Eres de las que escogen la opción que nadie, ni loco, ni drogado... Aunque cuando recién llegaste estabas aún intoxicada... Debe ser por eso —bromeo y espero que no se lo tome tan a pecho.

Chelsea toma una almohada y me la lanza mientras se ríe.

—Todavía soy adicta, pero a los dulces. He tomado varios de la cocina. Ser Chelsea Cox tiene sus ventajas en este lugar. —Se pone de pie y va hasta el armario—. Toma algunos, menos los de chocolate blanco, esos son solo míos.

—No puedo comer azúcar. Mi dieta es terriblemente estricta.

—Yo aquí mandé a la mierda las dietas estrictas.

Luce mucho mejor. Los rizos sueltos y sin orden le caen alrededor del rostro, que sin duda está más radiante, y lleva un suéter blanco que resalta el rosado de sus labios. Me gusta. Es tan bonita. Me encantaría besarla. Dos toques en la puerta me distraen de seguir mirándola como un idiota. Me muevo hasta ella y abro para recibir el instrumento.

—No la dejes sola con ella, por favor. Estaré cerca, debo ocuparme de algo. —Christina se despide con la mano y vuelvo a cerrar.

—Aquí tiene, señorita cantante.

Tomo una silla de madera de una esquina de la habitación y me ubico frente a la cama, donde ella se ha sentado en posición de loto. Ha ubicado la guitarra sobre su regazo, y frente a ella abre el papel que antes me enseñaba lleno de garabatos, letras y notas musicales.

—No seas tan duro. Aquí voy —dice y respira hondo.

Estoy arreglando un par de goteras
Mejorando los pisos por donde antes caminaba
Reparé los vidrios que rompí el día que no me soportaba
Pinté las paredes de blanco
Para fingir que mi guerra había terminado
Pero recordé que con el pasar de los años
La madera se va marchitando
Y lo único que podría quedar en pie
Serían los recuerdos que tú y yo tengamos
Hoy podría manchar el blanco con sonrisas
Tapar las goteras con tus caricias
Oscurecer los vidrios con tus palabras
Y desatar una guerra llena de confianza
Porque si de algo estoy segura
Es de que los largos pasos que he dado
Podrían convertirse en los últimos dentro de esta casa

Escucharla cantar, tocar la guitarra y entender al mismo tiempo el significado de la canción me estremece. Chelsea no es de esas personas que piden ayuda con sus palabras, ella te lo hace saber a través de sus ojos color sol, y no sé por qué me siento en la obligación de acudir. Me pongo de pie y la ayudo a que lo haga también. Se ve tan radiante y feliz.

—Sé que la letra no es muy buena, pero es lo que tengo hasta ahora. Tal vez pueda mejorarla en el estudio y...

—Es perfecta, Chelsea.

Sus ojos se cristalizan y una lágrima escapa a toda velocidad por su mejilla. La quito de inmediato. Ella sonríe y no puedo sentirme más afortunado de estar aquí. Baja la vista a mi boca y esta vez no puedo apartar mis ojos de la suya. Se muerde parte del labio inferior y mis ganas de liberarlo son jodidamente extremas, pero no quiero asustarla.

—Muero por besarte —susurro.

Sonríe aún más.

—Mejor vive para que lo hagas siempre.

Tomo su hermoso rostro entre mis manos y me acerco lentamente. Respiro a toda velocidad, como si estuviera a punto de irme del mundo, pero cuando mis labios al fin tocan los suyos, vuelvo a la vida. La beso como he deseado hacerlo desde que la vi por primera vez y en cada momento en que se ha mostrado vulnerable y real ante mí. Pero ahora es diferente, porque está sonriendo, está feliz y yo estoy viviendo de nuevo. Ella se ha vuelto ese soporte que tanto necesitaba para volver a vivir.

Rodeo su pequeña cintura con los brazos. Sus manos se han deshecho de mi gorro y ahora se sumergen en mi cabello. Chelsea huele a frutas, y su aroma intoxica mi sistema. Se siente tan delicada entre mis brazos y su peso es tan frágil que puedo levantarla del piso con un solo brazo.

Nuestros labios se mueven con delicadeza. Ambos estamos tan rotos que sabemos que debemos tratarnos con sumo cuidado. Es como si ninguno quisiera perder al otro, como si nos estuviéramos cuidando del daño que nos causó el pasado.

—Tengo que contarte algo... —susurro contra su boca.

Tengo que hablarle sobre Chloe. Lo haré, maldita sea. Pronto.

—¿Es algo que podría detener este momento?

—Tal vez...

—Entonces dímelo después.

Vuelve a besarme y esta vez lo hace con mayor decisión. Menos frágil. Dejo que sea ella quien tome el control de todo. En estos momentos soy tan suyo que no me importa el resto. Me dejo caer sobre la cama para que ella se acomode a horcajadas sobre mi regazo. Me sorprende lo mucho que se acopla a mi cuerpo, pero no me detengo. La necesito tanto…

Dos golpes en la puerta nos interrumpen. Acaba el beso con lentitud y apoya su frente sobre la mía.

Joder.

—Hay que abrir —susurra.

—Sí —respondo un tanto agitado.

—No quiero. —Se aleja y me mira—. ¿Sabes cuánto tiempo llevo queriendo besarte y…?

—Desde Año Nuevo, lo sé.

—Engreído.

—Sabes ocultarlo muy bien —comento.

Vuelven a tocar. Me fijo en las lámparas. Ya no están encendidas.

—¿Chelsea, Isaac? ¿Están bien? —La voz de Christina se escucha del otro lado.

—Estaba bien —responde ella.

Su malhumor me causa gracia, pero la entiendo. Chelsea se levanta y va directo a la puerta. Me quedo sentado en la cama, muy vacío y con un serio problema dentro de mis pantalones.

—Hola, Christina.

—¿Están bien? Tenemos una falla con la energía. Tengo que ir a revisar que el resto de los pacientes estén bien. —Christina se fija en mí—. ¿Puedes quedarte con ella unas horas? Todo el personal está tratando de arreglar la calefacción; si no lo hacemos pronto, la temperatura podría bajar mucho aquí adentro. Las chimeneas fueron retiradas, así que lo mejor será que no salgan y busquen una buena manta.

—La cuidaré —respondo.

—Gracias. Aquí hay un par de velas. —Le entrega una caja a Chelsea—. Nos vemos más tarde —dice y desaparece.

La rubia cierra la puerta y deja las velas sobre el tocador. Se para frente a mí y, nerviosa, respira hondo.

—Ahora que puedo pensar un poco mejor, creo que no deberíamos... ya sabes...

—¿Follar? —agrego.

—Seguir... en... lo que fuera que estábamos haciendo. —Sus mejillas se tornan de rosa—. Qué directo —bufa—. El asunto es que soy alérgica al látex y no...

Me pongo de pie y le atrapo la cara entre mis manos.

—No necesito explicaciones, pero lo del látex sí es un buen dato que voy a recordar. ¿Venden de otro material?

—De cuero de vaca.

—Estás jodiéndome.

—Sí —se ríe y me encanta.

—Ven. Apreciemos la tormenta mientras te cuento un poco sobre mi vida.

La tomo de la mano y la invito a sentarse conmigo frente a la ventana. La ventisca blanca no cesa en fuerza y los azotes que causan las ramas de los árboles hacen mucho ruido.

—¿Has escuchado alguna vez o visto algo sobre los Estrellas Rojas? —pregunto. Tomo una manta de la cama y la paso por sus hombros cuando se sienta a mi lado.

—Sé que es un equipo de... béisbol, creo. ¿Es tu equipo?

—Lo es —respondo—. Ahí soy el bateador principal.

—Lo sé, creo que me lo dijiste... O tal vez te busqué en Google.

—Yo no te he buscado en Google. Estuve a punto, pero decidí no hacerlo —confieso—. Quiero conocerte por ti.

—Gracias por darme esa oportunidad. —Agacha la cabeza y, cuando estoy por alzarla para volver a besarla, me pregunta—: ¿Eres bueno? —Inclina la cabeza hacia atrás para mirarme.

—Soy el mejor. —Le sonrío.

—Tendré que verte en acción.

—Depende del tipo de acción que quieras...

—¡Basta, no! —Se separa—. No podemos, no me tientes, no podemos, no me tientes —repite.

—Mantendré las manos quietas.

—Gracias, en serio, gracias. —Suspira—. La vida es un chiste. De tantos lugares... Encontrarnos aquí... ¿No te parece raro?

—Me parece increíble y no me molesta, todo lo contrario... Todo en la vida pasa por algo, Chels.

—Esperaba no encontrarme a nadie aquí, pero a la vida le pareció bastante gracioso hacer que me cruzara con el chico que me gusta.

Niega mientras sonríe. Quiero que siga así, sonriendo, que no se le borre nunca esa curva.

—¿Qué dijiste? —Un segundo después caigo en la cuenta.

Abre los ojos y me mira divertida. Ha vuelto a sonrojarse.

—No me hagas repetirlo, por favor... —ruega haciendo un puchero.

—¿Dónde está tu valentía, Chelsea Cox?

—Acaba de irse junto con la tormenta. —Señala la ventana.

—Vamos, repítelo. —La codeo suavemente y me acerco a su rostro. Necesito con urgencia volver a probar sus labios.

—Ya lo escuchaste. —Ladea la cabeza.

—Por favor, Chels.

—Isaac...

—Chels...

—Dios, no. —Se tapa la cara.

—Dios, sí.

—Isaac... —Vuelve a mirarme y ríe.

—Vamos, diva. Haz que este simple plebeyo goce de tu confesión nuevamente.

—No puedo.

—Eso no es muy *popstar* de tu parte —bromeo.

Ella blanquea los ojos y tomo su rostro entre mis manos. Me encanta tenerla tan cerca. Voy a besarla de nuevo después de que lo diga. Necesito que lo diga otra vez para creérmelo.

—No vas a rendirte, ¿correcto? —pregunta.

—Jamás.

Llena los pulmones de aire mientras se fija en la ventana. Vuelve a enfocarme y espero con ansias sus palabras.

—Me encantas, Isaac Sta…

Vuelvo a comerme sus palabras junto con sus labios. Vuelvo a ponerla sobre mí, vuelvo a besarla con la sed que antes sentía y que creo nunca se acabará. La apreso entre mis brazos y, solo por esta noche, no la dejaré libre, ya lo será mañana, porque hoy, a costa de millones de besos, la haré toda mía.

—Tú haces algo más que encantarme, Chelsea Cox.

24

Chelsea

Recuerdo cuando conocí a Matthew. Ambos teníamos diecisiete años y estábamos ganando la fama y el reconocimiento que siempre habíamos soñado por separado, solo que ahora el sueño lo vivíamos juntos, y encontrarnos, en ese entonces, fue lo mejor que nos pudo pasar a los dos, o bueno, al menos para mí lo fue. Teníamos tanta química que pasábamos horas hablando. Fue fácil entregarme a él por primera vez. No fue el momento más hermoso, pero fue lo mejor que pudo ser para la edad que teníamos. Matthew era una gran compañía. Iba a la mayoría de mis conciertos y yo a los suyos. En las premiaciones éramos esa pareja inseparable en la que todos creían. Casi nunca discutíamos por nada y disfrutábamos mucho.

Aunque quisiera identificar el momento exacto en el que todo empezó a cambiar, no podría, y no es porque tenga mala memoria, sino porque decidí perdonar y olvidar cada uno de sus errores y aferrarme a las cosas lindas que hacía.

Estaba ciega de la peor manera. Amaba lo que alguna vez fue y ya no era.

Aceptaba humillaciones solo por unos minutos de amor. Soñaba con volver a ser importante para él. Confiaba en que él volvería a ser mi amigo y se daría cuenta de lo que estaba perdiendo; era lo que todos a mi alrededor decían. Tal vez las drogas influyeron en su trato hacia mí, pero, cuando las probé, me di cuenta de que seguía siendo yo, con más ansiedad, más terrores nocturnos, pero seguía siendo yo y queriendo a las mismas personas que antes quería.

Era tan... Todavía soy estúpida.

Cuando me di cuenta de que ya nada volvería a ser igual con él, decidí buscar en otros cuerpos lo que me faltaba. Besé muchas bocas e intimé con personas que lo único que querían eran momentos de placer vacíos y sin sentido. Pero siempre fallaba, siempre terminaba comparándolos con lo que era él al principio. Tarde me di cuenta de que la solución que buscaba no era volver a él, sino volver a mí. Y sabía que podría encontrar ese camino de regreso en mi música.

—Sigo sin entender por qué elegiste la historia aburrida —reclama.

—Ya te dije, prefiero lo real a lo ficticio.

—No sabes de lo que te pierdes. Las ficciones pueden ser muy entretenidas.

—Claro que no. Hay muy buenos libros y películas basados en hechos reales que te dejan sin habla —comento. Nos hallamos sentados en el suelo con la espalda pegada a la cama.

—Y me gustan, solo que es genial leer algo que rompa cualquier barrera de la aburrida y tediosa realidad.

Es tan imponente aun cuando está sentado a mi lado. Me hace sentir diminuta.

—Hay libros que son una tediosa ficción; me estreso o termino llorando.

—Es porque lo estás viviendo y estás volviendo real una historia que tal vez nunca existió.

Me fijo en sus ojos. Me gusta la manera en que me mira. Me hace sentir como la persona más interesante del mundo.

—Cuéntamela —digo.

—¿Qué cosa? —Finge demencia.

—La historia «interesante». —Levanto las manos para hacer las comillas.

—Las preguntas para el final. —Aclara la voz. Pasa su brazo sobre mis hombros y me atrae hacia él—. Aquí vivía una reina. Ella perdió a toda su familia tras un ataque enemigo que les hicieron a los miembros del castillo. Los envenenaron a todos, menos a ella. Tenía solo trece años cuando la proclamaron reina. Fue creciendo y se convirtió en la mujer más hermosa del mundo, pero ella detestaba que la vieran. No salía de su villa privada por miedo a que intentaran asesinarla de nuevo.

—¿La villa donde yo me estoy quedando? —pregunto.

Isaac asiente con la cabeza.

—Los nuevos sirvientes manejaban su reino y no la dejaban hablar cuando asistía a las reuniones, pues, como no tenía la fuerza de mostrarse ante todos, nadie la tomaba en serio, nadie la respetaba.

—Pobre —susurro.

—Ella tenía miedo y no confiaba en nadie, y creía que jamás lo iba a hacer. Hasta que un día...

—¿La mataron? —lo interrumpo.

—Chels... Déjame terminar.

—Sigue, lo siento —digo y le acaricio el pecho. Me quedo en silencio para seguir escuchando con atención. Más que estar interesada en la historia, me interesa escuchar su voz.

—La reina tuvo que llamar a un jardinero para acabar con una plaga de insectos que había invadido sus manzanos. El trabajo iba a tomar días enteros y decidió requisar el hombre a la entrada, hacer que se despojara de todas sus cosas para sentirse segura con su presencia por tanto tiempo.

—Y él la mató —agrego.

—Chels...

Me callo. Amo que me diga así, tal vez debería interrumpirlo otra vez.

—Él la ayudo durante cinco largos días y se enamoraron.

—¿Se enamoró en solo cinco días? Qué poder tiene la jardinería.

—Chelsea... —advierte.

Argh. No me dijo Chels.

—Lo siento. —Vuelvo a sellar mis labios.

—Estoy tratando de acordarme de una frase genial que dijo el hombre que me la contó... —Se quita el gorro y se sacude el cabello—. La tengo. Escucha —me mira y se acerca a mi rostro—: «El amor y el olvido no son buenos amigos del tiempo, solo ellos pueden decidir en qué momento suceden».

—Tiene sentido, aunque no tanto. Creo firmemente en que... Puede haber excepciones, como en todo, pero sé que la mejor manera de conectar con alguien es a través del conocimiento que tengamos sobre la otra persona.

—Es una historia, Chelsea, no todo es filosófico —bromea, y lo empujo.

—Si vas a contarme algo ficticio, que al menos tenga sentido.

—Lo tiene, bueno, un poco. Esta era una excepción y esa es la explicación. No preguntes más y déjame terminar —dice falsamente exasperado.

Me río de su expresión y le robo un beso, pero me echo para atrás cuando no entiendo por qué lo hice.

—Me gustó eso. —Se acerca a mí y vuelve a unir nuestros labios, pero esta vez lo hace con más intensidad—. Sigo contando —susurra contra mi boca y se separa un poco—. Se enamoraron. Ella se sintió más segura, el jardinero la protegía de todo. Reinaron juntos en el pueblo. Ella alzó la voz y se encargó de poner a quienes se burlaban de ella en su lugar y fueron felices por siempre.

Lo miro disgustada.

—Qué cliché. Sabía que eso iba a pasar —critico.

—¿Qué final le hubieras dado tú? Es ficción y lo podemos cambiar.

—Que la reina lo matara a él. Que buscara más veneno y se lo diera a todos los que no la respetaban. Que pusiera a un lado sus inseguridades y reinara como la puta ama que era. Eso, amigo mío, es un final feliz —cuento con emoción.

—Interesante historia. Dice mucho de ti —se burla.

Nos quedamos un rato en silencio hasta que él se levanta y toma la guitarra.

—Vuelve a cantarla —dice y me la entrega. La dejo sobre mi regazo.

—Voy a empezar a cobrarte.

Se sienta de nuevo a mi lado. Acerca su rostro y lo esconde en mi cuello. Su aroma y su cercanía me agradan tanto…

—Podría pagarte con lo que quieras —susurra, y empiezo a sentir sus besos contra mi piel. Cierro los ojos para disfrutar mejor de las caricias. Quiero todo de él, pero no aquí.

—¿Lo que yo quiera? —pregunto tratando de sonar sensual.

—Lo que tú quieras... Podría besar algunos lugares que…

—¿Vas a comprarme con sexo oral? —pregunto falsamente indignada.

—Lo único que voy a comprar serán condones que no sean de látex, y espero que los haya en este pueblo, porque, si no, voy a tirarme a ese maldito lago para apagarme.

—¿Está usted caliente, plebeyo?

—Usted me tiene caliente, reina mía.

—Hay algo que podemos hacer... —susurro y vuelvo a tomar la iniciativa para besarlo. Dejo a un lado la guitarra y subo a su regazo.

—¿Qué es ese algo?

—Voy a... —Me corto cuando tres golpes secos atacan la puerta—. Estoy empezando a pensar que la vida no quiere que seamos felices —me quejo.

—Abre y te cuento algo que quiero proponerte —dice.

Me pongo de pie a regañadientes. Voy hasta la puerta a paso apresurado. Abro y me encuentro con una muy sonriente Azul con una linterna en la mano.

—Hola, Verde —digo.

—¿Hoy soy Verde? —ríe.

—Tu aura hoy me transmite ese color.

—No te transmite una mierda, lo estás inventando. —Pasa por mi lado y entra a la habitación—. Oh... No sabía que estabas con tu Romeo.

—No es mi Romeo. —Pellizco un costado de su torso. Ella brinca y ríe.

—Hola, Azul —la saluda Isaac.

—Hola, Romeo. —Agita la mano y luego me mira—. Te veré mañana entonces. No quiero molestarlos. —Suelta una extraña risa.

—No nos molestas —digo.

—Las dejaré un rato a solas. Debo ir a... conseguir algo de un extraño material. —Isaac se levanta y alisa su abrigo. Su última frase me saca una sonrisa. Se acerca y deposita un cálido beso en mi frente. Amo que sea tan alto—. Te veré más tarde.

Veo a Azul mientras Isaac sale de la habitación y cierra la puerta. Levanta las cejas repetidas veces.

—No, no hemos hecho nada. —Me cruzo de brazos—. Solo besos, muchos besos.

—Qué romántico.

—Tengo miedo —suelto de repente y me dejo caer sobre la cama.

—¿De qué? —Azul deja de sonreír y se hace a mi lado.

Me cubro la cara con una almohada.

—Tengo un novio afuera.

—¿El mismo novio que te pegó? —dice brusca.

—Ese mismo. No dejarán que termine con él. Mi papá vino hace días diciéndome que hay revistas que dicen que nos vamos a casar. Mi mánager debe estar aprovechando mi ausencia para hacer cualquier cosa con mi nombre. Tengo que alejarlo... Tengo que... Mierda no sé qué hacer.

—Tienes que hablar con él.

—No puedo. Me dan ganas de vomitar de solo pensarlo —explico y me descubro la cara.

—Tendrás que hacerlo en algún momento. No es muy *cool* hacerle *ghosting* a alguien. Detesto eso, siempre quedo tipo: «Oye, pero explícame qué pasó, o qué mierda hice al menos». No se lo hagas. —Me señala.

—No se lo haré. Además, solo somos conocidos que se cargan una fuerte atracción. —La miro. Contarle sobre Isaac me anima bastante—. Es que... Es tan alto... Fuerte... Me ha levantado en sus brazos como si fuera una maldita pluma, y no me quiero imaginar lo que haría conmigo si...

—Está muy bien el hombre, pero no entremos en detalles. —Azul se acuesta a mi lado. Ambas tenemos la vista fija en la ventana.

Nos echamos mantas para evitar el frío. La baja temperatura ha empezado a sentirse.

—¿Alguna vez te has enamorado, Azul? —susurro.

—Una vez, y moriría por hacerlo otra vez.

—Yo tengo miedo de volver a hacerlo. Suele irme como la mierda en el amor —digo, y ella se sienta de sopetón.

—No hables mal del amor porque eso no te lo voy a permitir, amargada. —Me apunta con el índice.

Me río de su cara. Realmente está ofendida.

—Déjame explicarte. Sí creo en el amor. —Me siento también frente a ella. Cruzo las piernas una sobre otra y la miro—. Pero a veces se nos sale de las manos y terminamos haciendo cosas que jamás habríamos pensado… Algunas son increíbles, pero hay otras que hacen mucho daño. Los momentos de felicidad y en los que nos sentimos amadas también resultan adictivos, así solo los vivamos en pequeñas cantidades.

—Entiendo... Pero la vida está llena de riesgos y amar es vivir, solo hay que aprender a hacerlo bien.

—¿En terapia lo explican? ¿Tú lo sabes?

—No, claro que no. La verdad… La verdad es que creo que nadie lo entiende del todo. Creo que amar es de esas cosas que tienes que practicar para hacer bien, como pintar al óleo, tocar el piano…

—Me costó mucho aprender a tocar el piano —digo.

—Pero ahora eres una experta. ¿Ves?, ahí está… Supongo que hay que ser persistente y… eso.

—Qué complicadas son las relaciones —suspiro. Azul deja caer la cabeza hacia atrás y su cuerpo la sigue.

—¿Ha sido complicado con Isaac?

—Ha sido lo más complicado de toda mi vida, pero también ha sido una de las cosas que más he querido; estar con él.

—Lograrás todo lo que quieras, Amarilla, vas a regresar a Londres como la reina del pop que eres. Últimas noticias: Chelsea Cox no se anda con mamadas y volvió de rehabilitación pisando fuerte —pone su voz más ronca.

Me río de su mala imitación de presentador de televisión.

—Mi gira empieza tan pronto salga de aquí. ¿Estarás en alguna ciudad para las fechas dadas? —le pregunto.

—¡Sí! Estaré en París, siempre he querido conocerla y… lo haré. Te veré allí, lo prometo. Espero que me des algún pase VIP —dice. Vuelvo a acostarme en la cama. Nuestras cabezas quedan juntas, una al lado de la otra—. Hablando de eso. Venía a contarte que debo irme mañana.

—¿Qué? No… —Me siento.

—Sí. —Repite mi acción—. Mi padre me necesita, está muy mal y debo cuidarlo. Además… ya estoy bien y mi psicólogo aprobó la salida.

Debería estar feliz por ella, pero me bajonea un poco el pensar que no volveré a verla a diario con sus ocurrencias.

—Me alegra mucho que regreses a casa. —Acaricio su brazo—. Lo lograrás, eres muy fuerte.

—A ti tampoco te queda mucho; dos semanas más y serás libre de volver al mundo de mierda tan lindo que hay afuera. —Sonríe sarcásticamente.

Río.

—¿Y qué pasa con nuestros planes para Navidad y Año Nuevo? —pregunto haciendo un puchero.

—Nos veremos pronto, Amarilla. No te preocupes. Jamás te dejaría sola allá afuera. Me tendrás por siempre.

—Júralo. —La miro a los ojos. Azul es tan de mi vida que no quiero alejarme mucho de ella. La traeré conmigo a la gira si es posible.

—Lo juro, Sol.

Extiende su meñique y yo el mío, y cerramos una absurda promesa para luego seguir viendo la nieve caer. Nunca había sentido tanta calma como ahora en toda mi vida.

Ahora mismo podría decir que me siento bien y sería verdad.

—Te daría un número, pero en este momento no tengo ninguno... Aunque... —Intento pensar en algo más para no perder contacto.

—¿Aunque qué? Yo tampoco tengo un número, pero lo tendré.

—Te anotaré mi correo en un pedazo de papel de mi libreta.

Me muevo hasta el escritorio para alcanzarlo, rasgar una parte y escribir.

—¿Princesscutechels01@yahoo.com?

Reprime una carcajada.

—No te burles. Es el único privado que tengo. Si me escribes a los otros, podría perderse el mensaje.

—Qué vergüenza de correo electrónico —intenta pronunciar entre risas.

—Tengo muchos que son más profesionales, pero esos los maneja mi equipo. En ese te responderé personalmente. Envíame tu número. —Ella sigue riendo—. No me juzgues, lo creé cuando tenía diez años. —Le lanzo una almohada.

La esquiva y mete la nota en el bolsillo.

—¿A qué hora te irás mañana?

—Espero hacerlo muy temprano —responde.

—Ven a despertarme antes de que te vayas —le pido.

—No, rubia. Al fin estás durmiendo mejor y no quiero molestarte. Podríamos despedirnos ahora, si quieres.

Hay algo más en ella, pero supongo que me lo contará cuando estemos ambas afuera, y, si no, le preguntaré hasta que no le quede otra opción más que contarme todos sus secretos.

—Júrame que vas a escribirme. —La tomo de los brazos—. Necesito seguir teniéndote en mis días, así sea por correo o por mensajes.

—Lo juro, señorita Cox. —Alza la mano con la palma abierta.

—Más te vale, Roja.

—No eres en absoluto graciosa. Pésima, quédate mejor cantando... Hablando de cantar, ¿le enseñaste la canción a Isaac?

—Sí.

—¿Qué te dijo?

—Le gustó.

—Dios, se respira amor en el aire. —Se deja caer de nuevo contra la cama y se tapa hasta la cabeza.

Me siento como una niña de quince años.

—No es amor, solo son ganas de tener sexo, Azul. Es una necesidad fisiológica y hay que atenderla, sobre todo en este encierro. —Señalo toda la habitación—. Es imposible sentir amor por alguien en tan poco tiempo y en un lugar como este.

Muestra la cara y su expresión es alarmantemente dramática.

—¿Estás diciendo que no sientes amor por mí?

—Hablaba de otro tipo de amor. —Volteo los ojos.

—Más te vale. A mí sí debes amarme, no importa si llevas dos años o tres meses conociéndome.

—Y lo hago. Te amo mucho, más que a cualquier persona que conozco. —Voy hasta a ella y la abrazo—. Eres la mujer más intensa del mundo... —Me pellizca—. Oye... Iba a decir que... Eres la mujer más intensa del mundo, pero eres la única que logró descubrir a la verdadera Chelsea, la que acaba de limpiar un poco y ahora está feliz en su *backstage*.

—¿Realmente estás feliz?

—También podemos hallar felicidad en medio de la tristeza. Yo te he hallado a ti. ¿Tú estás feliz? —pregunto.

—Voy a copiar tu respuesta. Estuvo demasiado poética, aunque digamos que encontré en ti *el inicio de todo* para empezar a sonreír. Misión cumplida. —Ríe.

Seguimos apreciando la tormenta. Ella me cuenta más sobre su madre y lo mucho que cocinaban, viajaban y compartían juntas. Hablamos de recetas, de viajes, de hombres, de amigas, de películas, series y de todo. Algo tan trivial que hacía mucho no tenía y con seguridad necesitaba. Vuelvo a sentirme la joven mujer que vive de error en error y dejo de pensar en la mujer perfecta que debo ser cuando salga de estas paredes. Solo espero que Azul esté lista para regresar a enfrentarse a la vida que dejó allá afuera y también espero estar en ese proceso como quiero que ella esté en el mío.

25

'Cause you brought out the best of me
A part of me I'd never seen.

ALL I WANT
Kodaline

Chelsea

Debo haberme quedado dormida cuando Azul hablaba sobre las galaxias, porque es lo último que recuerdo y luego todo es oscuridad. Me desperezo y pienso en lo que hablamos mientras me levanto hacia el baño para darme una ducha.

—El universo es tan inmenso, infinito, indestructible y cada segundo crece más, y aún así creemos que nuestros problemas son el fin del mundo —dijo Azul.

—Yo no me siento así… Todo lo contrario, ¿sabes? A veces me siento muy reducida.

—¿Te sientes reducida siendo Chelsea Cox? —Me miró por encima del marco de los lentes sobre su nariz.

—Sé que suena estúpido…

—Sí, suena estúpido, pero desde que te conozco… Desde el día que realmente te conocí, no antes de conocerte, o sea, ¿me entiendes? —Se rio y asentí con la cabeza—. Okey. Continúo: desde que te conocí, de verdad… —Carraspeó—. Lo que quiero decir es que antes creía en lo que la gente decía de sobre ti, pero ahora que te conozco entendí que *conocer* a alguien realmente es una experiencia que hay que vivir en carne y hueso. No puedes quedarte con solo la opinión de los demás.

—Eso fue bonito —Le sonreí.

—No te acostumbres, a veces me canso de ser tan filosófica contigo.

—Me encanta que seas así. Me inspiras. —Giré sobre la cama y la miré—. ¿De qué color ves el aura de Isaac?

—Definitivamente verde.

La miré incrédula.

—No sé nada de esas cosas, pero definitivamente eres muy mala —me burlé.

—¡Es verde! Yo no tengo la culpa de que coincida con el color de sus ojos.

—La mía la ves rubia porque soy amarilla.

—¿Qué?

—¿Qué? —reí.

—La veo amarilla porque eres un sol, una estrella enorme con su propio sistema en este universo. Con esto no quiero decir que seas el único sol, en el universo hay muchísimos, así como estrellas pequeñas. Pero los soles son más extraños, tú eres un asombroso sol, Chelsea Cox.

—Y tú eres definitivamente un grandioso cielo, Azul.

No soportaba más no saber su historia. Azul me importa y quiero ser parte de su vida.

—¿Con quién fuiste a mi concierto?

—¿Ah?

—Me dijiste que habías ido a un concierto mío con alguien.

—¡Oh, sí! Fue antes de entrar aquí.

—¿Y qué…?

—¿Pasó? —completó—. Pasó que estaba sosteniéndome de alguien que esa misma noche me dejó por ser una drogadicta.

—¿Eso fue lo que te trajo aquí?

—No. Aquí tuve que haber venido hace mucho, pero esa fue la última gota que cupo en mi vaso.

—¿Entonces qué fue?

—Me da ternura tu curiosidad. Hablas como si intentaras no lastimarme. Pregunta lo que quieras, Chelsea. Estoy bien ahora. —Sonrío y respiró hondo. Bajó la cabeza haciendo que sus rizos le ocultaran el rostro. Exhaló—. Mi mamá no tuvo esta ayuda, aunque no sé si a ella le hubiese servido. Quién sabe… A veces me pregunto qué es lo que nos lleva querer a acabar con todo de esa manera. ¿Serán capaces los psicólogos de ver las señales? Por eso hay que decirles todo, ¿verdad?

—Yo… —Los recuerdos me anudaron la garganta—. Sí, concuerdo con que hay que decirles todo. Habla siempre.

Soné tan hipócrita diciendo esto, pero ahora que sé lo que le pasó a su madre, no voy a contarle a Azul que yo también tomé la misma decisión tiempo atrás.

—Hablo siempre, ¿y tú? —preguntó.

—Lo intento. Es difícil no poder guardarse nada… Pero hay que hablar.

—Hay que hablar.

—Hablemos tú y yo. —Le di un leve empujón con el hombro.

—Estamos hablando.

—Hablemos más… No me has dicho quién sostenía tu mano.

—Es un mal recuerdo.

—No lo es. Lo único malo era lo que consumiste, pero sostenías la mano de alguien que quieres y eso es bueno.

—¿Y si ya no lo es?

—¿Ya no lo es?

—Nop. Las cosas cambian…

—Yo puedo sostener tu mano cada vez que lo necesites —susurré como si fuera un secreto. No va a contarme la historia completa y debo dejar de insistir.

—Lo sé —me susurró de vuelta.

Debo ir a preguntar sobre la salida a Kalmar. Quiero ver a otras personas, gente que no me mire, ni me preste atención, ni mucho menos sepa que soy... ¿era? una adicta.

En dos semanas esto acabará para mí, y aunque ansíe volver a hacer lo que hago, no quiero encontrarme con quienes hacen de mi sueño una pesadilla. Estar aquí me ha ayudado a entender que ser talentosa no implica tener que soportar toda la mierda que quieran echarme encima. Mi música es mi vida y voy a luchar por ella.

Por otro lado... Las drogas. No quiero ni pensar en eso. No puedo ni imaginar qué haré para no volver a ellas. Aún no me siento del todo segura, pero mi tiempo de recuperación termina aquí y no tendré más paz ni oportunidad para reflexionar sobre mi adicción, a menos que cancele la gira, cosa que no va a pasar.

Una vez lista, salgo de mi habitación directo a las oficinas de salud mental. Es muy temprano todavía. Tal vez después podría ir a buscar a Azul, si es que no se ha ido ya.

Doy dos golpes en la puerta y, cuando escucho una respuesta afirmativa, entro.

—Hola, Chelsea —me saluda Louise—. ¿Cómo estás?

—Bien, algo harta del frío. —Sonrío.

—Siempre son buenas unas vacaciones en la playa después de esto.

—Sí. Tal vez lo haga.

Imposible. Tengo que trabajar. No puedo dejar que el mundo me olvide, que crean que soy débil y fracasada.

—No has solicitado ninguna llamada —comenta.

—No he necesitado hablar con nadie. —Me encojo de hombros. La cirugía de papá será en febrero, así que no hay nada más que me interese.

—¿Y la salida a Kalmar? ¿Te interesa?

—A eso venía, ¿la tengo aprobada?

—Claro, podrías hacerlo hoy. La tormenta se ha calmado y el pueblo es una belleza cuando está cubierto de nieve. Hay alguien que también tiene pendiente salir, tal vez puedan ir juntos con el guía.

—Sí, claro. —Me pongo de pie.

Un momento. ¿Quién más va?

—Avisa en la recepción y después de almuerzo podrás salir.

—Lo haré, muchas gracias —digo y salgo hasta la recepción.

Ojalá sea Azul. Espero que no haya usado su salida. Nunca me ha hablado de eso, tal vez ya la usó, lleva mucho aquí. Si no es con ella no iré con nadie. Aunque Isaac una vez mencionó que…

Cruzo el pasillo que da hacia la recepción. El impacto con un cuerpo el doble de grande, y el triple de duro, me obliga a retroceder sin caer. Me duele la nariz y los ojos se me han empañado.

—Chels, Chels.

—Hola —digo sin saber cómo saludarlo.

—Lo siento. No te vi.

¿Debería darle un apretón de manos o un beso? Las palmas de las manos me empiezan a sudar. Me pongo muy nerviosa cuando estoy cerca de él, pero al mismo tiempo no dejo de sentirme segura. Es extraño.

—¿Hola? —Ríe y se inclina hasta que su cabeza alcanza mi altura.

Un beso que no esperaba cae sobre mis labios y *cosas* me revolotean en el estómago. Ni siquiera sé cómo describirlo. Su boca está fría, pero me encargo de poner las manos sobre sus mejillas para compartirle un poco de mi calor. Saborearlo es algo de otro universo. Después de unos segundos me separo con lentitud.

—Eso sí es un *hola* —dice sonriendo.

Tomo aire antes de hablar. Sus ojos verdes me transmiten deseo, que también siento por él.

—Lo tendré en cuenta para la próxima, pero no debería ser en medio de un pasillo, alguien podría vernos y… —No me deja terminar la oración porque de nuevo siento sus labios sobre los míos.

Esta vez debo ponerme de puntillas para profundizar el beso.

Podría besarlo por horas y nunca me cansaría. Podría vivir de sus besos. De sus besos y de la música, no necesitaría nada más.

—No me importa —susurra contra mi boca para enseguida erguirse—. ¿A dónde vas, reina?

El sobrenombre me infarta, pero disimulo, no puedo morirme aquí.

—Voy hacia la recepción a solicitar un guía para el *tour* por el pueblo —le cuento mientras empiezo a caminar.

—Yo la tengo aún pendiente, ¿te molesta si te acompaño? —Me mira divertido.

—Me molestaría si no lo hicieras. —Le golpeo el costado con mi hombro.

Llegamos al lugar y efectivamente nos asignan el guía. Nos despedimos y quedamos en vernos de nuevo a las dos de la tarde. Parto hacia mi clase de yoga. Hoy me siento de mucho mejor ánimo.

Horas más tarde, después de reprimir mis ganas de decirle a Christina que me deje ver en un espejo, voy al encuentro de Isaac. Llevo el corazón a mil en cada paso que doy.

—¿Solo irán dos personas? —Escucho una voz que no reconozco.

—Son quienes tienen aprobadas las salidas —responde la recepcionista.

—Mi nombre es Gael y los acompañaré hoy —se presenta el guía.

—Mucho gusto, Gael. El mío es Chelsea. —Sonrío.

Isaac le sonríe también.

Nos subimos a una furgoneta que nos da un recorrido por todo el pueblo. Este sería el plan más aburrido del mundo si Isaac no estuviera a mi lado. Todo se ve muy viejo. No hay mucha gente caminando en las calles. Hace un frío de la mierda. No esperaba mucho del *tour*, pues no puedo entrar a ningún lugar. Damos una vuelta y luego el conductor nos lleva media hora más allá del pueblo a un lugar que hace que todo mejore. La vista es impresionante. Se ve todo Kalmar y, a un lado, el castillo. La nieve cubre los numerosos árboles que hay. Más lejos se ve el puente sobre el mar que lleva a otro lugar que no recuerdo cómo se llama. Soy tan mala recordando nombres.

—Es muy bonito...

—Pero muy aburrido —completo. No veo la hora de irme de aquí, aunque eso signifique que no vea más a Isaac.

—No lo es, solo que hace un frío de mierda.

—Eso es cierto. —Me abrazo para entrar un poco en calor.

El guía nos ha ofrecido contarnos la historia de la ciudad, pero la hemos rechazado, no porque no quiera escucharla, es solo que prefiero escuchar a Isaac hablar.

—¿Celebras Navidad? —me pregunta.

—Me gusta, pero no la celebro —respondo.

—¿Por qué?

—No tengo mucho tiempo para hacerlo. Mi padre no lo hace, mi mamá es un tanto insoportable en estas fechas y mi hermano está con su novia todo el tiempo en Los Ángeles. A veces he tenido que trabajar, a veces no, pero, cuando no, me quedaba en casa... —«Drogándome», susurra mi subconsciente—. También a veces visitaba a mi tía, la hermana menor de mi mamá, pero ahora no hablamos mucho… porque, bueno, Amanda y ella se detestan. ¿Y tú?

—Con mi familia —dice.

—Supongo que será duro para ti pasar esta fecha sin ellos.

—Un poco. Para mí es solo un día más, pero para algunos es un día bastante importante y no me siento bien decepcionando a nadie.

—Espero que puedas enmendarlo al regresar, al menos pasarás Año Nuevo afuera.

—Chels... —Me mira—. Si fuera por mí, me quedaría una semana más, pero tengo que...

—Es solo un día más para mí y tal vez a medianoche las pastillas que tomo para dormir ya me tengan noqueada. —Sonrío un poco para aliviar su preocupación—. Estaré bien.

—Espero que puedas abrirme pronto un espacio en tu agenda para llevarte a una cita a la que esta vez sí vayas. Sé que estarás de gira, pero si tienes al menos un día de descanso, solo dímelo, no importa el país, si no tengo ningún compromiso deportivo, volaré hasta allá. No importa que sea China, no temas decírmelo.

—Eso es... —Río, queriendo no arruinar el momento con mis estupideces.

—¿Eso es qué? ¿De qué te ríes? ¿Soné muy desesperado?

—No... no... —sigo carcajeándome.

—Chels. Dime.

—Lo diré, pero no te lo tomes en serio, es solo algo que pensé —trato de hablar en medio de la risa.

—Suéltalo porque realmente estoy sopesando no volver a decirte nada así. —Me empuja un poco con dulzura.

—¡No! Me gusta todo lo que me dices, solo que... —vuelvo a reír.

—Chels... —advierte, esta vez más serio.

—Está bien. —Me calmo y respiro—. Si estás dispuesto a cruzar el mundo solo por ir a verme es porque son muy serias tus ganas de follarme.

Reprimo mi risa. Me fijo en sus ojos. Su verde se oscurece.

—No son serias, son reales y si algo llega a suceder... Créeme, reír será lo último que hagas con la boca.

Hace calor, mucho calor, estamos bajo cero y tengo calor. Creo que necesito tirarme sobre la nieve. Miro hacia atrás. El guía está admirando el paisaje desde la furgoneta, el frío lo tiene encerrado. Doy un paso hacia un lado, pegándome al costado de Isaac.

—No sabes las ganas que tengo de poder ver tu cuerpo completamente desnudo. Dicen que los beisbolistas entrenan mucho. —Lo miro mientras le acaricio lentamente los dedos sobre el guante.

—¿Has pensado mucho en mí? —susurra.

Su mano entrelaza la mía. Nunca una acción tan simple se había sentido tan íntima.

—Has sido mi único entretenimiento —confieso. Sé que el rostro se me ha teñido de un rojo suave.

—No te sonrojes. Es lo más increíble que me han dicho y odio no poder hacerlo realidad.

—La tensión sexual me está matando —digo.

—A mí me tiene demasiado vivo en *otra parte*.

—Cállate, por favor. No colaboras. —Me paso una mano por la cara.

—Es aún más *duro* para mí… —Acerca su boca hasta mi oído.

La piel de la nuca, la espalda, los pechos y las piernas se me eriza tanto que duele tenerla cubierta y que él no pueda tocarme.

—Basta. —Lo golpeo en el estómago y me río.

—Ay, Chelsea Cox. No sabes lo que te espera —ríe pícaro—. Quiero besarte en tantas partes que…

—Isaac.

Amo esa sonrisa ladeada, me tienta a escribir canciones explícitas, muy explícitas, pero para eso necesito más información.

Giro la cabeza al frente. No puedo verlo. No dejo de sentir calidez en mi entrepierna, que empeora a medida que habla. Vuelve a susurrarme en el oído.

—Luego quisiera ponerte debajo de mí y...

Me agacho para tomar un poco de nieve y se la lanzo.

—¡Cállate! O de regreso te haré saltar al maldito lago. No colaboras con la situación.

Muerto de la risa se quita la nieve del abrigo. Mira a su alrededor como si estuviera buscando algo hasta que va a un tronco y le sacude la nieve que tiene encima. Nos sentamos juntos, muy juntos. Cuelo mi brazo por debajo del suyo y al llegar al final entrelazo mis dedos con los suyos, muy despacio.

—Así no —dice y se quita el guante, y luego el mío. Su mano abraza a la mía y sonrío—. Así.

Es gigante en comparación a la mía y rústica, muy áspera. Tal vez sea por el bate.

—¿Siempre quisiste ser beisbolista? —le pregunto.

—No, no siempre.

—¿No? —Abro los ojos—. Pensé que era algo como el amor a primera vista.

—Siempre me gustó el béisbol, pero no siempre quise ser beisbolista. Hice un semestre de leyes, seguí entrenando, pero cuando llegó el primer contrato como jugador profesional… dudé.

—¿Te gustaban las leyes?

—Sí, era bueno y era algo «seguro», y con el béisbol, aunque era una gran oportunidad, tendría una carrera muy corta si fallaba, si no cumplía con las expectativas —suspira mirando al frente—. Aunque eso no fue lo más difícil.

Vuelvo mi vista al pueblo también y ajusto más mi mano sobre la suya.

—Ese mismo año enviudé y tuve que enfrentarme a criar solo a una bebé de apenas once meses. No sabía qué hacer, no sabía qué decisión tomar. Mi madre casi me rogó para que siguiera mi sueño, me dijo que ella me ayudaría con Chloe en cada momento y, meses después, una enfermedad que nunca se anunció terminó con su vida. El alcohol llegó justo en ese momento y todo se fue el carajo, pero seguía triunfando allá afuera, por eso nunca creí que fuera un problema, que fuera alcohólico. Y luego… Nada, lo hice, alcancé mi sueño. —Me mira—. Y hoy estoy aquí, ajustando algunos errores que cometí. Lo hice bien, a pesar de todo; no salió perfecto, pero aprendí más y tendré a Chloe conmigo. Y te conocí a ti.

Qué bonitas son las mariposas, nunca había sentido algo así. Nada se compara a lo que siento cuando lo escucho hablar. Me gusta tanto.

—No sabes cuánto me emociona oírte hablar de esa manera. —Dejo caer la cabeza sobre su hombro para ocultar mis mejillas.

Ojalá yo también pueda hablar así pronto. Se ve tan lejos.

—Llegué pensando que no era adicto, ¿sabes? Hice esto para que dejaran de hablar, pero cuando el tratamiento avanzó y avanzó, y no tuve alcohol…

—Caíste en la cuenta… —completo.

Él se oye bien, se siente bien, me gusta que esté tan feliz, es demasiada luz la que emite.

—Es una desazón que no sabría cómo explicar…

Asiento. Entiendo completamente. Espero que no lo haya pasado tan mal. No sé cómo son los síntomas de abstinencia al alcohol, pero espero que hayan sido menos aterradores que los míos. No soportaría que alguien que me importe viva el mismo dolor.

—¿Cómo lo sentiste tú? —pregunta.

—Fue algo parecido. —Me encojo de hombros. No voy a asustarlo describiéndole cómo he gritado como una loca sin razón—. Me enojé demasiado, me irrité y… me enojé demasiado.

No quiero recordar todo lo que le dije a las personas que intentaban ayudarme. Me he disculpado en cada oportunidad, pero aún me saben mal las palabras que salieron de mi boca. Isaac me mira durante unos largos segundos. Segundos en los que dejo de respirar porque siento que va a preguntarme algo de lo que tal vez no quiera hablar.

—Siempre… Siempre me he preguntando algo, pero no quiero incomodarte, es solo que… Quiero conocerte.

—Ajá…

—¿Cómo te sentías cada vez que…?

—Depende —lo interrumpo. No quiero que diga la palabra—. Depende de lo que consumiera.

—Entiendo.

—Casi siempre sentía energía, muchísima energía. Repetir más de noventa… o hasta ciento veinte veces la misma coreografía de dos horas durante meses me dejaba agotada. Las giras me emocionan como nada, pero dormir sola durante largas semanas en hoteles, en un país diferente cada dos días, recibiendo órdenes, sin descanso, sin ver a alguna cara amable… es… difícil y agotador. —Trago duro. Inhalo. No quiero llorar—. Debo estar feliz en cada *show*. Nadie va a perdonarme si lo hago mal y me excuso con decir que tuve un mal día. Pero es imposible estar feliz siempre…

—¿Y fuiste feliz en algún momento?

Está preocupado, curioso y preocupado. Lo puedo ver en sus ojos. Isaac es tan expresivo, tan transparente. Demasiado claro y honesto. Me hace confiar en él y querer contarle las cosas que me prometí jamás decirle a nadie. Respiro hondo tratando de buscar una respuesta sobre lo que es, para mí, la oscuridad.

—No. No me sentía feliz, pero tampoco infeliz. —Exhalo aire y vuelvo a tomarlo para contarle un poco de mi camino—. Todo empezó porque estaba exhausta y no podía conciliar el sueño por el dolor en el cuerpo. Fumé marihuana con Matthew y me gustó. Pude dormir en las noches, disfruté más mi música, sentía que me abría la cabeza, como si iluminara lo bueno que había dentro y escondiera toda la basura... —Su mano sigue en la mía y no puedo parar de mirarlas tan juntas—. Pero solo eso, solo la escondía. Después, otro problema: entre más fumaba, más cansada me sentía, y estaba en medio de mi primera gira. Solo quería dormir y dormir, y se lo conté a una de las bailarinas con la que tenía un poco de confianza y me sugirió la cocaína. Le pedí a Matthew y se negó —bufo—. Aunque no lo creas, él me lo advirtió. Le robé un poco días después y desde ahí todo «mejoró». —Hago las comillas con mi otra mano—. Me volví incapaz de soportar el mundo estando sobria. Supe que era un problema cuando intenté dejarlo una vez y el dolor... No pude.

Los brazos de Isaac me rodean el torso. Aprovecho para esconderme en su pecho y buscar con la oreja el lugar donde está su corazón. Lo escucho débil por las tres capas de ropa, pero lo escucho.

—Ahora estás mejor —susurra.

Ojalá pudiera creerlo.

—Oigan, chicos, creo que deberíamos volver. Pronto caerá la noche —dice Gael.

Nos levantamos y caminamos hasta la furgoneta. El resto del camino lo pasamos hablando de cosas triviales. Él me cuenta sobre algunos partidos increíbles que ha jugado y yo de los conciertos que más me han emocionado. No quiero que todo lo que sepa de mí sea malo.

—Tienes que ir a verme jugar algún día —dice.

—Sería genial. —Sonrío, pero el peso de saber que podría ser imposible acaba con la ilusión momentánea.

Ojalá todo fuera diferente.

Volvemos a cruzar el pueblo de Kalmar. Ya son algo más de las cuatro de la tarde y el poco sol que se puede ver en medio del cielo nublado desaparece lentamente.

—¿Qué...? —dice el guía mientras conduce. Ha girado para entrar al castillo.

Me asomo por la ventana para ver qué es lo que le ha quitado el habla. Hay una ambulancia, autos de policía y una furgoneta blanca que no alcanzo a reconocer a primera vista. Gael se detiene y bajo apresurada. El resto de los internos están alrededor, atónitos, viendo lo que sucede.

«Alguien ha muerto», es lo único que pasa por mi mente.

Alcanzo a ver a Christina saliendo detrás de una camilla. Llevan a una persona cubierta con un plástico negro. Christina está completamente descompuesta.

No.

Corro para acercarme. Mi corazón late más rápido que nunca antes. Las rápidas pulsaciones hacen que no me importe golpear a quien se cruce en mi camino, mientras mis pies buscan cómo llegar hasta donde están los paramédicos.

No.

—¡Chelsea, para! —Oigo la voz de Isaac, pero no le hago caso. Corro aún más rápido.

La nieve entorpece cada uno de mis pasos.

La cara de Christina se levanta en mi dirección. Lo veo en sus ojos; sus lágrimas y la nota que sostiene en la mano me lo confirman. Es una hoja de mi cuaderno.

No.

—¡Chelsea! —Christina trata de interponerse para evitar que llegue a la camilla—. ¡Chelsea, no!

Ellos avanzan, están a punto de subir al auto de medicina legal, *no a la ambulancia*. La empujo con fuerza. Cae sobre la nieve y sin importarme su estado intento alcanzarlos. Se detienen y, mientras intentan subir, el plástico negro se mueve un poco, haciendo que el porcentaje casi minúsculo de fe que tenía se destruya junto con mi alma.

Sus rizos...

—¡No! —grito desgarrando mis cuerdas vocales.

Me detengo, no por mi elección, simplemente no puedo andar más, no puedo moverme. Los brazos de Isaac me levantan y me sujetan con fuerza mientras pierdo toda mi fuerza vital, mientras mi mente trata de huir a ninguna parte.

Porque ya no hay espacio.

Porque ya no habrá sol.

Porque dejó de existir mi cielo *Azul*.

26

I couldn't tell you
Why she felt that way (...)
And I couldn't help her.

NOBODY'S HOME
Avril Lavigne

Chelsea

Azulquía estaba en el fondo, susurrándome palabras alentadoras, y mientras yo intentaba escalar la dejé atrás, no vi más allá, no le tendí la mano para que saliera conmigo. Tal vez si lo hubiera hecho podría... Ella ahora estaría...

Caigo de rodillas en medio de la capilla.

—No...

¿Por qué lo hizo?

¿Por qué no me lo contó?

—Yo hubiera... Yo... No... —Me ahogo con mis lágrimas.

Mi cabeza pesa de tanto darle vueltas a todo lo que hubiera podido hacer, incluso a lo que debí dejar de hacer, de decir, y termino apoyando la frente en el suelo frío. No voy a soportar esto. Ya no puedo más. Todo se terminó aquí con ella. Yo no... Me siento golpeada y herida en lugares que sé que jamás llegarán a sanar.

Ella se veía tan bien... Sin embargo, todo era una farsa. Azul se escudaba en un falso discurso de alegría y sonrisas. Ahora es cuando entiendo que la depresión puede ponerse la máscara de la felicidad, una que nos distrae de buscar con atención lo que hay detrás.

—Chels... —Siento las manos de Isaac sobre mis brazos—. Vamos, está helando.

—No puedo moverme —logro hablar con dificultad.

—De acuerdo —dice. Escucho sus pasos alejarse y cuando estoy por creer que se ha ido, habla de nuevo—. Voy a ponernos encima estas mantas. Está helando.

Abro los ojos y por el rabillo lo veo acostarse bocarriba a mi lado. Su cabeza choca contra la mía.

—Espero que no te moleste, pero voy a quedarme aquí hasta que termines y me permitas llevarte a tu habitación.

—No... —sollozo.

—¿No te molesta? Perfecto.

Otra parte de mi corazón se desgarra al recordar también a Randall. Nunca voy a entender por qué cuanto más tristes estamos, más se empeña el cerebro en reproducir recuerdos y momentos felices.

Lárguense, malditos, déjenme morir aquí.

—Duele... Duele mucho... —susurro.

Las lágrimas impiden que pueda ver bien, pero sé que él está mirándome. Lo siento acariciarme la cabeza. La vida duele muchísimo, pero la muerte más. Ya no soporto ninguna de las dos.

—Lo sé... —me dice.

—¿Por qué no para?

—Nunca dejará de doler.

—Ella... Él... Eran lo mejor de mi vida.

—Lo siento muchísimo, Chels. —Sus brazos me cubren y me atraen hacia él, y termino acostada a su lado. Mi cabeza reposa en su pecho, y aunque intento parar de llorar, es imposible. Me quedo inmóvil sin saber si han pasado solo unos minutos o unas cuantas horas. Pongo atención al sonido que produce su corazón y miles de latidos después caigo en la cuenta de algo.

—Tengo que irme. —Me aparto de él con esfuerzo.

—Te acompaño —dice.

—¡No! —grito y me pongo de pie. Camino hacia la salida hasta toparme con Christina.

—¿Vamos a tu habitación? —pregunta.

—No. —Volteo a verlo. Está recogiendo las mantas y mirándome con preocupación. Vuelvo a Christina—: Iré a la recepción. Que no me siga, no quiero hablar con él nunca más.

—Claro, pero necesitas ir a una sesión con...

—Ahora no. Necesito llamar a alguien. —Paso por su lado y me obligo a moverme rápido a través del pasillo.

—Chelsea necesita estar sola. —Escucho a Christina hablar.

—Que me lo diga ella —responde Isaac—. ¡Chelsea! —Sigo caminando—. ¡Chelsea!

—¡Señor Statham, no! Por favor, respete su espacio —exclama ella.

Me devuelvo un paso cuando Isaac envuelve su mano alrededor de mi brazo.

—¿Por qué estás huyendo?

—Suéltame, Isaac —susurro sin poder mirarlo a los ojos.

—No tienes que pasar por esto sola... Yo sé cómo... Yo... Yo puedo ayudarte, Chels.

Niego con todo el cuerpo y al fin me zafo de su agarre. Me enfrento a su rostro. Todo se está cayendo y es mejor que huya antes de que la catástrofe lo sepulte.

—Aléjese de mí, señor Statham, no me obligue a pedirles a mi agente y mis abogados que lo contacten —digo, tratando de que la voz me salga firme.

Me desmorono cuando veo su expresión. No le ha dolido, le ha ofendido. Mueve la cabeza de lado a lado y me mira incrédulo.

—No puedo hacer nada más. —Alza los brazos y los deja caer a modo de derrota.

No puedo soportarlo. Me giro y huyo como la cobarde que soy. No sé cómo seguiré, pero seguiré. Tengo miedo porque no sé hasta dónde voy a llegar, pero no quiero herir a Isaac en el camino. *Él no tiene que hacer nada más.* No es justo. Esto es solo problema mío, él ya está bien y yo no puedo arruinarlo.

No sé qué hora es, pero espero que la recepcionista no se haya ido. A medida que voy acercándome escucho voces.

—Será mucho trabajo para algunos procesar todo lo que acaba de pasar —dice alguien.

—No podemos seguir prestando servicio después de esto. Creerán que no es un lugar seguro o que no estamos capacitados para atender enfermedades mentales —habla otra voz que no reconozco.

—Tendremos que trasladarnos o...

—Quiero retirarme y hacer una llamada—digo entrando en el lugar—. Por favor.

—Chelsea —Christina, que está detrás de mí, me llama.

—Claro... —Me mira uno de los hombres—. Sí. Christina, acompáñala. Sentimos todo esto, señorita Cox...

—Por favor, no. —Niego con la cabeza—. Solo necesito hablar con alguien. No se preocupen.

Paso hasta el escritorio. Christina busca el teléfono en los cajones y me lo tiende. Marco el primer número que me llega a la cabeza. Debo hacerlo tres veces más hasta que al fin me contestan.

—Alicia, soy yo. Chelsea —digo.

—¿Sabes la hora que es?

—Me importa una mierda. Debo irme a primera hora de aquí. Estoy mejor. Quiero volver.

—Al fin. No sabes el trabajo acumulado que tienes. Decenas de entrevistas, fotos, hasta han llamado para hacer un documental sobre tu vida. Pagarán millones y...

—Solo volveré para enfocarme en la gira y no haré nada más hasta que termine.

—No puedes.

—Envía un *jet* para que me recoja a las seis en punto de la mañana. Ni un minuto antes, ni un minuto después —exijo, y sin esperar a que responda, cuelgo. Miro a Christina—. Necesito que me den de alta a las cinco de la mañana. Iré a alistar mi equipaje.

Camino entre los hombres que siguen discutiendo.

—Chelsea, ¿estás segura de...? —Christina intenta alcanzarme.

—¿Preguntas que si estoy segura de querer irme de un lugar donde no fueron capaces de evitar que mi mejor amiga se ahorcara? ¡Claro que estoy malditamente segura! —suelto y sigo mi camino hacia la habitación.

Una vez dentro, tomo la poca ropa que tengo y la echo en una pequeña maleta. Abandono el lugar y voy directo hacia la habitación en la que se encuentra el piano. Miro el reloj de la pared. Marca las dos de la mañana. Pensé que era un poco más temprano. Me armo de valor para acercarme hasta el instrumento. Puedo sentir el corazón latiendo con fuerza, pero ahora más despacio, mientras repaso los dedos por los bordes de madera.

No terminé de enseñarle a tocar y ya nunca podré hacerlo.

Las lágrimas vuelven a brotar y me siento en el banco para no caer. Abro la tapa del piano y, sin pensarlo, le doy rienda libre a mis dedos sobre las teclas. La canción favorita de Azul llena todo el lugar. La música, lo que debería repararme, me está destruyendo. Fuerzo mi voz a salir. Desafino, me corto, me quiebro, pero no dejo de cantar. Repito la misma melodía una y otra vez hasta que no puedo más. El pecho me pesa y mi respiración se ha detenido, o eso es lo que parece.

—No quiero estar más aquí... —sollozo.

—¿Señorita Cox?

Intento recuperarme y, con esfuerzo, despego la frente del teclado. Ni siquiera me esfuerzo por tratar de entender quién llama mi nombre.

—¿Sí? —susurro.

—Soy el sargento Nicolas Bensen, el encargado del caso de A... —Carraspea—. Ella... tenía algunas cartas y... —Me tiende un sobre—. Esta es para usted.

Miro el sobre por algunos segundos hasta que me animo a cogerlo.

—Gracias.

—Con gusto. —Asiente y se gira para salir.

Christina está bajo el umbral. No dice nada, y luego me da la espalda. Solo está haciendo su trabajo, después de que salga de aquí ya no seré su responsabilidad.

El papel tiembla entre mis dedos y una de mis lágrimas lo marca. Tengo miedo de leerlo. Tengo miedo de no poder soportarlo, pero mi necesidad de una explicación me empuja a que lo abra. Rasgo el borde y saco la hoja doblada del interior. Las palabras escritas en su letra se presentan frente a mí como la promesa de que todo esto es una pesadilla. Pero no. Tomo aire para empezar a leer la primera línea.

Querida Amarilla,

Es curioso cómo nunca me preguntaste si era cierto o no lo de poder ver el color del aura de una persona. Tú me creíste y preguntaste más sobre el tema. Y si no lo hiciste, igual gracias, porque para ti fue más importante dejarme ser que tener la razón. Nunca había conocido a alguien como tú: lo das todo sin importar que no sobre algo para ti misma.

Te prohíbo sentirte mal mientras lees esto. Te conozco y, antes de decirte que lo siento muchísimo, quiero que sepas que mis días finales estuvieron planeados desde siempre, solo que llevaba años postergándolos. El tiempo da respuestas, y con cada semana que pasaba, confirmaba que esto es lo que había que hacer.

Siento no haberte contado todo lo que me pasó. Mi vida es una de esas novelas con final triste que tanto detestas, pero que de cualquier manera leerías. Solo que esta ya te la conté. Te conté los mejores momentos y con esos quiero que me recuerdes para siempre. De esos recuerdos quiero que esté hecha mi vida ahora mismo. Me fui para eliminar los malos, no busques más, quédate con lo que esta carta te diga, por favor.

Cuando te conocí te veías tan frágil... Pensé que lo mejor sería fortalecerte con amor y palabras de aliento, pero no tuve que hacer mucho, tú ya eras valiente y me sorprendieron tu dulzura y tu luz. Eres, sin duda, la mejor persona que he conocido en mi vida, aunque no lo creas, y mi mayor deseo es que sigas siendo y sigas viviendo fuerte, no feliz, la alegría va y viene, pero sí fuerte.

Sonreír siempre se me dio fácil a tu lado. Fui tan feliz contigo. La vida me dio un gran regalo de despedida.

Quédate con nuestras sonrisas, nuestras largas y profundas conversaciones, nuestras tardes frente al lago, nuestras clases de yoga. Con los conciertos frente al viejo piano del salón, con las mañanas heladas y las noches de chocolate caliente. Quédate con lo que fui estos últimos días, porque fui más yo que nunca. Gracias por haberme dejado ser el azul más intenso que jamás fui.

¿Recuerdas lo de sostener mi mano? Bueno, pórtate bien, porque te dejo de herencia todos mis sueños. Quiero que los vivas por mí, Sol, y cuando lo hagas, imagíname ahí, sosteniendo tu mano y prometiéndote que todo estará bien.

Recuérdame así, porque, aun sin saber si a donde voy puedo llevarme algo, estoy segura de que guardaría estos últimos tres meses como un tesoro.

Así que solo me queda pedirte un par de cosas...

Brilla, Chelsea Cox.

Ríe, Chelsea Cox.

Baila, Chelsea Cox.

Canta, Chelsea Cox.

Enamórate, Chelsea Cox.

Y ama, Chelsea Cox.

Pudiste ayer, puedes hoy y podrás mañana.

Con el segundo más grande amor que sentí por un ser humano,

Azul.

27

Why'd you have to wait?
Where were you? Where were you?
Just a little late,
you found me, you found me.

YOU FOUND ME
The Fray

Chelsea

Una vez discutí con Azul. Fue la primera y única vez que la vi enojada, y tenía razones de sobra para estarlo, porque unos minutos
antes me encontró mandando al carajo a Christina y a los enferme-
ros. Quería irme del castillo. Lo detestaba y solo llevaba tres semanas, ya no podía soportarlo más. Sentía que mis órganos se deshacían
y ninguna medicina lograba calmar el dolor y la angustia por
completo.

—¿Sabes? Espero que no estés pensando que me preocupan
ellos… Ellos no te creen, saben que es tu adicción soltando mierda,
pero tú sí lo crees —habla mientras intenta seguirme el paso.

No sabía ni siquiera a dónde iba, pero no podía dejar de
moverme.

—No estoy haciendo nada, Azul. No quiero hablar de eso.
Déjame sola.

—Esa no eres tú, Chelsea.

259

Estaba cansada, furiosa, y la encaré.

—¿Entonces qué soy? He detenido mi vida y la vida de cientos de personas que trabajan conmigo porque soy una asquerosa drogadicta. He dejado de cantar porque soy una asquerosa drogadicta. He perdido la capacidad de hacer cualquier cosa sin esa mierda. No me relaciono porque me avergüenza la idea de que descubran lo que hago y me dejen. Por más que me quieran limpiar la cabeza, el mundo no dejará de llamarme drogadicta.

Ella también estaba agotada y me lo dejó saber con un profundo suspiro.

—Tres semanas, Chelsea. Apenas llevas *tres* semanas. Tres semanas no son nada. Todavía te falta odiar más el mundo, odiarte más a ti, pero pasa. To-do pa-sa.

—No. No voy a perder el tiempo torturándome —dije mientras emprendí de nuevo mi camino.

—No lo perderás. A veces funciona…

—¿A veces? —De nuevo me detuve de repente.

—Depende de ti.

—Por exactamente eso me voy.

—Recaer no es un juego, Chelsea —me dijo en un tono de voz que jamás le había escuchado—. Vas a tener que volver en algún momento y no vale la pena sufrir tanto. No lo vale. Esa no eres tú. Es solo una fase más, no el total. Párate fuerte y soporta todo lo que viene. Grita, insulta y rompe todo lo que quieras, pero no te vayas.

—Es mi segunda vez en un lugar así.

—¿Cuánto tiempo estuviste?

—Un mes —respondí sin mirarla.

—No tienes que contarme la historia, ya me la sé.

—Dicen que a veces no se necesita tanto tiempo.

—¿Aplica para ti? —preguntó. En ese momento pensé que me juzgaba, pero luego me di cuenta de que estaba intentando entenderme—. No… Claro que no, ni para ti, ni para mí.

—Tengo poco tiempo esta vez también.

—Entonces aprovéchalo y deja de perderlo con pataletas.

—No es tan…

—Es jodidamente difícil, Chelsea Cox, pero tú sí sobrevivirás, y seré yo quien te pida que lo hagas.

Sí hubo señales. Entre líneas, pero hubo.

Y no las vi.

28

Isaac

Washington, Estados Unidos
Dos semanas después...

El silbato que finaliza el entrenamiento hace que me detenga y tire el bate a un lado. Estoy exhausto, pero mejorando. Tengo que recuperarme de lo que no entrené durante el mes que estuve en rehabilitación. Esa última semana fue la más difícil de todas. Quise ir tras ella, buscarla, pero no podía. Las palabras que me dijo Christina se me han quedado grabadas en la mente.

—No la dejes sola —me pidió.

—No lo haré. Solo le daré su espacio.

Sus ojos se humedecieron.

—Gracias.

La muerte de Azul nos afectó a todos. Nadie lo esperaba. Siempre que estaba con Chelsea se veía genuinamente feliz. Ahora tengo miedo. No voy a acercarme a Chelsea como un maldito demente después de que me apartó, pero eso no significa que no pueda estar cerca. Solo un poco, a una distancia desde la que pueda darme cuenta de si algo marcha mal.

Por algo, que por esta vez llamaré *suerte*, Chelsea y yo tenemos el mismo evento de beneficencia en Navidad, en Londres. Quiero escuchar de nuevo su acento, mientras habla como si lo supiera todo, que me encanta.

—Tienes visita —anuncia Dylan señalando la tribuna vacía, solo hay una persona sentada allá. Lo reconozco de inmediato.

—Te veo luego —digo golpeando el puño contra el suyo.

El sol me quema la cabeza a pesar de estar en medio del invierno. Voy hacia las tribunas y me siento al lado de él, a una distancia que es mínima en comparación con el tiempo que llevábamos sin vernos.

—No tenías que venir.

—Tu abogado me dijo que sí y lo decidí.

—Hablo de aquí, del estadio.

—No eres muy fanático de las visitas, así que decidí sorprenderte y no tardarme —dice y me giro para ver sus ojos verdes—. ¿Cómo estás, Ics?

—¿Qué hablamos de eso? Mi nombre ya es muy corto como para que lo acortes más.

—Yo estoy muy bien, ocupado, estresado, con mucho trabajo encima, porque literalmente soy el alcalde de un rancho más grande que esta ciudad, pero tranquilo, no necesito tu ayuda, puedo hacerme cargo.

—Aún puedes conseguir un buen administrador —recalco.

—¿Y qué sentido tendría mi vida? Estoy estresado, pero amo lo que hago. Al igual que tú. —Se encoge de hombros—. ¿Cómo está Chloe?

—No he podido verla, pero, gracias a Daisuke, sé que está bien.

—¿Están en Nueva York? —pregunta.

Niego con la cabeza.

—Están aquí —suspiro y lo miro durante unos segundos—. Gracias por venir.

—No hay de qué, haría cualquier cosa por ese piojo.

Viene desde Texas a decir que soy un padre apto para Chloe. Leane me asesinaría si supiera que hay una posibilidad de perder la custodia de nuestra hija. Nos quedamos unos segundos en silencio, pero él vuelve a interrumpirlo.

—¿Qué tal la rehabilitación?

No puedo recibir esa pregunta sin pensar en Chelsea.

—Ha estado bien. Creí que sería peor. Iniciar la temporada va a mantenerme ocupado y Chloe me tiene disciplinado. No habrá errores —digo más para mí mismo que para él.

—Me alegra escuchar eso. Espero que apenas todo termine puedan ir al rancho juntos. A Inanna y a Sasha les encantará verlos. Le han mandado a construir una especie de casa de muñecas enorme a Chloe de Navidad, y cuando digo enorme es porque realmente es enorme. Tiene hasta mejor cañería que la mía. —Sonríe.

Caigo en la cuenta de todo el tiempo que ha pasado desde la última vez que los visité. Recuerdo también la invitación que le hice a Chelsea, aunque tal vez ya no tenga sentido. Pronto será Año Nuevo y eso también me la trae a la mente: su cumpleaños es el primero de enero…

Me pongo de pie. Entro a la cancha junto con Ivan y vamos directo a los casilleros. Llego al mío y busco el celular entre mis cosas mientras dejo caer otras al piso.

—¿Isaac? —Ivan se planta a mi lado.

Está viéndome con curiosidad.

—¿Quién es ella? —Ivan pregunta mientras busco su nombre en redes. Realmente espero dar con el lugar en donde pasará la fecha.

—Una amiga —respondo sin pensar. Sé que me dijo que me alejara, sé que me mandó al carajo, pero no puedo quedarme de brazos cruzados.

—¿Una amiga? —ríe—. Eso no te lo crees ni tú mismo. —Me quita el celular—. Ya sé dónde la he visto. Es la cantante que escucha Inanna todo el día. Irá a su concierto. Sasha le regaló las entradas… —Intento quitarle el dispositivo, pero me detiene—. ¿Por qué viniste desesperado a *stalkearla*?

—He coincidido con ella un par de veces —explico brevemente mientras lo ignoro para dar con el sitio del concierto. Espero que pase su cumpleaños en un lugar menos concurrido que Times

Square, aunque me encantaría llevarla de nuevo ahí y darle un beso a medianoche, pero este año no. Tal vez, si ella quiere, el siguiente.

—¿Te interesa?

—¿Ah?

—Que si te interesa. Parece ser una chica de grandes ligas.

—Yo soy de grandes ligas.

—Sí, lo sé, solo digo que… —Señala la pantalla del celular cuando aparece una foto de ella con un idiota—. Mira. A eso me refiero. Ella se mueve en otra zona y tipos como este son los que le llaman la atención.

Es una foto de hace apenas unos días. Ella y él tomados de la mano caminando hacia el interior de un hotel. Chelsea se tapa el rostro, pero él mira y les sonríe a las cámaras. No la merece y me muero de envidia.

—No lo creo. —Le sonrío—. Y si sí, voy a robársela.

Casi no bromeo, *casi*.

—¿Qué? —se carcajea—. ¿Te estás oyendo? ¿Acaso vuelves a tener dieciocho? —Se sigue riendo y yo lo acompaño. He dicho algo tan estúpido… pero es sincero.

No dejo de sonreírle.

—En estas situaciones, uno de cada tres corazones se rompe, así que procura que ese corazón no sea el tuyo. —Me palmea el hombro.

—¿Ya sabes lo que tienes que decir? —Cambio el tema.

—La verdad: que eres el papá más grandioso para Chloe Statham Hills.

Tenerlo aquí me sube el ánimo. Podríamos pasar años sin vernos, pero cuando uno necesita al otro, no existe ni el tiempo ni la distancia.

—Nos vemos mañana, Máquina. Suerte con la *popstar*.

Me quedo completamente solo. Me acuesto sobre la banca. Desbloqueo mi celular para ver de nuevo la foto. Abro el enlace para leer. La nota solo habla de que salió de rehabilitación y buenas noticias sobre la gira. Una parte de mí quisiera silenciar su nombre en mis redes, pero otra entiende que este es el único medio que tengo para saber de ella. Desgraciadamente, no tenemos ni un solo amigo en común.

También temo verla en vivo y en directo de otra mano que no sea la mía, y la pesadilla se hará realidad en un par de días, en Navidad.

29

Chelsea

Londres, Inglaterra
Navidad

Feliz Navidad. Feliz Navidad. Feliz Navidad. Es lo único que leo y oigo en todas partes. Estoy cansada y enojada porque no puedo estar feliz, aunque me lo deseen un millón de veces de todas las maneras. ¿Acaso no dicen mucho por ahí que los deseos se cumplen? Tal vez solo lo dicen por educación. Los deseos que se cumplen están hechos de amor, no de educación. Si te digo «feliz algo» es para desearte que te vaya bien. Cuando se desea con amor nada es imposible, pero a mí, aunque me lo dijeran un millón de veces más, nada me pasaría, jamás me iría bien. Ya me resigné a que me falte el amor.

Tal vez miento. Tal vez el dolor me hace mentir. Siento amor cuando canto. Mis fans me aman y vuelvo a la vida cada vez que subo al escenario. Desde ahí les devuelvo todo el amor. El hoyo ya no es tan oscuro cuando uso mis cuerdas vocales, o escribo algunas palabras o rasgo mi guitarra.

Últimamente le he escrito mucho a Azul. Un poco más y tendré un álbum. Tal vez lo nombre como ella. Es lo más seguro, esto es para ella y para mí. No quiero que nadie más lo vea, tal vez lo grabe en secreto, en una versión acústica casera que sea únicamente para mí cuando necesite sentirla cerca.

Voy a cambiar la canción de esta noche por otra, o, bueno, espero que ya la hayan cambiado. He enviado de misión a Daniel.

Siento que es casi una necesidad cantar esta canción. Mi corazón lo siente así y yo creo en él. Es mi guía; lo que él diga, yo lo acato, y últimamente solo ha querido ir lento. No se esfuerza mucho y lo sigo. Tampoco me muevo, no hago más de lo que tengo que hacer. No salgo, no me veo con nadie, no hago ejercicio, no doy entrevistas, solo cumplo con lo que podría generarme una demanda si no lo hago. No me hablo a mí misma más que para decirme *no*.

—Sonríe, Chelsea. Sonríe. —Amanda aparece frente a mí.

No la invité y aún así está aquí, con el cabello ondulado y un maquillaje acorde al traje de satín negro que lleva puesto. Se ve bastante bien. Su rostro se ve más terso que el mío, ha caído en el encanto de la fama. A mí sáquenme de él, por favor.

Amanda saluda a Matthew como si no lo hubiera visto hace dos días. Demasiado falso todo. Él no la tolera, la odia, pero ella me sabe manipular y él sabe manipularla a ella. Así que le conviene. He empezado a ver las cosas más claras desde que regresé de Suecia.

—¡Es Navidad, por Dios! —reclama. No pienso mover los labios solo porque ella lo dice—. Matthew, lidia con ella. No puedo con su cara. —Se ajusta el traje—. Entraré con Alicia.

Como si me hubiera vuelto invisible, mi mamá se da media vuelta y se va de la *suite* del hotel.

—¿Sigues sin consumir nada? Dime la verdad. —Matthew me analiza muy de cerca.

—Nada.

—Dime la verdad, Chelsea.

—No estoy consumiendo nada, Matthew.

Se ríe.

—«*The eyes*, chico, *they never lie*».

Intenta tocarme la mejilla, pero me aparto. Vuelvo a percatarme de todas las personas que hay en la habitación. Todos esperan a que elija un vestido para poder empezar a maquillarme y peinarme.

Matthew me taladra con la mirada desde el otro extremo de la cama.

—Es solo escoger un vestido y ya, Chelsea. —Me recuerda la estilista.

Sé lo que tengo que hacer, solo que no sé qué decisión tomar. Me han cortado el cabello a la altura de los hombros solo porque así lo dijo el diseñador. El cabello crece, tengo que repetírmelo un poco más.

—Chelsea, no tenemos mucho tiempo —alguien más me habla.

Miro a Matthew. Solo me observa divertido, de la forma más cruel.

Él lo sabe.

—El plateado —digo.

—¿Segura?

—Sí.

—El plateado será. Sí, nos gusta también. Andando, maquillaje y cabello. —La estilista chasquea los dedos, me dirijo a la silla frente al espejo y varios pares de manos caen sobre mi cabeza.

Matthew gira su celular de manera vertical. Debe estar jugando alguna tontería. Él ya está listo. Solo está evitando estar solo, y yo también. Ambos preferimos la mala compañía que la soledad. Estamos tan rotos que aceptamos cualquier amor, aunque sea falso. Supongo que esto es lo más cercano que tengo a sentirme amada. ¿O es lo opuesto? Ya no lo sé. No me importa. Él está ahí y estamos los dos hundidos en esta *relación*. Y yo lo necesito. Él también, siente lástima por mí y eso le da poder. A veces, cuando se muestra vulnerable, cuando está herido, también siento lástima por él, pero luego se convierte en alguien que no quiero cerca. El orgullo se lo come después de haberse mostrado débil. No quiero una relación basada en la lástima.

Quiero estar mejor, pero jamás lo estaré a su lado.

* * *

La gente saluda y se mueve por todo el salón. Hay un árbol de Navidad enorme en medio del escenario. Casualmente está adornado de bolas del mismo color de mi vestido. Me siento un poco más incómoda de lo que estaba al llegar y lo único que me calma es saber que, si llego a necesitarlo, solo tengo que correr al ascensor para huir. Espero que no sea mucho para ser la primera vez que salgo al público desde rehabilitación. Rechacé cientos de eventos, pero hoy no podía.

La duda del *qué dirán* se repite una y otra vez en mi cabeza. Me ubican detrás de un telón enorme. Repaso las letras de la canción en mi cabeza. Cruzo los dedos para que sea esa la que suene. Me entregan el micrófono y lo apreso con ambas manos contra el pecho. Respiro hondo cuando dicen mi nombre. Camino hasta el centro del escenario donde me reciben los aplausos. Las luces se apagan y cuando el pianista toca la primera tecla, un foco se enciende, iluminando el espacio donde estoy de pie.

Suena *mi* canción.

Las lágrimas caen sin pedir permiso. Me las quito de inmediato. Me matarán si arruino el maquillaje. Sonrío, no se me puede olvidar sonreír. Respiro y dejo salir lo único que me tiene aquí: la música.

Una vez conocí el cielo
Solo recuerdo sus días porque en las noches me dormí
Y en su oscuridad es cuando más llovió
No lo sabía
¿Cómo lo haría?
Si ella borraba cualquier rastro con su sonrisa antes de
que saliera el sol
Una vez conocí el cielo y luego se fue
Y ahora en mis noches llueve también
Oculto los charcos con nubes de humo y maquillaje YSL
Pero no borro nada.

Termino y, después de unos segundos, el silencio se llena de aplausos. Quiero bajarme y largarme pronto. Quiero evitar el maldito regaño que está por venir de parte de Alicia y mi equipo de trabajo. Quiero desaparecer.

Sonrío por última vez y bajo del escenario.

Me muevo entre quienes desean hablarme y felicitarme, pero los ignoro. Pregunto por el baño más cercano y, justo cuando estoy por emprender el camino hacia allá, Alicia se cruza en mi camino con dos personas más.

—Acabas de hacernos perder millones de dólares, Chelsea —dice—. Te pagaron por cantar *Paraíso*, no esa canción que ni siquiera sé de dónde sacaste ni de quién es.

—Es mía.

Bufa estruendosamente.

—Van a demandarnos y ha sido todo culpa tuya.

Reanudo mi camino al baño. Es enorme, oscuro y elegante. Me planto frente a uno de los espejos. Trato de respirar profundo, pero no puedo. Todo está yendo demasiado rápido. Me miro con detenimiento. El cabello corto me roza los hombros. Las clavículas se notan más que mis senos. Los brazos delgados me horrorizan. Los pómulos están tan pronunciados que, si no fuera por el maquillaje, mis ojeras se verían violetas, al igual que mis labios.

Le robé algo a Matthew y está oculto, quemándome la piel detrás de mi ropa interior. Ahí la he guardado. La tengo cerca para sentirme con poder. Es como un efecto placebo; me digo que no lo necesito, aunque lo tenga cerca. No quiero. No quiero. No quiero. Es mi decisión. Así lo soporto más. Respiro hondo y me miro al espejo de nuevo. No puedo llorar, no puedo hacer ya mucho por mí. ¿Qué viene después de esto? Nada. ¿Qué más da entonces?

Me levanto la falda del vestido y tomo la bolsita de mi cadera. Contiene dos pastillas. Tal vez con una pueda sentirme un poco más feliz. Para eso las hacen. Esa es su función.

Saco una y, cuando estoy por llevármela a la boca, lo veo a él por el espejo.

—Chelsea —dice.

—Daniel, espérame afuera.

Trato de ignorarlo y continuar lo que estaba por hacer, pero él da un paso hacia mí mientras niega con la cabeza.

—Él está aquí.

Me giro. Guardo todo y camino hasta la salida. Necesito verlo. Solo quiero verlo.

—Chelsea —Daniel me llama, pero no le presto atención.

Sigo caminando hasta que mis ojos lo encuentran entre la multitud. Está casi de espaldas, al igual que *ella,* la mujer dueña de la cintura en la que Isaac reposa la mano. Respiro hondo y exhalo. Se ven muy cercanos, él se ve increíble, ella aún más; ambos juntos, ni hablar. Ella le sonríe y él la mira de la misma manera. Tiene el cabello castaño muy largo. Curvas por donde se le mire y un aire de seguridad intimidante.

—Chelsea, no debería…

Daniel se detiene cuando se ha dado cuenta de que ya lo encontré.

—¿Quién es ella?

30

Could I be the one you talk about in all your stories?

CAN I BE HIM
James Arthur

Isaac

Miranda responde la mayoría de las preguntas por mí. Es mejor de esta manera. Sin hablar. Sin decir mucho. Solo me limito a sonreír y responder algunas cosas sobre el próximo juego. No saben qué más preguntarme. Soy beisbolista, eso hago, bateo. Ella tiene la situación controlada. Esquiva las preguntas personales y me escuda de las ofensas. Estoy tratando de no sentirme como si tuviera una niñera encima. Todo fue idea de mi publicista porque yo estoy cansado. No puedo lidiar con nada más. La prensa deportiva me tiene entre ceja y ceja. Le han dado el puesto de la chica misteriosa a Miranda desde hace un año. El mundo estallaría si supiera que la chica que salió conmigo en Año Nuevo fue Chelsea Cox, pero no, todos piensan que es Miranda, una amiga que se ha ofrecido a ayudarme a mejorar mi imagen personal.

La conversación sobre el tráfico de Londres y el porqué de la impuntualidad de la mayoría de los asistentes no me interesa. No planeo opinar, sé que por ahí empieza el camino para hablar de política y no me gusta el tema, no aquí. Me centro en buscar a esa rubia pequeña entre tantos. No ver a Chelsea es casi imposible. Por donde pasa, ojos caen. Luce tan hermosa en ese vestido plateado... Y ni hablar de cuando subió al escenario a cantar. Jamás había escuchado esa canción. La atracción que siento por ella parece no tener límites.

Aún no se ha percatado de que la miro como un fan enamorado. Debería disimular un poco, pero no me interesa hacerlo. Quiero que levante la cabeza, quiero que sus ojos me vean y quiero ver su reacción.

Ojalá pudiera acercármele y saludarla como lo están haciendo el resto de las personas a su alrededor. Quiero escucharla hablar de todo lo que está viviendo, de cómo lleva su vida. Solo quiero escucharla hablar de lo que sea, de ella, de su música, de Azul, de sus padres, de su pasado. O simplemente abrazarla en silencio.

Solo han pasado un par de semanas desde la última vez que la vi en Suecia. La veo un poco incómoda, pero finge estar muy bien mientras les sonríe a todos. Luce increíble. Lleva el cabello más corto y su espalda está completamente descubierta. Trago duro. Nunca me había gustado tanto en la vida una mujer como me gusta Chelsea Cox. Cuando está cerca me vuelvo un nudo de nervios. Soy un simple cavernícola que batea bolas fijándose en alguien que se mueve, luce y canta como un ángel.

He perdido todo el aire. Miranda está observándome en detalle. Sabe que algo ha pasado. La veo por el rabillo del ojo desviar la mirada a donde yo tengo puesta la mía.

—Qué buen gusto —comenta. Giro para verla y le sonrío.

—Sí. Es hermosa.

—No lo digo por ella, lo digo por ti.

—¿Qué? —Arrugo el ceño. El comentario no termina de encajarme.

—Olvidaba que todos los de tu especie tienen ese problema en los ojos. —Rueda los ojos—. La estrellita lleva mirándonos toda la noche. Bueno, a ti, porque a mí solo me mira para darme a entender que eres suyo.

Vuelvo los ojos hacia Chelsea. Todos pierden el aire cuando la ven, ese es el efecto que produce, el que me tiene aquí fuera de base tratando de entender lo que dice Miranda. Nuestras miradas se cruzan por primera vez en la noche y pienso en caminar hacia ella, pero su novio aparece entre tantos y le toma la mano para llevársela consigo. Parece enojado.

—Esto es demasiado drama para ti, Isaac —dice Miranda y volteo a verla, está preocupada—. Es magnífica, pero recuerda lo que dicen de ella en las noticias. Sé que tal vez no todo sea verdad, pero… Solo espero que contrate a un buen publicista. La prensa y las personas en las redes están destrozándola. Lo mejor será que te mantengas lejos de eso.

No estoy de acuerdo con nada de lo que dice. Me molesta, pero no quiero sentirme incómodo el resto de la noche, así que lo dejo pasar.

—Iré por agua. ¿Quieres algo? —le pregunto.

—No tardes tanto. Aún tenemos que hablar con alguien más.

—Creo que lo dejaremos por hoy.

Me mira con los ojos muy abiertos; al parecer, la ofendí.

—Voy a explicártelo así… —Se acerca para que nadie más la escuche—. Me están pagando para que salga contigo y eso debe ser porque no sabes tomar buenas decisiones, porque si lo hicieras andarías de la mano con alguna chica linda que te gustara mucho, pero no, aquí estoy yo, alguien que quiere ayudarte a borrar esa fea imagen que tiene de ti la prensa y… descubrí algo más. Ya sé también por qué estoy aquí. Ella es la razón. Ella es una mala decisión. ¿Sabes cuántos publicistas ha tenido? Muchísimos, y ninguno ha sido capaz de borrarle la imagen de chica destructiva. La gente la conoce por sus escándalos, no por su música o por lo buena persona que es. Aléjate, no te conviene. Ella podría arruinar tu carrera.

Se va y lo agradezco. No era capaz de soportar una palabra más. De cualquier manera, bajo los escalones para ir por agua. Necesito engañar la garganta seca. Las bandejas llenas de copas que llevan los meseros de un lado a otro me tienen abrumado.

—Ey, ¿a dónde vas, amiguito? —Dylan bloquea mi camino.

—Al baño —miento.

—Es del otro lado. —Señala detrás de mí.

—También por un poco de agua.

—También es allá atrás —dice ya riéndose—. ¿Por qué mierda me estás mintiendo?

—No lo sé.

—No lo hagas. La vi por allá. —Me señala la dirección—. Suerte.

Sigo su indicación. Entro a un salón donde parece haber una fiesta un poco más privada. Tanto que tienen que requisarme porque están prohibidos los celulares. No llevo el mío encima, por fortuna. Alguien que no conozco está cantando en vivo y las parejas bailan alrededor del árbol de Navidad enorme que hay en medio. Chelsea está ahí, entre todos ellos, pero no está bailando. Está discutiendo, o no, ella no discute, pero él si lo hace.

31

*I once believed love would be burning red,
but it's golden.*

DAYLIGHT
Taylor Swift

Chelsea

—Tal vez esto ya no esté funcionando como antes —suelto sin pensar.

O tal vez sí estoy pensando; la verdad es que lo he hecho mucho. Más bien, hablo desde la poca valentía que me queda para defenderme. Matthew está acabando con lo escaso que recuperé de mí en rehabilitación, el rechazo que le tengo desde que volví es un alivio, y si pierdo eso ya no habrá marcha atrás. No quiero que vuelva a herirme.

Dejamos de bailar. Frunce el ceño y me mira con desprecio, como si lo que acabara de decir fuera el peor insulto que ha salido de mi boca. Dos segundos después, de la nada, sonríe.

—Estamos bien —dice.

Va a ignorar el tema otra vez.

—No.

—Sí, Chelsea.

—No, Matthew. Yo no…

—No, Chelsea. Tú sí. Tú jodidamente sí. —Me señala—. Todo siempre se trata de ti. Aquí la única víctima y lo único que importa eres tú.

—Tú me importas —le susurro—, pero me tratas como la mierda. ¿Cómo quieres que siga queriéndote así?

—Así soy yo, Chelsea, tú decidiste quererme así y no busques que cambie por tus lágrimas. Yo sí te soporto, pero no puedo equivocarme ni una sola vez porque todo estalla… Vas a seguir jodiendo todo y no quiero que olvides que yo siempre he estado en cada momento. No ha sido perfecto, pero he estado como puedo estar. Sabes que mi vida está jodida también y te amo como puedo.

—No quiero más ese amor, Matthew.

—Chelsea… No te rindas conmigo, por favor.

—Creo que ya fue suficiente.

—Cállate, maldita sea. Cállate —dice apretando los dientes. Su mano se adueña de mi brazo con suficiente fuerza como para que duela.

—Suéltame. Estás lastimándome… —susurro. Intento zafarme y al mismo tiempo no llamar la atención. Solo quiero tomar la salida de emergencia y correr a mi habitación.

Matthew baja la mirada y me suelta.

—Solo te diré una cosa: me da igual lo que hagas con tu vida, pero la marihuana también es una droga y eso significa que ni un mes duraste limpia. Bravo, señorita Chelsea Cox, es usted la más perfecta. —Intenta pasar, pero lo tomo del brazo. No puedo dejar que se lo diga a alguien. Pero, en menos de un segundo, mi mano queda vacía porque se suelta como si mi toque le quemara—. No me toques, drogadicta.

Quedo en medio de todos los que bailan. Colapso por dentro como si mi maquinaria hubiese sufrido un apagón. Él lo sabe y eso lo hace real. ¿Recaí? No. Es solo marihuana. Es solo marihuana. No podía dormir y… No es nada. Aire, necesito aire. Debería irme, quiero irme, quiero soltar todo este maldito dolor. Mi corazón está trabajando en mi pecho a todo lo que da.

Respirar, tengo que respirar.

Alguien se planta frente a mí. No puedo alzar la cabeza, ni siquiera puedo saber si me ha dicho algo. Tengo la vista nublada y solo reconozco quién es hasta que sus brazos me rodean, y al fin puedo respirar. Es su aroma.

Es él.

Envuelvo mis brazos alrededor de su cintura y escondo la cara en su pecho. Se siente tan seguro que me asusta. Lo seguro también es adictivo.

—Bailemos, tal vez así nos miren menos —me susurra. Escuchar su voz me distrae. Respiro hondo una vez más.

Me muevo de lado a lado al ritmo de la música mientras intento recuperarme. Hablar con Matthew siempre me deja temblando. Isaac se equivoca un par de veces hasta que se acopla a mis movimientos. Levanto la cabeza hacia él. Me mira tan bonito que no puedo evitar sonreírle. Él ya llevaba una media sonrisa en los labios antes de que yo lo hiciera. Quiero llenarle de pequeños besos la cara. Me gusta cuando se afeita, también cuando tiene barba, pero así aprecio mejor su rostro. Baja los dedos por toda mi espalda. Inflo el pecho y contengo el aire cuando siento cómo se me eriza la piel. Desciende mortalmente lento hasta el fin del escote en la espalda. Las puntas de sus dedos se cuelan bajo la tela sintiéndose cálidas. Respiro profundo y aparto la vista de él.

—Están mirándonos —susurro.

Mueve las manos a una altura menos escandalosa para el resto, pero insuficiente para mí, para ambos. Debería salir corriendo y esconderme de los ojos curiosos, pero no quiero separarme de él. ¿Y si hago lo que *no* debería hacer?

—Lo siento. Lo que llevas puesto me tiene alterado.

La canción termina e intento separarme, pero me atrae de nuevo a su pecho. Miro alrededor. Ya no hay muchos ojos sobre nosotros, pero hay un par en especial que nos mira desde lejos a brazos cruzados. Giro la cara hacia otro lado.

—Tu cita luce molesta —susurro.

—¿Mi cita?

—La chica con la que viniste.

—Ah. Miranda.

—No deberíamos estar bailando esta canción.

—¿Por qué?

—Porque es una canción romántica para bailar con las citas —explico.

—Déjame escucharla.

Así que tal vez
Tal vez siempre estábamos destinados a conocernos
Como si esto fuera nuestro destino
Como si ya lo supieras
Tu corazón nunca será roto por mí.

—¿Bailarías esta canción con tu cita? —pregunta.

—No. —No me tardo en responder porque realmente no haría nada con *mi cita*—. ¿Y tú?

—Se suponía que debía hacerlo…

—Isaac, no deberías estar aquí…

—Miranda es una presentadora de televisión muy elocuente e inteligente, sabe responder preguntas que no quiero ni sé responder y mi publicista le paga por ello. Ya sabes, la imagen.

—Ahora me siento estúpida.

—Ojalá pudieras decirme que lo tuyo con Matthew también es falso.

—No es falso, pero *era* real, al menos para mí. *Era,* ya no.

—¿Entonces por qué siguen juntos?

—Su banda es telonera de mi gira y, ya sabes, la imagen.

La canción se termina.

—Tienes razón —dice—. Demasiado romántica.

—La bailamos toda.

—¿No era la idea? —Se aleja un poco para mirarme. Está fingiendo estar confundido y la expresión en su rostro me saca una sonrisa que antes no tenía. Isaac me mira como siempre suele hacerlo, como si yo fuera lo más bonito que ha visto, ya me lo ha dicho, y cuando lo hizo no paré de besarlo.

Aparto la vista de él para observar alrededor. Unos pocos nos miran y no puedo dejar de sentirme incómoda. Repaso el lugar en busca de Matthew. No quiero que vea a Isaac.

—Las chicas como tú siempre rompen corazones —dice.

—¿Y cómo son las chicas como yo?

—Tontas.

—¿Tontas? —pregunto sin saber si sentirme ofendida o tomarlo como una broma, aunque esto último no puede ser porque parece muy serio.

—Sí, tontas por enamorarse de quien no las ama.

—¿Eso es ser tonta?

—Sí, pero no te preocupes, hay alguien más tonto que tú.

—¿Quién? —pregunto.

—El que se enamora de ti así.

—No creo que alguien sea tan tonto como para…

—Lo soy, Chels.

Levanto el rostro. Está mirándome tan fijo que lo más seguro sería correr. Respiro hondo. Voy a quedarme aquí, rodeando su cintura, compartiendo el mismo aire y olvidándome de cómo todos han empezado a hablar de vidas que no conocen.

—Ven conmigo.

Me toma de la mano y me lleva con él a quién sabe dónde, pero me dejo porque cualquier lugar ahora mismo sería mejor que este. Muero por besarlo, pero no acá. Daniel se nos une cuando entramos al pasillo vacío. Este hotel es enorme. Yo no lo conocía bien, pero parece que Isaac sí, porque se mueve y abre puertas con mucha seguridad. Tiemblo por el frío cuando salimos a la parte trasera del edificio. Hay distintos camiones afuera y el personal de *catering* entra y sale con insumos. Estamos en la zona de descarga. Isaac sigue trazando un camino seguro hasta que una camioneta negra aparece frente a nosotros. Daniel susurra algo en su comunicador y luego me alcanza.

—En dos minutos tendré su auto aquí.

Miro a Isaac y él me mira a mí, me habla sin necesidad de palabras. Le entiendo fuerte y claro. Quiere que me vaya con él, que confíe en él, y eso haré.

—Me iré con él. Estaré bien —le digo a Daniel—. ¿Tienes mi teléfono?

Asiente con la cabeza y lo saca de su abrigo. Lo tomo y le pido a Isaac que me lo guarde, pues no tengo ningún bolsillo.

—Estaré al tanto de todo —dice Daniel—. Seguiré el auto del señor Statham tan pronto como traigan el suyo.

—Gracias —le digo y retomo el camino con Isaac hasta el interior de la camioneta.

Nos ponemos en marcha. Él está en un extremo escribiendo algo en su celular, y yo estoy en el otro, sintiéndome culpable porque no debía irme de la fiesta. Matthew debe estar buscándome y no quiero tener problemas con Alicia y mi publicista. Últimamente estoy haciendo todo lo que no debo.

—¿A dónde vamos? —pregunto.

—A la enorme rueda.

—¿El London Eye? Está cerrado a esta hora.

Niega con la cabeza.

—No hoy, no para nosotros, Chels.

Sonrío. Me gusta tanto. No quiero que esta noche se termine nunca. Ya mañana me preocuparé por las consecuencias, hoy me enfocaré en creer que él y yo somos un *nosotros*.

Estiro la mano sobre el asiento. Sus ojos captan el movimiento y vuelve a sonreír. Entrelaza los dedos con los míos y me besa las manos. La manera en que me mira me hace soñar.

Nos detenemos. Isaac abre la puerta de su lado y me invita a bajar con él. Ayuda a que la cola del vestido no caiga en un pequeño charco. Es un caballero. Ni siquiera pensé que usaría esa palabra sobre un hombre. En el fondo siempre temí que al salir de rehabilitación me encontraría con que era alguien muy distinto, pero me equivoqué.

Sigue siendo él, completamente él.

—¿Quién te vigila? —me pregunta, mientras uno de sus hombres le entrega un gabán que enseguida, y sin preguntar, me pone sobre los hombros. Descanso de inmediato del frío.

—Creo que es una enfermera o, bueno, yo la veo así —respondo.

—¿Dónde está ahora?

—Tiene un horario.

—Las noches son las más peligrosas.

—Lo sé.

—¿Entonces? —Se para frente a mí esperando una explicación.

No debería estar sola, sin vigilancia, y menos en las noches, pero no puedo decirle que fui yo la que ordenó que me dejaran en paz desde el primer día. No me sale ninguna palabra de la boca. No sé qué decir y creo que lo entiende porque me toma de nuevo de la mano y me guía hacia la entrada. El frío no se esparce porque no hay ráfagas de aire, se mantiene ahí, en cada objeto congelado del lugar. Los árboles tampoco se mueven; hay muchísimo silencio para ser víspera de Navidad. Un pequeño hombre de ojos dulces nos saluda.

—Feliz Navidad, jóvenes —nos despide antes de cerrar la cabina y de que empecemos a ascender.

Uno en cada extremo. Es demasiada distancia a simple vista, pero nos hemos alejado tanto en estas últimas semanas que cualquier medida es cercanía. Estoy tan llena de emociones que no sé cuál sea mejor para este momento. ¿Debería moverme y abrazarlo otra vez? ¿O besarlo? Lo he extrañado demasiado, pero no se siente correcto, porque fui yo quien lo sacó con violencia de mi vida. Tal vez debería dejar escapar un poco más de lágrimas sobre su pecho. No. No puedo hacer eso. Cambio rápido de idea; no quiero ser lo que me dijo Matthew, una persona que solo se preocupa por ella misma.

—¿Cómo estás? —le pregunto, apartando la vista del Londres cubierto de nieve.

Inhalo. Exhalo. Inhalo. Exhalo. Si hay algo que estoy queriendo más que sentirme relajada, es besarlo. Y mucho.

—Ahora mucho mejor —responde.

—Hablo en serio, Isaac.

Cruzo los brazos. Esto es serio y él tiene que tomarlo como tal. Amo que me sonría, pero ahora solo quiero saber algo de su vida.

—Yo también hablo en serio —dice.

Me atrevo a mirarlo con detalle, de pies a cabeza. El traje le queda tan bien.

—¿Tú cómo estás?

No quiero mentirle.

—Bien. —Sonrío.

Pero debo.

—Mentirosa —dice.

Trago duro.

—Estoy bien…

Las manos de Isaac se extienden para tomarme de los brazos y pegarme a su pecho. Desearía poder decir más de diez palabras sin que se me quiebre el tono.

—Lo siento tanto —dice.

Me besa la frente y mis brazos envuelven su cintura otra vez. No quiero que se aparte, no quiero que se vaya, pero tiene que hacerlo, porque suelo obsesionarme con todo lo que me hace sentir bien y jamás, jamás, me había sentido tan bien, tan segura entre los brazos de alguien.

—¿Cómo hiciste posible esto? —pregunto sin mirarlo.

—Mi padre solía traernos, a mi hermano y a mí, bastante seguido a Londres. Lo primero que siempre hacíamos al llegar era subir aquí. Era como una tradición, un ritual de bienvenida que teníamos y amábamos. Mi papá conoce al encargado del lugar y, por ende, yo también. El resto no es secreto. Solo tuve que mandarle un mensaje y ya.

—¿Sigues haciéndolo? Lo de la tradición —pregunto, y, justo en ese momento, una línea de luz ilumina sus ojos verdes cuando se inclina hacia abajo para mirarme.

—Desde que mi madre falleció no venía a Londres y hace unos días, cuando llegué, no lo hice, lo pospuse el resto de la semana hasta hoy... Aunque me parece más una despedida que una bienvenida.

—Está bien, de cualquier manera, dar la bienvenida es como dar las gracias por llegar, pero una despedida es dar las gracias por haber podido estar.

—No soy muy fan de las despedidas —dice torciendo el gesto.

—¿No?

—No.

—Y yo que pensaba darte una.

—Corrección: no soy muy fan de las despedidas que no son hechas por Chelsea Cox.

—Dime Chels, mejor.

—Chels, Chels... —Me toma la cara del mentón. La caricia es delicada, pero sus dedos son ásperos. Me agrada la combinación, porque así se siente él, alguien muy fuerte, capaz de cuidarme con suavidad. Solo quiero que me bese y me susurre que todo va a estar bien. Con solo eso haría del mundo un lugar más amable para mí.

Me contradigo tanto.

—La cosa es que... No quiero que me despidas.

—Isaac...

—Solo... Solo quiero saber algo. —Me esconde el cabello detrás de las orejas.

—¿Qué es?

—¿Piensas en mí?

Medio sonrío.

—Sí y escribo canciones mientras lo hago.

Rompí la barrera de sentirme intimidada por su altura; ahora quiero escalarla y acortar el espacio que separa nuestros labios. Muevo las manos hasta sus hombros y las uno detrás de su cuello. Está imaginando lo que también quiero, porque es la segunda vez que me mira los labios. Sus manos han caído sobre la piel de mi espalda y mi cuerpo se ha tensado. Amo la sensación de calidez que me da el saber que yo también le gusto, no sé si tanto como él a mí, pero le gusto, y eso es suficiente.

—Quiero besarte —susurra bajando un poco la cabeza. Su aliento me acaricia la piel. Huele a menta y muero por saborearla de sus labios.

—¿Y por qué no lo haces?

—Porque también voy a quererlo mañana, y pasado y todos los días que vengan.

—No puedo prometerte nada, pero te aseguro que este no será el último.

—¿No? —pregunta.

—No.

—Lo tomaré como una promesa —dice acercando más su rostro al mío. He dejado de respirar aire puro para respirar el suyo.

—No sé en cuánto tiempo pueda cumplirla.

—Me han entrenado para ser paciente también.

Su sonrisa hace que el pecho se me infle. El sentimiento me abruma tanto que se desborda en mis ojos. No llores. No llores.

—¿Qué es lo que tanto te preocupa? —Sostiene mi cara y con eso basta. No tengo más fuerza para ocultar el peso de todo lo que él me produce. Las lágrimas bajan densas de mis ojos y sus pulgares las desvían.

—Arruinarlo todo.

—No, reina, no. Lo estás haciendo bien.

«No, claro que no».

No deja de acariciarme y por primera vez en mucho tiempo me siento importante para alguien más, importante de verdad, sin ningún interés de por medio, y yo estoy arruinándolo.

—Te propongo algo. No sé qué tan efectivo sea, o si servirá de algo, pero déjame ser esa persona a la que llamas cuando el mundo se te cae encima. Déjame llamarte a preguntar cómo estás o si ya cenaste. Quiero escucharte hablar de todas las cosas que no te hicieron bien en el día y de las que sí. Solo llamadas, y serán cuando tú quieras, así que puedes sentirte libre. Aunque debo darte los horarios en los que puedo contestar en el día, tengo que entrenar, pero sí, de resto sí, y en las noches siempre estaré libre.

—Eres… —río.

—¿De qué te ríes? ¿Estoy sonando como un idiota? —pregunta preocupado—. Lo siento. No soy romántico y a veces rayo en lo ridículo al intentarlo.

Me alzo en las puntas de los pies para llegar a su boca y darle el beso que hace tanto quería. Al principio solo nos acariciamos con suavidad, como si estuviéramos preparándonos para algo mejor. No respiro. Sus manos vuelven a mi espalda, solo que ahora una de ellas está rozando el borde del vestido, muy abajo, en mis caderas. Mi corazón se ha unido al suyo, ambos latiendo a una velocidad tan desmesurada que podrían estrellarse, pero no quieren detenerse.

Se adueña de mi cuerpo. Estoy tan cómoda en sus brazos, pero hoy no quiero comodidad y, cuando su mano se inmiscuye debajo de la tela, entiendo que él tampoco.

Me aparto un poco, dejando sus labios vacíos y entreabiertos. Sonríe de lado y no soporto no estar besándolo. Vuelvo a unirnos y abrazarlo aún más contra mí. Me encanta todo él, como huele, como sabe, como me toca… Un gemido sale de mi boca cuando sus manos llegan a mis nalgas. Me quedo sin aire y respiro por la boca para soportar todo lo que está causándome.

—No solo quiero que me llames —susurro entre besos.

—¿Qué quieres entonces?

Muerdo suavemente su labio inferior y sonrío.

—Tal vez, algún día… ser tuya.

Se ríe y echa la cabeza hacia atrás. Un segundo después me devuelve una mirada más oscura.

—Es algo que viene con muchas ventajas —susurra escondiendo la cara en mi cuello. El camino de besos que reparte sobre mi piel va erizando poco a poco partes de mi cuerpo que ni siquiera antes ha tocado. Fijo la mirada en el techo de la cabina mientras disfruto de los besos que ahora van hacia mi escote.

—¿Como cuáles? —logro pronunciar entre tanta falta de aire.

Nos movemos a ciegas hacia no sé dónde, pero nos detenemos cuando mi espalda toca el cristal.

—Como caricias… —Se inclina y estira la mano hasta mi tobillo. Descubre mi pierna llevándose el vestido hacia arriba. Dejo de respirar cuando llega al final—. Besos… —susurra y su boca vuelve a la mía—. Muchísimos besos y…

Sus dedos juegan con mi diminuta ropa interior. La pequeña bolsa cae en no sé dónde y no me preocupo por ella. Isaac me tortura con la lentitud que usa para llegar hasta tocarme donde más quiero. Arqueo la espalda cuando sus dedos inician el juego. No sé cómo sigo de pie mientras él está dándome tanto placer. El vestido se me cae del cuello, dejando mis senos a la vista. No sé en qué momento me lo quitó, pero lo agradezco. Mientras el vestido se redujo a una simple tela plateada amontonada en mis caderas, él aún tiene toda su ropa. Quiero verlo y acariciarlo también.

Estiro la mano para tocarlo, pero una de las suyas me toma de la muñeca, va por la otra y las bloquea sobre mi cabeza. Su mirada me deja sin aire y me entrego a su disposición. Que me haga lo que quiera, maldita sea. Su lengua acaricia uno de mis pezones, muerde suavecito y luego pasa al otro. Dios, esto no podría sentirse mejor de ninguna manera. El calor entre mis piernas aumenta y me siento a nada de correrme en sus dedos, pero me sorprende el vacío que deja cuando se detiene. Su boca desciende dejando besos y lamidas por todo mi abdomen, mi corazón vuelve a latir, pero me preparo para que se detenga cuando sienta su lengua… ahí.

—Isaac…

Las manos me quedan libres para prenderme de su cabello. Ha acomodado mis piernas sobre sus hombros y mi espalda contra la ventana. Me eleva un poco y no tarda en retomar lo que hacía. Sus movimientos están matándome lentamente, pero mis ganas van rápido. No necesita esforzarse mucho más porque en menos de dos minutos llego a donde hacía mucho no llegaba.

32

Isaac

—No quiero ir a mi hotel —dice, y levanto la cabeza para mirarla.

—¿El mío? —pregunto.

Asiente en silencio. No quiero causarle más problemas de los que ya debe de tener por haberse ido conmigo de la fiesta, pero también quiero pasar un poco más de tiempo a su lado. Mi celular también está lleno de llamadas. Miranda debe estar preocupada y enojada.

Descubrí que Chelsea tiene la manía de pensar las cosas más de dos veces, tal vez hasta cinco lo hará. En el silencio del camino hacia el hotel la dejo perderse un poco en sus cosas y organizo en la mente algunas que debo hacer por la mañana. No quisiera dejarla, pero debo tomar un vuelo hacia Chloe antes de seguir con los entrenamientos. Soy el único del equipo que no tiene descanso en estas fechas.

Daniel llama a Chelsea y le pide que no entre por la puerta principal del edificio, pues quedaría muy expuesta. Propongo ingresar por el estacionamiento subterráneo. Nos detenemos y la ayudo a bajar del auto.

—Qué caballero —dice a medio sonreír.

—Un poco.

Encojo los hombros.

—Todos lo son antes de follar.

—No lo discuto, pero déjame enseñarte que también lo soy después de follar.

Ella se ríe y grabo el sonido en mi cabeza. La tomo de la mano. No dejo de sentirla mía y la idea me llena del algo que casi no puedo identificar. Creo que me siento optimista, ligero. Oprimo el botón del último piso. Mientras ascendemos, ella se mira en el espejo. Trata de ordenarse el pelo y el vestido. No supo volver a ponerse bien ninguno de los dos.

—Estás hermosa —suelto sin dudar.

—Gracias. —Me mira a través del espejo.

—¿Cansada? —pregunto.

—Solo un poco.

—¿Era una canción nueva?

—Sí —responde y le brillan los ojos… ese brillo lo es todo.

—Estuvo increíble; tú, la canción, el piano, todo.

—Gracias —dice de nuevo.

—¿Has estado trabajando mucho?

—Hago lo que tengo que hacer —afirma, y las puertas del ascensor se abren. Salimos juntos al pasillo.

—¿Y cuándo harás lo que *quieres* hacer?

—Esto es lo que quiero hacer. Me gusta. Me moriría sin la música —explica.

Sus ojos han vuelto a cristalizarse. No quiero que llore más.

—¿Te digo cómo sé que esto es lo que realmente me apasiona? —vuelve a hablar—. Mira, siempre que pienso en algo que quiero que pase, como una meta, y me visualizo ahí… el corazón empieza a latirme tan rápido que entre pulsos puedo escuchar un leve: «Sigue, lo vas a lograr». Esta es mi pasión, Isaac, y si hay algo que puede mantenerme bien o salvarme, es la música. No puedo parar ahora.

Respiro la seguridad que emite todo lo que acaba de decirme. Confío en ella y la creo capaz de todo, pero temo el daño que puedan hacerle ahora las personas que la rodean; sé que después de lo de Azul todo le está costando más, pero me gusta escucharla hablar así.

—Lo sé. Verte sobre un escenario es la gran prueba de ello. Eres pasión y música, Chelsea, pero a veces… —respiro hondo— es necesario parar.

—A veces sí, pero esta es una de esas *otras* veces en las que es necesario continuar.

Aparta la mirada y se hace a un lado cuando llegamos al final del pasillo. Abro la puerta de la habitación con la tarjeta y la invito a pasar primero.

—Está mucho mejor que donde me estoy quedando.

La veo recorrer todo el lugar con curiosidad hasta detenerse en el ventanal.

—Tuyo cuando quieras.

Londres sigue viéndose helada, pero ella no deja de verse cálida a pesar del vestido color plata. Me muevo despacio.

—¿Puedo poner música? —pregunta.

—Puedes hacer lo que quieras.

—¿Contigo también?

—¿Conmigo? —Dejo de caminar.

Chelsea despega la vista de la ventana y me mira.

—¿Puedo hacer lo que quiera contigo, Isaac?

Ladeo la cabeza. El tono de su voz es seductor y me encanta, pero hay algo extraño en él. Hay algo que no concuerda con su mirada.

—¿Por qué preguntarme algo que llevas haciendo desde que me conoces?

—Decencia, supongo —habla caminando hacia mí. Su mano se entrelaza con la mía y me dejo llevar de ella—. Ven. Pongamos música.

Me libera y se sienta en el sofá. Levanta su vestido e intenta quitarse los zapatos.

—Déjame ayudarte. —Me arrodillo frente a ella.

Estira la pierna y libero un pie de la tortura que los envolvía. Ella lo mueve en círculos.

—Oh, Dios… —dice y echa la cabeza hacia atrás.

—Es peligroso.

—¿Qué cosa? —pregunta.

—Decir «Oh, Dios» de esa manera.

—No me digas que eres del tipo de hombres que se prenden con cualquier cosa —río.

—No eres cualquier cosa, Chelsea Cox.

Me deshago del otro.

—Oh, Dios...

—Chels.

Levanto la mirada para ver la dulzura de la suya. Ahora se siente diferente, es diferente. Esta vez sus ojos sí apoyan sus palabras.

—La música —me recuerda.

—¿Qué canción quieres escuchar? —Saco el celular del bolsillo para encender el estéreo.

—Mmm… No recuerdo cómo se llama, pero me sé una parte chiquita, déjame buscarla.

Se lo entrego. Miro la chimenea y luego a ella. No se ha quejado del frío, pero voy a anticiparme. Me levanto y enciendo el fuego, después me deshago del saco. Una suave voz y una guitarra inician la canción. Me doy la vuelta mientras aflojo el nudo de la corbata que no estoy dispuesto a soportar un segundo más.

La veo subirse a la mesa de roble del centro y mover las caderas al ritmo lento de la música. Su voz lo ha reemplazado todo.

All my life
I never thought someone would make me feel so high
But here you are.

No despego los ojos de su espalda. Baila con las manos sobre la cabeza y sus movimientos son lentos, tranquilos, pacientes, a ritmo, todo lo contrario a lo que siento en este momento. El corazón me late aún más rápido que cuando bateo y me lanzo a la carrera. Su baile me deja fuera de base. Es tan jodidamente sensual. Se gira y me sonríe.

I just can't take my eyes off you.

Camino hasta la esquina de la mesa. Ella, más alta que yo por estar encima de esta, se me acerca y debo inclinar un poco la cabeza hacia atrás para mirar sus ojos color miel. La luz del fuego hace que se vean aún más dulces.

—Si algún día… —susurra. Me toma los hombros y luego la parte trasera del cuello, con los pulgares rozándome las mejillas—. Si algún día, quizá, saliéramos por ahí, nos veríamos tan disparejos…

—Tal vez yo, tú eres perfecta.

Rueda los ojos y se ríe.

—No puedes decir eso, me conoces y sabes que no soy…

—Eres talentosa, inteligente, amable, divertida y, para mí, eso es perfección.

—No, porque también soy…

—No estamos obligados a ser lo que no nos gusta mientras trabajemos para cambiarlo.

Está a punto de responder, pero sella los labios. ¿Qué le habrá costado decir? Llevo las manos hasta su cintura y acerco mi rostro al suyo.

—Poco a poco. A veces el tiempo es lo único que sirve para curar y olvidar el dolor —susurro contra su boca y la beso.

Me separo un poco para mirar su reacción, pero termino detallando sus labios entreabiertos y la manera en la que se muerde el inferior.

—Bésame otra vez, por favor.

Vuelvo a sellar nuestros labios, pero esta vez con nuestros cuerpos más cercanos, casi pegados; con más intensidad y deseo. Clavo los dedos en su cadera, causando que un gemido, casi inaudible, escape de su boca.

—Llevo toda la noche analizando tu vestido y aún no sé cómo se quita —digo entre pausas.

—¿Quieres que te enseñe a desvestirme?

—Por favor.

Se separa de mí y me da la espalda. Corre su cabello hacia un lado, dejando a la vista el pequeño broche detrás de su cuello; llevo las manos hasta él y lo deshago. El vestido cae sobre la mesa y no tardo en recorrer su desnudez con la mirada, y cuando se gira, dejo de respirar.

—Ven aquí. —Paso el brazo detrás de sus rodillas y la levanto con facilidad. Sus manos me rodean y no reprimo las ganas de besarla de nuevo.

Me muevo a ciegas hasta la habitación y la dejo sobre la cama. Me deshago de la camisa y enciendo una lámpara. Nuestros cuerpos se reflejan de inmediato en la ventana, dos escenarios en uno. Al fondo, Londres y, sobre ella, *nosotros*. Se levanta y me atrae hacia ella, me besa y se pega contra mi cuerpo. Llevo las manos hasta sus nalgas y la elevo para que me rodee con las piernas. Me siento con ella en el regazo y estiro la mano para buscar un condón en el cajón.

En ningún momento dejo de besarla, ni siquiera cuando me deshago de los pantalones, deslizo el preservativo sin látex y la levanto un poco para hundirme en ella. Vuelvo a dejar de respirar cuando un gemido se le escapa de la boca y echa la cabeza hacia atrás. Paso los labios por la piel de su cuello. Este, ella, es mi aroma favorito. Desciendo hasta sus senos y me los llevo a la boca. Gimo lleno de placer.

Me aferro de sus caderas cuando sus manos me empujan hacia atrás. Me queda la espalda clavada contra la cama y ella sobre mí en todo su esplendor. Sus senos subiendo y bajando, su cabello libre sobre su rostro y las expresiones gracias al orgasmo son lo mejor que he vivido. Mis manos no dejan ni un solo espacio de su piel sin atención. La atraigo hacia mí y apago sus gemidos con un beso. Pierdo el aliento cuando me corro solo segundos después.

Ambos interrumpimos el beso e intentamos recobrar el aliento, sin alejarnos.

—Eres mi música favorita, Chelsea Cox —le digo.

Ella sonríe.

Después de un par de horas, seguimos ambos desnudos, pero ahora dentro de la tina llena de espuma. Nos hemos lavado, besado, tocado y acariciado hasta cansarnos, pero ni así estamos satisfechos el uno del otro. No creo que sea posible después de vivir este día.

—¿Qué harás para tu cumpleaños? —le pregunto y le masajeo suavemente la espalda.

—Para Año Nuevo, querrás decir.

—Me importa más tu cumpleaños.

Se gira para mirarme. Tal vez esperaba que estuviera bromeando, pero no.

—No haré nada. —Da un pequeño brinco—. Mentira, creo que tengo una fiesta a la que debo asistir.

—Mejor ven al rancho conmigo.

—No puedo escapar a Texas. —Sonríe mientras niega.

—¿Por qué? —La traigo hacia mi regazo.

—Tengo que cumplir con eso. —Encoge los hombros—. Pero... ojalá cuando pueda ir, tú también estés libre.

—Yo también espero lo mismo.

—Quiero montar a caballo.

—Móntame a mí de nuevo —susurro y la tomo de las caderas con fuerza.

—Tranquilo, vaquero —gime suavecito para luego sonreír. Le robo un pequeño beso.

—Eso significa que tal vez hoy sea la última vez que nos veamos en este año.

—Tal vez... —Sus manos ascienden por todo mi pecho hasta unirse detrás de mi cuello. Me encanta la sensación de piel con piel. Le robo más besos de la boca.

—Entonces haré que este momento sea inolvidable.

—Desde que te conocí todos los momentos han sido inolvidables, Statham.

33

Look at the stars
Look how they shine for you
And all the things that you do.

YELLOW
Coldplay

Chelsea

Juego con la tela del vestido lleno de diminutos cuadros que podría llamar espejos. La luz de la discoteca se refleja en ellos y cuando paso la mano frente a mi pecho veo cómo se graba de reflejos coloridos. Esto definitivamente es lo más sorprendente de todo lo que pasa a mi alrededor. Llevo más de dos horas esperando a que Matthew aparezca y he perdido la esperanza de que lo haga. Muevo la cabeza hacia la derecha para fijarme en el resto de la zona VIP. Las personas que él invitó beben y se divierten como nunca mientras yo me ahogo en agua mineral.

No debí haber venido.

—¡Hola, Chelsea! —Hayley aparece frente a mí con una gran sonrisa. Me abraza y yo sigo intacta.

—¿Qué haces aquí?

—¡Vine a celebrar el cumpleaños de mi mejor amiga! Y Año Nuevo, clao está —exclama como si jamás se hubiera follado a mi novio. Se aleja y da una vuelta—. Sé que es mañana, pero ya casi es medianoche.

Junto los dientes con fuerza. Tiene puesto el mismo vestido que llevo yo.

—Tu vestido. —Señalo.

—Oh. —Finge una cara de sorpresa—. Las grandes mentes siempre piensan igual y más cuando se trata de Chanel.

Le creería si no supiera que este fue un diseño exclusivo que me hicieron para hoy y no uno comercial.

—Muéstrame la etiqueta —exijo y extiendo la mano.

—Estás comportándote como una perra —comenta, tratando de fingir ante los demás que no pasa nada.

—Tal vez lo sea —digo—. Muéstrame la etiqueta, Hayley. —Doy un paso hacia el frente. Estoy exhausta de que siempre sea ella quien la cague y yo termine siendo la responsable del drama.

—No tengo por qué mostrarte nada. —Se acomoda el pequeño bolso sobre el hombro—. Tal vez deberías meterte una línea o fumar algo de marihuana a ver si te calmas y dejas de ser tan horrible. —Pasa por mi lado chocando su hombro contra el mío.

Respiro hondo. Tengo cientos de cámaras encima. Tengo que calmarme. No pasó nada. Ella no está aquí. Es una tontería, estoy siendo inmadura, no debería enojarme por cosas así. Veo, al fondo, que Matthew sonríe y habla con personas que lo saludan cada vez que da unos cuantos pasos. Disfruta de todo lo que siempre quiso ser, alguien famoso, popular, a veces carismático y con un carácter de mierda que solo soportan quienes buscan obtener algo de él.

—Bonita… —Llega sonriendo hasta mí—. Feliz cumpleaños para el amor de mi vida —dice y me entrega un ramo de rosas rojas que no sé cómo agarrar.

Aprovecha la cercanía para intentar besarme, pero hago que sus labios caigan en mi mejilla. Un *flash* nos apunta. Alguien nos ha tomado una foto y debo hacer cara de estar pasando fenomenal.

—No vuelvas a intentar besarme —susurro para que solo él escuche—. Y menos cuando ni siquiera te has molestado en quitarte el labial que te dejó alguien más.

Señalo la macha roja que tiene en la comisura del labio.

—No sé de qué estás hablando —dice entre dientes mientras levanta la mano para saludar al resto.

—Últimamente nunca sabes de qué estoy hablando y supongo que así es mejor.

Dejo con cuidado las rosas sobre una mesa, aunque lo que más deseo es tirarlas al piso y aplastarlas con mis tacones unas quinientas veces. Por suerte, estoy tranquila.

—¿Puedes parar con el drama un segundo, Chelsea? Es tu cumpleaños, intenta disfrutarlo.

—Quiero irme al hotel.

Me mira incrédulo.

—¿Es en serio? —bufa.

—No voy a quedarme celebrando con el idiota que me agredió y me fue infiel con la que se hacía llamar *mi mejor amiga* —enuncio furiosa.

—¡Fue un maldito error! Hice toda esta mierda por ti. Invité a tus amigos, contraté hasta periodistas para que vinieran y fueran testigos del cambio que ha tenido Chelsea Cox, y que todos se dieran cuenta de que eres más que una maldita adicta...

—Estás drogado. —Me fijo en sus pupilas y en la manera de hablar. No me ofende ninguna de sus palabras; al parecer blindé mis oídos en contra de su voz y sus promesas.

—¿Y tú no lo estás? ¿Cuándo vas a decirme que toda esa mierda de la rehabilitación fue una basura para mejorar tu popularidad?

—¿Qué? —Lo miro desconcertada—. No fue...

—No quiero escucharte más. Arruinaste la noche, como siempre. Dile a Daniel que te lleve, yo no voy a amargarme el Año Nuevo por ti.

Se aleja y se pierde entre las personas.

También es mi cumpleaños.

Las lágrimas amenazan con salir inoportunamente, como siempre, y debo respirar profundo para evitar llamar la atención. Voy a

301

esperar con paciencia el momento de estar sola en mi habitación para hacerlo. Bajo las escaleras hasta toparme con Daniel.

—Quiero irme ya, por favor —le digo.

—Sígame —dice y comienza a abrirme camino entre las personas junto con el resto de los guardaespaldas.

—¡Chelsea! —alguien me llama entre el gentío—. ¡Chelsea!

Llevo los ojos hasta el hombre que viene gritando mi nombre. No lo conozco para nada. Daniel se detiene cuando su comunicador suena.

—La seguridad del lugar dice que no podemos irnos aún —me informa.

—¿Por qué? —le pregunto. Me toca gritar a través de la música para que me escuche. Ha empezado el conteo regresivo para el Año Nuevo y será aún más difícil irnos.

—Voy a averiguarlo.

El hombre que antes gritaba mi nombre ha desaparecido. ¿Qué querría? Tal vez era un fan. Ya me ha pasado antes.

El conteo regresivo casi llega a su final. La gente está emocionada abriendo botellas de champán y regándolo sobre otras personas. Y cuando los números llegan a cero, algunos gritan «¡Feliz año!» y otros se preguntan qué está pasando, al igual que yo y el resto de mi equipo de seguridad, que me ha rodeado para que nadie se me acerque. La luz se ha ido por completo y toda la discoteca ha quedado sumida en la oscuridad. Dos segundos pasan y la pantalla enorme de la discoteca se enciende, y unas letras cursivas aparecen poco a poco:

FELIZ... CUMPLEAÑOS... CHELSEA COX

Y todo estalla.

Del techo empieza a caer algo suavemente. Por montones. Es papel, tal vez. La gente grita de emoción sin saber por qué. Yo sigo paralizada en mi lugar. Y siento que el lugar se llena de un aroma dulce, floral. ¿Quién está haciendo todo esto? Extiendo la mano para atrapar una de las piezas que cae. Son pétalos. Amarillos… No, son pétalos de rosas… dorados. ¿Pétalos dorados? ¿Para mí? El corazón se me infla de la emoción a pesar de no saber de dónde ha salido todo esto.

Busco por todo el lugar al responsable. Tal vez fueron el idiota de Matthew y sus publicistas, pero veo que él está tan confundido sobre lo que está pasando como cualquiera.

—Tiene una llamada —dice Daniel a mi lado. Una de mis canciones ha empezado a sonar y todos la bailan.

Tomo el celular.

—¿Hola? —contesto en medio del bullicio.

—Chels.

Me va a estallar el corazón.

—Isaac.

—Felices veintidós, reina.

Los ojos se me llenan de lágrimas. Esta vez son lágrimas felices. Amo que haya sido él y odio que no esté acá.

Un momento, al otro lado de la llamada también escucho la música. Miro a mi alrededor, busco, sé que lo encontraré.

—Estás aquí…

—No, pero ojalá fuera así.

—¿Está mal que te diga que te extraño?

—Dime siempre todo —dice—. Yo también lo hago. Daniel me dijo que ibas de salida.

—Además de tu sorpresa, no hay nada para mí aquí.

—¿Me llamas cuando llegues al hotel?

—Lo haré.

—No dejes de pensarme hasta entonces.

—Jamás.

La llamada se corta. Daniel y yo nos movemos entre la multitud. Al salir, todo es confuso. Hay paparazis en todas partes. Toman demasiadas fotos. Demasiadas. La gente, periodistas supongo, grita y hace preguntas. ¿Serán fans? No puedo distinguirlos. Voy a sufrir un ataque de pánico si no nos vamos de inmediato.

—¿Al hotel? —El conductor se cerciora.

—Sí, por favor.

Vine aquí porque me insistieron. Además, prometieron que la pasaría bien y que sería una noche que arreglaría un millón de cosas que ya no tienen arreglo. Matthew siempre mintiendo y yo siempre creyendo.

Salgo nuevamente acompañada y directo al ascensor. Entro a la habitación, tomo aire y me alisto para llenarme de valía ante tanta soledad.

Mis pensamientos me llevan hasta el enorme espejo de la pared. Pidieron este vestido exclusivo para hoy. Lo amaba; es de un dorado claro muy brillante y ahora se ha convertido en otro disfraz. Lo rasgo con fuerza y cientos de pequeños cuadros salen volando por el aire. Me deshago de los tacones también. Voy hasta el enorme ventanal y me dejo caer de rodillas. Las luces de Hollywood son impresionantes. Esta es la maldita ciudad de los sueños, aquí es donde todo comenzó, pero también es donde mis peores pesadillas se han hecho realidad.

En cada lugar que he visitado, Matthew me ha avergonzado, delante de otros y en privado. Me apena todo lo que debo soportar por él. Todos los amigos de Matthew me detestan, aunque frente a las cámaras debamos sonreír como si fuéramos unidos. Él es de aquí, sabe moverse aquí, es su terreno, es su vida, es su zona de confort.

Odio esta maldita ciudad.

Por lo menos no me quedaré por mucho tiempo. Los primeros conciertos de la gira tendrán lugar en algunas ciudades de este país, pero luego iremos a Latinoamérica y de ahí a Europa y Asia. Tendré que presentar el mismo espectáculo más de cien veces en menos de un año. Una y otra vez voy a cantar canciones que no me representan, ni me llenan.

¿Estoy lista? No.

¿Debería hablar y pedir más tiempo? Sí.

¿Lo haré? Quién sabe.

Ladeo el cuerpo y noto que algo resalta en la oscuridad. Me

acerco y me topo con varios ramos de rosas amarillas, veintidós en total, y un pequeño sobre sellado en uno de ellos. Lo tomo y no dudo en abrirlo. Hay algo escrito en una elegante caligrafía:

Escucha…
«Look at the stars. Look how they shine for you.
And everything you do. Yes, they were all yellow»

Estas son única y exclusivamente para ti.

Felices y dulces veintidós, reina.

I.S.

Mi sonrisa se amplía, pero se borra cuando golpean la puerta. Escondo la nota detrás de la espalda y me dispongo a abrir.

—Chelsea, soy yo —dice Matthew.

Me detengo.

—¿Qué quieres? —alzo la voz para que me escuche.

—Hablar contigo, bonita.

—No tenemos nada de qué hablar, Matt. —Intento sonar agradable, tal vez así se vaya—. Estoy muy cansada ahora y… Si quieres podemos vernos mañana en el desayuno.

—No, Chelsea, déjame entrar, por favor. Solo… Solo quiero hablar. —Arrastra las palabras. Está drogado. Lo sé.

—Matt…

—Chelsea, por favor —la voz se le entrecorta—. Es Año Nuevo y es tu cumpleaños, y… solo nos tenemos el uno al otro… Cinco minutos y me voy.

Respiro hondo. Sigo apretando la pequeña nota en la mano. Tengo que llamar a Isaac pronto. Si no lo hago, tal vez él me llame, y no quiero que Matthew pregunte por eso a esta hora. No quiero que sepa nada sobre Isaac, aunque, para mí, Matthew y yo ya no tengamos nada.

—Solo tres minutos —respondo.

—Sí, sí, sí… Abre, por favor.

Exhalo todo el aire y abro la puerta. Matthew tiene la frente recostada sobre el marco, pero en cuanto me ve se para derecho.

—¿Qué quieres? —pregunto.

—No me hables así. —Sigue arrastrando las palabras.

—Tú me has hablado peor.

—Casualmente esos días no eran buenos días y tener malos días no me convierte en mala persona.

—No, ser mala persona te convierte en mala persona, no necesitas malos días o buenos para excusarte.

—Chels… Ya basta, por favor.

Sus manos se adueñan de mi cara y su boca cae sobre la mía. Intento apartarme y, cuando lo logro, lo primero que hago es limpiarme los labios rojos con una mano.

—No me digas así. No me beses, no me…

Rueda los ojos y me ignora. Eleva su mirada por encima de mi cabeza. Ya fue suficiente, pero cuando estoy por cerrarle la puerta, él la detiene.

—Espera. ¿Qué es eso? —Señala detrás de mí.

Volteo para mirar y lo único extraño que veo son las flores.

—¿Qué?

—Las flores. —Me empuja para pasar y tomar uno de los veintidós ramos—. ¿Quién te las dio?

Me encojo de hombros. No tengo por qué responderle nada, él ya no es mi novio y el mundo tiene que empezar a entenderlo, sobre todo él.

—Ya estaban aquí cuando llegué.

—No… No estaban. —Me señala—. Las hubiera visto, son demasiadas.

Pierdo el aliento cuando recuerdo que él estuvo ayer aquí y las flores no estaban. Sigo haciendo añicos la nota en mi mano.

—¡¿Quién te las dio?!

—Matthew, vete, por favor.

—No. ¡Responde!

—Matthew, vete.

—Chelsea, responde.

Sigo respirando lento. No tengo que responder y no lo haré.

—Vete.

Niega con la cabeza, me sonríe y pierde el control. Arroja todas las rosas sobre el piso y camina sobre ellas.

—No me tomes por idiota —grita y me señala amenazante.

—¡No lo hago! ¡Solo quiero que te vayas!

Estoy a punto de romperme y no quiero hacerlo frente a él. Me está costando hasta mantenerme de pie, pero no voy a ponerme de rodillas frente a él.

—¿Qué quieres?

—Solo venía a dejarte un regalito. —Sonríe.

No aparto los ojos de las rosas amarillas destrozadas en el piso. Todo quedó cubierto de ellas. No puedo dejar de mirarlas. No puedo.

Matthew pasa por mi lado para al fin irse.

—Feliz cumpleaños, bonita —dice y golpea la mesa, haciendo que mi mirada caiga en la bolsita con algo blanco dentro de ella. Abre la puerta y desaparece después de azotarla.

Dejo de respirar. Las náuseas regresan más fuertes que nunca. No dejo de mirar la bolsita.

No.

Sacudo la cabeza y voy hasta mi teléfono. Marco ese número que dijo que estaría siempre disponible. Es lo único que puede traerme al ahora.

Suena el tono una vez, luego otra vez, otra…

—¿En el hotel?

—En el hotel. Gracias por las rosas… —Respiro hondo y trago duro. No quiero oírme mal—. Me encantan y también las que cayeron del techo.

307

—Siento si fue mucho escándalo.

—No, no lo fue… Fue toda una experiencia.

—Respiro bien ahora que lo sé.

—Todo lo que venga de ti va a gustarme, eso es seguro.

Me arrodillo frente a las flores y me acuesto sobre ellas. Enfoco toda mi atención en la brillante lámpara del techo mientras sigo hablando con él. Su voz y sus palabras me distraen de lo que acaba de suceder. Casi creo que no sucedió, que no se destruyeron, que no me destruí, pero la verdad es tan devastadora que cada vez que miento, pongo en peligro la poca esperanza que tengo.

34

Sometimes I just wanna cave
And I don't wanna fight.

SOBER
Demi Lovato

Chelsea

Hoy se cumplen dos meses desde que salí de rehabilitación. Nadie me dio el alta y ahora entiendo por qué todos los que se preocupan por mí estaban a la espera de que volviera a internarme. Hasta mi padre, que apenas me habla, me llamó esta mañana.

—¿Ya sabes en qué centro vas a continuar? —preguntó.

—¿Continuar? Ya no puedo tomarme más tiempo. Estoy bien, en serio.

—Yo creo que…

—¿Cómo estás tú? ¿Qué tal han salido todos los exámenes hasta ahora?

Respiró hondo y dejó ir el tema.

—Solo puedo decirte que no está empeorando.

—Eso significa que tampoco está mejorando.

—Ha pasado muy poco tiempo como para que haga efecto el tratamiento. Muchos malos resultados convertidos en éxitos vienen de la paciencia.

Con esa frase entendí que yo no soy paciente y que jamás lo seré. Cuando colgué el teléfono fui a buscar algo que necesitaba. Dejé de luchar por un segundo y ahora me encuentro aquí. En medio de una habitación llena de cientos de rosas amarillas que aún no me atrevía a levantar del piso. Estoy rodeada de todas estas flores, con una botella de vino y una bolsita de plástico vacías. La ebriedad me deja soportar la vida, me hace sentir vergüenza, pero así quería estar: alterada, anestesiada, sin límites y, a la vez, sin voluntad. Nadie lo sabe, y nadie lo sabrá. Solo es momentáneo, solo necesito más energía...

Déjà vu.

Ayer, Amanda se deshizo de mi enfermera, niñera, como se llame, solo porque sí. Ahora busca otra, y Daniel tiene un receso de su trabajo. Eso deja un punto ciego que quiero aprovechar, por lo menos antes de que vuelva Daniel. Creo que es de Texas también, como el vaquero beisbolista que está por iniciar su temporada de juego.

Me gusta que me llame. Siempre me habla sobre sus entrenamientos y el tiempo que comparte con su hija. Me gusta escucharlo. Me distrae. Yo no le cuento mucho, solo escucho y escucho. Él pregunta y miento, le digo que estoy bien. No voy a decirle que la mayor parte del tiempo quiero desaparecer. Él tiene su vida y no necesita que lo joda con la mía. Ojalá pudiera contarle todo, ojalá pudiera abrir la boca y pedirle ayuda.

Respiro hondo. Mi celular suena y en la pantalla leo el nombre de Matthew. No voy a contestarle. Estoy asustada por cómo está actuando últimamente, aún no entiende que entre él y yo ya no hay nada.

Alcanzo una de las rosas. Aspiro su aroma y, como si el olor ardiera, se me escapan algunas lágrimas. Huele a lo que podría ser el amor, pero desaparece porque estoy ocupada odiándome. Introduzco el tallo de la flor dentro de la botella de alcohol y me quedo observándola. Va a morir si no la saco del veneno, eso es seguro, pero no me molesto en hacerlo. Es solo una flor más.

Yo solo soy una flor más…

Soy una vergüenza, una mentirosa…

Lo siento, Azul. He dejado volver a esa hija de puta gris.

35

Chelsea

El celular vibra en mi bolsillo. Me levanto del piso y voy hasta el lavabo. Me echo agua en la cara y tomo del grifo. Hago gárgaras y escupo. Tanteo mi trasero buscando la caja de chicles de menta. El aparato sigue vibrando. ¿Me siento bien como para contestar ahora? ¿Sí? No. No. Mejor no. Salgo del baño y vuelvo a la cama. He fumado al desayuno y tal vez lo haga otra vez al almuerzo, o hasta que al menos consiga un poco más de cocaína. El celular vibra. Un mensaje. Lo tomo.

VAQUERO
¿Te has fijado en nuestros calendarios esta semana?

Busco la tableta que me han dado con toda mi agenda. Me tiemblan las manos. Miro los próximos días y mi corazón para. Respondo su mensaje con mucha dificultad.

CHELSEA
¿Ya estás aquí?

VAQUERO
Sí.

Mierda. Tengo que darme una ducha y cepillarme los dientes cincuenta veces.

VAQUERO
¿Irás a verme jugar?

No puedo decirle que no. Tengo que arreglar esto.

CHELSEA
Haré lo imposible.

VAQUERO
Lo tomaré como un sí.
Envíame tu ubicación. Te enviaré algo.

CHELSEA
Windless Hotel.
Suite 07. ♥ Ubicación.

VAQUERO
Espero verte, reina.

Respiro hondo al leer el último mensaje. Yo también espero verte, Vaquero, pero no así. Tengo que hacer algo antes.

Agua. Necesito mucha agua.

Me echo el pelo hacia atrás y el olor a sudor se apodera de mi nariz. Soy un asco. Necesito agua, tanto afuera como adentro. Entro a la ducha y no mido el tiempo, solo me quedo ahí, sopesando la manera en la que el mundo me da vueltas en cámara lenta. El juego es a las cuatro y debo estar a las seis en el *backstage*. Espero lograrlo. No me perdonaré si falto. Salgo de la ducha y tomo lo que uso siempre para los ensayos. Pantalones de yoga, zapatillas, una camiseta vieja y holgada, pero antes, debajo, meto los brazos en una camiseta negra de mangas largas. Casi todas están estampadas con dibujos animados. Hoy llevo una de Pokémon.

—Hola —digo al salir del cuarto.

—Señorita —saluda y asiente.

Otro día más con el tal Mike. Ya quiero que llegue Daniel.

—¿Podrías hacerme un favor?

314

—¿Otro?

—Sí, otro —respondo.

—¿Cuál sería?

—Si algo llega a la recepción para mí, ¿podrías avisarme?

—¿Que se lo suban a la habitación? —pregunta.

—Sí, por favor.

La gente se mueve a mi alrededor a toda velocidad mientras le doy el quinto, y lento, mordisco a mi *croissant* de almendra. Estoy en las nubes degustándolo, aún más porque fue un regalo de alguien especial.

Isaac me envió una camiseta con su apellido, unas llaves de un auto con placas registradas en el estadio y *croissants* de almendra. Dijo que su hermana le había dicho que leyó en algún lado que estos eran mis favoritos. Eso es un problema. No el *croissant*, que está delicioso. Está hablando de mí con su hermana, y eso podría ser un problema.

Vaya, Chelsea. ¿Eso es tener todo bajo control?

Isaac está haciendo cosas que me parecen irreales. Está rompiendo mi realidad y eso me saca de control. Mi realidad no me gusta, pero no quiero que la muevan o la invadan y quede expuesto todo lo que esconde. Tengo que seguir fingiendo hasta encontrar una solución a una duda que no sé si tengo.

Después. Después lo haré. Ahora estoy ocupada en otras cosas.

—¡¿Qué estás haciendo?!

La voz de Alicia me hace dar un brinco. Veo su mano pasar frente a mi rostro y a mi *croissant* volar hasta el último rincón de la habitación. Todos se quedan petrificados a mi alrededor. El ruido del secador que sostiene el estilista se ha detenido, mientras el hombre mira la escena, absorto. Y su expresión se repite en los demás. Sé que no soy la única que detesta estar cerca de Alicia y es hora de que *amablemente* la ponga en su lugar.

—Esos ataques que te dan tal vez sean una señal para ir a terapia —digo con calma, me levanto de la silla y camino hasta donde cayó el pedazo de pan—. Es muy buena, te ayuda y te enseña a soportar a personas de mierda. A mí me sirve.

Lo alzo y me lo llevo de nuevo a la boca.

—Cuando estés gorda no vengas a quejarte de que ninguna revista te quiera en su portada —replica.

Otro ataque a mi físico, lo mismo de siempre. Abro la boca para responder, pero la voz de alguien más me roba las palabras.

—Por favor, es Chelsea Cox. Van a quererla de cualquier manera —dice, como si mi nombre fuese una explicación certera.

Y así, con una frase que deja a todos congelados, es como le gusta a Samanta Vivaldi hacer presencia. Causa tanto impacto que nadie es capaz de no mirarla. Sonríe de oreja a oreja y es imposible no contagiarme y alegrarme de que esté aquí. Sigo mirándola, porque no creo estar viéndola de verdad. El cabello rubio le cae en ondas perfectas sobre los hombros. Se quita los lentes negros mientras mueve la cabeza de lado a lado. Sus ojos azules me miran.

—Hola, Dorothea —dice.

Es de verdad. Es ella.

—Hola, Sam.

Siempre me ha llamado por mi segundo nombre. Es la única persona que lo hace sin razón de burla y solo a ella se lo permito. Me siento en la silla y le pido al estilista que siga con la prueba de estilo. Miro el reloj, son un poco más de las nueve de la mañana y pronto tendré que planear mi escape.

—Oye, no puedes venir cuando se te dé la gana y entrar como si... —Amanda entra un minuto después gritando detrás de ella, pero un «shhh» de Sam la calla de inmediato.

—¿Te molesta que esté aquí? —Samanta me pregunta.

—No —respondo sacando otro *croissant* de la bolsa. Lo muerdo y las ignoro por completo.

Borro la sonrisa de mis labios. Olvidaba lo que es tenerlas juntas en la misma habitación. Siempre están peleando por todo y siempre delante de mí. No quiero escucharlas. Ya estoy teniendo un día de mierda. Solo quiero llegar a las cuatro de la tarde.

Samanta toma asiento a mi lado mientras trato de enfocarme en leer algunas cartas de mis fans que me han llegado al correo. De este amor me he alimentado los últimos días. El secador se enciende y la ráfaga de aire caliente llega a mi cabeza. Por debajo del ruido escucho cómo Amanda y Alicia empiezan a hablar sobre mi consumo de calorías. No deberían preocuparse; no creo que la ansiedad me deje comer después. Ignoro a Samanta. Sé que está taladrándome con la mirada y no quiero hablar con ella, ni con nadie, así parezca una pataleta.

—¿Estás enojada conmigo? —pregunta.

—No.

—¿Entonces por qué me ignoras?

—Estoy ignorando a Amanda.

—Chels… Está bien. No voltearé siquiera a mirarla. Estoy *focus* en ti… ¿Cómo estás?

—Gracias.

No quiero que se la pase discutiendo con Amanda, como suele hacer cada vez que pasa algunos días conmigo. Ya es suficiente con el dolor de cabeza y la horrible acidez que tengo.

—¿En qué andabas antes de venir aquí? —Intento poner tema antes de que ella me pregunte a mí.

—Terminamos hace poco las grabaciones de la segunda temporada de la serie, pero mañana tengo un *casting* para otro proyecto más interesante, y me di cuenta de que también estabas aquí, así que dije «debe ser el destino» y aquí estoy —cuenta con emoción y se lanza a abrazarme—. Siento tanto todo, mi niña. Esa serie me tiene abducida, pero todo este mes descansaré y quiero ir a verte en cada concierto.

—Hoy tengo uno, pero luego no tendré más hasta el inicio de la gira.

—¿Por qué te oyes tan desanimada? ¿Es por ese idiota? Ya te he dicho un millón de veces que Matthew no merece a alguien como tú y que...

—Me da igual Matthew. Se acabó —miento.

—¿Entonces cuál es el problema?

—No hay ningún problema.

Me llega un mensaje llega al celular. Lo abro y pongo mi atención en la foto que me ha enviado Isaac. Es una silla de estadio con una pequeña nota con mis iniciales y abajo se lee «RESERVADO». Sonrío levemente.

—Oh... Entiendo —Sam habla y me mira como si hubiera descubierto el fuego—. ¿Quién es?

—¿Qué?

Me doy cuenta de mi error. Ahora no me dejará en paz.

—¿Qué te tiene sonriendo de esa manera? —Carraspea—. Mejor pregunto... ¿quién?

—Sam —le advierto—, es mejor que te vayas, recuerda lo que hizo Amanda la última vez.

—No sabes el fastidio que significa no poder entrar a Londres —dice suspirando, y sus ojos, llenos de ira, van hasta su hermana—. Esa mujer tiene el primer lugar en mi lista negra.

Samanta es actriz y Amanda la envidia por eso. Ella y yo somos lo que ella jamás pudo ser. También detesta que se acerque a mí y me llene la cabeza con todos los sinónimos de la palabra libertad. Hemos estado muy alejadas, pero si hay personas en mi familia a las que puedo rescatar entre tanta mierda, esas son Sam y Edward. Ella es directa, sin escrúpulos y tan inteligente que incomoda.

—Vete, Sam.

La miro con lástima. Se pone de pie y antes de cubrirse los ojos nuevamente con sus lentes dice:

—Siempre has tenido mi número y yo siempre he tenido las ganas de estar ahí para ti, pero nunca llamas. Y no me importa, igual seguiré apareciéndome de la nada.

Una media vuelta y se va. Y así es mejor, este lugar no es apto para las almas libres que van de frente, como ella. Este es un depósito de cosas que no quiero que la gente vea. Y aunque Azul me animó a limpiarlo un poco, las ganas de seguir haciéndolo se han ido. No estoy cumpliendo ninguno de sus sueños; ella quería verme bien y yo estoy tirando todo a la mierda. Llevo mis pensamientos a Isaac. Si se enterara, también se decepcionaría.

Horas después, llega a mis manos un almuerzo que casi no toco. El alcohol me está tratando mal y ni siquiera soy capaz de comer bien. Cuánta energía se gasta para cuidarse a uno mismo, ¿de dónde puedo sacar más? La necesito.

Temo perderme porque no creo que vaya a ser tan valiente como para regresar. ¿Serán valientes siempre los valientes? ¿Y si algún día deciden descansar y los llaman cobardes? Solo estaban cansados.

Tal vez yo solo esté cansada, y perdida, y rota, y confundida y todo lo que implique estar dolida. Aunque a veces, de la nada, sonrío. En medio de todo, para mí la depresión ha sido como una tormenta en mar abierto, hay momentos en los que el cielo nublado y furioso se abre para dejar pasar un rayo de luz, pero eso no significa que la tempestad haya terminado. Tengo mis rayos de luz, mis momentos, pero la tormenta sigue ahí, todo sigue oscuro y no se siente como algo pasajero.

Me asusta perder el control y que lo pasajero deje de serlo. Me estoy engañando. Lo he hecho mucho últimamente.

—Listo —anuncia el estilista—, ahora tienes una larga cabellera. A las seis nos vemos de nuevo para el maquillaje.

—Vamos con la prueba de sonido —dice de inmediato otro hombre con un micrófono de diadema.

Dejo el tazón de cartón con comida a un lado. Tomo mi celular antes de quitarme la bata y caminar hacia el escenario. Todavía siguen adecuándolo para la noche e instalando luces y cientos de otras cosas. Hay unas enormes escaleras de cristal en medio y algunos árboles falsos llenos de rosas rojas. El día se me está haciendo eterno y apenas voy por la mitad. Las personas del equipo de sonido me entregan un audífono y un micrófono. La banda de Matthew se ha ubicado en la parte trasera. También están haciendo su prueba. El bajo y la batería se escuchan con fuerza por todo el teatro. Dejo de mirarlo cuando me guiña un ojo y voy hasta donde está ubicada la equis que marca mi nombre.

—¿Ya se te pasó la pataleta de ayer?

No quiero hablarle, siento que pillará que estoy un poco elevada. Fumé hace poco.

—No es ninguna pataleta, Matthew —digo y sonrío porque sé que hay personas pendientes de cada movimiento que doy.

—Déjame solucionarlo todo —dice.

—¿Solucionar qué?

—Lo que hice.

—Dime —lo enfrento—, ¿qué hiciste?

—Ya sabes… todo.

—Quiero escucharlo de tu boca.

—Eres una exagerada —afirma.

Suspiro exhausta. Jamás va a bajarme de loca o exagerada cada vez que le pido que sea honesto.

—Claro, siempre lo soy.

—¿Vas a decirme quién te envió las flores o tengo que averiguarlo solo? —pregunta.

Aparto la mirada de él, pero su mano me obliga a mirarlo de nuevo. Alrededor, a nadie parece importarle nuestra conversación, y doy gracias. Su rostro se acerca al mío. Cierro los ojos con fuerza y escucho cómo inhala.

—¿Fumaste?

Con esfuerzo logro zafarme.

—Hablaremos después. —Me giro—. Tengo que trabajar.

Me dejo llevar por la música. Mi voz reemplaza el silencio que antes había en el lugar. Las personas que iban y venían se detienen para mirarme. Cierro los ojos. No quiero pensar en nada que no sea lo que estoy escuchando. Quiero cantar todo lo que me faltó decir otras veces.

El pequeño ensayo termina y miro el reloj con ansiedad. Tengo que irme y debo hacerlo pronto. Voy hacia la parte trasera de nuevo. Trato de encontrar a Alicia para inventarle alguna historia, como que me llegó y debo ir a cambiarme al hotel. Mi plan es buscar alguna excusa para regresar, tomar el auto de Isaac y llegar hasta él.

Solo hay un problema. Dejé mi licencia en Londres.

Mierda. Mierda. Mierda. Piensa. Piensa. Piensa.

Ya sé. Busco el número de Sam y le envío un mensaje citándola en la habitación de mi hotel.

Finjo tener náuseas y que debo tomarme algo que dejé en el hotel y solo yo sé dónde está, y escapo despavorida de Alicia y de Amanda.

—¿Y ahora qué pasa? —dice Sam una vez que llega al hotel—. Parece que estuvieras a punto de desmayarte.

—Dejé mi licencia de conducir en Londres —suelto de inmediato.

Ojalá me ayude en esta locura. Ojalá. Ojalá. Busco agua en la pequeña nevera y después de tomarme toda una botella voy a cepillarme de nuevo los dientes.

—Es algo muy importante. Deberías cargarla siempre, más aún cuando hay tanto policía por ahí —habla mientras yo me muevo por todo el lugar como una loca. Termino de lavarme la boca y me le acerco.

—Necesito que me hagas un favor de boca muda y ojos ciegos —susurro mientras repito lo que ella siempre me decía antes de pedirme una locura.

Sus ojos se abren de manera exorbitante.

—¿A quién hay que matar?

Sonríe.

—A nadie —sigo susurrando—. Tengo que salir y ni Amanda ni Alicia pueden darse cuenta.

—¿Por qué? ¿A qué? Entiendo que tienes un concierto en unas horas —dice confundida.

—Debo... —Me debato entre si contarle o no—. Debo verme con alguien.

—¿Con quién? —Se detiene—. Te ayudaré en lo que sea, pero tienes que contármelo todo.

Blanqueo los ojos y suspiro cansada. Estoy desesperada y no tengo otra opción. Si le pido ayuda a Mike, me la negará.

—Es un amigo... —digo y siento cómo cae sobre mí su mirada acusatoria, pero le suplico con los ojos—. Realmente es un amigo. Me ha invitado a verlo jugar y prometí que iría. El partido empieza dentro de una hora y quiero ir. No tengo licencia y si me detienen podría joder el concierto de hoy.

—¿Cómo piensas regresar? El tráfico es un caos después de un partido.

—Por eso quiero ir temprano, para regresar antes de que termine.

Se cruza de brazos y lo sopesa durante algunos segundos.

—No sabía que te gustaba tanto el béisbol —contesta y alza una ceja.

—Me gusta un hombre que lo juega.

—¿Estrellas Rojas o Águilas de Chicago?

—¿Importa? —Retomamos la caminata hacia la parte de los parqueaderos—. Espera, antes tengo que inventar una excusa.

—Primero, no voy a llevar a mi sobrina a ver un equipo perdedor y, segundo, es mejor pedir perdón que pedir permiso. Vamos. —Me toma de la mano y nos echamos a correr hacia afuera. Cojo de un perchero una pañoleta para cubrirme la cabeza—. Respóndeme.

—Estrellas Rojas.

—¡Eso es! —dice mientras ríe.

Agradezco que lo haya estacionado en los parqueaderos subterráneos porque así nadie podrá vernos.

—¿De quién es este auto?

—De Isaac.

—¿Isaac? —cuestiona.

—Ajá.

Subo al asiento de copiloto y ella se sube también.

—¿Isaac Statham? —vuelve a preguntar.

—Sí.

—*Wow*. Estás bateando en las grandes ligas —ríe—. Se habla mucho de él desde que empezó a salir con Miranda Dune.

—¿Quién es Miranda Dune? —pregunto rápido.

—¿Acaso vives en una cueva?

—No tengo mucho tiempo para conocer personas.

—Miranda es la chica con la que, supuestamente, está saliendo Isaac.

El corazón se cae del lugar tan alto al que lo había subido, pero rápidamente recuerdo lo que él me explicó.

—Lo siento, *baby*. No quería indisponerte —dice—. ¿Cuánto llevan saliendo?

—Nada, no somos nada.

—Habla con él. No saques conclusiones apresuradas —replica con dulzura y me da una palmadita en la rodilla—. No te mortifiques por algo que tal vez solo sea un rumor. Mira, te dio un auto para que fueras a verlo, y, aunque hay hombres que podrían comprar hasta la NASA con tal de follarte, hay otros que realmente son sinceros. Para descubrirlo hay que dar el beneficio de la duda.

—Tal vez solo quiera follar y ya. —Me encojo de hombros.

—¡*Follar y ya* también es increíble! ¡Ánimo, Chelsea Cox! Los beisbolistas suelen rendir bastante.

Tomo el celular de mi bolsillo. Le escribo un mensaje a Statham diciéndole que voy en camino. Espero llegar antes de que inicie el juego para hablar un poco con él. Sé que Miranda solo es cuestión de imagen, pero… Nunca hemos hablado de exclusividad y aunque constantemente estoy queriendo alejarlo, me mataría verlo con alguien más. También el recuerdo de la esposa que ya no está me pesa algunas veces. Sé que no puedo ni seré mejor, o al menos igual que ninguna de ellas. Soy un desastre al lado de cualquiera. Mi esperanza está siendo egoísta. Anhelo que su corazón no guarde fantasmas, que no tenga un pasado y que solo mire el presente en el que me encuentro.

Mientras yo sigo mirando hacia atrás.

Matthew tenía razón. Soy egoísta.

36

Chelsea

Siempre he pensado que todas las vidas están conectadas. Este planeta no es más que un minúsculo espacio en el universo, y a diferencia de toda la infinita extensión que lo conforma, nosotros aquí estamos tan juntos, tan unidos a los otros, que una simple acción de una persona puede desencadenar una serie de eventos que repercuten en más vidas.

Por ejemplo, la acción de un hombre que, mientras conduce, recibe por teléfono la noticia de que por fin alguien va a contratarlo. Este mismo hombre se emociona tanto que termina chocando el auto que conduce mi tía. Que no es el auto de mi tía, sino el de Isaac. Y esto pasó porque alguien renunció a ese trabajo o, *tal vez*, lo despidieron para que esto pasara. Y si fue lo último, *tal vez* sea porque esa persona decidió irse a vivir a otra ciudad, porque *tal vez* tenía una relación a distancia y su pareja le pidió que vivieran juntos. Y esto *tal vez* sea la vida indicándome que no debo ir a ese juego. Todo se conectó para que nos estrelláramos rumbo al estadio y ahora ando más nerviosa. Quizá sea la falta de alcohol. Al final, no almorcé nada y ahora estoy sufriendo un dolor de cabeza mortal.

—¡No tengo tiempo para esperar a ningún policía! Fue su culpa —Sam le grita al hombre. Está afuera tratando de llegar a un acuerdo para poder irnos rápido.

Isaac va a matarme cuando se entere de que nos chocamos. O, bueno, nos chocaron. Para este momento me he comido todas las uñas, a la mierda se fue la trabajada manicura que me hicieron ayer.

—¡No me grite, señor! Usted no sabe con quién está hablando y no querrá enterarse... —sigue dando alaridos—. Mire, lárguese y no me pague nada, pero déjeme ir... Pero ¡si fue su maldita culpa!

Abre la puerta y asoma la cabeza.

—¿Tienes algunos dólares ahí? —pregunta.

—¿Cuánto?

Desaparece para enfrentarse de nuevo al señor y en dos segundos vuelve.

—Doscientos —dice.

Blanqueo los ojos. Tomo mi celular y le quito el forro protector. Retiro dos billetes de cien dólares y se los tiendo.

—Tú pagarás el arreglo —le informo.

Acomodo mi celular y miro la hora. En cuarenta minutos iniciará el partido. Estábamos tan cerca de llegar... No me gusta ser impuntual, otra cosa que me causa ansiedad y que resulta de mi vida de eternos compromisos con otros. Siento que la persona que me espera me va a detestar y, claro, no soporto que me detesten porque de eso vivo, de caer bien.

Samanta entra de nuevo al auto y lo pone en marcha. Agradezco no haber estado en una vía principal. Ahí las cosas hubiesen sido más jodidas.

—Cuéntame qué tal es en la cama —habla ya más tranquila.

—Bien, supongo —respondo.

—Si estás arriesgando tu vida y tu carrera por ir allá, debe ser más que bien.

Es increíble, pero no hablaré de eso con ella. No respondo nada más. Me fijo en la velocidad, siento que vamos muy rápido. Tengo prisa, pero ya vi que Sam no es buena conduciendo.

—Baja la velocidad. Quiero llegar al menos viva.

—Vamos a llegar vivas y a tiempo.

—Van a detenernos.

—Solo son dos cuadras más.

Sigue zigzagueando entre autos hasta que ocurre lo que más temía: empezamos a oír las sirenas de la policía detrás de nosotras.

—Oh, no —maldice, pero no se detiene.

El parqueadero privado de la parte trasera del estadio está a pocos metros. Sam sigue acelerando y se me desboca el corazón cuando el auto de la policía también lo hace. No debí pedirle ayuda a esta mujer, está demente.

—Apenas entre, vas a salir corriendo del auto —me indica—. Yo me las arreglaré.

Gracias a la vida no hay ni un auto en la fila y las pequeñas puertas de metal se abren automáticamente cuando reconocen las placas. Espero que la puerta al estadio esté lo suficientemente adentro del subterráneo como para que los policías no me vean bajar. Sam se detiene cerca de una puerta y entro por ahí. Cierro detrás de mí y me permito respirar mientras hago una nota mental de llamarla después. Camino hasta llegar a una portería, más bien, una recepción llena de cuadros y cosas alusivas al equipo de la ciudad. El escudo muestra un águila y un fondo azul. La mujer sentada detrás del mostrador me mira con curiosidad. Lleva unos lentes de marco rosa y un traje gris. No se ve de buen humor.

—¿Puedo ayudarla? —Ladea la cabeza y su expresión cambia—. Su cara se me hace conocida... Usted es...

—Chelsea Cox —termino por ella—. Estoy buscando a Isaac Statham. —Su nombre en voz alta suena casi irreal—. Le pido discreción, por favor.

Casi le ruego con la mirada que no diga nada sobre mi identidad a nadie más. Asiente y levanta el teléfono. Volteo y me topo con mi reflejo en el espejo: mis rizos han sido remplazados por unas ondas largas que me caen hasta la mitad de la espalda. No tengo nada de maquillaje encima; solo yo y mi piel llena de imperfecciones. Me veo aún más rubia. Me reconocerán fácil. Debí bajar la pañoleta del auto para taparme. Debo conseguirme una gorra al menos.

—¿Dónde está la tienda de artículos deportivos? —pregunto en el momento que cuelga el teléfono.

—Solo venden artículos del equipo local y no voy a permitir que lleves puesto algo del rival.

Su voz me hace girar de inmediato y, sin pensarlo, corro hasta a él para rodearle la cintura. Su respuesta inmediata me calma, y me siento como en casa. Sus enormes brazos cubren toda mi cintura y su peculiar olor me recuerda cada momento en que me he perdido en ellos. ¿Por qué no puedo sentirme así siempre? ¿Por qué cuando se va todo tiene que volver a doler tanto?

—A mí también me alegra que estés aquí —dice sin que yo haya abierto la boca. Decido profundizar el abrazo en respuesta. Dejo la cara sobre su pecho y uno mi respiración al ritmo de la suya.

—No puedo dejar que nadie me vea aquí. Debe haber cámaras y periodistas en cada rincón —digo echando hacia atrás la cabeza para verlo.

—Te conseguiré una gorra que vaya con tu camiseta, que, por cierto, se te ve increíble. Hermosa, hermosa —susurra contra mi boca antes de besarme con delicadeza y espero que no note nada raro en mi aliento.

Doy un paso hacia atrás para verlo en su uniforme. Jamás me habían llamado la atención los deportistas, pero Isaac es la excepción a todo.

—Chels, deja de mirarme así. No me gustan las acosadoras —bromea.

Le golpeo el torso intentando hacerle un poco de daño, pero es mi mano la que termina adolorida.

—Vamos, te mostraré el lugar desde donde podrás verme sin preocupaciones.

Me toma de la mano para guiarme entre pasillos y escaleras. Puedo escuchar los gritos en el estadio a lo lejos. Algo de música los acompaña y siento la euforia del juego. Me parece increíble estar aquí y todo se intensifica cuando Isaac abre una puerta y entro a una pequeña habitación con un ventanal enorme por el que se aprecia toda la cancha. Me fijo en las tribunas, donde hay más gente vestida de azul que de rojo.

—¿Estás nervioso? —pregunto sin mirarlo. Toda mi atención está en la multitud. Yo sí estoy nerviosa, demasiado.

Resopla.

—Dentro de unas horas tú estarás frente a muchísimas más personas... ¿Y me preguntas a mí si estoy nervioso? Si estuviera nervioso, lo estaría por ti. ¿Estás nerviosa tú?

—Siempre lo estoy un poco.

Me giro para mirarlo y, cuando recuerdo lo que me contó Samanta, siento que algo se inquieta en mi estómago. En Navidad no le pregunté sobre ella, pero ahora creo que debo hacerlo, aunque no en este momento. Más tarde. Hablaré con él más tarde.

—No tendrías que estarlo. —Se acerca para moverme un mechón de cabello hasta detrás de la oreja—. Se nota que amas lo que haces, y el trabajo hecho con amor siempre es un éxito.

—¿Este es tu *amor*?

—Uno de ellos —dice.

Me mira por algunos largos segundos. Es tan avasallante que termino sintiéndome desnuda ante él sin quitarme una sola prenda.

—Más te vale ganar. —Me alejo un poco para sentarme—. No me gusta salir con perdedores —río, y cuando estoy por caer en la silla, me jala para atraerme a su cuerpo. Se inclina levemente haciendo que su nariz roce la mía.

—Tú harás algo más que salir conmigo, Chelsea Cox.

Su voz es un susurro grave y sus labios tocan los míos. Deja un pequeño beso sobre ellos; es diferente de todos los que nos hemos dado antes, este es tranquilo, seguro, suave y lleno de tal vez ese *amor* que ambos sentimos por otras cosas. Me encanta que siempre sepa a menta. Me separo y lo miro. Una sonrisa se le graba en el rostro y no lo tolero, vuelvo a besarlo con más ganas. Me pego completamente a su cuerpo y, sin pedírselo, me levanta, dejando que envuelva las piernas alrededor de su cintura. Sus manos me agarran firmes las nalgas. Las mías se mueven de su cabello a su cuello y de ahí a sus hombros. Tiene los músculos tan duros que tengo que usar más fuerza de la normal para clavarles los dedos.

—Me encantaría follarte aquí... —dice agitado—, pero tengo que ir a hacer un par de *home runs*.

—Te dejaré ir si me dedicas uno.

—Todo el juego será tuyo.

Él es increíble.

—No salgas de aquí. Enviaré a alguien con una gorra y un par de *snacks*. Disfruta el juego —dice mientras me deja un beso en la cabeza, y justo cuando abre la puerta, se detiene—. Si quieres irte antes, llama a mi celular, alguien vendrá a escoltarte, pero también puedes esperarme y yo te llevaré personalmente hasta el teatro.

Asiento sonriendo. Me guiña un ojo y sale de la pequeña habitación. Tomo una profunda respiración e intento calmarme.

Todo va a salir bien.

37

Isaac

El juego termina dejándonos ganadores y en lo único que pienso es en salir corriendo a buscar a Chelsea. Así de imbécil me trae. No ha llamado a mi celular para avisar que se va. El juego duró menos de lo esperado y agradezco que así haya sido.

Tengo que ir por ella. Me escapo de la multitud y emprendo una carrera por los pasillos hasta llegar a la sala VIP donde la dejé. No me cruzo con ningún fanático en el camino; esta zona no estaba habilitada para ello. Detesto haberla dejado tan lejos, pero fue por su seguridad. Abro la puerta y ella se arroja a mis brazos. Busco de inmediato besarla.

—Debo irme, Vaquero —susurra contra mi boca.

—Sí, pero iré de nuevo por ti.

Le dejo un beso en la frente y la bajo al suelo. Lleva una gorra y avanza con la cabeza gacha, escondida detrás de mi espalda. Algún día la tendré a mi lado en la cancha y podré dedicarle mis *home runs* frente a todo el mundo. Llegamos al parqueadero y busco el auto que le di entre todos los que hay estacionados aquí.

—Isaac... Hubo un problema —dice.

—¿Cuál?

—Mi tía me trajo y se llevó tu auto después de chocarlo y de que la persiguiera la policía por pasarse el límite de velocidad.

—¿Nada más? —Alzo las cejas. Si otra persona me dijera todo eso, no le creería, pero a Chelsea le pasan cosas que no se ven todos los días.

—Te lo pagaré —susurra preocupada.

—No. —Le levanto la cara. Necesito que me mire—. Si todo eso hizo que estuvieras hoy aquí, no importa cuánto haya costado, valió la pena. Iremos en el de un amigo.

Busco el auto de Dylan. Lo desbloqueo con su código y encuentro la llave en el interior. Salgo para abrirle la puerta a Chelsea. Ella entra y vuelvo al asiento del piloto para salir por la parte trasera del estadio y buscar un camino sin tanto tráfico. Mi cuerpo está exhausto, pero quiero estar con ella todo el tiempo que pueda.

—Voy a llamar a uno de mis guardaespaldas para que me ayude a entrar —dice mientras busca su contacto en el teléfono.

Tomo la mano que tiene libre y dejo ambas sobre su muslo. Me mira mientras se lleva el celular al oído.

—¿Qué? —pregunto.

—Nada —susurra—. Ey, Mike... Sí... Lo siento, lo sé. Ya voy para allá... Claro. Ajá. No importa. ¿Dónde puedo reunirme contigo y hacer como si nada hubiera pasado? No te preocupes, no voy a permitirlo... Entiendo, okey. Gracias, ya nos vemos.

—¿Todo bien?

—Sí. —Sonríe—. Todo excelente.

Trato de acortar tramos y en cada semáforo me aviento hacia ella para besarla y aprovechar el tiempo que nos queda juntos. Cuando volvemos a estar en movimiento, veo por el rabillo del ojo que se muerde las uñas.

—¿Ansiosa?

—Muchísimo.

—Recuerda respirar. Piensa en que pronto vas a estar en un escenario haciendo lo que amas.

—¿Vas a venir a verme? —pregunta con ilusión en su voz. Quisiera decirle que sí, pero no puedo.

—Chels…

—Lo sé.

Sus labios me sonríen, pero sus ojos no.

—Me encantaría, pero no puedo. Debo volar mañana temprano, pero…

—¿Pero? —pregunta con emoción de nuevo.

—Mi entrenador podría matarme si no duermo bien hoy, pero tú ya hiciste tu sacrificio por mí y ahora me toca a mí. Llámame cuando bajes del escenario y estaré donde me digas.

Me mira tan profundo que si no estuviera conduciendo me perdería en la miel de sus enormes ojos. Cuando la miro me siento como un niño que ha comido mucho azúcar y no puede controlar sentirse agitado, contento, confundido… Cuando termina el recorrido, la atraigo hasta mí y me tomo un minuto para disfrutarla antes de que se vaya. Su cuerpo se siente suave y hecho para el mío. Sin reparo o vergüenza, la toco por todas partes y todo lo que puedo.

—No sabes lo mucho que ansío verte después del concierto —habla bajito.

—Igual yo, Chels, igual yo.

Una vez más, me hago dueño de sus labios.

—Te veo más tarde, Vaquero.

Se baja, dejándome vacío. Se despide con la mano al salir del auto. No me descompongo como siempre me pasa después de las despedidas, todo lo contrario, me alegro, porque en un par de horas volveré a ver su sonrisa.

—Contaré los minutos.

38

Chelsea

Corro hasta la camioneta en la que se encuentra Mike. Subo al asiento trasero y él acelera por el parqueadero del enorme teatro.

—No sabía que le gustaba el béisbol.

—¿Ah? —Caigo en la cuenta de mi vestuario—. Oh, mierda.

Me quito ambas prendas y las dejo a un lado. Mike no hace más preguntas y lo agradezco. Mis nervios han bajado, pues ya conozco de memoria la odisea que me espera detrás del escenario. Busco el número de Sam en mi registro e intento marcarle, pero no contesta. Mierda, espero que esté bien. Mike me escolta hasta donde mi gente está reunida esperándome. Hay dos tipos de personas aquí: las que me miran con lástima y las que me miran con enojo. Ambas se han hecho un juicio sobre mí y no me gustan las personas que juzgan sin conocer. Sin embargo, ahora nada me importa, solo el *show*.

—¿Dónde estabas? —pregunta Alicia tan pronto como pongo un pie en el *backstage*.

—Necesitaba aire —digo sentándome frente al tocador.

El estilista no espera ninguna orden y le indica a todo el equipo que empiece a trabajar en mí.

Intento ignorar a Alicia, pero su mirada es perturbadora. No entiendo por qué, si me odia, sigue trabajando para mí. Solo hay una respuesta: dinero. A pesar de todo, supongo que hace bien su trabajo.

No veo a Amanda por ningún lado y eso me pone un poco mejor. He decidido desde este momento no dejar que nada arruine mi día.

Un par de horas después, a las ocho en punto, estoy vestida, peinada, maquillada y lista para hacer mi gran aparición después de que Matthew y su banda bajen del escenario.

—¡Todos a escena! —grita el director.

Soy excelente en lo que hago, en la manera en que dirijo y doy vida a un enorme espectáculo. No por nada he llegado a donde estoy: he trabajado fuerte y planeo seguir haciéndolo. La adrenalina que siento en cada paso que doy ante el público es mi mundo, y no quiero perderlo. Agarro fuerte el micrófono y camino hasta el centro del escenario, donde un reflector me dispara una luz brillante y la música se detiene para recibirme. Miles de personas gritan al verme. Saltan y corean mi nombre. Hay luces de colores entre ellas, pero nada brilla más que sus sonrisas.

—¡Buenas noches, Chicago! —suelto con una afinada tonalidad. Los gritos aumentan.

Las luces se apagan y otras más se encienden aleatoriamente al ritmo de la música. Los bailarines aparecen en escena. El enterizo corto y rojo que llevo está lleno de lentejuelas que, al recibir la luz, brillan como si estuviera en llamas. Y así me siento: ardiendo; la música me hace explotar. Mi cabello baila con el aire de los ventiladores que han sido ubicados en el borde del escenario. Vuelvo a escuchar los gritos y sonrío. Esto es lo mío, esta es mi pasión.

Suena la intro de una canción que fue modificada exclusivamente para la gira y me preparo para cantar. Una vez activo mi voz, me siento como entre una enorme burbuja en la que solo estamos mi música, mi público y yo. Quiero que cada uno de mis fans se sienta único mientras me oye cantar.

Bailo, canto, sigo las coreografías. No sé cuánto tiempo pasa, pero sé que después de la décima canción es hora de cerrar.

—¡Fue un placer, Chicago! —digo con emoción—. ¡Gracias, los amo!

Luces y otra música indican que es momento de salir del escenario. Corro hacia el *backstage* en busca del celular que he dejado oculto. Cuando llego, lo tomo y envío el mensaje.

—Quiero irme ya al hotel, por favor —le pido a Mike mientras tomo un abrigo largo del perchero.

—No veo por qué no —dice. Sonríe y me señala la salida.

39

Chelsea

Entro a la habitación del hotel y encuentro a Matthew sobre mi cama.

—¿Dónde estuviste en la tarde? —pregunta.

Suelto mi maleta y giro para mirar a Mike, que no ha cruzado la puerta y se despide con un simple movimiento de cabeza para luego desaparecer.

—Cierra la puerta —me pide Matthew.

Y lo hago. Mi celular vibra en el bolsillo de la maleta. Me agacho para alcanzarlo y contestar, pero Matthew me interrumpe.

—Ni se te ocurra. Vamos a hablar. ¿Dónde estuviste? No evadas mi maldita pregunta. —Se levanta de la cama para caminar hacia mí.

—Déjame contestar. Es mi tía —pido.

Le ruego con la mirada durante largos segundos hasta que levanta la mano como si no le importara. Tomo el aparato y contesto.

—¿Sam?

—Hola, *amore mio*. ¿Cómo estás?

—Bien —contesto y trato de respirar normal, pero la verdad es que estoy temblando—. Ya en el hotel.

—¿Qué tal el juego y el concierto?

—Todo muy bien… —Me gano la mirada de Matthew—. Estoy a punto de quitarme todo para acostarme a dormir. ¿Cómo te fue a ti?

Me muevo por la habitación para evitar a Matthew. Me asusta la mirada que pone sobre mí. Debería salir corriendo por la puerta.

—Oh, maravilloso. Tu queridísimo amante pagó todo y me dejaron ir sin ningún problema.

—Qué genial. Me alegro.

—Sí, dale las gracias de mi parte.

—Lo haré, pero gracias a ti.

—No hay de qué. Tengo que colgar, pero hablaremos pronto.

No alcanzo a responder porque corta de inmediato. Aprovecho para borrar todos los mensajes que he intercambio con Isaac, aunque no quiera. Me gusta volver a leer las cosas que me ha escrito, o ver una de sus fotos, pero ahora tienen que irse porque el hombre a mi lado, en quien antes confiaba, podría joderme.

—¿Dónde estuviste esta tarde? —Matthew vuelve a preguntar. No sé qué responder y tampoco quiero hacerlo—. ¡Responde!

Sus gritos me marean y todo lo bueno que antes sentía se desaparece.

—¿Quién es ese imbécil, Chelsea? ¿Por qué mierda le dices *Vaquero*?

Revisó mi celular. No...

—Vete, Matthew —digo con calma y señalo la puerta.

—¿Quién es él, Chelsea?

Su voz empieza a entrecortarse y me debilita. Lo miro: caen lágrimas. Estamos entre las penumbras, pero puedo sentir su aroma: está tan jodidamente ido.

—Vete, Matthew. Hablaremos cuando estés en tus cinco sentidos.

—¿No estás viendo lo que me haces? —dice aproximándose. Se lleva la mano al pecho como si estuviera a punto de sacarse el corazón.

Todo se mueve más rápido de lo normal. Y de la nada siento sus manos alrededor de la cara. Se me encienden las alarmas, pero mi cuerpo no reacciona. Algo está mal.

—Deberías irte. —Mi voz es un débil susurro—. Hablaremos mañana. Prometo contártelo todo.

Pongo las manos sobre las suyas para quitármelas de la cara, pero se resiste con tanta fuerza que me hace doler la mandíbula.

—Tú no sabes cuánto te amo, Chelsea —solloza fuera de control—. No lo sabes y necesito hacer algo para que lo entiendas y no me dejes…

Agacha la cabeza y se apoya en mi hombro. Llora desconsoladamente y no quiero imaginar lo que habrá pasado para que esté así.

—Déjame encender la luz —le pido y logro al fin soltarme de él.

Temblando, voy hasta el interruptor y hago que toda la habitación se ilumine. Regreso para fijarme en su cara.

—Matt… —susurro. El aire se me escapa al ver su estado. Tiene el ojo rojo e hinchado. Un río de sangre seca le baja por la mejilla—. ¿Qué pasó?

—Vino a pedirme dinero…

—Y no se lo diste —concluyo.

—No —murmura, y su voz vuelve a quebrarse.

Dejo mi pánico a un lado para abrazar el suyo y, al parecer, esto lo empuja a dejar libre el llanto que tenía guardado. Le acaricio la espalda de arriba abajo. Viví enamorada mucho tiempo del hombre que está entre mis brazos, y justo ahora me doy cuenta de que ya no lo estoy más. Sin embargo, aún lo aprecio. Jamás pagaría el daño con daño. Ya hay suficiente sufrimiento en la vida de todos como para no sentir un poco de empatía por él.

—Dime quién es… Por favor —susurra.

—Es… —lleno mis pulmones de aire— alguien que conocí hace más de un año.

—¿Llevas un maldito año siéndome infiel?

—No, no, No es como crees, Matthew. Él y yo no…

—¿Estás enamorada de él? —me corta.

Silencio. Durante algunos segundos miro hacia la ventana. Siento que no es el momento para revelarle todo, pero sé que no va a dejar de preguntarlo. No sé qué siente Matthew por mí, pero descubrí hace poco que esto no puede ser amor.

—Llamaré a Mike para que te acompañe a tu habitación —replico e intento levantarme.

—No. —Me agarra de los brazos—. Responde... ¿Estás enamorada de él?

—Matt...

—Chelsea, responde. —Otro quiebre más en su voz.

Tomo aire por la boca y lo dejo salir.

—Sí.

Se incorpora y me mira.

—Es un desconocido, Chelsea. No puedes cambiarme por un desconocido.

—No te estoy cambiando por nadie. Yo no... Suéltame. —Miro sus manos—. No puedo hablar contigo así. Me lastimas.

—No me dejes, Chelsea. —Se arrodilla frente a mí, pero no me suelta—. No sé qué haría sin ti...

—Vivir, seguir. —Me pongo de pie contra su fuerza—. Eso es lo que harías sin mí y lo que yo haré sin ti.

—No —dice en un tono firme que me sobresalta y se limpia sin delicadeza las lágrimas de las mejillas—. Voy a arreglarlo todo, bonita. Yo te necesito.

Intenta tocarme, pero doy un paso atrás. ¿Por qué sigo sin huir? ¿Qué me prohíbe salir corriendo por esa puerta?

—Vete, Matthew —le pido, pero vuelve a agarrarme de los brazos. Lo empujo, pero no cede. Parece ido, parece otro. Ya ni sé quién es esta persona que antes conocía tanto—. ¿Qué mierda te metiste? Lárgate.

Me aprieta las muñecas y poco a poco me obliga a caminar hacia atrás. El pánico me recorre el cuerpo cuando le veo los ojos y encuentro algo diferente en ellos. Tiene las pupilas dilatadas y las ojeras más marcadas de lo normal. Jamás me había mirado de esta manera.

—Envié toda la conversación a mi teléfono, Chelsea —confiesa—. No voy a dejar que cometas la locura de dejarme por otro. Yo jamás te he dejado por nadie, solo son aventuras, y él es una aventura.

—Isaac no es una aventura. No voy a dejar que…

—¿No vas a dejar que qué? —Se ríe con fastidio.

—Vete, Matthew, o voy a gritar.

Hace una mueca aterradora entre la risa y la arrogancia. Sabe que no voy a gritar.

—Matthew, vete, por favor —suplico.

Mi corazón ya ha empezado a trabajar mucho más rápido de lo normal. Debo huir, debo llamar a Sam, debo enviarle un mensaje a Isaac, debo… No debí sentarme a consolar a un monstruo que no quiere sanar y solo quiere acabar conmigo.

—Te necesito, Chels…

—¡No me digas así!

—¡¿Y por qué a ese puto imbécil sí se lo aceptas?! —grita y se lanza encima de mí para ahorcarme. Mi espalda choca contra la pared.

—Suél… tame —intento hablar, pero su agarre no me lo permite.

—Solo quiero olvidar lo que está pasando y yo sé que tú también.

Lleva su boca a mis mejillas y la piel se me eriza. Mi cuerpo responde a su tacto porque está acostumbrado, pero mi mente lo repele con todas las fuerzas del mundo. No lo quiero encima, no lo quiero aquí, no quiero que me toque ni que me bese como lo está haciendo.

No quiero que borre las huellas de amor que dejó Isaac.

Todo sucede tan rápido que no soy capaz de comprender lo que hace. Mi mente se escapa de la habitación llena de sombras y sábanas blancas y vuelve a la cancha a ver a Isaac correr y completar su *home run*. Me voy al cuarto del piano en el viejo castillo, donde toco la canción favorita de Azul. Me voy hacia un atardecer en la playa al lado de Randall, donde nos comemos un helado de pistacho. Me voy al instante en el que gritan mi nombre y suelto mi voz frente a miles de personas.

Y aunque mi mente no esté ahí, mi cuerpo grita y llora para que se detenga, pero no lo hace.

40

Chelsea

¿Así se siente la nada?

No encuentro palabras para describir lo que siento ahora. Tal vez las haya en otro idioma y, si así fuera, lo aprendería. Pero no puede ser *la nada*, porque es como si estuviera llena de algo muy pesado que me tiene casi inmóvil. Ni siquiera he podido pararme del piso de la habitación.

Estoy exactamente como él me dejó, pero me imagino de otra manera. Estoy sobre la cama, con las piernas cruzadas, tocando la guitarra. Estoy abriendo las ventanas para que entre el sol de la mañana. Estoy escuchando mi canción favorita o tomándole una foto al pájaro azul que siempre se para en el balcón. Ya no estoy en mí. Estoy en otro lado. Tal vez me he perdido.

Ya he estado al borde de la muerte y nada ha sido tan intenso como esto. Tal vez caí. Tal vez ya llegué al lugar en donde terminan todas las almas perdidas. Tal vez por eso no nos encuentran nunca. Ojalá alguien rece por mí.

El celular no deja de sonar, pero no voy a arriesgarme a salir y tampoco es como si pudiera moverme. Tal vez él todavía sigue ahí, sobre la cama, durmiendo tranquilamente mientras yo no dejo de mirar desde hace horas las pastillas que tengo en la mano. Las saqué de los bolsillos de su ropa antes de encerrarme en este baño. No he dormido nada, no he podido hacer nada más que sentarme en esta tina, llena de agua fría y abrazarme las piernas. Me he lavado la piel hasta que se ha puesto roja, pero ni así logré sentirme mejor. Nunca me había dolido tanto la vida.

Recuerdo escucharlo susurrar que me ama... Si así es el amor, no quiero volver a sentirlo nunca, porque lo odio.

Lo odio tanto.

Paseo entre los dedos la bolsita que contiene las pastillas. Son tres. Son azules. No sé lo que sean, pero no dudo que sean peligrosas. Me las llevo hasta la boca y las saco con la lengua. Amargas. Demasiado amargas. Y trago. Cierro los ojos con fuerza, pero de cualquier manera las lágrimas se me escapan. En segundos, estoy sufriendo espasmos en el pecho gracias al llanto. Solo quiero que pare, que deje de doler, que no tarde en hacer efecto. El agua se desborda. Olvidé cerrar la llave frente a mí, pero no puedo moverme. No puedo dejar de abrazarme.

Pierdo la noción del tiempo. Solo cuento mis respiraciones: a veces respiro muy rápido y en otras ocasiones solo intento no volver a hacerlo. Ya no siento frío, ya no siento nada realmente. Ya ha empezado, o tal vez, aquí, hoy, todo ha finalizado.

41

Isaac

—¿Cómo está ella? —pregunta mi entrenador.

—Aún no despierta.

—¿Por qué?

—Nadie lo sabe. —Encojo los hombros.

—Isaac —Dylan me llama. —Llegó Amanda Vivaldi Cox.

—¿Podrías estar cerca? —Miro a Carl.

—¿Tan horrible es? —pregunta con diversión.

—No es que sea peligrosa, es que es intensa y ataca mi paciencia.

—Tu cara me convenció.

Salimos de la sala de juntas a otra, donde Amanda espera con una mirada que dice que quiere matarnos, o, bueno, matarme.

—Buenas tardes, señora Cox.

—Amanda Vivaldi —corrige a Carl—. Me divorcié hace mucho.

—Entiendo… Amanda, hágame saber si necesita cualquier cosa. El equipo estará encantado en ayudarles a usted y a su hi…

—No la nombre. No se atreva.

Se ve demasiado alterada.

—Carl solo quiere que entienda que estamos de su lado —intento explicarle por quinta vez.

—Y solo quiero que ustedes entiendan que no quiero que siga visitando a Chelsea y mucho menos si despierta.

—Va a despertar —la corrijo de inmediato. Me dejo caer sobre uno de los sillones—. Chelsea va a despertar.

—¿Tan obsesionado está? —se ríe—. Vengo aquí por las buenas, señor Statham, viudo de Hills…

Me pongo de pie al instante. No le voy a permitir que se meta con Leane y menos con Chloe. Trago duro y respiro hondo.

—Voy a pedirle que, por favor, se vaya y no vuelva nunca.

—Deje a Chelsea en paz entonces. No se le acerque, no vuelva a buscarla, déjenos en paz. No quiero tener que pedir una orden de restricción por acoso.

Me mira de arriba abajo, tuerce los ojos y se gira para irse por donde entró. Cree que me afectan sus amenazas, pero en el fondo sabe que no, porque es la quinta vez que me contacta. Está desesperada y ya no sabe qué ataque lanzarme. Mis abogados siempre terminan resolviendo todo, hasta ahora… Espero que no se presente la próxima vez con algo peor.

—Tengo que ir a la clínica —le digo a Carl y salgo en busca de mi saco.

—¿Eres sordo, Statham? ¿No acabas de oír todo lo que te dijo esa señora? No te conviene tener cargos en tu contra de ninguna manera.

—No pueden joderme.

—Piensa en Chloe, maldita sea.

—Siempre pienso en ella. Chloe es y será siempre mi prioridad. Y aunque no esté de acuerdo con lo que dice Amanda, sé que tiene la razón… Chelsea puede morir en cualquier momento, Carl. ¿Qué mierda hago ahí? No puedo elegir a ninguna, no puedo compararlas, a las dos las necesito y las dos me necesitan.

El viejo me mira durante un largo rato. Parece que he sabido explicar la dualidad con la que he vivido estos últimos días, porque asiente repetidas veces.

—No tienes que elegir, pero la ley suele ser injusta en algunas situaciones.

—Seguiré defendiéndome. —Encojo los hombros—. Chelsea necesitará un lugar seguro cuando despierte y debo ser fuerte por ella en estos momentos.

—Hasta en el amor eres un maldito obstinado.

—Hablaremos después. Debo irme si quiero llegar a la hora de visitas.

—Cuídate, Statham.

Las calles de Chicago estuvieron despejadas hasta este momento. La entrada del hospital está colapsada de periodistas. Hacerse camino a través de ellos es una odisea y no me importa vivirla tantas veces como sea necesario para poder verla. Mis abogados lograron que me permitieran las visitas después de probar que Chelsea y yo teníamos una relación que iba más allá de una simple amistad. Teníamos decenas de fotos juntos, abrazándonos y besándonos, y videos en los que nos reíamos y hablábamos de tonterías. No quería que nadie más los viera, pero me sirvieron para poder verla. Tal vez sea un poco egoísta, ahora mismo no pienso de manera muy correcta, pero si algo más pasa, tengo como consuelo que al menos la ley confirmó que alguna vez hubo algo entre nosotros.

Avanzo lento. Llego después de treinta minutos.

—¿Por qué tardaste tanto? ¿Por qué no contestas? —Samanta aparece frente a mí. Ha estado de mi lado en todo, haciendo las cosas un poco más fáciles.

Reviso mi celular. Mierda, está muerto.

—¿Qué pasó? —le pregunto.

La miro y me lleno de esperanza cuando veo un destello de felicidad en las comisuras de su boca.

—Despertó y está preguntando por ti.

Escucho lo suficiente y salgo corriendo hacia su habitación. Me gano varios gritos e insultos en el camino, pero no detengo mi carrera hasta que llego a la puerta y la veo ahí, sentada en la cama, mirando por la ventana. Su cabello está rizado y suelto… Está húmedo, como si se acabara de bañar.

Gira la cabeza y sus ojos me atrapan mirándola como si estuviera presenciando un amanecer dorado.

—Hola —dice.

No puedo responderle. Perdí en algún lado las palabras. Doy un paso hacia al frente y me lanzo a abrazarla sin pensarlo. Necesito escuchar el latir de su corazón. Sus brazos me rodean el cuello. Está tan fría. Huele a ella y a jabón neutro. Ahora no creo que pueda hablarle. No quiero que después de tantos días despierte y me encuentre tan roto, tan débil, tan fuera de mí, tan solo de ella. Porque soy suyo desde que la vi, desde que la sonrío por primera vez, desde el momento en que la vi llorar, desde que sus dedos tocaron el piano para mí y su voz cantó para ella, para solo ella y nadie más.

No puedo perderla, pero aún más importante, no puedo dejar que ella se pierda. Estaré aquí hasta que esté bien, y luego, si ella quiere, me iré. Espero que no sea así.

—Estoy bien —susurra mientras mueve la mano de arriba abajo sobre mi espalda.

No quiero romper aún nuestro abrazo, pero me muevo para que sea ella quien quede oculta en mi pecho. Me siento a un lado de la cama y dejo que acomode la cabeza sobre mi regazo. Acaricio con suavidad sus rizos dorados. Ninguno de los dos dice nada más. Espero que mis caricias puedan reemplazar lo que no puedo decirle.

Miro a través de la ventana. El sol que cae, la luz naranja que tiñe el interior de la habitación y el monitor del ritmo cardiaco de Chelsea no son suficientes para distraerme de pensar en lo que pasó en esa habitación de hotel y en el infierno que tuvo que vivir por culpa de esa basura. Esa noche llamé repetidas veces a su celular cuando no contestó, luego llamé a su guardaespaldas. Casi me sentí como un demente, pero sentía que debía hacer todo eso, y ahora solo puedo pensar en que debí hacer más. Daniel me informó que no regresaba hasta dentro de unos días más, pero que igual llamaría a su reemplazo. Cuando recibí su llamada…

Corrí hasta su hotel. Pedí que la llamaran de recepción. Lo exigí, pero nunca contestó. Seguí llamando a su celular y me escabullí dentro de un elevador para luego correr por las escaleras hasta su piso, el último. Me encontré con Mike y otro hombre que no había visto jamás, pero al parecer también era de seguridad porque me impidió ir hasta la puerta de la habitación.

—No puede estar aquí —me dijo mientras veía cómo a Chelsea se le levantaba el pecho después de una descarga del desfibrilador.

Perdí la vida por un momento y no puede suceder de nuevo.

42

Hope is a dangerous thing
for a woman like me to have, but I have it.

Lana del Rey

Chelsea

He vuelto, pero siento que me falta algo. Tal vez lo olvidé en algún lugar.

—Sé que no quieres verme, pero tenemos que hablar.

Alicia se sienta en el borde de la cama. No hablo. No le hablo a nadie más que a Isaac, Samanta y Edward. Y al médico al que le rogué no divulgar el resto de las sustancias en mi sangre. No quiero más problemas, aunque haber comprado su silencio es otro para sumar a la lista.

Mi padre no ha podido venir a verme. Ha tenido hace poco la cirugía y me contó que salió todo bien, pero debe guardar muchísimo reposo. Me duele el cuerpo, sobre todo el pecho y las marcas que tengo sobre él. Tuvieron que usar un aparato para volver a hacer latir mi corazón… De nuevo.

—Matthew está dispuesto a…

—Vete —la corto.

Señalo la salida. No puedo permitir que me diga lo que piensa decirme.

—Chelsea, tenemos que hablar de esto. No nos conviene que lo que pasó se filtre y…

—¿De verdad es lo único que les preocupa? —La miro con lástima.

Me he dicho que la que está mal soy yo, cuando hay personas peores. Yo al menos reconozco las partes en las que estoy dividida, por eso sé que me falta algo.

Una enfermera entra a la habitación y puedo respirar. Sé que Isaac está al otro lado de la puerta esperando pacientemente a que suelte algún grito que lo haga entrar. Ni él ni yo queremos pasar tanto tiempo separados.

Lo necesito tanto.

—No es eso, Chelsea. Tanto tu madre como yo estamos muy…

—No. —Giro la cabeza para ver por la ventana—. No me hables de ella. Desde que desperté no ha sido capaz de venir a verme. Sé que le asusta lo mal que luzco. Edward me lo dijo. Y tampoco es que quiera verla, así como a ti. Es más, voy a despedirte. —Miro a la enfermera que revisa mis monitores—. ¿Podría, por favor, llamar a Isaac?

—¿Quién es ese hombre? ¿Por qué salió así de la nada?

—No ha salido de la nada. Llevo más de un año conociéndolo.

Cómo odio que declaren cosas sin saber nada, absolutamente nada.

—Chelsea, Matthew solo quiere hablar contigo y…

—¡No! ¡Lárgate! ¡No vuelvas a decir mi nombre y el suyo juntos! ¡Lárgate!

Pierdo el control de mis emociones. Tal vez eso me dejó lo que pasó. Por eso no puedo recordarlo. Tal vez fue demasiado… No es verdad que no haya sido *nada*.

43

I don't wanna close my eyes
I don't wanna fall asleep
'Cause I'd miss you, baby
And I don't wanna miss a thing.

I DON'T WANNA MISS A THING
Aerosmith

Isaac

Otra amenaza más.

—No quiero causarte problemas, Isaac. Chloe te necesita.

Sabía que diría eso, pero ya tenía una respuesta.

—No dejes que Amanda te asuste. Llevo semanas viviendo con esas amenazas. Como se dio cuenta de que no le sirven conmigo, vino a ti.

—A la manipulable —suspira.

—No. A la chica que primero piensa en las personas que quiere antes que en ella misma.

—No quiero que estar juntos sea un error, por favor.

—No lo es, y, si lo fuera, equivoquémonos, ya luego lo solucionaremos.

Esboza una media sonrisa. Estoy sentando en el sofá mientras ella se abraza las piernas y mira por la ventana. Está atardeciendo y los rayos de sol la iluminan. Le doy su espacio. Chelsea no recuerda con exactitud lo que pasó esa noche y el culpable sigue sin confesar lo que Medicina Legal confirmó hace mucho. Su psicólogo nos explicó que tal vez su mente bloqueó algunos hechos de esa noche.

También le incomoda que la toquen, pero eso no me lo ha dicho ningún médico, lo he descubierto yo. Cuando alguien se acerca, ella se aparta, tal vez de forma inconsciente. Algo se oscurece dentro de mí cada vez que lo hace y más cuando lo hace conmigo. No creía en el odio hasta que supe de Matthew Reigen. Cada hematoma en su cuerpo lo ha causado él. Ella luchó, él la golpeó y luego abusó de ella. No puedo ni hacerme una idea de lo que sufrió en ese momento.

Mientras él está en su casa de un millón de dólares, muy tranquilo y confiado en que saldrá libre de esto, Edward y yo buscamos la manera de hundirlo. Chelsea ya no está sola, me tiene a mí, y aunque no sea mucho, espero que sea efectivo.

—¿Has escrito algo en estos días? —pregunto.

—No mucho. —Me mira—. Aún me cuesta sostener la pluma.

—Yo podría escribir lo que quieras por ti.

—No es lo mismo.

—¿Por qué? —Sonrío.

—Porque quiero escribir sobre ti y estarás poniendo esa cara, y una artista no puede trabajar así.

—Haré como que no es para mí.

—Tu ego no me dejaría en paz.

—Ninguna parte de mí lo haría, la verdad.

Me sonríe de regreso y vuelve la vista a la ventana. A veces se pierde ahí, no sé en qué piensa, pero, por mi parte, quiero cuidarla como nunca lo han hecho. Ojalá me lo permita.

Paso la noche con ella. Yo en el sofá y ella en la cama. Le hablo sobre cómo he podido ser papá soltero y jugador de béisbol a la vez. Hablo sobre la época en que Leane falleció y me devuelvo a contarle cómo nos conocimos.

—¿Puedo escribirle algo a ella? —pregunta.

—Puedes escribir sobre lo que quieras.

—Sería una canción… sobre ella, pero para Chloe.

—Me encantaría.

Sigo soltándole algunas anécdotas de Chloe y mías. Paso al momento de la muerte de mi madre, lo duro que fue para la familia, cómo me dejó en un lugar muy oscuro que no quiero volver a visitar. Cuando se queda dormida, me quedo viéndola, en silencio, tratando de no perderme nada.

Al día siguiente mi nombre en su voz me despierta.

—Hola, Vaquero. Sé que es temprano… —dice, y llevo mis ojos hasta la ventana. Está amaneciendo—. Pero ¿podría usar hoy la invitación que me hiciste a Texas?

44

Isaac

Y aunque hubiese querido, no podía decirle que no. Edward la ayudó a obtener una incapacidad de treinta días, pero tiene que estar bajo control médico, físico y psicológico.

El vuelo no fue largo. En menos de tres horas llegamos a Vernon, pero nos demoramos otra más para llegar a El Centro y otra más hasta la casa de Ivan. Chelsea ha dormido en cada trayecto, su teléfono no ha parado de sonar y le he sugerido que lo apague. Hace una hora miraba sus mensajes, maldecía y negaba con la cabeza. Será mejor para ella parar y no enterarse de nada externo durante algunos días.

Chelsea está tratando lo que le pasó como si fuese un resfrío. No pregunto mucho porque no quiero joderlo todo. Esperaré a que envíen a los médicos antes de sentarme a hablar con ella de algo más que cosas triviales. Por ahora, su hermano y yo seguimos trabajando en el caso contra Reigen.

—En mi cabeza el rancho estaba lleno de vacas, caballos, establos y casas viejos, cultivos, pero...

—¿Qué? ¿La gente del rancho tiene prohibido modernizarse? —me burlo de ella mientras la ayudo a descender del auto.

—No. —Niega repetidas veces con la cabeza—. No pensé que hubiera un pueblo dentro de un rancho.

—Te dije que era grande.

—Y menos una casa de este estilo —agrega mientras mira al frente.

—Sí, tenemos caballos, vacas, toros y cultivos... Solo que un poco retirados de aquí. El pueblo que pasamos es El Centro, ahí viven todos los trabajadores y esta es, por decir, la casa del alcalde —le explico—. Llegar a trabajar era complicado para algunos, por lo que Ivan decidió construir un hotel, pero las familias sufrían por la ausencia prolongada de nuestros empleados, así que decidió brindarles un lugar dentro del rancho; al fin y al cabo, se sostiene gracias a ellos.

—¿Cuántas personas viven aquí? —indaga mientras recorremos el camino de la entrada hasta la puerta.

—¿En El Centro? —Ella asiente con la cabeza y respondo—: Unas veinte mil, creo. Esa era la cifra la última vez que vine.

Abre los ojos como si fuera una niña que ha visto un dinosaurio.

—¿Hace cuánto no vienes?

Toco el timbre sin dejar de mirarla.

—Hace tres años, creo.

Es mediodía y, cuando entramos a la casa, la luz del sol ilumina intensamente el lugar. Ivan es amante de la luz natural. Había olvidado cómo se siente estar de nuevo en casa, en el único lugar que ha sido fijo en mi vida.

—Ivan llegará en cinco minutos. —Nos recibe uno de los capataces.

Asiento con la cabeza y miro a Chelsea. Ella se pasea lentamente por cada rincón del extenso salón. Me sé todo el lugar de memoria y, ahora que ella está aquí, pienso incluirla en la imagen mental que tengo. Sus rizos están fuera de control y me gusta que se sienta libre de lucirlos aquí.

—Soy una egoísta —comenta parándose frente a una mesa llena de portarretratos. Toma uno de ellos y da media vuelta—. ¿Cómo está? No te he preguntado cómo va…

—Ella está bien. —Intento calmar su preocupación—. Pronto vendrá a pasar unas semanas con mis hermanos antes del último proceso.

—Eso es genial. No planeo quedarme mucho, creo que me iré antes de que ella llegue, así que no te preocupes por...

—¿Qué? No, reina. —La miro y niego—. Aquí puedes quedarte todo lo que quieras. —Me acerco para tomarle la mano—. Si se llegan a cruzar, diré que eres una amiga; será mejor para ella que soltarle la noticia sin prepararla antes. ¿Está bien para ti?

—Pero ¿y si algún día esto termina...?

No hemos hablado de estar juntos, no es necesario. Lo estamos.

—Espero que sigamos siendo amigos, pero más espero que no termine.

—¡Siento la tardanza! —La voz de Ivan me detiene—. Hubo un problema en la planta de trigo y es un desastre.

—No te preocupes —le digo, para enseguida darle un abrazo. Sí, huele a trigo y estiércol.

—¿Ella es Flores Amarillas? —pregunta sonriente, extendiéndole la mano, mientras yo bateo su cabeza mentalmente. Él fue quien me ayudó con las rosas para su habitación. Intenso y exagerado, me llamó.

—Es Chelsea —corrijo avergonzado.

—Todo el mundo sabe quién eres, pero solo yo sé que eres Flores Amarillas —vuelve a decirle—. Es un honor conocerte, Chelsea.

Ivan sabe de las ridículas cantidades de flores amarillas que le he enviado a todas partes. No debí preguntarle nada y buscar la floristería por mi propia cuenta. Ahora, cada vez que hago un encargo, la dueña se lo cuenta a él.

—El gusto es mío...

—Dime Ivan —le pide él.

Pone las manos sobre la correa de cuero de su pantalón. Lleva un sombrero del mismo material, sin mencionar las botas y la camisa a cuadros. Él es lo único dentro de la casa que me recuerda que estamos en un rancho.

—¿Ya comieron? —nos pregunta.

Niego con la cabeza y tomo la mano de Chelsea.

—Inanna va a morirse cuando vea a Flores Amarillas. Compró entradas para tu concierto y está tachando todos los días que pasan. —Ivan mira a Chelsea con alegría y ella solo con curiosidad—. Espero que no te asuste y que la entiendas, no todos los días tenemos a una celebridad en casa.

—Yo soy una celebridad —alego.

Ivan tuerce el gesto.

—¿Has salido en la portada de *Cosmopolitan* con un traje de diseñador?

—No —respondo, y Chelsea medio se ríe a mi lado.

—Entonces no eres una celebridad. —Sigue andando.

—¿Cómo es que sabes de *Cosmopolitan*? —le pregunto.

—Sasha e Inanna —dice, como si eso lo explicara todo—. Mi casa está llena de radiación gracias al Wi-Fi y los teléfonos celulares; hay muebles de diseñador, sábanas que tienen millones de hilos... No sé para qué las hacen con tantos... En fin, algo se me ha pegado y ya sabes lo que dicen. —Se detiene cuando llegamos a la cocina y susurra—: si no puedes con el enemigo, únete a él.

—¿Cuál enemigo? —Sasha se queja desde el otro lado de la enorme isla de la cocina mientras almuerza.

—Los gusanos —responde Ivan—. Se comen toda la mierda que produzco y la dejan como no me gusta.

Desde aquí siento su sarcasmo. Me río. Siempre se han tratado así. Sasha abre aún más los ojos cuando Chelsea sale de detrás de mi espalda. Se limpia la boca con la manga de su camisa a cuadros y se peina hacia atrás.

—No sabía que teníamos visita —dice. Se acerca a nosotros y le extiende la mano. Chelsea se la acepta—. Sasha Anderson.

—Chelsea Cox.

—¡Lo sé! —La mujer da un pequeño brinco.

—Sasha —advierte Ivan—, no asustes a Flores Amarillas.

—Ivan —esta vez le advierto yo. No sé si ese sobrenombre la incomoda.

Alza las manos.

—¿Puedo llamarte Flores Amarillas? —le pregunta mi hermano.

Chelsea me mira y luego a él. Quisiera saber qué pasa por su cabeza. Este lugar es demasiado colorido, lo opuesto de lo que vivió hace poco, y no quiero sobrecargarla.

—No me molesta. —Se encoge de hombros—. Jamás había tenido un apodo como ese.

—¿Acaso la «princesa del pop» no es suficiente? —comenta Sasha.

Chelsea niega con la cabeza.

—Este es más personal —explica.

—Dejemos de hablar y siéntense a comer. —Ivan le pide a uno de los cocineros que nos sirva algo.

Intento no mirar a Chelsea mientras come para no presionarla. Engullo todo lo de mi plato y voy a servirme más. Ella logra comerse la mitad y eso me tranquiliza. Respiro hondo. Estoy más preocupado que antes. Chelsea les contó a los doctores que fue ella quien llenó la bañera y consumió las píldoras.

—¿Quieren que les prepare una habitación o dos? —Sasha nos mira a ambos.

—¿Qué quieres tú? —le pregunto mientras acaricio su espalda.

—Una sola, por favor. —Le sonríe de vuelta. Ella sale de la cocina y Chelsea me mira a mí—. ¿Qué pasa con la temporada?

—El próximo partido es en tres días. No te preocupes, iré a jugarlo y volaré de regreso.

—¿Te permiten hacer eso?

—No.

—¿Entonces por qué lo haces?

—Por ti. —La miro fijo.

—No tienes que...

—¡Te va a encantar el *tour* del rancho! —Ivan la interrumpe—. Inanna es la mejor mostrando el terreno y va a estar feliz de hacerlo contigo.

—¿Dónde está? —pregunto.

Lo del *tour* con Inanna no creo que sea una buena idea. Al menos no aún.

—En la escuela, dando clase —responde y mira su reloj—. Hoy llegará a las tres.

—¿Hay una escuela aquí dentro? —Chelsea curiosea.

Ivan asiente orgulloso con la cabeza.

—Los hijos de mis empleados necesitan educación. Tenemos hasta bancos, un autocine, un parque acuático, una enorme biblioteca y mucho más.

—Qué bien —comenta.

—Sí, tal vez mañana Isaac te pueda enseñar alguno de esos lugares. Aunque no conoce todo el rancho y no lo queremos otra vez perdido por ahí —se ríe palmeando mi hombro.

Recuerdo cuando me perdí de pequeño. Todo el pueblo tuvo que buscarme. Nunca había estado tan jodidamente asustado.

—Suban. Sasha ya debió dejar lista la habitación. Nos vemos en la cena. —Inclina la cabeza y se pierde por la puerta.

—¿Qué te parece el lugar? —La tomo de la mano para ir hacia la planta de arriba.

—Muy ¿pintoresco? —Sonríe sin ganas—. Es precioso. Me siento como en...

—¿Casa?

—Pensarás que estoy loca —ríe aún sin ganas—, pero sí. Me siento como en casa, a pesar de nunca haber estado aquí.

—No me preocupa. Dylan también dijo lo mismo la primera vez que vino.

La invito a ir hacia la habitación. En el pasillo de arriba nos espera Sasha.

—La habitación con balcón al estanque es toda suya. —Me tira las llaves y las atrapo con agilidad en el aire—. Beisbolista fanfarrón.

Baja las escaleras riendo. Sigo guiando a Chelsea. Planeo dejarla un momento sola para que se instale y tome un baño mientras hago un par de llamadas.

—¿Te gusta? —le pregunto al ingresar.

La brisa fresca mueve las cortinas del balcón. Nuestras maletas están ubicadas sobre la cómoda. Una cama enorme ocupa el centro de la habitación. Todo es blanco y se ve bastante iluminado. Chelsea se dirige al balcón para ver el paisaje.

—Me encanta —responde sin dejar de mirar al frente.

—Debo hacer unas llamadas —cuento—. Creo que hay una tina y... —Me callo por un segundo, pero intento no hacerlo notable—. Y creo, creo, que hay de esas bombas de colores que se echan al agua.

—Gracias. —Me mira y espera a que salga.

—¿Estarás bien sola? —pregunto con precaución.

—Estaré bien sola. —Sonríe—. Haz tus llamadas y sube cuando termines, por favor.

—Lo haré. —Me acerco a ella y le doy un beso en la cabeza para luego salir.

Dejo escapar el aire que mis pulmones estaban reteniendo. Haré las llamadas desde aquí, en el pasillo, porque no quiero ir lejos. Tomo el celular y marco el número de Dylan.

—Hermano.

—¿Tienes noticias?

—¿Tenemos noticias? —le pregunta a alguien más y escucho cómo le responden—. Sigue en su casa, pero todas las noches sale a clubes nocturnos. Eso ha dicho el investigador.

—Entiendo.

—¿Cómo está ella? —pregunta.

—No lo sé, la verdad no lo sé.

—¿Se ve bien?

—No mucho.

—No sé cómo soportas que Reigen siga respirando. Yo habría ido a romperle la maldita cabeza.

—Ganas tengo, pero no puedo. Ya estoy arriesgándome al hacer esto.

—¿Puedo hacerlo yo?

Me quedo en silencio algunos segundos.

—No se diga más —contesta.

—No quiero saber nada.

—No lo harás —ríe emocionado.

Termino la llamada e inicio otra con Carl, contándole un poco del plan que tengo. Se niega completamente, pero después de media hora acepta con la condición de que le asegure que ganaré cada maldito juego.

Una vez que he terminado, vuelvo a la habitación. Con la mirada busco el baño de inmediato y me lanzo a correr cuando veo agua haciendo camino hacia mis pies. Entro con el corazón acelerado. Debo apoyarme en las paredes para no resbalar, pero cuando veo la tina vacía, me paralizo.

Salgo a buscarla y la encuentro tranquila, envuelta en una bata, mirando hacia el estanque.

Respiro de nuevo, pero me doy cuenta de que estoy asustado: temo por ella.

45

Chelsea

Por momentos me desconecto del mundo y pierdo el hilo de la conversación. Isaac me habla animadamente de la historia del rancho mientras me sumerjo entre lagunas y salgo a la superficie solo para apreciar su voz. No lo estoy escuchando y me preocupa, porque es algo que amo hacer. ¿Se me habrá perdido alguna otra cosa desde que volví?

—¿Quieres comer ya?

—Aún no —le respondo con una sonrisa.

Estoy usándolas últimamente para suavizar todo lo que digo. Mi voz ya no tiene emoción. No he podido cantar en días y menos cuando Isaac se va. Me quedo horas bajo las sábanas. Me siento como una niña pequeña, creyendo que una tela va a salvarme del monstruo que hay en el armario o bajo la cama. Pero sé que el monstruo está en mi cabeza.

Cuando él está todo es diferente. Puedo vivir, o eso creo. Ahora estamos sentados en el hermoso jardín que rodea el estanque. Isaac está trabajando en su *laptop*.

—Hoy vi mis redes sociales... —decido hablar. Tengo que decirle que sé lo que hizo—. Vi algo sobre Matthew.

Frunce el ceño y cierra la *laptop* para mirarme.

—Escúchame, antes de que...

—Gracias. —Llevo las manos hasta su rostro y uno nuestras frentes.

Estar con él aquí parece un sueño, como el silencio después de escuchar una tempestad por horas. Mis ojos se cristalizan y no reprimo el llanto. Me gusta ocultarme del mundo en su pecho. Nos quedamos aquí por casi una hora. Cada latido de su corazón me comprueba que yo ya no tengo el mío. Yo ya no lato así.

—Tengo que llamar a Edward... —Me separo.

Me limpio la cara con cuidado. Asiente. Me toma la quijada entre las manos y deposita un fugaz beso en mis labios. No cierro los ojos ni un solo segundo porque él tampoco lo hace.

—Iré adentro a dejar esto. Estaré en la cocina. —Sonríe y se va.

Mirándolo, solo puedo pensar en lo mucho que deseo tener un corazón tan grande como el de él. Pienso en lo afortunada que soy por tenerlo en mi vida y en lo desafortunado que es él al tenerme en la suya.

Saco el teléfono del bolsillo trasero de mi jean. Al desbloquearlo reaparece la página de noticias en la que leí la nota sobre una pelea que tuvo Matthew en un bar.

Busco el número de mi hermano y le doy al botón verde. Lo pongo en altavoz y dejo el celular a mi lado. Mientras los tonos suenan, pienso en alguna forma de arreglar el tema de la gira. Van a cobrarme una millonada de penalización por incumplir. Espero que Edward también pueda ayudarme en eso. Obtuvimos un descanso y ya se está acabando, y yo sigo sin sentirme lista. Por primera vez no tengo fuerzas para fingir, por eso lloro todos los días a cada hora, sobre todo por Isaac.

—Chelsea —contesta.

—Edward —digo con un poco de entusiasmo—. ¿Cómo estás?

—Bien, ¿cómo estás tú? ¿Te sientes lista para volver ya?

—No.

—Tu equipo cree que lo mejor sería que te internaras.

—Me gusta estar aquí. No me siento lista para moverme. No puedo moverme…

Hay lugares que sentimos como propios solo por el amor que les profesamos a quienes los habitan, a quienes los han hecho suyos. Así me siento acá. Me siento como en casa y no quiero irme, no aún.

—Pediré más tiempo. No te preocupes, dalo por hecho.

—¿Podrías hacerme un favor?

—Claro, seguro.

—En mi apartamento de Los Ángeles, en mi habitación, hay una pequeña maleta roja debajo de la cama con un poco ropa, ¿podrías traérmela?

—Sí, enviaré a alguien por ella.

—Gracias.

—Cuídate mucho, Chels. Llámame si necesitas algo, estoy para ti.

—Gracias, te quiero.

Cuando camino de regreso a la casa, las lágrimas empiezan a escapar de nuevo. No sé qué me pasa, no tengo ningún control sobre mis emociones. Me detengo cuando escucho la risa de Isaac. La puerta está medio abierta y desde aquí puedo observar cómo se ríe con alguien que no alcanzo a ver.

Mi mirada se desvía hacia una de las ventanas y puedo ver mi reflejo en ella. Estoy oculta bajo una enorme camisa a cuadros, mis rizos están alborotados y tengo los ojos tan húmedos e hinchados que no veo del todo bien. Subo al segundo piso por la otra entrada. Casi siento que corrí hasta la habitación. Me pierdo entre las sábanas blancas y dejo salir toda mi tristeza. La abstinencia está comiéndome viva y suelo venir aquí con la excusa de querer dormir. A veces lo logro, pero la mayoría del tiempo lo paso temblando, sudando, tratando de no arrancarme las uñas de los dedos.

Cuando todo cesa un poco, me levanto, me cepillo los dientes y me visto con algo más decente. Trato de hacer algo con mi cabello. ¿Una trenza? Me aplico un poco de rímel, brillo y rubor para no parecer un cadáver, aunque dentro de mí solo está la *nada*. No quiero salir de aquí, pero quiero verlo, y todo lo que tiene que ver con él siempre gana.

Bajo las escaleras y sigo las voces que me llevan hasta la biblioteca. Son más de dos y los nervios hacen estragos en mi estómago. Justo cuando pienso que tal vez sería mejor irme, alguien abre la puerta. Es Isaac y su cara llena de felicidad.

—Despertaste. Cuando subí estabas dormida y no quise...

—Gracias.

—Ven. —Me extiende la mano—. Quiero presentarte a alguien.

Siento que debería huir con la excusa de ir al baño, pero sé que irá a buscarme si no regreso. Me animo a dar cuatro pasos más para que tenerlo cerca me motive a dar el resto. Suelto la unión de nuestras manos cuando siento la mirada de más de un par de ojos sobre mí.

—No era una broma... —suelta una chica. Tiene los ojos verdes y el cabello café. Abre los ojos descomunalmente y se tapa la boca para callar un grito—. ¡Es Chelsea Cox!

Me uno más al cuerpo de Isaac. Nunca me acostumbraré a que las personas pierdan el control cuando me conocen. Debería alegrarme, pero me incomoda. Tal vez estoy siendo antipática: si alguien sabe sobre perder el control y actuar extraño, soy yo.

—Inanna —le dice Isaac, ubicándose frente a mí.

—Lo siento. Lo siento, Chelsea. Jamás había conocido a alguien tan famoso.

Isaac carraspea.

—Veo que haber pasado años entrenando bajo el sol y llenar estadios con miles de aficionados no es ser alguien famoso —se defiende Isaac y luego me mira—. Vamos, acompáñame a El Centro.

Da media vuelta y me toma de la mano. Me despido de todos y salimos de la casa. Subimos a una Ford Raptor y nos ponemos en marcha de inmediato. Con suavidad, pone la mano sobre mi rodilla. El ruido de la noche, combinado con el del motor y las ruedas sobre la carretera de tierra, me tranquiliza. No sabía que necesitaba esta salida.

—Lo siento por Inanna.

—No es nada.

—Hablé con ella y quiero que sepas que respeta la privacidad de tu estadía aquí en el pueblo. Estás en un lugar seguro.

—Donde sea que estés tú, para mí, ese siempre será un lugar seguro.

Afianzo el agarre de nuestras manos. Me mira por un segundo, sonríe y todo él se ilumina, luego suelta una pequeña risita de incredulidad, como si no me estuviera viendo a mí sino a…

—Me tienes tan jodidamente enamorado, Chels.

La sensación que me produce su confesión es agridulce. Siento la muerte cerca en el mismo momento en que me enamoro de él.

Gira en una esquina y volvemos a salir del pequeño pueblo. Pensé que la farmacia estaría en el pueblo, quién sabe a dónde vayamos realmente. Las luces iluminan el camino de tierra hasta que minutos después nos topamos con un enorme cartel rojo y la entrada de un pequeño estadio en el que hay un campo con forma de diamante.

Estaciona a un costado de las bancas y baja. Rodea la camioneta y me abre la puerta.

—¿Entrenaste aquí?

Isaac me ayuda a bajar.

—Desde los cuatro.

—¿Regalo de Navidad? —bromeo.

—Sí, lo fue —responde.

—Ya veo por qué eres tan bueno. Tenías tu propio estadio. Es un poco de trampa.

—Si no lo hubiera tenido, también sería bueno. No es la herramienta, es la disciplina —decreta muy serio—. Tal vez tus padres también te ayudaron a ser quien eres hoy, pero si no, de igual manera, tu voz siempre hubiera sido increíble. —Viene con un bate y una pelota—. Ven.

—Oh, no. Yo no sé jugar.

Niego repetidamente.

—Voy a enseñarte. Arriba.

—Soy muy mala para los deportes, te lo advierto. —Lo señalo.

Isaac se planta frente a mí y me mira con la cabeza ladeada. El bate reposa sobre uno de sus hombros. La pelota sube y baja sobre su mano.

—¿Sabes…?

—No, no sé —digo.

—Vamos, será fácil. Dime: ¿cuándo fue la última vez que hiciste algo por primera vez? —pregunta de repente. Me quedo en blanco.

—No lo sé.

—Piensa bien, Chels.

—Mmm... —Pienso durante unos segundos mientras miro cómo las nubes han empezado a iluminarse. Al parecer va a llover—. Aprendí a hablar francés. ¿Y tú?

—Fue algo del trabajo, pero no de béisbol.

—¿Qué fue?

—Finanzas.

—Debo aprender eso también. Mis ingresos y gastos son un misterio para mí.

—Yo también quiero aprender hablar francés.

—Nos aburriríamos muchísimo. Hagamos algo —le propongo.

—¿Qué cosa?

—Yo dejo que me enseñes a jugar béisbol y tú me dejas enseñarte a tocar el piano. Eso sí es divertido.

—No creo que mis dedos funcionen por separado… o, bueno, sí, solo en ti.

La cara se me calienta y no puedo evitar parpadear varias veces.

—Lo siento —dice de inmediato.

—No, no, todo está bien.

—Vamos, te enseñaré algo que jamás le he enseñado a nadie: mis trucos. Tú lanzas.

Me pasa un guante y la pelota. Los tomo.

—Lo primero que debes saber es que…

Enmudece, porque mientras él hablaba, tiré la bola con fuerza y tuvo que esquivarla para que no le pegara en la cara.

—Mentirosa —dice con los ojos abiertos.

—Edward me usaba porque papá siempre estaba trabajando. Solo sé lanzar.

—¿Por qué no me lo dijiste? —Niega incrédulo mientras busca otra pelota para lanzarme.

—No lo preguntaste. —Me encojo de hombros.

Vuelve a negar acomodándose la gorra. Esta vez sí adopta una posición profesional.

—Veamos qué tienes. —Ladea una sonrisa.

Tomo otra pelota y se la lanzo. Hacer esto se siente como terapia. Hacía rato no movía mi cuerpo más allá de caminar de un lado a otro. No sigo el curso de la bola porque me quedo mirando el movimiento que hizo Isaac para batearla: todos sus músculos se tensionaron. Su camiseta medio se levanta y deja ver la V en sus caderas. Sus ojos sí siguen la pelota, pero yo no necesito hacerlo para saber que la sacó del estadio.

—¿Qué? —me pregunta con el ceño fruncido.

—Me gustas —susurro.

—Lo sé —sonríe.

Gira su gorra hacia atrás y se aproxima trotando para levantarme por la cintura del suelo y besarme. Me siento un poco más valiente y la presión en el pecho no desaparece. Envuelvo las piernas alrededor de él para distraerme, pero me tensiono por unos segundos. Un relámpago ilumina todo el lugar y enseguida el agua se desata sobre nosotros. Levanto la cara para admirar el cielo y dejar que las gotas me mojen.

—Tal vez sea demasiado —le digo cuando mi mente empieza a pedirme perderme en la lejanía.

Isaac me deja de pie sobre el suelo.

—Vamos al auto —dice a través de la lluvia.

—No… Aún no, por favor. —Le sonrío y alzo de nuevo la vista al cielo.

Dejo que las gotas de agua me golpeen la piel durante unos

segundos más y, cuando abro los ojos, Isaac me dice algo que jamás me había dicho y que no esperaba escuchar.

—Te amo, Chels.

Y así me quedo aquí, no permitiré que mi mente se vaya lejos de donde está mi corazón.

46

Chelsea

Ya es domingo. Isaac partió anoche hacia Seattle. No he dormido muy bien estas últimas noches, pero le he dicho a él que sí, aunque mis ojos aparenten otra cosa. Debería abrir la boca para decir que estoy ahogándome, pero la tengo ocupada tratando de tomar aire; todavía no puedo. Tal vez hoy hable un poco con la psicóloga de la que Isaac me habló. No pretendo contarle mucho, pero al menos quiero escuchar qué tiene para decirme.

Tomo una bocanada de aire y miro la guitarra sobre el sofá. Voy por ella y me dejo caer sobre el piso del balcón. Cruzo las piernas y tomo aire. Son un poco más de las cinco de la mañana. Agradezco que la habitación esté al otro lado de la casa y dé hacia el jardín. No quiero molestar a nadie. Evoco las notas en las cuerdas. Paso los dedos suavemente por ellas. Ojalá vivir fuera como hacer música. Me iría mucho mejor en eso de tomar decisiones. Sabría cómo superar los problemas de las notas altas y vivir de los buenos momentos sostenidos en las notas bajas.

Llevo días sin poder escribir algo decente, solo toco melodías. Me pierdo entre acordes y más acordes. A veces susurro frases sin sentido, rimas que no cuadran; de repente algunas letras me encantan, pero luego me parecen malas, sin corazón. Es horrible este sentimiento de no hacer nada bien. Cantar me sale del alma, pero escribir y componer me cuesta.

Tal vez tengo miedo.

¿Y si no soy tan buena?

Voy hasta el cuaderno que traje conmigo. Está horrible, tiene café derramado y algunos pétalos de las tantas rosas amarillas que me dio Isaac. Es pequeño, pero guarda mi tesoro más grande: mis letras.

Busco la última canción. No es tan buena. Borro algunas cosas y agrego otras, y cuando estoy por tocar de nuevo, oigo un golpe en la puerta. Miro hacia atrás con extrañeza, pero luego caigo en la cuenta de que ha salido el sol.

—¿Chelsea? —Ivan me llama y decido levantarme.

Voy hasta la puerta y la abro solo un poco.

—Hola —saludo.

—Voy a salir a darle una vuelta a una parte del rancho —habla en voz baja. Lleva una camisa de cuadros y un sombrero—. ¿Quieres venir?

—No me he duchado aún y...

—Te espero abajo —dice y se va caminando por el pasillo.

¿Por qué no dije que no y ya?

Cierro la puerta y voy corriendo hacia el baño. Busco la maleta roja bajo el lavabo. Saco una pequeña bolsa, riego el polvo e inhalo por ambas fosas. Me limpio la nariz y cierro los ojos con fuerza. Planto las palmas sobre el mesón y respiro un par de veces más antes de meterme a la ducha. Una vez que estoy lista, bajo las escaleras con cuidado. Aún me siento un poco extraña. Me revisé las pupilas y se ven normales. Espero no cruzarme con Inanna. Siento que ella lo sabe.

—Andando —dice cuando me ve.

Sale con una canasta en la mano. Subimos a una camioneta. Es una diferente esta vez. El sol va haciendo una leve aparición en el horizonte. De fondo suena una canción de música *country*. Miro a Ivan. Es parecido a Isaac, solo que menos alto y musculoso. Luce hasta más joven.

—¿Ya conoces a Chloe? —pregunta.

—No.

—Entonces supongo que pronto lo harás.

—Creo que sí. —Vuelvo a mirar por la ventana.

—Ella sí va a gritar sin parar cuando te vea —ríe.

—Lo sé. Es lindo cuando lo hacen las niñas. Pero no hemos hablado de eso.

—¿Por qué?

—No lo sé. Tal vez… No lo sé. —Me encojo de hombros.

—¿Qué más sabes? —Me mira por un segundo y luego dirige su vista al frente—. No quiero ser indiscreto, por eso mejor pregunto.

—Sé que perdió a dos personas importantes.

—¿Sabes a quiénes?

—Ajá —digo entre murmullos.

—Si estás aquí es porque también eres importante.

Dejo de respirar. Me pierdo en el horizonte, en cada cosa nueva que aparece en el camino conforme avanzamos.

—¿Cómo era él? ¿Cambió después de todo? —pregunto tras unos minutos.

—La única vez que podría asegurar que algo cambió en Isaac fue con la muerte de mamá. Ella le enseñó a jugar béisbol, y aunque Leane nos dio a Chloe... Las cosas son más complicadas de lo que él cuenta.

—¿Cómo complicadas? —Mi curiosidad se activa.

Suspira hondo y me mira divertido.

—Voy a contarte algo y espero que jamás salga de aquí. ¿Tenemos un trato, Flores Amarillas?

—Lo tenemos. —Asiento con la cabeza.

—Voy a cambiar los nombres de la historia para no sentirme tan culpable por revelar esto. —Toma una bocanada de aire—. Charles y... Jacinte se conocieron en la universidad. Se enamoraron, aparentemente, y se casaron. —Chasquea los dedos—. Así, de un día para otro, y luego ella quedó embarazada. —Vuelve a chasquearlos—. Así, de un día para otro. —Me mira—. Todo fue muy rápido. Charles empezó a tener éxito en su carrera y a ganar cada vez más dinero.

Les compró una vida llena de lujos, pero, años después, se dieron cuenta de que construyeron las bases de su relación muy mal, aunque ya habían hecho crecer un edificio sobre ellas... Todo se derrumbó. —Chasquea—. Así, de un día para otro. Y cuando Charles decidió terminar el matrimonio, Jacinte tenía un mensaje de su médico con noticias nada alentadoras sobre su salud.

Trago duro y pienso en que debo llamar pronto a mi padre.

—Se querían, se tenían cariño y respeto, y él quiso darle los mejores últimos años de su vida junto a su hija —continúa hablando—. Te cuento esto porque tal vez sientes que después del fallecimiento quedó un gran vacío en Charles, y tal vez lo hay, pero porque le duele haber perdido a la madre de su hija y a una gran amiga, pero Charles ya no estaba enamorado de ella y le cuesta aceptarlo. Es un hijo de puta muy correcto, muy bueno, y jamás dirá algo que crea que pone en riesgo el recuerdo de ella. Además, era muy joven también. Pobre Ics, no sabía bien lo que hacía, pero intentaba hacer lo mejor siempre.

—Gracias por contarme —digo débilmente.

—Él jamás te lo hubiera dicho y, por la forma en la que está… *emocionado* contigo, me parecía correcto. Pero dime, ¿tú estás *emocionada* con él?

—Es el mejor ser humano que he conocido en la vida —respondo.

—Eso es bueno.

—¿Se habrá vuelto a enamorar alguna vez?

—No. Enamorado no ha estado. ¿Tampoco han hablado sobre eso?

—¿Ah?

Ivan me mira confundido y caigo en la cuenta.

Mierda.

No.

Hablé en voz alta.

—Me preguntaste si…

—Sí, lo siento. —Me peino el cabello sin razón—. No debí preguntar eso.

—Tranquila. Es normal tener dudas, todo es muy reciente.

—No creo que ninguno esté listo para hablar sobre el pasado, y a mí no me interesa mucho hacerlo.

—¿Por qué?

—Tal vez se avergüence de algunas cosas que quiera olvidar o dejar atrás, como yo, y está bien, está bien que algunos pasados se queden privados si ya no suman nada en el presente.

—Eso también es bueno.

Sonríe tranquilo y sube el volumen de la música. No volvemos a hablar por el resto del camino, solo interrumpe el silencio para contarme algunos datos de la propiedad. Cuando llegamos al área del ganado, revisa que los animales estén tranquilos, pues hoy la mayoría de los cuidadores descansan.

No puedo sentirme aburrida ni tampoco cansada. Esta mierda me hace sentir bien, pero es un precio muy caro el que tengo que pagar por estos ratos de «tranquilidad». Esto es lo segundo más interesante que he hecho en estos últimos días; lo primero fue ir a esa cancha con Isaac. Aún no hemos tenido tiempo de que le enseñe a tocar el piano.

Al volver le digo que estoy exhausta y que, si es posible, me suban la comida, que no me siento bien y no quiero molestar. Él acepta y vuelvo a mi encierro.

Me quedo toda la madrugada esperando despierta porque Isaac dijo que llegaría cuando estuviera dormida. Lo vi jugar por la aplicación de video que instaló en mi celular y, después de tomarme un vaso de leche, traté de dormir, pero la ansiedad me despierta cada poco tiempo.

He tenido una pesadilla recurrente en la que siento sobre mí, sobre mi cuerpo, unos labios que no reconozco, y ahora lo único que quiero es que pase el tiempo para olvidar la sensación y llegar limpia al abrazo Isaac.

—Pensé que estarías dormida —su voz interrumpe el silencio de la habitación.

Me levanto de un salto para correr a sus brazos. Me alza y envuelvo las piernas alrededor de su cintura. Nadie habla y lo prefiero así. Mis ojos se cristalizan y vuelvo a sentirme completa. Pero otra vez siento todo con demasiada intensidad. Tengo que aguantar un poco más, solo es él, nadie más, no es...

Me aparto.

—Te extrañé mucho.

—Yo también, reina.

Me deja un pequeño beso en la frente. Quisiera besarlo, pero hay algo que me lo impide. Definitivamente estoy rota. Me arde el pecho cada vez que le doy un beso y su toque me carboniza la piel. Todo arde y no debería ser así. Matthew hizo que lo que antes me sanaba ahora me lastime. Lo detesto.

Paso todo el día sin despegarme de su lado, no importa si eso significa ver a más personas. Me cuenta sobre su fin de semana y que tendrá que partir el próximo sábado, pero que, al regresar, ya podrá estar dos semanas completas, y Chloe también vendrá.

—¿Quieres ir a cabalgar? —Isaac me pregunta una mañana.

Lo veo entrenar en el gimnasio de la casa. Está sin camiseta y qué calor hace hoy. Mi cabeza malpiensa todo y las mejillas se me calientan.

—A caballo —agrega riéndose.

Ruedo los ojos y tomo su mano para ir de regreso a la habitación. Se da una ducha con rapidez y yo cambio mi atuendo por uno más cómodo. Jeans, camiseta blanca y unas botas que Isaac me regaló hace dos días.

—Usa mi sombrero —dice y me lo pone en la cabeza. Me queda enorme. Toma su gorra y se la pone.

Viajamos en la todoterreno hasta los establos. No le digo que no quiero hacer esto, que, por mí, me quedaría todo el día en la cama con él, porque sé que él sí quiere. A Isaac le gusta mantenerse ocupado todo el día y a veces es desgastante su rutina, pero trato de seguirla. No quiero estar lejos de él.

—Ella es Gasha —me presenta a una yegua blanca.

Doy un paso hacia atrás.

—¿Es tranquila?

—Lo es.

—Vamos. —Señala el estribo.

—¿Le duele?

—Está entrenada y tú no pesas nada —replica.

—¿Y a ti te va a cargar un elefante?

—Tengo un caballo más grande. Chelsea, sube.

—No me dejes caer —pido.

—Aquí es cuando diría: «Jamás lo haría, mi amor», pero solo diré que del piso no pasarás.

El *mi amor* me impacta, así solo lo haya dicho en broma.

—Qué lindo. ¿Intentas enamorarme?

—Tú ya estás enamorada —dice—. Vamos, sube tu lindo trasero aquí. —Palmea la silla de cuero.

Pongo el pie derecho dentro del zapato y subo con agilidad. Creo que estoy haciendo mucho para lo débil que estoy. Practiqué equitación durante un año y espero no caerme y quedar como una payasa. Hace más de siete años no cabalgo. No es mi deporte favorito, pero me gusta, todavía me gusta. Minutos después oigo otro galope más. Giro la cabeza hacia atrás y veo a Isaac cabalgar sobre un enorme caballo negro. Sus músculos se tensan, suben y bajan al compás del trote, y por estar distraída y babeando, me rebasa.

—Ya verás, Vaquero —susurro para mí y arreo la yegua.

El sonido del galope se une a los latidos de mi corazón. Me he levantado un poco de la silla para ir más rápido. El amanecer apenas se despierta sobre el horizonte y mi cabello baila libre con la helada brisa de la madrugada. La imagen de Isaac a mi lado derecho hace que el momento sea el paraíso.

Una hora más tarde regresamos al establo. Damos de beber a los caballos y los peinamos.

—¿Qué más me escondes, Chelsea?

Me levanto por completo y lo miro. Está en medio del establo con los brazos cruzados. Solo una luz colgante nos ilumina. Escondo lo peor. Algo que, estoy segura, acabaría con la manera en la que me mira ahora mismo.

—No puedo revelarte mis secretos, al menos no todos. A veces es bueno conservar un poco de misterio, porque, por si no sabías, el misterio es adictivo.

—Y hemos aprendido que lo adictivo no es para nosotros.

—No.

Debo inclinar la cabeza hacia atrás para poder mirarlo a medida que se acerca. Sus manos llegan hasta mi cara y la despeja de algunos cabellos. Es tan lindo. Me vuelven loca sus ojos, su sonrisa, sus pecas, sus pestañas densas, sus labios. Me elevo en puntas para seguir disfrutándolo.

—Esto se siente tan bonito —susurro cerca de su boca—. Se siente como un final feliz de novela.

—¿Sabes? Siempre me he sentido como en una canción cuando hablo contigo.

Le sonrío.

—La verdad es que estás en todas mis canciones, Isaac.

—No podré portarme mal. Vas a dejarme expuesto ante el mundo.

—Oh, no. Necesito que lo hagas —me río.

—¿Me dejarías romperte el corazón solo para escribir una buena canción?

—Supongo que así es el arte. —Las mejillas me duelen de tanto sonreírle—. Cuando más triste estoy es cuando más bonito veo el mundo.

Frunce el ceño y da un paso hacia atrás. Niega levemente y se ríe a medias.

—No cuentes conmigo para ese trabajo.

—Ah, ¿no? —inquiero divertida.

—No. Tengo otro plan.

—¿Cuál?

—Es un plan cliché, pero difícil. —Ladea la cabeza.

—¿Qué es?

—Hacerte feliz.

—Bastante cliché. —Arrugo la nariz—. Pero no difícil.

—Interesante.

No deja de mirarme ni por un segundo y yo tampoco lo haré. No voy a cerrar los ojos esta vez. Vuelve a acercarse e inclino la cabeza hacia atrás. Me encanta cómo huele.

—Te llevaré a la casa.

—No. Quiero ser valiente ahora.

—Eres valiente siempre, mi amor.

Acerca lentamente su cara. Respiro hondo y me dejo tomar de la cintura. Me eleva en brazos.

—Solo voy a besarte, toda, y nada más.

Y eso dejo que haga. Toda la noche. A mi ritmo. Isaac sigue cada instrucción y adivina bien lo que no le digo.

47

Keep holding on
'Cause you know we'll make it through.

KEEP HOLDING ON
Avril Lavigne

Chelsea

Cuando llegamos a casa, subo las escaleras con la excusa de ir al baño. Isaac se queda abajo hablando con Ivan. Corro con el corazón trabajando al límite. Cierro la puerta con seguro y me lanzo hasta la maleta roja.

Es un arrebato y no quiero que se me escape, así que tomo todo lo que hay dentro de ella. «Para emergencias», me dije una vez. Un seguro para seguir haciéndome daño en silencio. Peligroso, tentador y estúpido.

Lo arrojo todo al puto baño.

Todo.

Cada partícula blanca, cada pastilla. Todo.

Oprimo el botón de vaciar.

Hora de limpiar mi *backstage*.

48

Chelsea

Me gusta entender y contar el mundo usando canciones. Si me siento incompleta un día, lo escribo y le agrego una melodía. Si me enojo, tal vez escriba dos, y si me enamoro, tal vez un millón. Llevo solo dos canciones de un millón que quiero hacer sobre y para Isaac. Ojalá las acepte a cambio de todo lo que ha hecho por mí, y ojalá mis ganas de vivir me den la oportunidad de escribirlas.

Busco una de sus sudaderas. Me queda enorme, pero las mangas me ayudan a ocultar las manos temblorosas. Hoy llega el padre de Isaac y será quien traiga a Chloe al rancho. El tiempo ha pasado lento y, a la vez, siento como si estas semanas hubieran sido un segundo.

Isaac se levantó desde muy temprano y me invitó a hacer algunas compras con él, pero tuve que rechazar la invitación porque cuando él despertaba, yo todavía rezaba por quedarme dormida. Y así fue, a las siete de la mañana pude conciliar un sueño que duró cuatro horas.

Casi es mediodía y recuerdo que Isaac mencionó que habría un gran pícnic en el parque de El Centro. Estoy nerviosa, demasiado nerviosa, pero no quiero quedarme encerrada. Quiero conocer a Chloe y no quiero que luego me vea como «la novia amargada de papá que se quedó encerrada». No creo que entienda todo lo que conllevan mis apariciones en público. Respiro hondo. Es una niña de seis años, solo debo ser divertida, sonreír y darle un dulce. ¿Comerá dulces o los tendrá prohibidos? Mierda. Fallando desde el momento cero.

Me trenzo el cabello para ocultarlo bajo una gorra, me subo la capucha de la sudadera y salgo. Ojalá tuviera ganas y pudiera vestirme mejor. Ojalá pudiera dejarme los rizos sueltos, que tanto ha dicho Isaac que le encantan, y ganarme su mirada todo el tiempo.

Lo veo entrar justo cuando llego a la primera planta.

—Reina. —Sonríe.

—¿Cómo te fue?

—Bien. Todo está listo. ¿Segura de que quieres ir?

—Sí, quería pedirte, si es posible, que le digas a Chloe que guarde el secreto. —Arrugo la nariz.

No quiero que se lo tome a mal. No quiero empezar indicándole qué decirle a su hija. Si alguien me ve o me toma una fotografía, sería un problema más.

—No te preocupes. —Me besa en la cabeza—. Ya se lo dije.

Pasa por mi lado para tomar las llaves del auto y me invita a salir. Con cada nuevo día confirmo que él no es de este planeta.

—Gracias.

En menos de cinco minutos estamos en el parque del pequeño pueblo. Más que un pícnic, parece una enorme feria. Isaac se da cuenta de que me alarmo y me toma de la mano cuando bajamos. Camino detrás de su espalda con la cabeza gacha. Él saluda de largo a algunas personas, no se queda hablando y agradezco que no lo haga. Apenas llegamos y ya quiero morirme. Levanto la cara y veo a Chloe reír entre los brazos de Ivan. Intento soltar la mano de Isaac, pero él no me lo permite.

—Hablo mucho con mi hija, Chelsea. No te preocupes por esto. —Lleva mi mano hasta sus labios y deja un beso sobre mis nudillos—. No te preocupes por nada, solo sé tú.

Eso es un problema.

¿Quién soy yo?

La niña se fija en Isaac y corre a abrazarlo.

—¡Papi! —pega un grito agudo de felicidad.

La escena me saca una auténtica sonrisa. Él se inclina para recibirla entre los brazos y apretarla contra su pecho. Saludo al resto de la familia y él me presenta con su padre. Un hombre canoso me sonríe con los mismos ojos que tienen todos sus hijos. Inanna me da un abrazo fugaz e Ivan me pregunta qué quiero comer. Solo quiero ocultarme en una silla y comerme una hamburguesa.

Isaac se ha levantado y ahora Chloe me mira atenta y entusiasmada. Sigue con una enorme sonrisa en su cara. Se ve tan bonita en esa jardinera rosa. Desde ahora no podré ver su aura de otro color. Y sí, ahora voy por ahí adivinando el color de las auras de las personas, como Azul solía hacerlo.

—Chloe, ella es Chelsea —le dice Isaac.

Me pongo de rodillas para quedar a su nivel y le tiendo la mano. Ella la toma enseguida.

—Estoy muy feliz de conocerte, Chloe. Me han hablado maravillas sobre ti.

—¿Es la real? —le pregunta a su papá sin dejar de mirarme.

—Sí, ¿por qué lo preguntas?

—Porque a la fiesta de Wendy fue Frozen y era una de mentira, no tiraba nieve —susurra.

Isaac ríe.

—Chelsea tampoco tira nieve —dice.

—No importa. —Sonríe—. Igual no me gusta Frozen.

Lo que esperaba que fuera difícil al final fue tranquilo. Chloe me llena de preguntas mientras la tarde transcurre. Me quedo en un solo lugar, me tomo una soda y me como una hamburguesa. Veo a Isaac hablar con más personas. Le he dicho que no tengo problema, que estoy feliz acá afuera, pero no deja de voltear a mirarme cada dos segundos para cerciorarse de que no lo necesito. Él sabe que sí. Lo necesito, por eso yo tampoco le quito la mirada de encima.

Primero tenemos que hablar. Sobre lo que pasó, sobre lo que hice, sobre todo. Tal vez empiece primero por lo de Matthew: no hemos tocado el tema directamente y, aunque no quiera hacerlo, sé que debo al menos decirle cómo me siento. Ha entendido que estoy luchando contra el pánico que le tengo a que me toquen. Es como si me sepultaran el pecho bajo toneladas de tierra cuando siento un mínimo roce. Isaac es la única persona que me ayuda a alivianar un poco la carga, no del todo, pero al menos puedo respirar.

¿Habrá sido efecto de la cocaína? Llevo poco sin ella, nada que no pueda disimular aún, pero pronto se notará que algo me pasa y tengo que hablar con él antes. He tenido el estómago revuelto todo el día de solo pensarlo.

Ya estoy rozando el límite que me he impuesto para quedarme en el rancho. Sigo perdida, a pesar de estar en mi nuevo lugar favorito, viendo a mi persona favorita ser feliz.

Durante una semana, Chloe y yo nos distraemos la una a la otra. Me invita a jugar en todo momento y es imposible negarme. Isaac, que siempre está presente, y yo le contamos cómo nos conocimos. Le cuenta que estuvimos juntos en ese gran castillo curando algo que teníamos un poco mal.

Un día, un miércoles tal vez, sucede algo con la maquinaria de una de las fábricas. Inanna y Sasha no se encuentran en casa e Ivan necesita la ayuda de Isaac, por lo que me dejan con Chloe. No parece una buena idea, pero prometieron no tardar.

—¿Quieres hacer un pastel? —le pregunto.

No se me ocurre nada más para hacer. Hemos hecho de todo.

—¿Sabes hacer uno? —pregunta mientras nos tomamos de la mano para ir hasta la cocina.

—Sí, creo.

En menos de tres horas volvemos la cocina un caos. Horneamos más de cuatro pasteles porque ella quería de distintos sabores.

—Papá me ha dicho que estás muy triste y por eso no puedes cantar.

—¿Ah? —Me deja sorprendida—. No es que no pueda, es que… no me sale bien.

—Es raro, pero está bien —se ríe.

Tampoco entiendo y por eso no puedo explicarle, y menos sin poder darle todo el contexto.

—¿Qué más te dijo tu papá?

Tengo que pedirle a Isaac que me diga qué le ha contado y hasta dónde, para no meter la pata.

—Que perdiste a alguien como nosotros perdimos a mamá y a la abuela.

Respiro hondo.

—¿Sabes? Mi mejor amiga una vez me dijo que nunca *perdemos* a alguien. Perder es no tener nada y nosotros siempre tendremos el amor de las personas que ya no están. Tu mamá y tu abuela te dejaron mucho amor, y recordar eso es la forma más bonita de recordarlas: son el amor que nos queda para alimentar eso que tenemos ahí. —Le señalo el pecho.

—¿Tengo el amor de mi mami en mi corazón?

—Sí.

—¿Así no me acuerde de ella?

Asiento con una sonrisa en la cara.

—Tal vez alguien que la conoció te pueda prestar sus recuerdos.

—Papá me habla mucho sobre ella, pero mis abuelos no —dice—. Sé que quería ser abogada, le gustaba cocinar, cuidarme, la música clásica. ¿Qué le gustaba a tu…? —Me mira para que le complete la oración.

—¿Quieres saber sobre ella?

—Sí.

—Su nombre era Azul y era mi mejor amiga.

—Como el color —agrega sonriente.

—Sí. —Siento cómo se me cristalizan los ojos—. Como el color del cielo y el mar.

Decido empezar a seguir los pasos de la receta del pastel. Ella me mira desde el otro lado de la isla mientras abre varios de los ingredientes que usaremos.

—¿Qué le gustaba?

—También le gustaba la música.

—¿Era tu fan?

—Sí. —Sonrío.

—Obvio. A todas las niñas de mi clase les gustas. ¿Qué más hacía?

—Era una palmista profesional y vidente de auras.

—¿Una… qué?

El sol ha empezado a desaparecer y afuera el cielo está naranja. Enciendo las luces. Me río.

—Alguien que es capaz de leer tu futuro en la palma de tu mano y ver el color que te rodea.

—¿En serio? —Abre los ojos aún más.

No debí decírselo, eso no está comprobado ni es ciencia. Ay, no.

—Sí, era un juego —digo esperando que eso lo arregle.

Soy un desastre, al igual que el pastel que estoy haciendo.

—¿Y qué es un aura?

—Mmm… Es como decir el color de tus sentimientos o de tu personalidad.

—¿De qué color es la mía? —pregunta entusiasmada.

Mierda.

—¿Cuál es tu color favorito?

—El rosa.

—Pues de ese.

—¿Qué desastre natural pasó por aquí? —Isaac aparece por la puerta de la cocina dos horas después.

Creo que lo hice bien. Ella está bien. La cocina y el pastel no tanto.

Yo no tanto. No estoy bien. Necesito salir corriendo al baño. Fingir estar bien hace que todo duela el doble.

—¡Hicimos tres pasteles! —exclama la pequeña con entusiasmo.

—No sabía que podías hornear —me dice.

—Hornear es desestresante.

—Excelente. Probaré un pedazo.

Toma una porción y se la lleva a la boca para enseguida escupirla.

—Sabe horrible —se queja. Chloe se ríe a carcajadas.

—Dije que era desestresante, no que fuera buena.

Me mira fijamente, veo algo en su mirada y aparto la vista. Ivan entra en la cocina y no podría estar más agradecida.

—¿Por qué me excluyen de la fiesta? —pregunta.

—Sírvete —le dice Isaac.

Esperamos atentos su reacción. El mayor de los Statham toma un pedazo y se lo lleva a la boca. Mastica, mastica y traga sin hacer ninguna cara extraña o quejarse.

—Quedó buenísima. —Toma otro pedazo y sale de la cocina.

Los tres nos miramos extrañados y volvemos a reír. Unos minutos después, Chloe empieza a pestañear e Isaac decide subirla a su dormitorio.

Hora de correr.

49

Chelsea

4 de mayo, 2021

No necesito un termómetro para confirmar que tengo fiebre. Me doy el baño más largo de la vida y cada cinco minutos Isaac me pregunta si necesito algo. Desde aquí siento su angustia. Tengo que hablar con él. Tengo que reunir fuerzas para encontrar las palabras y continuar con lo que empecé.

Salgo del agua caliente, me seco y me visto lo más rápido que puedo. El frío es insoportable. Entre la fiebre y la baja temperatura, no puedo dejar de temblar. Nunca había vivido una primavera tan fría. Voy por el secador y lo pongo en el nivel de calor medio. Me hago un par de trenzas para contener mis rizos, me repaso la cara varias veces con las manos, respiro hondo y salgo.

Encuentro a Isaac con los codos sobre las rodillas y la mirada fija en sus manos, pero la alza cuando hago ruido.

—¿Todo bien? —pregunta poniéndose de pie.

Lo miro durante unos segundos, intentando grabar su rostro en mi memoria. Ojalá también pudiera hacerlo con sus besos y sus abrazos.

—No… —Me muerdo el labio cuando la voz me sale más rota de lo que esperaba.

—Ven aquí… —dice y estira la mano hacia mí. Doy un paso hacia él, pero me detengo cuando escucho golpes en la puerta.

—Isaac, Chelsea. Siento molestar. —La voz de Sasha nos interrumpe—. Alguien ha venido a verlos.

Miro a Isaac y él se encoje de hombros más confundido que yo. Abre la puerta y me invita a ir con él. Vacié mi estómago hace solo una hora y ya quiero hacerlo de nuevo. Debe ser alguien que conozco, es lo más seguro. No quiero bajar, pero Isaac está bastante decidido a llevarse al mundo por delante. Amo que me defienda por sobre todas las cosas, pero también temo que se ponga en riesgo.

Llegamos a la primera planta.

Quiero correr lejos, muy, muy lejos.

Amanda sonríe cuando nos ve.

¿Qué hace aquí?

Miro a Isaac. Está serio y tiene los brazos cruzados sobre el pecho. Definitivamente mi mamá no es su persona favorita. La miro y no puedo dejar de sentirme avergonzada. Sé que no vino a decir nada bonito.

—Chelsea, recoge tus cosas. La gira empieza en tres días. Ya fue suficiente de juegos —dice mientras se mira las uñas.

Odio esto de ella, quiere tratarme como si aún tuviera diez años y fuese a subir por primera vez a la tarima de ese pequeño pueblo donde vivíamos. Se supone que debería quererla, pero no puedo. Solo tengo un extraño sentimiento que me impulsa a querer saber de ella, aunque esté lejos. Es mi mamá. Esa debe ser la razón. Solo por eso y por nada más.

—Voy a cancelar la gira.

Abre tanto los ojos que las cejas se le suben a la frente. Sé que también Isaac está mirándome sorprendido, no se lo había dicho, tal vez se lo imaginaba, pero no se lo conté. Ella niega frenéticamente con la cabeza. Necesito que se vaya, tengo que hablar con Isaac y todo se va a joder más si ella sigue aquí. Estoy sintiéndome muy mal…

—¿Quieres que la disquera nos demande? ¡No dudarán en hacerlo!

—Las únicas perjudicadas seremos Alicia y yo. No te preocupes. ¿Cómo…? ¿Cómo llegaste aquí?

—No es difícil para un investigador privado dar con un rancho como este —bufa y con una mirada desdeñosa recorre el lugar—. Creo que hasta yo misma hubiera podido encontrarlo en Google.

—Fuera todos —agrega Isaac. Ivan, Sasha e Inanna desaparecen.

—¿Que no me preocupe? Estás arruinando tu carrera, todo lo que construimos por un… —Mira a Isaac de pies a cabeza y luego lo señala—. ¿Sabes lo que dicen de él? Isaac Statham, el beisbolista alcohólico mejor pagado de las Grandes Ligas.

Cada maldito músculo de mi cuerpo está tenso. Me rechinan los dientes y las uñas me lastiman las palmas de las manos. Estoy temblando y no quiero responder la misma pregunta de siempre, porque no, no estoy bien, maldita sea.

—Lárgate —logro gruñir entre dientes.

Amanda me da su típica mirada de desaprobación, la que usa cuando quiere manipularme, cuando quiere acabar conmigo.

—Tienes problemas serios, Chelsea, y él también. Dejaste a Matthew por este…

—¡Dejé a Matthew porque abusó de mí! —grito con fuerza—. ¡Vete! ¡Vete!

Camino hacia ella para sacarla a empujones de la casa. No estoy pensando más de dos veces en mis impulsos ni en que toda la familia de Isaac está mirándome. Nunca me había sentido tan enojada como ahora mismo. Es como si hubiera roto la manilla al abrir el grifo del agua: no hay vuelta atrás, el agua está saliendo a chorros, sucia y sin filtrar.

—¡No! —Manotea para que no la toque—. Deja ya esto —susurra para mí—, estás avergonzándote.

—Vete… —le ruego entre lágrimas—. Vete, por favor…

—Mírate. Como si no te conociera… —Me mira de pies a cabeza y entrecierra los ojos—. Dime algo, ¿él lo sabe?

No le respondo. Me muerdo el labio inferior y cierro los ojos con fuerza. Volví realidad la peor de mis pesadillas.

—Vete —susurro.

—Ey, grandulón, dime algo…

—Mamá, por favor, no. Mami, no…. —ruego.

Me llevó las uñas a la boca. Las manos me tiemblan tanto que no creo que ni mil capas de ropa puedan ocultarlo.

Amanda me ignora y me rodea para plantarse frente a él. Va a decírselo.

No.

Eso tenía que hacerlo yo.

Habla, Chelsea, Habla.

No puedo.

—¿Has notado cómo se ve? —Me señala—. Dices que te preocupa muchísimo y te crees su héroe, pero ni siquiera has podido darte cuenta de que volvió a drogarse desde que salió de rehabilitación. Hasta compró al médico para que sus exámenes de sangre no hablaran de más.

Isaac levanta la cabeza, pero no me mira a mí, sino a ella.

—Debería retirarse, señora, acá no es bienvenida —le pide Ivan.

Amanda empieza a reírse burlonamente y sigo sin creer que esto esté pasando.

—Mírenla. —Otra vez su dedo índice señalándome. La sensación es tan familiar que lo siento clavado en la frente—. Luce como la mierda porque tiene síndrome de abstinencia.

—Ya, por favor —le suplico de nuevo, entre lágrimas y vergüenza.

Aunque, ¿para qué? Ya es tarde. Isaac no me mira.

—Solo me iré de aquí contigo. No eres apta para tomar decisiones en este estado y eres mi hija. Nadie te cuidará mejor que yo. Él no fue capaz de notarlo, yo sí.

—¿Y qué haces? ¿Lo notas y qué haces, Amanda? Dime de qué sirve que lo sepas si no haces nada.

—¿Que qué hago? Me juzgas por ser tan entrometida en tu vida y también me juzgas por no serlo. Decídete, Chelsea. Dejo que sigas siendo un desastre y no me meto o me dejas hacer las cosas bien. Mira hasta dónde has llegado gracias a todo lo que hice por ti. Fui la única persona que te apoyó en tu sueño, no dormí cosiendo tus trajes, aguantando que tu padre solo me diera un par de billetes al mes para poder comprar lo que necesitábamos para tus *shows*. —La voz se le rompe—. Éramos tú y yo, solas y pequeñas, en este escandaloso país, persiguiendo un sueño casi imposible. Que no se te olvide. Lo di todo por ti y no es justo que ahora tires todo a la mierda.

Amanda siempre sabe cómo usar mis recuerdos más felices para destruirme. No voy a discutir más con ella, lo único que puedo hacer es pasar de largo, seguir su corriente y trabajar en alejarme poco a poco.

—Voy por mis cosas —digo y obligo a mis piernas moverse hacia las escaleras. Llego arriba y cruzo el pasillo sosteniéndome de la pared.

Si el año pasado me hubieran dicho que ya no estaría con Matthew, que cancelaría mi gira, que tendría el mejor novio del mundo, un beisbolista que haría caer miles de pétalos dorados sobre mí y que tiene una hija hermosa con la que hornearía pasteles horribles, no les hubiera creído, pero habría rezado cada segundo para que se volviera realidad.

Tengo que irme. Solo así puedo solucionar esto. Me voy decidida a no querer curar más corazones y a prestarle solo atención al mío, al menos hasta que vuelva a latir bien.

—¿Por qué lloras? —una pequeña voz me habla.

Es Chloe en medio del pasillo, con sus ojos de muñeca y su peluche sucio en una mano.

—Tengo que irme por un tiempo largo. —La voz me sale entrecortada.

No voy a mentirle.

—¡No! —Se acerca y me abraza—. ¿Qué pasó con lo de estar juntas para siempre?

Me muevo para despegar sus brazos de mi pierna. Amo abrazarla, pero no así, no en este estado de mierda. Me arrodillo en el piso para quedar a su altura.

—Lo estaremos. Seré tu amiga para siempre, solo que tengo que ir al médico por un tiempo —explico.

Me limpio las lágrimas con la manga de mi sudadera. No dejan de salir. No debería estar llorando así frente a ella.

—No... Pero ¿cuánto tiempo? ¿No muchos años? —Me abraza aún más.

—No serán muchos años, quiero verte crecer. —Arrugo la nariz.

—Entonces no tardes mucho y vuelve —susurra.

—Volveré.

Le beso la frente. Su cabello huele a manzanilla, muy dulce.

—¿Y prometes quedarte?

—Si todavía lo quieres, sí.

—¿Chelsea?

Levanto la cara para verlo ahí, parado en medio de todo. Estoy segura de que nos escuchó.

—Ve a la cama, Chloe. Ya sube Inanna a dormir contigo.

La niña se levanta, me da un beso y sale corriendo hacia su cuarto.

—¿Podemos hablar? —pregunta.

Intento levantarme y él se acerca para ayudarme. Quedamos frente a frente. Voy a extrañar que me mire de esa manera, pero espero que, cuando regrese, me mire como a la mujer fuerte que siempre he querido ser y no como a la que siempre está a dos pasos de caer y romperse.

—No sé qué decirte... Yo...

—Solo escúchame.

Acuna mis mejillas en sus manos. Me quedo en sus ojos y, de no ser por la oscuridad en la que estamos, podría jurar que se le han cristalizado.

—Yo... ¿Por qué...? —titubea. Mueve la cabeza y se presiona el tabique con los dedos—. Creo que tampoco sé que decir.

—No tienes que decir nada.

—Sí, Chelsea. Sí tengo que hacerlo, porque no… Me siento como un estúpido. No puedo conectar ninguna frase. —Se aleja y se repasa la cara con las manos. Su toque ha dejado una sensación tibia y vacía sobre mi rostro—. No creo que pueda. Estoy pensando cosas que no son verdad y que jamás podría decirte. No sé ni siquiera darle un nombre a lo que siento porque no estoy enojado, no estoy decepcionado… No quiero decirte que me siento culpable, porque no estoy seguro de haber hecho algo malo. Lo hice bien hasta donde me dejaste…

—No es tu culpa. Jamás te hubieras enterado —le digo la verdad—. Si llevas fingiendo cientos de días seguidos, en algún punto eso empieza a ser tu naturaleza. Y eso soy yo ahora: alguien que sabe fingir muy bien. No es culpa de nadie… Pensé, sí… que estarías decepcionado y no… tú y yo… Iba a decírtelo.

—¿Antes de que ella llegara?

—Sí.

—Hazlo. Dime.

—¿Qué?

—Ven. —Me toma de la muñeca y con cuidado me guía hasta nuestra habitación.

—Espera… ¿Y Amanda? Debo irme, Isaac, no quiero que ella…

—Ya se fue.

—¿Se fue? —pregunto incrédula.

—Se fue. Olvidémonos de ella y dime.

No puedo olvidarme de ella. Amanda es muy insistente, pero dejaré mis dudas para después. Isaac me ubica donde estaba exactamente antes de que Sasha tocara la puerta. Él también toma su lugar.

—Creo que te pregunté si estabas bien y respondiste que…

—Isaac. Esto… —Niego con la cabeza. Tengo demasiadas náuseas y aún más ganas de llorar, pero él está ahí, dispuesto a escucharme—. Respondí que no.

Levanto la vista de la alfombra para fijarla en él.

—Ven aquí. —Extiende su mano y yo levanto la mía para tomarla. Me atrae rápido hacia él y me marea. Escondo el rostro y mi tristeza en su pecho.

—Volví a caer un par de días después de que salí...

Respirar me cuesta y hablar, ni se diga.

Me acaricia la espalda con suavidad, mis manos reposan detrás de la suya, estoy rodeando su cintura, respirando su aroma y grabando a detalle este momento para recordarlo cuando esté lejos.

—Tenía mucho trabajo... y se venía mucho más y yo no...—Respiro hondo—. No podía dormir y consumí hierba. Luego no podía mantenerme despierta en el trabajo y llegué de nuevo a la cocaína, y seguí consumiéndola hasta que... Isaac, la música y tú son lo más importante para mí, y sé que si sigo así... Pensé que necesitaba droga para poder funcionar, pero lo que realmente hace latir mi corazón son tú y la música, y no puedo perder eso, no quiero. No quiero seguir equivocándome, no quiero perder más. Desde Azul todo duele el triple y en algún momento sabía que mi cuerpo iba a pedir más y... Al final, en un arrebato, boté todo.

Isaac escucha con atención. Les da espacio a mis palabras. Moriría por saber qué está pensando. No creo que esté enojado conmigo, aunque debería.

—¿Y cómo te sientes?

—Como si me estuviera muriendo.

—Dime entonces que piensas volver.

—Pienso volver.

—Entonces es definitivo lo de la gira —afirma.

—Sí. No será fácil, pero...

—Las decisiones más importantes tienden a ser las más difíciles. Un paso a la vez, Chels, tal vez mañana dos, pero hoy solo uno.

—Eso intento. —Respiro hondo—. Esto también jodió mi paciencia de alguna manera.

—Lo estás haciendo bien, no lo dudes nunca.

Me fundo más contra su cuerpo. La luz de la luna entra por las puertas del balcón. Las cortinas de velo blanco ondean por la brisa suave. Huele a tierra mojada y pronto empiezo a escuchar cómo caen gotas que lentamente se multiplican.

—Esta vez voy a buscar algún lugar cálido. No podría con más nieve.

Isaac deposita un beso sobre mi cabeza y la levanto para mirarlo.

—Necesitas una ventana por la que puedas ver el amanecer.

—Y mi guitarra.

—Y tu guitarra.

Infla el pecho inhalando. Mi cuerpo se mueve con el suyo porque no quiero dejar de escuchar su corazón. Estamos a horas de no volver a vernos por un largo tiempo y quiero pasar cada segundo abrazada a él.

—Quédate esta noche. Déjame acompañarte y despedirme.

Isaac toma su celular y se encarga de todo. Habla con su seguridad, da órdenes y programa el vuelo mientras yo me quedo aquí, abrazándolo y viéndolo como si fuera un sueño. Y lo es. Pensar que alguien alguna vez me amaría de esta manera era todo un sueño.

Nos metemos juntos en la cama. Sin despegarnos, nos quedamos ahí. Mirándonos, tratando de memorizar el rostro que en las siguientes noches nos hará falta.

—Voy a extrañarte —susurra.

—¿Sabes por qué no te dicho que te amo? Porque lo haré cuando me ame a mí también, así podré amarte a ti con mucha más fuerza.

Llevo la mano hasta su mejilla y la acaricio. Sus vellos me pican y me encanta. Cierro los ojos y me pego más a su torso. Llevo mis labios hasta los suyos y los rozo con suavidad. Solo los entreabro un poco para acoplarme a la forma de los suyos. Me sincronizo con sus respiraciones y los latidos de su corazón. No me hace falta nada cuando estoy aquí, pero también quiero sentirme completa cuando esté lejos de él. Me lleno de su aroma. No sé cuánto tiempo pasará hasta que volvamos a vernos, pero ojalá que el recuerdo me dure hasta ese momento.

El celular vibra. Abro los ojos y me encuentro con que el mejor hombre del mundo está profundamente dormido a mi lado. No voy a despertarlo. Leo el mensaje de Daniel, ha llegado y estará afuera para cuando desee irme. Miro de nuevo a Isaac. Él quería acompañarme, pero si sigo pasando más tiempo a su lado, decirle adiós será imposible. No tengo fecha de regreso.

Tengo que hacer esto sola. Por mí y para mí.

—Te amo, Vaquero —susurro—. Y, cuando regrese, espero hacerlo mejor.

Tomo mi pasaporte, mi cuaderno y la pequeña maleta roja, ya vacía. Me llevo todo, menos mi corazón, este le pertenece a Isaac.

Camino despacio hasta la cocina. En una esquina veo su gorra y no dudo en tomarla.

—¿Vas temprano o vas tarde? —Ivan aparece y por poco me hace gritar.

Respiro de nuevo cuando veo su rostro sonriente. Me acomodo la maleta sobre el hombro.

—Tarde. Debí irme hace mucho.

—Todo pasa cuando tiene que pasar. Lo importante es lo que haces cuando pasa, y tú lo estás haciendo increíble.

—Gracias, Ivan —le digo sinceramente.

—No hay de qué. Cuídate mejor esta vez.

Luces entran por la ventana de la cocina. Daniel está listo.

—Lo haré —prometo y empiezo a caminar hacia la puerta de salida, pero antes de cruzar me detengo y le digo—: Dile por favor a Inanna que cuando quiera ir a un concierto mío, si es que vuelvo a cantar, me escriba.

—Lo haré —se ríe.

Le hago una seña militar y me lanzo corriendo al auto. Subo y cierro la puerta para seguido dejar escapar todo el aire de mis pulmones. Daniel me saluda y acelera. Inhalo profundo. Siento de nuevo el peso de toda mi historia. Por ahora solo estoy llevándome la tormenta hacia otro lado. Volveré cuando termine.

Y cuanto más rápido me marche, más rápido podré regresar.

Mientras salimos del pueblo le pido a Daniel encender el radio para acompañar con música el largo camino que hay hasta el aeropuerto. *Ghost of You,* de 5 Seconds of Summer, llena mis oídos y no puedo evitar pensar en Isaac. Siento que me faltó mucho por decirle. Abro la aplicación de mensajería para grabar un audio. Casi susurro para que Daniel no me escuche.

—Isaac... En el cerebro de un adicto todos los grandes estímulos suceden de la misma manera, cuanto más obtienes, más quieres, y yo te necesitaba cada vez más. Por eso tuve que irme de esta manera. Aquí no funcionaría un *poco a poco,* y si más adelante te fueras, la abstinencia me mataría. Quiero una vida increíble a tu lado, quiero ser la novia que te mereces y quiero ser una mejor amiga para tu hija... Al menos hasta que ella quiera. Quiero alejar la oscuridad de ustedes... Voy a arreglarlo. Tú no tienes que hacerlo, porque yo aún soy la misma que viste en ese baño entregada a la droga, mientras que tú sí eres alguien mejor y diferente al hombre que un día se tambaleó al caminar. Tú avanzaste; yo me quedé atrás, en el mismo lugar... Y tú, por estar mirándome, estás perdiendo poco a poco lo que avanzaste. Lo sé... No duermes bien cuando estoy cerca y no me quiero imaginar cómo se te come la cabeza cuando estamos lejos. Te cargaste con problemas que no son tuyos y ya es suficiente. Nunca conocí a alguien tan íntegro como tú, y por eso te admiro. Por favor, sigue así de fuerte mientras te alcanzo... Mientras recupero de nuevo el control de mi vida. —Tomo aire y trato de seguir hablando pese a que siento que se me estalla el corazón—. He descubierto quién puedo ser gracias a tu ayuda, Isaac, y aunque todavía esté un poco perdida, al menos ya tengo una meta fija. Espero que entiendas la decisión que tomé de haberme ido de esta manera, pero es mejor así, sin despedidas, porque tú y yo tenemos una canción y un juego pendiente. Porque es aquí cuando el *show* comienza.

EPÍLOGO

La prensa me destruyó. Las noticias de mi rehabilitación —la tercera vez, sí— y la denuncia sobre Matthew le dieron la vuelta al mundo durante meses. Han pasado dos años y todavía me encuentro con estos fantasmas en redes sociales y en diversas revistas de chismes de pacotilla que me topo en el supermercado. Sí, Chelsea Cox ahora va al supermercado.

Al principio dejé que las críticas me destruyeran, sobre todo las que hablaban de cosas que jamás pasaron. Asumí la culpa desde el silencio de mi habitación. No podía salir a hablar, y tampoco quería. Me duelen, no me acostumbro, pero también hay teorías conspirativas sobre mi inactividad en redes que me hacen reír. La cancelación de la gira fue un desastre y perdí muchísimo dinero, así como a mi agente y a la manada de estilistas que me perseguían de un lado a otro.

Pero hoy…

A pesar de que Matthew no obtuvo lo que merecía legalmente, pues solo le dieron un año de arresto domiciliario, sus fans, en su mayoría niñas y adolescentes, se han encargado de castigarlo con mucho silencio y rechazo. No creo que sea posible que alguien quiera volver a trabajar con él. No puedo pensar en un peor castigo. También me alejé de mi mamá y de mi papá. Entendí que no debía seguir arrastrando las consecuencias de los errores que ambos cometieron. Me deshice de lo que no podía ni me correspondía cambiar, y espero que, algún día, alguno de los dos quiera curarse y ser mejor.

Hoy sigo sin estar completamente lista, pero mis canciones sí y la música me pide que no espere. Decidí que no volveré a cantar nada que no sea mío, que no sienta cerca. Después de novecientos noventa y cinco días de haberse estrenado el último álbum bajo mi nombre, esta semana lancé mi nuevo trabajo.

Ahora estoy en Estados Unidos, con otra compañía musical no tan grande y voraz como la anterior. Aquí me han respetado y han trabajado conmigo día y noche para que todo salga bien, sobre todo mi productor y mi nueva mánager: Samanta, mi tía, que no me ha abandonado ni un minuto. Como un ángel ha hecho que mis batallas, con otros y conmigo misma, sean las suyas también. Y hemos llegado lejísimos. Es mi persona favorita en el mundo.

Hoy también es un día importante: por fin sabré cómo ha recibido el mundo la música que salió de mi cabeza, de mi corazón, de mis manos; hoy sabré qué opinan mis fans de mi verdadera voz. También anunciaremos la nueva gira. Tiemblo, pero estoy centrada, estoy satisfecha.

—¿Estás lista? —Sam me mira expectante. Su emoción es tan tangible.

Desde que entré a la disquera empecé a sentir millones de hilos en la garganta que se me enredan en el estómago en un nudo que no sé cómo desenredaré. También estoy a punto de llorar, soy emoción a flor de piel. No dormí nada, llevo tachando con una equis los días en el calendario que me compró Daniel, que me ha visto caminar por las paredes todo este tiempo. No sé cómo me soporta.

Todos están aquí y sus sonrisas y buen humor hacen crecer mi esperanza, aunque no quiero ilusionarme todavía.

—¿Chelsea? —pregunta Jeff, mi productor.

—Llegó el momento de la verdad —respondo y me acomodo mejor en la silla. Encabezo la mesa, todos me miran—. Estoy lista.

Sonrío y esta vez lo hago de forma tan honesta que un par de lágrimas se me escapan. Y no me importa que me vean llorar: estas personas confiaron en mí, escucharon mi historia y aún así decidieron arriesgarse con una estrella que se apagó y hoy quiere volver a encenderse.

—Nosotros también. —Sonríe de regreso y enciende la luz del proyector.

—Es un placer y un honor para nosotros anunciar que *Fénix*, el nuevo álbum de Chelsea Cox, ha cumplido con todas nuestras expectativas y ha logrado récords que no estábamos esperando.

Samanta habla con modestia, pero lo que veo no es algo *modesto*: mi sencillo principal está en el número uno, las listas están llenas de mis canciones, ninguna está por debajo del número nueve del top diez. Son solo siete canciones, solo siete, y todas están arriba. ¡Me están escuchando! El mundo entero recibe mi voz de nuevo. Espero que estén cantando conmigo a todo pulmón.

Me seco las lágrimas, pero es en vano porque no dejan de salir.

—Estamos tan orgullosos de ti, Chelsea. —Samanta se pone de pie y me abraza desde atrás. Deja el mentón sobre mi cabeza y sus manos descansan sobre mis hombros. No puedo explicar lo mucho que la amo y lo mucho que me arrepiento de no haberla buscado antes—. El mundo está orgulloso de ti. Chelsea Cox ha vuelto para ser la reina de la industria musical que siempre fue, solo que ahora será mejor y a su manera.

Mi equipo se levanta de sus asientos para aplaudirme. Me pongo de pie y esta vez soy yo quien los aplaude a ellos. Abrazo a mi productor, a mi publicista, a mis abogados, a las quince personas que me acompañaron sin descanso en estos ocho meses de trabajo. No dejo de mirar las pantallas. No dejo de secarme las lágrimas que acompaño con una sonrisa que me hace vibrar.

Esta vez voy a sentir la vida con toda la intensidad, sin necesidad de químicos para soportarla. Esta vez seré más Chelsea Cox que nunca.

—Debo irme —le digo a Samanta en el oído y obtengo una sonrisa pícara como respuesta.

—Se supone que viajarías mañana.

—No puedo esperar más.

Froto mis manos sobre mis jeans desgastados.

—¿Estás segura?

—No, pero necesito verlo. Necesito contarle esto. Tal vez ya lo sepa, pero haré de cuenta que no, y no quiero contárselo por teléfono. No puedo aparecer después de meses con una simple llamada.

Ella tuerce la boca y suspira como si hubiera pasado algo malo. Vuelve el nudo.

—¿Segura que no puedes esperar hasta mañana?

—¿Por qué? ¿Pasa algo? —Doy un paso hacia ella. Su cabello rubio se mueve cuando niega con la cabeza.

—Nada malo, te lo aseguro. Solo que él no está donde crees que está.

—¿Entonces dónde está?

Se muerde el labio.

—Aquí.

—¿A-aquí-aquí? —tartamudeo. Me llevo las manos hasta la cara. Respiro hondo. La última vez que lo vi fue en el rancho, cuando aún dormía, cuando aún yo no sabía vivir ni querer.

—No aquí, aquí, pero sí en la misma ciudad —dice y se cruza de brazos—. Va a matarme si sigo hablando, así que mejor toma el ascensor y baja hasta el sótano tres. Un auto te llevará hasta donde tiene que llevarte y no le hagas preguntas al conductor, que no va a responderte nada.

Tomo mi pequeño bolso y me despido del equipo. Le doy un último abrazo a Samanta y, antes de que las puertas del ascensor se cierren, la escucho decir.

—Sé feliz, Chelsea. Te lo mereces.

Nunca había sentido que un ascensor fuera tan lento, pero hoy, hoy todo es diferente, más ahora que sé que voy a verlo. Las manos empezaron a sudarme y me he peinado ya tres veces de maneras diferentes desde que me subí al auto. Debí ponerme alguna otra blusa, debí maquillarme un poco más, pero no importa. Lo más importante lo llevo siempre conmigo, algo que nunca dejaría en casa por muy olvidadiza que fuera: el amor que no he dejado de sentir por Isaac Statham.

Después de una hora llegamos a Malibú.

Aún me cuesta estar en Los Ángeles, pero esa playa, ese pequeño lugar en el que solíamos vernos, es lo único que tengo para sentirme más cerca de él. No quisiera alejarme del mar nunca. Es tranquilo como Randall y azul… como Azul. Ahora ellos dos también están en mis canciones.

Hay un auto deportivo estacionado afuera de la casa. El nudo en mi estómago se ha deshecho, pero ahora siento los hilos revoloteando dentro. No sé exactamente qué hacer, así que me despido del conductor y camino despacio hasta la entrada rodeada de pequeñas flores de color violeta. La fachada es blanca, pero la sal la ha deteriorado un poco, sin embargo, no deja de verse hermosa. Me paro frente a la puerta de madera y no encuentro ningún timbre. Volteo para mirar al conductor y él viene hasta mí para abrirla.

—Está en su casa —dice y sonríe, invitándome a entrar.

La brisa no espera para golpearme. El olor a agua salada hace que de inmediato respire hondo. Me siento como en casa. Doy un paso hacia al interior y dejo caer mi bolso a un lado. La puerta se cierra e inicio un paseo de exploración alrededor de toda la sala. Todo es muy claro, blanco, beige, playero, relajante. Al final del salón y frente a la playa hay una enorme terraza con camas para asolearse y un par de muñecas Barbie tomando el sol.

Chloe.

Muero por verlos, pero no escucho ni voces ni movimiento. ¿Habrán salido? Decido subir las escaleras y cuando llego al final no puedo creer lo que veo: un salón del tamaño justo para el piano blanco que hay en medio del lugar.

Y rosas.

Rosas doradas.

Muy doradas.

Me acerco hasta el piano y paso los dedos sobre las teclas sin que me importe hacer un poco de ruido. No me molestaría que el sonido de las olas me acompañara a componer las melodías que tengo pendientes. Me siento y me adueño del piano. Respiro hondo y me dejo llevar por *mi* música, *mi* canción, la canción de *mi amor*.

Qué será de aquellos que dicen que el amor no existe
Y yo te encontré a ti
¿Y cómo no enamorarme?
Si tu mirada me habla
Tus labios me acarician
Y tu corazón me ama
¿Y cómo no enamorarme?
Si tus detalles nunca fueron simples
Fueron tan únicos, tan tuyos
Que terminaron sacando lo mejor que había en mí
Y no sabía
No lo sabía...
Hasta que me descubrí en ti
¿Y cómo no enamorarme?
Si fuiste luz en la oscuridad
Paz en mis tormentas
Y la pasión de mis deseos
¿Y cómo no enamorarme...?
Ilusos son aquellos que dicen que el amor no existe...
Y yo te encontré a ti.

—Solo por eso voy a perdonar que hayas arruinado la sorpresa.

Me giro de inmediato en busca de él. Y ahí está, sonriendo esa sonrisa que todavía no puedo creer que exista, con su cabello castaño un poco despeinado y sus ojos tan verdes y brillantes como siempre los recuerdo. Me pongo de pie y me seco las manos en los pantalones. No sé qué hacer, no sé si lanzarme a abrazarlo, no sé si dar un paso al frente, así que simplemente digo:

—Hola, Vaquero.

—Hola, Chels Chels.

No puedo dejar de sonreír y de sentir que volví al lugar al que siempre pertenecí y que siempre ha estado esperándome. Isaac da varios pasos hasta quedar frente a mí y, con suavidad, esconde uno de mis rizos detrás de mi oreja. Su toque me hace sentir una corriente por toda la columna y ya quiero besarlo. No veo otra cosa más que no sea su rostro.

—¿Estás lista para dejarme hacerte la mujer más feliz del mundo? —susurra.

Las lágrimas me cubren la cara de nuevo, pero sigo acompañándolas de sonrisas. No lloro de tristeza, lloro de felicidad, de sentir tanto que no sé qué hacer con ello. Asiento. No tengo palabras, pues espero que esta canción, y las otras tantas que le escribí, digan por mí todo lo que guardé durante este tiempo. Me empino para rodearle el cuello y abrazarlo. Isaac lo hace mucho mejor, me levanta del suelo y hace que mis piernas se envuelvan alrededor de sus caderas. Nos fundimos el uno con el otro como si el tiempo no hubiera pasado, como si la guerra hubiese acabado, como si volviéramos a nacer ambos.

—Te amo, Isaac —susurro. Tomo su rostro entre mis manos y acerco el mío—. Tengo mucho amor acumulado para ti y la mejor parte es que será bonito. Ya estoy mejor. Estoy bien… —El llanto me ahoga y no me deja terminar.

—Shh. No tienes que decir nada más, solo bésame. Bésame.

Y así lo hago. Uno nuestros labios, pruebo y saboreo lo que siempre soñé tener. Respiro su olor y, en medio de todo, le prometo, y me prometo a mí misma, que amarlo será lo que mejor haga en mi vida.

—Te amo, Chelsea.

—¿No estás enojado?

—¿Por qué lo estaría?

—Desaparecí…

—No. Estabas buscándote.

—Y me encontré. —Sonrío.

—Estoy orgulloso de ti, mi amor.

—¿Escuchaste mis canciones?

—Las cantamos todo el día —dice y vuelve a besarme, pero esta vez lo hace breve—. Ven, hay alguien que se muere por verte.

Me baja y juntos casi trotamos hasta la playa, donde Chloe corre en la orilla y ríe a carcajadas. Ha crecido, ha cambiado, pero su sonrisa sigue siendo la misma. Ivan me saluda desde lejos y cuando la pequeña se percata de esto, voltea a mirarnos y, sin dudarlo, se echa a correr hasta mis brazos. Me arrodillo para recibirla. Su pequeño cuerpo impacta tan fuerte contra el mío que ambas terminamos abrazadas y hechas llanto sobre la arena.

—No vuelvas a irte, por favor. Nunca, nunca, nunca, nunca —pide y la separo un poco para verla de frente.

—Nunca, nunca, nunca.

—¿Lo prometes?

—Lo prometo.

—¡Ven, bola de pelo, tenemos que hacer un castillo! ¡Deja que papi abrace mucho a su novia para que al fin deje de lloriquear! —grita Ivan desde la orilla. Chloe se levanta y se va corriendo hasta su tío.

Isaac me ayuda a ponerme de pie y vuelvo a fundirme entre sus brazos mientras escucho su corazón latir, las olas del mar romperse y la risa de su pequeña hija.

Así suena ahora mi backstage, así suena ahora mi vida.

Hoy sigo sacrificando algunas cosas no solo para seguir siendo la gran estrella que llegué a ser. Sigo trabajando en volverme un sol en la vida de las personas que amo y me aman a mí.

Descubrí que siempre he luchado por lo que he querido y que nunca me rendí. Hoy, mirando atrás, también descubrí que fui fuerte, aunque me creyera débil en algunos momentos.

Los errores me golpearon, pero con paciencia he aprendido a curar mis heridas. Y no me arrepiento de nada, porque todo lo que soy ahora es gracias a lo que fui antes.

Hoy, con orgullo, al fin puedo decir quién soy...

Soy la voz que vibra a través de mi garganta. Soy quien ahora escribe las canciones que mi alma dicta. Soy quien da su opinión sin opacar la del resto. Soy alguien que aprendió a expresar sus sentimientos sin tener que avergonzarse por ellos. Soy la vida en medio de la oscuridad y la tristeza. Soy la música que siempre quise interpretar.

Soy alguien que aprendió a amar, a perdonar y a quererse a sí misma para luego tener algo hermoso que brindarle a los demás.

Soy Chelsea Cox y esta fue mi —no muy feliz, pero verdadera— historia.

AGRADECIMIENTOS

Creo que desde que empecé esta locura de escribir, la palabra que más he tecleado y dicho es gracias. Y este momento no será la excepción, obviamente, porque estamos en los agradecimientos. Así que ahí voy.

Voy a empezar agradeciéndole a Chelsea Cox. Aunque no exista, aunque jamás vaya a leer esto, aunque parezca ridículo, tengo que hacerlo. Crearla y escribirla curó mi pasado, y leerla me impulsó a hacer cambios y a no repetir la historia. Es mi personaje favorito, tiene una enorme parte de mi corazón y siempre la tendrá. Ella y yo nos entendemos.

A mi mamá, gracias. Por haber inculcado en mí el amor por la lectura, por ser la creadora de mis poemas favoritos y estar ahí, acompañándome, atenta de que no pierda el equilibrio mientras camino sola por el mundo.

A Christian, gracias. Por todo el apoyo y el tiempo, por todo el amor y las enseñanzas, por los errores y las sonrisas.

Gracias a mi editora, Carolina, por creer en mí, por ser tan tesa, inteligente y entregada. Gracias por haberle puesto tanto amor a esto, a Chelsea, a Isaac, a mí. Gracias por la paciencia y por haberme enseñado tanto.

A Jessica Rivas, gracias. Por haber soportado cada una de mis crisis existenciales durante el proceso de edición, por haberme aclarado la mente cuando mi ansiedad se ponía turbia. Por acompañarme en esto desde el minuto uno e inspirarme a levantarme cada día a pesar de los errores y golpes del mundo. Eres increíble.

A todas y cada una de mis lectoras (y lectores, claro). A quienes están siempre interactuando conmigo en mis redes. A quienes llegaron a esta historia cuando aún estaba en actualización, a quienes llegaron después y me enviaron sus mensajes contándome cómo Chelsea les transformó el corazón. Gracias por hacer otro sueño realidad. Y, por último, gracias por volver a leerme, por confiar en mi trabajo y por llevar en sus manos este libro hecho con tanto amor.

REFERENCIAS MUSICALES
EN ORDEN DE APARICIÓN

Sia, *Elastic Heart* (2014). Comp.: Sia Furler, Thomas Wesley Pentz, Andrew Swanson, p. 9.

Billie Eilish, *everything I wanted* (2019). Comp.: Billie Eilish, Finneas O'Connell, p.13.

Death Cab for Cutie, *I Will Follow You into the Dark.* (2005). Comp.: Ben Gibbard, p. 27.

Tove Lo, *Habits (Stay High)* (2013). Comp.: Tove Nilsson, Ludvig Söderberg, Jakob Jerlström, p.45.

Miley Cyrus, *Wrecking Ball* (2013). Comp.: Maureen McDonald, Stephan Moccio, Sacha Skarbek, David Kim, Lukasz Gottwald, Cirkut, p. 53.

One Republic, *Love Runs Out* (2014). Comp.: Ryan Tedder, Brent Kutzle, Drew Brown, Zach Filkins, Eddie Fisher, p. 103.

Demi Lovato, *Dancing with the Devil* (2021). Comp.: Demi Lovato, Mitch Allan, Bianca "Blush" Atterberry, John Ho, p. 115.

Demi Lovato. *Sober* (2018). Comp.: Demi Lovato, Mark Landon, Tushar Apte, Sam Roman, pp. 117, 309.

Lorde, *A World Alone* (2013). Comp.: Ella Yelich O'Connor, Joel Little, p. 145.

Anson Seabra, *Broken* (2020). Comp.: Anson Seabra, p. 157.

Matt Maltese, As the World Caves In (2017). Comp.: Matthew Jonathan Gordon Maltese, p. 194.

Sam Smith, *Life Support* (2014). Comp.: Sam Smith, Two Inch Punch, p. 213.

Kodalina, *All I Want* (2013). Comp.: James Flannigan, Steve Garrigan, Vincent May, Mark Prendergast, p. 237.

Avril Lavigne, *Nobody's Home* (2004). Comp.: Avril Lavigne, Ben Moody, p. 251.

The Fray, *You Found Me* (2008). Comp: Isaac Slade, Joe King, p. 259.

James Arthur, *Can I Be Him* (2017). Comp.: James Arthur, George Tizzard, Rick Parkhouse, Negin Djafari, p. 275.

Taylor Swift. *Daylight* (2019). Comp.: Taylor Swift, p. 279.

Coldplay, *Yellow* (2000). Comp.: Chris Martin, Jonny Buckland, Guy Berryman, Will Champion, p. 299.

Lana del Rey, *hope is a dangerous thing for a woman like me to have – but I have it* (2019). Comp.: Lana Del Rey, Jack Antonoff, p. 353.

Aerosmith, *I Don't Wanna Miss a Thing* (1998). Comp.: Diane Warren, p. 355.

Avril Lavigne, *Keep Holding On* (2006). Comp.: Avril Lavigne, Lukasz Gottwald, p. 385.